Es ist ein sonniger Herbsttag, die Berge leuchten vor tiefblauem Himmel, das Laub färbt sich bunt und man möchte gleich in die Pilze gehen. Aber Kommissar Jennerwein muss zu einem ungewöhnlichen Tatort: eine Restaurantküche, in der ein Kochclub seine Treffen veranstaltet, nun ein Mordschauplatz. Die Hobby-Köche, die dort üblicherweise genussvoll Rezepte ausprobieren, sind im idyllisch gelegenen Kurort wohlbekannt und hoch angesehen. Aber jetzt wird überall heftig spekuliert: Wer hasst das Opfer so sehr, dass er sogar vor einem Mord nicht zurückschreckt? Welche Rivalitäten köchelten unter der Oberfläche? Kommissar Jennerwein stellt fest, dass er es mit einem höchst unübersichtlichen Tatort zu tun hat. Die Spuren führen in so viele verschiedene Richtungen. Um den wahren Tathergang zu enthüllen, müssen sich Jennerwein und sein Team überraschende Ermittlungsmethoden einfallen lassen. Und das kann gefährlich werden.

»Autor Jörg Maurer ist Meister seines Fachs, er kann Erzählstränge wunderbar miteinander verweben und er bleibt dabei leichtfüßig und unterhaltsam.« *Anne Strauch, SR 3 Krimitipp*

Bestseller-Autor ***Jörg Maurer*** stammt aus Garmisch-Partenkirchen. Er studierte Germanistik, Anglistik, Theaterwissenschaften und Philosophie und wurde als Autor und Kabarettist mehrfach ausgezeichnet, u.a. mit dem Kabarettpreis der Stadt München, dem Agatha-Christie-Krimipreis, dem Ernst-Hoferichter-Preis, dem Publikumskrimipreis MIMI und dem Radio-Bremen-Krimipreis.

Weitere Titel von Jörg Maurer:
›Föhnlage‹, ›Hochsaison‹, ›Niedertracht‹, ›Oberwasser‹, ›Unterholz‹, ›Felsenfest‹, ›Der Tod greift nicht daneben‹, ›Schwindelfrei ist nur der Tod‹, ›Im Grab schaust du nach oben‹, ›Stille Nacht allerseits‹, ›Am Abgrund lässt man gern den Vortritt‹, ›Im Schnee wird nur dem Tod nicht kalt‹, ›Am Tatort bleibt man ungern liegen‹, sowie ›Bayern für die Hosentasche: Was Reiseführer verschweigen‹, und im Scherz Verlag ›Bei Föhn brummt selbst dem Tod der Schädel‹

Die Webseite des Autors: *www.joergmaurer.de*
Weitere Informationen finden Sie auf www.fischerverlage.de

Jörg Maurer

Den letzten Gang serviert der Tod

ALPENKRIMI

FISCHER Taschenbuch

Aus Verantwortung für die Umwelt hat sich der S. Fischer Verlag zu einer nachhaltigen Buchproduktion verpflichtet. Der bewusste Umgang mit unseren Ressourcen, der Schutz unseres Klimas und der Natur gehören zu unseren obersten Unternehmenszielen.

Gemeinsam mit unseren Partnern und Lieferanten setzen wir uns für eine klimaneutrale Buchproduktion ein, die den Erwerb von Klimazertifikaten zur Kompensation des CO_2-Ausstoßes einschließt.

Weitere Informationen finden Sie unter: www.klimaneutralerverlag.de

FSC
www.fsc.org
MIX
Papier aus verantwortungsvollen Quellen
FSC® C083411

Erschienen bei FISCHER Taschenbuch
Frankfurt am Main, September 2021

Satz: Dörlemann Satz, Lemförde
Druck und Bindung: CPI books GmbH, Leck
Printed in Germany
ISBN 978-3-596-70540-5

Sowohl in medizinischer, landschaftlicher wie auch in polizeilicher Hinsicht habe ich mir als Autor gewisse Freiheiten erlaubt. Eines aber stimmt haargenau bis ins Kleinste: Angefangen vom *Aufsitzenden Pustelpilz* über den *Braunen Haarschwindling* bis hin zum *Zweifarbigen Knorpelporling* – sämtliche Pilze in diesem Roman gibt es wirklich, sie sind durchaus keine Erfindungen von mir. Wie kurz vor Drucklegung bekannt wurde, ist der diesjährige »Pilz des Jahres« (2020) die *Gemeine Stinkmorchel*. Manchmal schreibt der Wald eben die besten Geschichten.

1

Simmert eine Brühe auf allerkleinster Flamme dahin, so dass sie nur ganz schwach blubbert, sprechen französische Köche davon, dass sie »lächelt«: »*Le bouillon sourit*«. Entstanden ist diese Niedergarmethode am Hofe des französischen Herrschers Ludwig XIV. Man erzählt sich, dass der König, gelangweilt durch die Gespräche seiner Hofgesellschaft und von einem unbestimmten Heißhunger nach bäuerlich-deftigen Genüssen erfasst, von der überreich gedeckten, porzellan- und glasglitzernden Tafel aufstand und sich heimlich in die Schlossküche schlich, wo in einer großen gusseisernen Pfanne gerade Speck, Knoblauch und Selleriesamen angebraten wurden. Die fieberhaft arbeitenden Knechte und Mägde bemerkten den König wegen des vielen Rauchs nicht, Majestät beliebten nun lustvoll aus den verführerisch dahinbrodelnden Töpfen zu kosten. Wohl wissend, dass er damit gegen das strenge Hofzeremoniell verstieß, genoss er es nachgerade, mit der nackten Hand eine Kelle zu formen und auf diese Weise eine lauwarme Sauce nach der anderen zu schlürfen. Schließlich aber erkannte ihn sein alter blinder Diener Jean-Baptiste am unverkennbar majestätischen Gang und am Klappern der mit Diamanten verzierten Schuhschnallen. Mit einem Aufschrei ehrfürchtigsten Entsetzens fiel das Küchenpersonal auf die Knie und verharrte regungslos. Der König kostete noch dies und das, nagte ein Hähnchenbein ab, schleckte Kuchenteig,

entfernte sich schließlich lautlos aus der Küche. Immer noch wagte keiner den Kopf zu heben. Die versammelte Küchenbrigade hielt zwei Stunden in kniender Haltung aus, niemand tat auch nur einen Mucks. Schließlich erhob sich der diensthabende Maître de Cuisine vorsichtig, um den entstandenen Schaden abzuschätzen. So ziemlich alles war verdorben und verbrannt, verkocht und verkohlt, der brave Küchenmeister zerraufte sich wehklagend die Haare. Auf einem der Herde jedoch stand ein Topf mit Brühe und eingelegtem Rindfleisch, der auf spärlichster Flamme dahinköchelte. Der zerknirschte Maître wollte den Topf schon wegschütten, probierte aber doch noch und entdeckte, dass die eingekochte Brühe köstlich, ja nachgerade königlich schmeckte. Das Simmern, das Köcheln und Brodeln auf kleiner Flamme, das schwelende Wallen und das schonende Schmoren – mit einem Wort: das Niedrigtemperaturgaren war erfunden.

Wenn es auch gute Gründe gibt, dem Wahrheitsgehalt dieser mündlich überlieferten Anekdote kritisch gegenüberzustehen, so ist doch eines sicher: Das Glücksgefühl des unmittelbaren, gierigen und unbeherrschten Naschens aus dem Kochtopf kann durch nichts übertroffen werden, auch nicht durch noch so raffinierte Darreichungsweisen auf noch so feinem Porzellan am noch so liebevoll gedeckten Tisch. Kein Service kann so gut sein, dass er dem Urgefühl des anarchischen Schlürfens und Schlabberns das Wasser reichen könnte. Keine noch so kunstvoll gearbeitete Sauciere mit einer noch so detailverliebten Schnaupe in Form eines feuerspeienden Löwen bringt die Sauce mehr auf den Punkt, als wenn sie mit einem schlichten Holzlöffel oder gar der bloßen Hand aus der Kasserolle geschöpft wird. Nie ist der Genießer der Speise näher, nie hört er ihr geheimnisvolles Zischen und Wispern deutlicher.

Der großgewachsene Mann in den braunen Kniebundhosen war diesem Zauber des ursprünglichen Genusses im Moment ganz und gar verfallen. Seine Nüstern blähten sich, seine Lider flatterten, genießerisch schloss er die Augen und beugte sich noch ein Stück weiter über den mächtigen Topf, der fast bis zum Rand gefüllt war mit der blubbernden Verheißung. Über der ländlichen, bequemen Kleidung trug er eine blütenweiße Kochschürze. Als er sich noch ein Stück reckte, hätte man ihn leicht für eine Figur von Carl Spitzweg halten können: DER SAUCENSCHLECKER, Öl auf Leinwand, 1856, Neue Pinakothek.

Der Topf kochte auf der allerniedrigsten Stufe, die ringförmig angeordneten Gasflämmchen hielten sich gerade noch am Leben, trotzdem warf das dickflüssige, goldfarbene Gebräu kinderhandtellergroße, geräuschvoll platzende Blasen. Sie erzählten etwas vom weiten, wild schäumenden Meer, aber auch von gewürzkräuterumflorten, sonnigen Berghängen. Vielleicht kündeten sie sogar von der evolutionären Ursuppe, in der vor vier Milliarden Jahren das Leben selbst entstanden ist. Herrlich betörende Gerüche stiegen auf, selige Verzückung spiegelte sich in der Physiognomie des Mannes. Seine Wangen röteten sich, er wedelte mit der Hand den Duft in die großporige, schmachtende Nase. Noch ein Stück weiter beugte er sich vor, hinter seinem Rücken wippte er mit einem Silberlöffel, der einem aufgeregten Hundepürzel glich. Ganz im Hier und Jetzt des dampfenden Elixiers versunken, bemerkte er den Schatten nicht, der hinter ihm erschien. Von einem Augenblick auf den anderen versank der Kopf des Saucenschleckers in der heißen Brühe, die schmatzend über ihm zusammenschwappte. Ob das Gurgeln von ihm oder von der heißen Flüssigkeit herrührte, war nicht mehr zu unterscheiden. Einige wenige Zuckungen liefen noch durch seinen Körper, der matt schimmernde Silberlöffel glitt ihm aus der Hand, und noch bevor dieser auf dem Boden aufschlug, war der Mann in der Kochschürze nicht mehr bei Bewusstsein. Nur die goldglänzende Bouillabaisse brodelte ungerührt auf kleiner Flamme weiter. Die Fischsuppe lächelte.

2

Der kleine bucklige Mann, der draußen vor dem Fenster stehen geblieben war, schnappte bei dem schrecklichen Anblick fassungslos nach Luft. Sein Mund öffnete sich zu einem Schrei, doch es kam nur ein heiseres Krächzen heraus. Kleine grellfarbige Punkte tanzten ihm vor den Augen, unwillkürlich schlug er die Hände vors Gesicht. Doch das Chaos in seinem Kopf ließ sich so nicht abstellen. Er wandte sich ab, sprang von der Stufe, auf der er gestanden hatte, und stolperte ein paar Schritte vom Fenster weg, über die Terrasse, auf die angrenzende Wiese zu. Seine Knie zitterten, er keuchte schwer. Was um Gottes willen war dort in der Küche geschehen? Hatte er jetzt völlig den Verstand verloren? War er nicht mehr Herr seiner Sinne? Und vor allem: Was hatte er getan? Er lief weiter. Als er die frisch gemähte Wiese erreicht hatte, die sich vor der Terrasse des Restaurants ausbreitete, beruhigte er sich wieder etwas. Es musste wohl eine Halluzination seines matschigen Hirns gewesen sein. Doch er wagte nicht zurückzuschauen. Vielmehr blickte er mit hervorquellenden Augen auf die frisch geschnittenen Grashalme und ballte die Fäuste, bis es schmerzte. Nein, das war kein Albtraum. Er hatte sich das nicht eingebildet. Jetzt hörte er undeutliche Stimmen aus Richtung des Hauses. Ganz, ganz vorsichtig blickte er sich um. Auf der Terrasse, zwischen den edlen Teaktischen und angeketteten Flechtstühlen war niemand zu sehen. Die Stimmen mussten

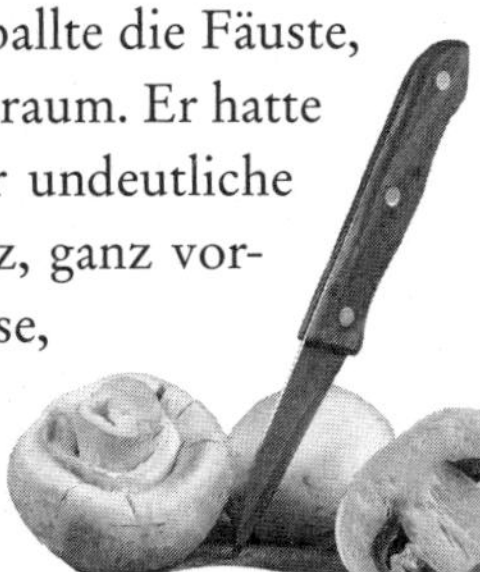

aus dem Inneren der Küche gekommen sein. Doch er konnte nichts erkennen. Eines war sicher: Er musste schleunigst weg von hier. Hastig drehte er sich wieder um und lief ein paar Schritte über den grünen Rasen, in Richtung des Herbstwaldes, der das Gelände von allen Seiten umgab. Die Beine versagten ihm anfangs fast den Dienst, er musste große Willenskraft aufbringen, weiterzurennen, sich nicht einfach auf den Boden fallen zu lassen und das Gesicht in den Händen zu vergraben. Das Bild des Mannes, dessen Kopf vollständig in der heißen Brühe versunken war, stand ihm immer noch vor Augen, es wurde größer und bedrohlicher, greller und unheimlicher, je schneller er rannte. Endlich hatte er den Waldrand erreicht, japsend und keuchend ließ er sich hinter einem großen Haselnussstrauch auf die moosige Erde fallen. Ein schmerzhafter Hustenanfall überkam ihn, er schnappte nach Luft und würgte. Aber ewig konnte er hier auch nicht liegen bleiben. Was sollte er tun? Über den kiesgestreuten Fußweg oder die asphaltierte Straße, die vom Restaurant nach unten ins Tal führte, käme er am schnellsten weg von diesem schrecklichen Ort. Aber dort konnte er gesehen werden. Im Wald hingegen kannte er sich aus. Da würde ihn niemand finden, dort wusste er Plätze, wo er sich verstecken konnte. Wenigstens so lange, bis er seine Gedanken wieder geordnet hatte. Siegfried Schlatt griff vorsichtig ins Gebüsch, um durch die Äste des Strauchs zu lugen. Das Gebäude war hundert oder hundertfünfzig Meter entfernt. Es lag still und friedlich da, kein Mensch war zu sehen, auch in der Küche rührte sich nichts. Wieder erfasste ihn eine Welle der Panik. Was hatte er getan? Und hatte ihn jemand dabei beobachtet? Gab es Zeugen? Er verfluchte sich dafür, vorher seinen geruhsamen Waldspaziergang unterbrochen und sich auf die Terrasse des Restaurants geschlichen zu haben, um von da aus einen Blick in die dreimal verdammte

Küche zu werfen. Aber die alte Schiefertafel am Weg hatte seine Neugier geweckt. Dort waren die Spezialitäten der Woche angeschrieben, auch viele Pilzgerichte waren darunter. Gebraten, gesotten, gedämpft, frittiert. Er wusste, dass am Dienstag Ruhetag war, trotzdem hatte er von drinnen Geräusche gehört. Wahrscheinlich bereiteten sie schon die Speisen für den nächsten Tag vor. Er war näher an eines der Fenster getreten, hatte Schatten über dem Herd gesehen, schließlich eine Gestalt in Kochschürze, die in der einen Hand eine *Abgestutzte Herkuleskeule*, in der anderen einen *Geschundenen Schirmling* hochhielt, um beide Pilze gründlich im Licht zu mustern. Das wollte er sich doch mal genauer anschauen, wie diese sogenannten Spitzenköche und Sternebrutzler die Pilze zubereiteten – oder vielmehr banausisch verstümmelten, verkochten und zu einem undefinierbaren Irgendetwas verrührten. Schlatt war in dieser Beziehung Purist. Seiner Überzeugung nach durften Pilze, wenn der Verzehr schon unbedingt sein musste, nur sekundenkurz angebraten und dann sofort unzerkleinert und ungewürzt genossen werden.

Siegfried Schlatt konnte bei diesem Thema durchaus mitreden. Er war Pilzexperte. Er kannte sie alle, die tausend Arten und hunderttausend lokalen Varianten. Er wusste, was der Unterschied zwischen einem *Blassen Birkenreizger* und dem täuschend ähnlichen *Zottenreizger* war. Gar nicht einmal vom Geschmack her: Pilzgerichte standen selten auf Siegfried Schlatts Speiseplan. Er hatte sogar ein bisschen Abscheu davor, in das wabbelige Fleisch zu beißen. Was ihn weitaus mehr faszinierte, war das Aussehen der vielgestaltigen Waldfrüchte. Schon als Kind hatte er stundenlang vor den ausladenden Hexenringen des *Fuchsigen Rötelritterlings* und *Wohlriechenden Schnecklings* gesessen, hatte irgendwann einmal Block und

Stift mit in den Wald genommen und sie gezeichnet. Das war ihm gut und immer besser gelungen, schließlich hatte er die bildenden Künste zum Beruf gemacht, und so war aus Rumpelstilzchen der gefragte Landschafts- und Pilzmaler Siegfried Schlatt geworden. Genau betrachtet sah er selbst eigentlich auch ein bisschen aus wie ein Pilz. Klein und gedrungen wie ein Röhrling, in der Körperhaltung nie kerzengerade, sondern immer leicht windschief, gekleidet in den Waldbodenfarben des Herbstes: goldenes Orange, sanftes Beige, Pistaziengrün. Eine sandfarbene Ballonmütze rundete den mykologischen Eindruck ab. Auch in Zeiten der digitalen Bildbearbeitung waren Schlatts malerische Künste gefragt, vielleicht sogar mehr denn je, denn er zeichnete die feinen Querschnitte der Fruchtkörper und die Oberflächenstruktur der Lamellen wesentlich anschaulicher als ein tumbes Computerprogramm das konnte. Schlatt war gut im Geschäft, viele Pilz- und Kochbücher waren mit seinen detailgetreu gezeichneten und gemalten Abbildungen versehen: der *Klebrige Gürtelfuß* neben dem *Aprikosenwasserkopf* und dem *Widerlichen Stacheling*, alle zunächst frisch aus dem Boden geschossen, dann reif und in voller Größe, im Anschnitt, im Querschnitt, vor und nach dem Regen, auf Sand- und Morastboden … Schlatts Haupt- und Staatsleidenschaft war die naturgetreue Abbildung von Pilzensembles. Wenn man vor einem seiner Ölgemälde stand, bekam man Lust, sich den appetitlich glänzenden *Beringten Kahlkopf* zu greifen, ihn herauszureißen und zu verspeisen. (Gut, dass das unmöglich war, denn ausgerechnet dieses lecker anzusehende Prachtstück war hochgiftig.) Seine Profession hatte Schlatt vor Jahren schließlich auch in das Waldrestaurant geführt. Er kannte den Besitzer, Rico Hubschmidt, der dem Ausflugslokal seinen Namen gab: Hubschmidt's. Er war eine Zeitlang Berater für das Restaurant gewesen, jetzt prüften sie die Pilze selbst, mit einer angeblich todsicheren App. Lachhaft. Nicht, dass er deswegen groß beleidigt gewesen wäre. Aber in der Folge war der Kontakt zu Rico Hubschmidt und seinen Mitarbeitern eingeschlafen. Seis drum. Mit dessen Pilzzubereitungsarten war Schlatt sowieso nie einverstanden gewesen. Die edlen Gebilde wurden zerquirlt und zermanscht, totgekocht und bewusstlos gedünstet. Das Vornehmste und Erhabenste an einem Pilz, sein edles und hochsymbolisches Erscheinungsbild, fiel dem Getriebe eines gefühllosen Siemens-Küchenmixers zum Opfer. Was hatte er da vorher auf dem Schild gelesen: ›Steinpilzsuppe nach Art der Bergbauern‹. Wie bitte: nach Art der Bergbauern? Ab achtzehnhundert Höhenmetern wuchsen verdammt nochmal keine Steinpilze mehr!

Schritte. Knackende Äste. Laub wurde niedergestampft. Schlatt hielt den Atem an, seine Augen weiteten sich vor Schreck, seine Hände verkrampften sich in dem trockenen Moos. Er kauerte immer noch hinter seinem Haselnussstrauch und hoffte inständig, dass sich die Schritte wieder entfernten. Denn jetzt hörte er auch noch Stimmen, halb geflüstert, ganz in der Nähe, nur ein paar Meter weit weg von ihm.

»Er muss hier irgendwo sein ... einen Schatten gesehen ... über die Wiese gelaufen ...«

Sie suchten nach ihm. Sie hatten ihn also am Tatort bemerkt und jagten ihn jetzt. Es war keine Einbildung gewesen. Oder doch? Schlatt wurde übel vor Angst und Panik. Gleich würde ihn eine Hand an der Schulter packen und hochziehen. Doch jetzt waren die Stimmen verstummt. Und dann entfernten sich die Schritte im Laub. Vorsichtig und quälend langsam zog er ein Fläschchen aus seiner Hosentasche. Es enthielt garantiert naturbelassenes, eigenhändig aus ausgewählten Magic

Mushrooms extrahiertes Beruhigungsmittel. Gierig nuckelte er daran. Dann stand er langsam auf. Er sah an sich herunter und lächelte. Seine herbstmanöverfarbene Tarnkleidung hatte ihn wohl gerettet. Sie machte ihn eins mit dem Wald. Er nahm noch einen tiefen Schluck aus dem Fläschchen und kehrte dem albtraumhaften Ort den Rücken. Bald war er im dichten Gehölz verschwunden, das sich um ihn schloss wie die matschige Kappe des *Schleimigen Wüstlings*, dessen Name allerdings in die Irre führte, denn dieser Pilz war durchaus essbar, er schmeckte angenehm nach Weißkraut und Rettich.

3

Kriminalhauptkommissar Hubertus Jennerwein und Polizeiobermeister Franz Hölleisen waren beide überhaupt nicht mit den stummen und reglosen Waldfrüchten zu vergleichen, dafür waren sie viel zu beweglich und zu zielstrebig. Geschickt wie die Eichkätzchen kletterten sie vom Jeep, flink wie die Stichlinge schwärmten sie aus, um das letzte Stück des Weges zum Waldrestaurant zu Fuß zu gehen. Sie hätten auch mit dem Einsatzwagen direkt vor das Restaurant fahren können. Jennerwein hatte sich jedoch für die schrittweise Annäherung an den Tatort entschieden, auf die Art war er schon mehr als einmal auf entscheidende Auffälligkeiten gestoßen.

Schon vom Parkplatz aus konnten sie in der Ferne das Gebäude sehen. Es stach bunt und werbeträchtig aus dem dezenten Waldgrün heraus, man sah den neuen Anstrich, man glaubte sogar die giftig gelbe Holzschutzlasur zu riechen. Die geschwungenen Eisengitter vor den Fenstern des ersten Stocks und das steile, ziegelgedeckte Dach wiesen darauf hin, dass es sich um ein betagteres Gebäude handelte, das chic und rustikal modernisiert worden war, ohne den hundertzwanzig Jahre alten Jugendstil-Charme zu zerstören. Die Dachziegel waren moosig grün und verwittert, die kleinen Dachgauben wirkten wie Sahnehäubchen.

Jennerwein wandte den Blick ab und betrachtete den bewusst grob gezimmerten Wegweiser, dessen Dach in derselben Farbe gehalten war:

HUBSCHMIDT's
Lodge, Resort, Mushrooms and More
10 Gehminuten
Dienstag geschlossen

»Mitten im Wald und so abgelegen hätte ich kein Restaurant erwartet«, sagte Jennerwein, während er die Schiefertafel mit den Wochenspezialitäten studierte.

»Es ist sogar ein Edelrestaurant«, erwiderte Hölleisen und verzog dabei neckisch blasiert das Gesicht. »Weißwürstchen mit Zanderfüllung und Senf aus Mango! Ich selbst war noch nie drin, mein Einkommen aus dem mittleren Polizeidienst gibt das nicht her.«

»Na, für einmal im Jahr, zum Hochzeitstag mit der Frau Gemahlin, wirds doch reichen, Polizeiobermeister?«

»Ja schon, aber wenn ich da gesehen werde, dann heißt es doch gleich: Schau hin, dort sitzt er, der feine Pinkel! Hält sich für was Besseres! Tut immer so volkstümlich und stopft sich dann im Hubschmidt's mit Hummer und Kaviar voll. Da hat man gleich einen Ruf weg. Außerdem bin ich kein Feinschmecker. Ich fühle mich in so einer geschleckten Umgebung überhaupt nicht wohl.«

»Ich doch auch nicht«, erwiderte der Kommissar lächelnd.

Eigentlich hatte niemand im Team ein besonders enges Verhältnis zu abgehobenen gastronomischen Genüssen. Sie alle aßen gerne gut, gewiss. Aber ohne viel Aufhebens. Im polizeilichen Alltag blieb dafür auch keine Zeit. Hansjochen Becker war der typische Hamburger-und-Bagel-Beißer-Cop, Ludwig Stengele aus Mindelheim zog einen Teller mit deftigen

Allgäuer Kässpätzle jeder Haute-Cuisine-Vergeistigung vor, Franz Hölleisen stammte aus einer alten Metzgersfamilie und liebte die derbe, unverschnörkelte Landkost, was oft genug auf Leberkäsesemmeln hinauslief.

»Aber nur die von der Metzgerei Moll!«, pflegte er zu sagen, denn das war sein Maßstab.

Die spindeldürre Polizeipsychologin Maria Schmalfuß hielt ein Übermaß an Raffinesse bei der Nahrungsaufnahme für eine psychopathogene, narzisstische Störung mit hohem Therapiebedarf. Sie naschte und pickte bei Tisch eher, als dass sie schlemmte. Nicole Schwattkes Kochkünste wiederum bewegten sich nach eigenen Angaben in strengen westfälischen Grenzen, und von Kommissar Jennerweins diesbezüglichen Neigungen hatte man die ganzen Jahre über nie etwas gehört. Nur ein einziges Mal hatte er angekündigt, für das Team ein leckeres Mitternachtssüppchen zuzubereiten, aber dazu war es wegen der dramatischen Ereignisse auf seiner Hütte vor zwei Jahren leider nicht gekommen. Vielleicht holte er das ja irgendwann einmal nach. Versprochen hatte er es jedenfalls.

»Läuft das Restaurant denn gut?«, fragte Jennerwein.

»Ja, ich glaube schon. Es heißt, dass man nie einen Platz dort bekommt. Aber jammern tun die in der Gastronomie trotzdem alle: kein Personal, und wenn, dann nur stinkfaules. Von den Gästen kein Trinkgeld, kein Benehmen, keinen Respekt. Und dann natürlich die Vorschriften aus Brüssel –«

Sie hatten jetzt einen jähen Anstieg erreicht, den sie schweigend hinaufstapften. Durch die scharfen Serpentinen war das Hubschmidt's wieder außer Sicht gekommen. Jennerwein blieb in der Mitte einer Steilkurve stehen und zeigte auf einen einzeln stehenden, auffällig herausleuchtenden Pilz am Wegrand. Es war ein saftiger Prachtbursche, der halbkugelige, polsterförmige Hut glänzte dunkelbraun mit einem hübschen Klacks Oliv, der gelbe Stiel wirkte stämmig, am auffälligsten war jedoch die knallrote Hutunterseite. Der Maler Schlatt hätte ihn natürlich sofort als *Flockenstieligen Hexen-Röhrling* (essbar) identifiziert, der allzu oft mit dem *Satansröhrling* (giftig) verwechselt wurde.

»Wissen Sie, was das für ein Exemplar ist, Hölleisen?«

Hölleisen betrachtete den Pilz näher.

»Das ist wahrscheinlich ein *Pappel-Schüppling*«, sagte er mit einem kleinen listigen Lächeln. »Es könnte allerdings auch ein *Gemeiner Gurkenschnitzling* sein.«

»Wollen Sie mich auf den Arm nehmen, Hölleisen? Die Namen haben Sie sich doch gerade ausgedacht.«

Hölleisen warf seinem Chef einen komisch entrüsteten Blick zu.

»Nein, wo denken Sie hin – ich und mir was ausdenken! Die heißen wirklich so. Ganz bestimmt. Ob er aber essbar ist, das weiß ich nicht.«

Jennerwein richtete seinen Blick wieder auf den Weg.

»Gibt es irgendwelche Besonderheiten bei dem Restaurant? Welche, die uns bezüglich des Falls interessieren könnten?«

»Ich habe natürlich in unseren Dateien nachgeschaut. Das Restaurant ist schon einige Male polizeiauffällig geworden. Nichts Hochkriminelles, aber es hat mehrere Anzeigen wegen Wettbewerbsverzerrung, unlauterem Wettbewerb, Geschäftsschädigung und was weiß ich noch alles gegeben.«

»Um was ging es?«

»Worum es bei Restaurants heutzutage immer häufiger geht: schlechte Bewertungen im Internet. Ein Konkurrent hat sich beschwert. Er hat dem Rico Hubschmidt vorgeworfen, Bewertungen manipuliert zu haben.«

»Ist denn das so leicht möglich?«

»Ich habe mich ein bisschen umgehört. Da gibt es Manipulationsmöglichkeiten, da schnallst du ab! Aber das kann uns die Frau Schwattke besser erklären. Die ist mit Internetdelikten aufgewachsen, rein dienstlich natürlich. Ich habe sie schon angerufen und ihr die Sachlage erklärt. Sie müsste bald kommen.«

Sie stiegen weiter den Serpentinenweg hoch. Leiser Wind rauschte durch die Blätter, an vielen Stellen lag schon Laub. Ein schwachbrüstiger Herbstmond zitterte sich unentschlossen durch den frühen Oktobernachmittag. Jennerwein drehte sich zu Hölleisen um.

»Heute hat das Restaurant Ruhetag. Dann waren die Angestellten wohl gerade bei den Vorbereitungsarbeiten für morgen?«

»Nein«, erwiderte Hölleisen. »Es sind gar keine Angestellten da. Heute haben die Mitglieder eines Laienkochclubs die Restaurantküche gemietet. Einer davon, ein gewisser Pascal Bretten, war als Erster am Tatort und hat es uns gemeldet.«

»Bretten, sagen Sie? Pascal Bretten? Der Name kommt mir bekannt vor.«

»Vielleicht waren Sie schon einmal Kunde in seinem Geschäft: Augenoptik Pascal Bretten. In der Steinstraße.«

»Nein, einen Brillenladen habe ich noch nie betreten. Mit meiner Sehschärfe hätte ich Pilot oder Luchs werden können.«

»Bretten spielt in seiner Freizeit kleine Rollen im hiesigen Theater. Vielleicht kennen Sie seinen Namen daher. Ich habe ihn auf der Bühne allerdings noch nie gesehen. Theater ist nicht so meins. Eine halbe Stunde packe ich immer, dann schweife ich mit den Gedanken ab.«

Jennerwein lächelte. Bei ihm war es ähnlich. Aber nicht, weil er dazu neigte, den Faden zu verlieren. Ganz im Gegenteil. Seine ansonsten recht nützliche Gabe, Unstimmiges in einem ansonsten stimmigen Rahmen sofort zu erkennen, führte bei Theaterabenden dazu, dass ihm der kleinste logische Fehler sofort auffiel und ihn vom eigentlichen Genuss abhielt.

»Wo ist Pascal Bretten jetzt?«

»Maria Schmalfuß bearbeitet ihn gerade. Der Anblick am Tatort hat ihn sehr schockiert. Er ist einer von der sensiblen Sorte.«

»Und wie darf ich mir diesen Kochclub vorstellen?«

»Es ist ein sehr exklusiver Verein, mit lauter angesehenen und ehrbaren Bürgern. Die treffen sich regelmäßig, und dann lassen sies krachen. Man hört, dass unter dreizehn Gängen gar nichts geht. Deshalb nennen sie sich auch so: Die dreizehn Gänge. Deutsch klingts natürlich nicht so edel, deshalb hat ein französischer Name hermüssen: Les Treize Plats.« Hölleisen blieb stehen und deutete einen höfischen Kratzfuß an. »S'il vous plaît, mon commissaire!«

Jennerwein hätte gerne etwas in dieser Art erwidert, doch er wusste nicht, was Polizeiobermeister in der Sprache der Flics hieß. Der Französischunterricht bei Frau Haage lag einfach schon zu lange zurück. Und solche nützlichen Sachen hatte man bei ihr sowieso nicht gelernt.

Bald waren sie am oberen Ende des Weges angelangt. Das Restaurantgebäude mit seiner weit vorgeschobenen Terrassenanlage lag vor ihnen. Rundum flatterten polizeiliche Absperrbänder, und einige Jäger und Sammler aus Hansjochen Beckers Spurensicherertruppe flitzten und krabbelten herum wie Ameisen, die Zuckerstücke wegschleppten. Es waren allerdings weiße Ameisen, denn alle trugen die gleichen hellen Ganzkörper-Overalls, so dass sie eher aussahen wie Riesenmaden auf zwei Beinen. Ob Hansjochen Becker selbst anwesend war, ließ sich nicht erkennen.

»Ich glaube, da können wir noch nicht rein«, sagte Hölleisen.

»Erzählen Sie mir inzwischen noch mehr von dem Kochclub«, sagte Jennerwein. »Sie scheinen ja ganz gut Bescheid zu wissen.«

»Ich kenne einige von den Treize Plats. Ein paar sogar näher. Darum ist dieser Fall für mich persönlich gar nicht so leicht zu packen, das müssen Sie mir glauben. Aber ich will es professionell angehen.« Er räusperte sich. »Bei denen ist es ein bisschen wie bei einem Geheimbund. Man kann da nicht einfach Mitglied werden, jemand muss für einen bürgen, wie bei den Freimaurern. Der Rico Hubschmidt ist der Einzige, der vom Gastronomiefach ist. Die anderen sind Ärzte, Unternehmer, Rechtsanwälte, mit dem Laienschauspieler Pascal Bretten haben sie auch einen Künstler dabei.«

»Es sind lauter Männer? Wie man sich das bei einem Kochclub so vorstellt?«

»Nein, bei den Dreizehn Plattlern sind auch Frauen dabei. Zum Beispiel die Erika Lorek, die zusammen mit ihrem Mann, dem Dachdeckermeister Thomas Lorek, zu den Kochabenden geht. Wahrscheinlich sind die beiden so etwas wie die Quotenproletarier.«

»Thomas Lorek – ist das nicht das Opfer, das in der Suppe ertrunken ist?«

»Richtig. Der Lorek ist der letzte Spross einer alten Dachdeckerdynastie gewesen. Fünfte Generation, gut laufendes Geschäft, viele treu ergebene Angestellte, seine Frau Erika ein bisschen bieder, aber bildhübsch, herzige Kinder – und dann muss er so enden. Direkt würdelos für einen Dachdecker, finden Sie nicht? Das Ertrinken, meine ich.«

»Die Mitglieder sind also lauter ehrenwerte Bürger.«

»So ist es. Und ganz arm ist da auch niemand. Jedenfalls veranstalten die manchmal Wohltätigkeitsaktionen: einen Stand auf dem Christkindlmarkt, Spendenaufrufe, Sammlungen mit der Klingelbüchse, Schirmherrschaften, solche Charity-Sachen halt.«

»Der Angriff könnte also dem Club insgesamt gegolten haben?«

Hölleisen kratzte sich am Kopf.

»Ich weiß nicht so recht. Was soll jemand gegen solch einen zwar gspinnerten, aber dann doch letztendlich harmlosen Verein haben?«

Jennerwein zuckte die Schultern.

»Wird denn immer in diesem Restaurant gekocht?«

»Meistens, ja. Da haben sie wahrscheinlich die am besten ausgestattete Küche. Der jeweilige Löffelführende bestimmt die Gerichte, und einer darf immer einen Überraschungsgast mitbringen.« Verschwörerisch und mit einer angedeuteten vorgehaltenen Hand fügte Hölleisen hinzu: »Einmal, so wird gemunkelt, soll der Bundespräsident höchstpersönlich dabei gewesen sein.«

»Nur gemunkelt? Bei so einem Kaliber wie dem Bundespräsidenten müsste sich das doch herumgesprochen haben, schon allein wegen der Koordination der Security mit der lokalen Polizei.«

»Eben nicht! Der soll ganz alleine gekommen sein und sich darauf verlassen haben, dass nichts nach außen dringt.«

Jennerwein schüttelte verwundert den Kopf. Hölleisen seufzte. Auf seinem gutmütigen Gesicht erschien ein Anflug von Sorge.

»Ja, wie soll ich sagen: Es gibt noch jemanden, der bei dieser Hobbykochclique dabei ist, nämlich eine alte Bekannte von Ihnen, Chef. Es wird Ihnen nicht gefallen, aber so ist es. Die Staatsanwältin Antonia Beissle.«

Über Jennerweins Miene huschte ein sorgenvoller Schatten.

»Die schon wieder. Ich wusste gar nicht, dass die kochen kann. Ihre Apfel-Maracuja-Muffins beim letzten Klassentreffen waren jedenfalls steinhart.«

»Vielleicht hat sie sich ja deshalb den Dreizehn Gängen angeschlossen. Um es zu lernen.«

Jennerwein musste lächeln. Antonia war Klassenkameradin von ihm gewesen, schon damals hatte er sich mit ihr gefetzt, wo es nur ging. In den letzten Jahren hatten sich ihre Wege immer wieder und in immer kürzeren Abständen gekreuzt. Antonia hatte sich in ihrer Eigenschaft als zuständige Staatsanwältin in seine Ermittlungen eingemischt und ihn dabei oft zur Weißglut getrieben. Sie hatte ihm dazwischen aber auch immer wieder geholfen. Umgekehrt genauso. Er hatte sie einmal sogar aus einer lebensgefährlichen Situation befreit. Aber im Grunde schien sie nur ihre gegenseitige Abneigung zu verbinden.

»Ist sie schon informiert?«

Die Antwort Hölleisens ging im lauten Geknatter eines Hubschraubers unter, der hinter dem Gebäude startete. Becker ließ damit wohl die ersten Materialproben ins Labor fliegen.

Die Spurensicherermaden taten ihre kleinteilige und schweißtreibende Arbeit, die meisten von ihnen befanden sich auf der anderen Seite des Gebäudes. Vorsichtig hob Jennerwein das Absperrband hoch, um über die Wiese zum eigentlichen Tatort zu gelangen. Sie zeigten ihre Dienstmarken, eine der Maden winkte, näher zu treten.

»Eine gepflegte Hütte«, rief Jennerwein anerkennend und musterte das Gebäude von oben bis unten.

Es war ein zweistöckiges Haus mit gut erhaltenem Mauerwerk und gelb bemalten Holzverblendungen. Im ersten Stock waren kleine Zierbalkone zu sehen, die Fenster dort waren mit schmiedeeisernen Gittern gesichert, eine deutliche Erinnerung an die ehemalige Nervenheilanstalt.

»Ja, der Rico Hubschmidt hat das alte, verfallene Sanatoriumsgebäude renoviert«, sagte Hölleisen. »Er hat dabei ziemlich viel Geld reingesteckt. Aber wenn sie natürlich so einen wie den Bundespräsidenten einladen, dann ist diese Lage schon das Beste. Etwas erhöht, mit mehreren Fluchtwegen nach allen Seiten. Sogar einen Hubschrauberlandeplatz gibt es hinter dem Haus.«

»Ich brauche jedenfalls eine Liste der Mitglieder von Les Treize Plats.«

»Ich habe schon damit angefangen, Chef. Manche kenne ich ja. Aber eine vollständige Liste zu bekommen, ist wahrscheinlich nicht so ganz einfach, nachdem es ja ein Geheimbund ist. Doch angesichts der traurigen Umstände werden sie schon damit rausrücken.«

Sie gingen auf der breiten, edel mit Terrakotta gepflasterten Terrasse um das Gebäude herum, versuchten auch ein paar Blicke durch die Fenster zu werfen. Die meisten waren jedoch durch altmodische, ebenfalls frisch gestrichene Fensterläden verschlossen. Über den Fenstern waren Tafeln angebracht, auf denen launige Sentenzen zum Thema Wein, Bier und Schnaps zu lesen waren. Sokrates, Goethe, Freud, Adorno – es schien so, als hätte jeder Dichter und Denker etwas zu dem Thema geschrieben.

»Schade, dass man einen Wein nicht streicheln kann.«
Kurt Tucholsky

»Der Wein wandelt den Maulwurf zum Adler.«
Charles Baudelaire

»Der Rausch ist ein Zustand, der zu Affekten disponiert, indem er die Lebhaftigkeit der anschaulichen Vorstellungen erhöht, das Denken *in abstracto* dagegen schwächt und dabei noch die Energie des Willens steigert.«
Arthur Schopenhauer

Bald standen sie vor der Küchenzeile. Hier war die Fensterfront auslagenähnlich vergrößert worden, sie lud zum Hineinschauen ein, die vorbeiflanierenden Gäste sollten wohl den Eindruck einer sauber-kreativen Küche bekommen, die nichts zu verbergen hat.

»Ein merkwürdiger Tatort«, murmelte Jennerwein. »Eine voll erleuchtete, offene Bühne.«

Einer der Spurensicherer winkte sie wortlos näher, als ob durch eine gesprochene Aufforderung allzu feine Spuren, die noch in der Luft lagen, zerstört worden wären. Er zeigte auf eine Stufe schräg neben dem Fenster, von wo aus man einen relativ guten Blick in die Küche hatte. Als Jennerwein und Hölleisen sich genau an der Stelle befanden, von der aus Siegfried Schlatt vorher in die Küche geschaut hatte, bot sich den Polizisten der gleiche schreckliche Anblick. Ein großgewachsener Mann mit quietschgrünem T-Shirt und saucenverschmierter Kochschürze war über den Herd gebeugt, sein Kopf war vollständig in einem großen Topf versunken. Die Hubschraubergeräusche waren inzwischen verstummt, die völlige Ruhe wirkte wie ein Paukenschlag.

»Ein Siebzig-Liter-Topf«, bemerkte Hölleisen trocken. »Da hat schon was Platz drin.«

Jennerwein beugte sich vor. Die Hände des Mannes waren unter das Eisengitter des Gasherds geschoben, die Finger gespreizt und unnatürlich verdreht, was den Körper daran hinderte, vom Herd herunterzurutschen und auf den Boden zu fallen. Die Hände waren an einigen Stellen bis auf die Knochen verbrannt. Der Topf selbst war bis zum Rand gefüllt, viele eingetrocknete Suppenspritzer neben dem Gasbrenner verrieten, dass er übergelaufen war. Eine Armlänge vom Topf entfernt lag der passende Deckel dazu. Jennerwein fiel auf, dass er blitzblank war. Es schien so, als ob er nachträglich hingelegt worden wäre.

Ein Räuspern ertönte. Hansjochen Becker, der Alphaspurensicherer, stand hinter ihnen. Seine Haare waren superkurz geschnitten, deswegen fielen seine großen, abstehenden Ohren besonders auf. Becker hatte seinen Helm abgenommen, bunte, herausquellende Drähte und ein blinkendes Display in der Sichtscheibe verrieten, dass es sich um einen Funktionshelm handelte mit Infrarotsensor, Kamera, Materialbestimmungstool und anderen Messgeräten.

»Viel Hoffnungen mache ich Ihnen diesmal nicht«, sagte er mit seiner knarzigen, unfreundlich wirkenden Stimme. Alle wussten, dass er es nicht so meinte. »Wir haben es hier mit einem aus Forensikersicht äußerst unergiebigen Tatort zu tun. Nicht, weil wir zu wenig Spuren vorgefunden haben, sondern weil es ganz im Gegenteil viel zu viele davon gibt. Auf kleinstem Raum hat sich eine Horde von Menschen bewegt. Hustende, schwitzende, herumtrampelnde Spurenvernichtungsmonster. Jeder hat die seines Vorgängers überlagert und verfälscht und sie dadurch bedeutungslos gemacht. Die scharfen Reinigungsmittel, die in einer Küche offensichtlich tonnenweise verwendet werden, erleichtern unsere Arbeit auch nicht gerade. Der Todeszeitpunkt ist wegen der großen Temperaturschwankungen und der hohen Luftfeuchtigkeit in der Küche nicht genau festzustellen. Auch die Gerichtsmediziner werden keine große Freude an dem Tatort haben.«

»Dürfen wir schon rein?«

»Nein, wir brauchen noch eine Weile. Die Menge an Töpfen und Tiegeln und Kisten, die wir zu untersuchen haben, ist enorm. – Aber hier auf der Terrasse können Sie sich schon frei bewegen.«

»Eine Frage habe ich noch«, sagte Jennerwein.

Becker zuckte die Schultern.

»Brannte die Gasflamme unter dem Topf noch, als Sie am Tatort eintrafen?«

»Genau das habe ich Pascal Bretten, den Augenoptiker, auch gefragt. Er gab an, dass sie bei seinem Eintreffen noch auf allerkleinster Stufe stand. Er hat sie ausgeschaltet.«

»Haben Sie die Temperatur der Brühe gemessen?«

Becker warf Jennerwein einen kurzen Blick zu.

»Nein, Chef, ich bin den ganzen Nachmittag auf der Terrasse gesessen und habe mir die Fingernägel lackiert. Ich mache hier nur Urlaub.«

Zur gleichen Zeit irrte der kleine, bucklige Mann mit der sandfarbenen Ballonmütze immer noch schwer atmend und mit gehetztem Blick durch den Wald. Der Landschafts- und Pilzmaler Siegfried Schlatt versuchte vergeblich, das Bild der Leiche aus seinem Kopf zu bekommen. Jetzt hielt er an und ließ sich erschöpft auf einem umgestürzten Baumstamm nieder. Er war so durcheinander, dass er inzwischen nicht mehr ausschloss, dass er selbst es war, der den Mord begangen hatte.

4

Hölleisen und Jennerwein traten wieder ans offene Fenster, um die Leiche des Mannes in den braunen Kniebundhosen genauer in Augenschein zu nehmen. Hölleisen schüttelte den Kopf.

»So etwas Brutales habe ich meiner Lebtag noch nicht gesehen«, sagte er mit einem winzigen Beben in der Stimme. Dann wandte er sich nachdenklich an seinen Chef. »Ich weiß nicht, wie ich sagen soll, aber mir ist da gerade eine ganz blöde Idee gekommen.«

Hölleisen sprach nicht weiter.

»Los, raus damit«, sagte Jennerwein. »Es gibt keine blöden Ideen.«

»Es ist doch schon wieder so ein Bär unterwegs«, begann der Polizeiobermeister zögerlich. »So ein Problembär wie der Bruno vor ein paar Jahren. Die Österreicher oder sogar Italiener haben ihn ausgewildert. Wie damals. Er ist hier in der Gegend gesehen worden. So ein Bär kennt natürlich keine Staatsgrenzen. In ein bewohntes Gebiet traut er sich nicht, der Bär, aber ich stell mir vor, dass er im Wald auf einmal die Wirtschaft entdeckt. Er riecht die Speisen, die Tür steht offen, er glaubt, das ist alles für ihn, er sieht den Mann und meint, dass der ihm gerade seinen Brei wegfrisst –«

Hölleisen unterbrach sich. Er erwartete wohl, dass Jennerwein ihn auslachte, aber der blickte ihn ernst an.

»Die Brutalität, mit der die Tat durchgeführt wurde, ist jedenfalls bestialisch, da haben Sie recht.«

»Drum bin ich auf den Bären gekommen. Man muss ja, soviel ich weiß, den Kopf eines Menschen mehrere Minuten unter Wasser halten, bis man sicher sein kann, dass der Tod eingetreten ist. Da gehört eine Riesenkraft dazu.«

Hämisches Gelächter erschallte hinter ihnen.

»Der Bär? Der herumstreunende Bär, der in die Fotofalle getappt ist, der soll den armen Dachdecker in die heiße Brühe getaucht haben?«

Das war Becker, der zurückgekommen war und Hölleisens erste Arbeitshypothese wohl mitgehört hatte.

»Sonst noch Auffälligkeiten?«, fragte ihn Jennerwein.

Becker knurrte wie ein Hund. Er war schon immer ein grummeliger Typ gewesen. Aber jetzt hatte er sich dieses langanhaltende Hundeknurren angewöhnt. Vielleicht lag es ja auch an den Zähnen, die ihm beim vorletzten Fall vor zwei Jahren ausgeschlagen worden waren, bei den Geschehnissen auf der Hütte, bei denen Jennerwein nicht mehr zum Süppchenkochen gekommen war. Auch einige von Beckers Mitarbeitern hatten sich dieses Knurren inzwischen angewöhnt.

»Ja, Auffälligkeiten gibt es mehr als genug«, knurrte Becker weiter. »In dem Raum, der an die Küche angrenzt und der eingerichtet ist wie ein Büro, ist ein Safe in die Wand eingelassen. Er stand sperrangelweit offen. Wohlgemerkt liegt keine gewaltsame Öffnung vor, es ist auch nicht drin herumgewühlt worden, soweit wir sehen konnten. Der Inhalt besteht hauptsächlich aus Kochrezepten, auch handgeschriebenen, manche sogar in altdeutscher Schrift. Wir haben natürlich alles sichergestellt und katalogisiert. Was wir aber in der hintersten Ecke noch gefunden haben, hat uns dann doch überrascht.« Becker machte eine genüssliche Pause. »Der kleine üble Geruch von Uhu, vermischt mit Meerrettich und Kalk.«

»Kokain?«, fragte Jennerwein überrascht.

»Ja, genau. In Sichtverpackungen portioniert, so ähnlich wie bei den Blistern, die man von Tabletten her kennt. Die Portionsmengen haben uns dann allerdings vor ein neues Rätsel gestellt. Zehn Milligramm Kokain scheint mir viel zu wenig für eine Linie.«

»Vielleicht ist es eine Kinderportion«, warf Hölleisen ein.

Strenger Blick von Jennerwein, missbilligendes Knurren von Becker, schuldbewusstes Schulterzucken von Hölleisen. Von Ferne näherte sich schon wieder ein Helikopter.

»Dann hat also der Restaurantbesitzer gedealt?«

»Der Hubschmidt? Ein Dealer?«, lachte Hölleisen. »Der ist so gespickt, der braucht sich wirklich nichts dazuzuverdienen.«

»Na ja, und auch die Mengen sprechen dagegen.«

»Vielleicht wollte er sein Küchenpersonal bei Laune halten. Sozusagen ein kleiner Gruß *in* die Küche. Man hört, dass der Beruf des Kochs sehr anstrengend sein soll. Dauernd in dieser Hitze.«

Hölleisen wandte seinen Blick wieder dem toten Dachdecker zu. Zwei Spurensicherer hoben den Kopf vorsichtig hoch, ein anderer zog den Topf weg, unter das Gesicht wurde eine Folie geschoben.

»Da fällt mir ein, dass der arme Teufel auch schon einmal bei mir zu Hause war«, sagte Hölleisen. »Meine Frau hat ihn angerufen, wegen eines Schuppendachs in unserem Garten, das undicht geworden ist. Er hat versprochen, es zu richten. Normalerweise ist das ja mit den Handwerkern so eine Sache. Aber der Lorek ist nicht erst nach einem halben Jahr, sondern sofort gekommen. Und das Dach war in Nullkommanix fertig. So einer war das. Einer von den Zuverlässigen.«

Die Spurensicherer hatten den Kopf Loreks vollständig mit Folie umwickelt, jetzt legten sie den Mann vorsichtig auf eine bereitgestellte Bahre. Zwei andere trugen den schweren Topf aus dem Raum. Jennerwein wandte sich an Hölleisen.

»Wenn Lorek der Chef einer großen Firma mit mehreren Filialen war, dann wundert es mich schon, dass er noch höchstpersönlich zu seinen Kunden geht, um dort Reparaturen durchzuführen.«

»Vielleicht hat er mir einen Gefallen tun wollen.«

»Vielleicht wollte er sich auch aus irgendeinem Grund mit der Polizei gut stellen und sich bei Ihnen einschmeicheln«, mischte sich Becker ein.

»Ja, schon möglich«, sagte Hölleisen. »Aber dabei hat er bestimmt nicht an seine eigene Morduntersuchung gedacht. Ich will jedenfalls meinen Teil dazu beitragen, den zu finden, der Lorek das angetan hat.«

Die Spurensicherer trugen die Leiche aus der Küche, Jennerwein beugte sich über das Fensterbrett weit in den Raum hinein. Den meisten Platz nahm ein riesengroßer Herd mit zwölf Gaskochstellen ein, der in der Mitte des Raums stand. Jennerwein schätzte, dass in dieser Küche mindestens acht Köche gleichzeitig arbeiten konnten. Zwischen Herd und Wand kamen gerade einmal zwei Leute aneinander vorbei. Die Wände waren vollgestellt mit Regalen, an den freien Flächen waren viele bunte Zettel und Listen zu sehen. Auf einer Buchstütze lag ein aufgeschlagenes Buch, vielleicht ein Rezeptbuch. Zwei große gerahmte Fotos fielen besonders auf. Das eine zeigte Rico Hubschmidt, den Inhaber, eine blendende und gutgelaunte Erscheinung. Auf dem anderen Bild war eine Gruppe von nicht minder gutgelaunten Personen zu sehen, die alle weiße Kochschürzen trugen und stolz in die Kamera blickten. Den Stolz und die gute Laune konnte man freilich nur aus ihrer Körperhaltung schließen, denn alle hielten sich eine Bratpfanne vors Gesicht. Auf sämtlichen Kochschürzen prangte das Logo des Kochclubs, eine verschlungene Dreizehn. Bei den Namen oder vielmehr Spitznamen, die darunter standen, stach dem Kommissar einer sofort ins Auge: Brikett. Jetzt fiel es ihm wieder ein. Damit war die Staatsanwältin schon zu Schulzeiten geneckt worden. Antonia Beissle, das Brikett. Gründe dafür gab es mehrere. Da war einmal der politisch tiefschwarze Hintergrund der Familie, aber auch die väterliche Kohlenhandlung und nicht zuletzt ihre abgrundschwarzen Augen, Haare und vielleicht auch Seele. Jennerwein riss sich von ihrem Anblick los. Er wollte jetzt nicht in Erinnerungen versinken. Der Mann, der in der Mitte der Gruppe stand, hielt sich keine Pfanne vor den Kopf, über sein Gesicht war ein Fragezeichen geklebt oder hineinkopiert worden. Das musste der Ehrengast sein, dessen Anonymität gewahrt bleiben sollte. Becker winkte Jennerwein und Hölleisen weiter zum nächsten Fenster, durch das man in den anderen Teil der Küche sehen konnte.

»Dort liegt die zweite Leiche«, sagte Hansjochen Becker.

schmackofatz.de

Ihr Bewertungsportal – Restaurants weltweit vergleichen

HUBSCHMIDT's

4,3 (41) · Gehobene Küche

Dienstag geschlossen · Öffnet um 17:30

Restaurant mit stylishem naturfarbenen Design · kreative Haute Cuisine · Essen bis spätabends · Sitzplätze im Freien · Kleidung zwanglos

Bewertung (verifizierter Kunde):

✦ ✦ ✦ ✦ ✦ ✦ (= hervorragend)

Hubert S. schrieb:

Wir sind den wunderbaren Waldweg raufspaziert und haben uns dadurch richtig Appetit geholt. Wenn man das Gebäude dann das erste Mal sieht, ist man völlig geplättet, so prächtig beleuchtet steht es in der Landschaft. Es soll ja früher eine Irrenanstalt gewesen sein, davon merkt man aber nichts mehr, auch drinnen nicht. Im gemütlichen Gastraum mit den bequemen Sitzen hat man einen herrlichen Ausblick auf den abendlichen und ebenfalls teilweise beleuchteten Wald. Dazu erklingt gedämpfte appetitanregende Musik. Der freundliche Oberkellner Jacques lächelt verschmitzt, als er uns die Vorspeise bringt, eine lecker aussehende Suppe, in der herrliche Steinpilze schwimmen. Wir hatten den Eindruck, als ob sie gerade gepflückt worden wären. Und dann die Überraschung! Es waren überhaupt keine Steinpilze, sondern Rinderfiletspitzen, die wie Steinpilze zugeschnitten und gefärbt worden waren. Täuschend echt! Das ist die Philosophie von Hubschmidt's, sagte Jacques: Nichts ist, wie es scheint. Und so ging es Schlag auf Schlag. Ein saftiges Steak, und als wir hineinbissen, bestand es aus Vollmilchschokolade. Zwei Kugeln Zitroneneis mit Sahne, aber es waren Selleriestücke mit Meerrettichsauce. Völlig verzaubert haben wir uns kurz vor Mitternacht an den Abstieg gemacht. Hubschmidt's – lauter Fakes und trotzdem hats geschmeckt!

P. S.

Nur beim Kaninchenfilet sind wir reingefallen.
»Hier kommt das Kaninchenfilet«, sagte Jacques breit lächelnd.
Es war wirklich eins.

5

Beim Blick durch das zweite große Küchenfenster fiel wieder zuerst der Herd ins Auge, der vollgestellt war mit Töpfen in verschiedenen Größen und Farben, dann das Hängeregal an der Decke, von dem Pfannen und anderes Kochgeschirr baumelten. Jennerwein und Hölleisen beugten sich auch hier über das Fensterbrett, um ins Innere des Raums zu sehen. Auf dem Küchenboden, zwischen Wand und Herd, lag eine zusammengekrümmte Gestalt in seitlicher Lage, in einer Art Fötushaltung. Der Mann trug, wie der Dachdecker Lorek, eine Kochschürze, ganz deutlich konnte man den aufgedruckten Namen erkennen: Werner Reininghaus (Schmatzer). Der Kopf wurde vom unteren Rand des Herds verdeckt, das Gesicht war nicht zu erkennen. Um ihn herum verstreut lagen Obst- und Gemüsestücke, viele davon zertreten.

»Es handelt sich bei dieser Leiche ebenfalls um ein Clubmitglied«, sagte Becker. »Pascal Bretten hat ihn identifiziert. Es ist Werner Reininghaus, seines Zeichens Flugkapitän. Er ist sogar im Vorstand des Kochclubs.«

»Er wurde erstochen«, mischte sich eine Frau ein, die sich als Mitarbeiterin der Gerichtsmedizin vorstellte. »Ich bin die Vertretung von Frau Dr. Verena Vitzthum«, fügte sie rasch hinzu. »Sie müssen bei diesem Fall schon mit mir vorliebnehmen.«

Das sollte locker und witzig klingen, doch Jennerwein spürte die Unsicherheit, die mitschwang. Sie war neu in

dem Beruf, stand wohl im Schatten der erfahrenen Verena Vitzthum.

»Können Sie uns das genauer schildern?«, fragte Hölleisen.

»Der Stich traf ihn von hinten in der Höhe der zwölften Rippe, er ging an der Niere und an der Wirbelsäule vorbei und durchtrennte die Bauchschlagader. Das Messer steckte nicht mehr, als wir kamen, es war gelockert und herausgezogen worden.«

»Von Pascal Bretten«, rief Becker, der seinen Unmut jetzt nicht länger verbergen konnte. »Er hat die Gasflammen ausgeschaltet, er ist überall rumgestiefelt, er hat die Leichen bewegt und und und. Eine Katastrophe für uns. Aber man kann es ihm nicht so recht verübeln. Er musste ja schauen, ob noch jemand lebt. Na ja, eigentlich hat er alles richtig gemacht. Ich glaube, Maria quetscht ihn gerade aus.«

Die stellvertretende Gerichtsmedizinerin ergriff wieder das Wort.

»Die Tatwaffe, die wir neben dieser Leiche gefunden haben, ist augenscheinlich ein Messer aus dieser Küche, ein japanisches Hōchō-Messer. Sehen Sie, da drüben fehlt eines im Block. Das Messer ist frisch geschliffen und schneidet wie Sau, ich habe selbst so eines zu Hause.«

»Ist der tödliche Stich ein Zufallstreffer?«, fragte Jennerwein.

»Entweder das, oder der Täter hatte ausgesprochen gute anatomische Kenntnisse. Die Durchtrennung der Bauchschlagader führt zwangsläufig zum raschen Tod durch inneres Verbluten, wenn man den Stich genau ansetzt. Die Klinge muss dabei waagrecht geführt werden. Aber dafür braucht man nicht Medizin studiert zu haben, das alles kann man heutzutage ja googeln.«

»Dadurch gerät meine Bären-Theorie aber ganz schön ins

Wackeln«, murmelte Hölleisen. »Außer ein Bär kann den Griff eines Messers umklammern.«

»Bären haben keine Daumen«, sagte die stellvertretende Gerichtsmedizinerin, die alles richtig machen wollte.

Jennerwein beugte sich wieder durch das geöffnete Fenster. Der Tote trug ein geblümtes Baumwollhemd unter der Kochschürze, das sich rund um die Einstichstelle mit Blut vollgesogen hatte. Seine Sonnenbrille lag zerbrochen neben seiner Schulter. Der Körperbau des Mannes war athletisch, wie man es bei einem Flugkapitän auch erwartete.

»Dem Einstichwinkel nach war der Täter etwa gleich groß wie das Opfer.« Unsicher fügte die Stellvertretende hinzu: »Wenn Ihnen das etwas nützt.«

»Ja, tut es«, antwortete Jennerwein freundlich. »Können Sie uns etwas über die Reihenfolge der Morde sagen?«

Die Gerichtsmedizinerin schaute bekümmert drein.

»Leider nicht. Und das wird auch schwierig werden wegen der wechselnden Temperaturverhältnisse in solch einer Küche. Unter den Bodenleisten und in den Bodenplatten gibt es Düsen, die die Küche automatisch reinigen. Das verfälscht all unsere Ergebnisse.«

Jennerwein bemerkte, dass die Frau großen Respekt vor ihm hatte, verbunden mit der Angst, etwas falsch zu machen. Um sie zu beruhigen, setzte er die Miene auf, die, wie er wusste, bei nervösen Zeugen wirkungsvoll war.

»Sie haben gute Arbeit geleistet. Was mich noch bezüglich der ersten Leiche interessiert: Wie lange dauert es, bis man in einer heißen Flüssigkeit ertrinkt?«

»Dazu sind genauere Untersuchungen nötig. Dürfen wir die Leichen jetzt abtransportieren? Bevor sie auskühlen? Das wäre eine große Hilfe für uns.«

»Einen Moment noch«, unterbrach Jennerwein. »Halten Sie mich meinetwegen für altmodisch, aber ich muss mir unbedingt einen direkten Eindruck verschaffen. Becker, geben Sie mir Schutzkleidung in meiner Größe. Ich muss mir einiges aus der Nähe ansehen.«

»Wie Sie meinen, Chef«, knurrte Becker, der allerdings schon eine Garnitur mit Overall samt Helm, Handschuhen und Überstiefeln bereithielt, als hätte er damit gerechnet, dass sein Chef sich den Tatort nicht nur durchs Fenster ansehen wollte. Rasch verwandelte sich Jennerwein in eine weiße Made. Er ging um das Gebäude herum, ließ sich von einem weiteren Mitarbeiter Beckers mit einem Spray behandeln – er hatte keine Ahnung, wozu das gut war – und betrat die Küche, vorsichtig einen Fuß vor den anderen setzend. An der Stelle, an der die Leiche des Dachdeckers über den Kochtopf gebeugt war, ging Jennerwein in die Knie und warf einen Blick unter den Herd, dessen Bodenkonsole zwei Handbreit über den Fliesen endete. Ein kleiner, blitzender Gegenstand erregte seine Aufmerksamkeit. Er nahm einen Beweissicherungsbeutel aus der Brusttasche und zog den silbernen Löffel, der dort lag, mit einem Bleistift zu sich her. Auf einer Seite war er mit Saucenresten beschmiert. Jennerwein gab den Löffel in den Plastikbeutel und reichte ihn durchs offene Fenster nach draußen.

»Bravo, Chef«, knurrte Becker. »Müssen wir wohl übersehen haben.«

Der erstochene Flugkapitän lag wenige Schritte davon entfernt. Auch diese Leiche betrachtete Jennerwein genau, doch er fand zunächst nichts Bemerkenswertes. Als er aufstand, zögerte er. Er konnte nicht sagen was, aber irgendetwas war da merkwürdig. Er sah sich die Leiche nochmals von allen Seiten an, was wegen der beengten Platzverhältnisse nur bedingt möglich war, dabei prägte er sich die Stellung des liegenden Körpers ein. Jennerwein ging weiter, an dem Foto mit den Pfannengesichtern vorbei. Sein Blick streifte einige an die Wand gepinnte Rezepte mit Fotos dazu: Hubschmidt's Minestrone aus dem eigenen Gemüsegarten, Hubschmidt's Lamm-Bolognese mit hausgemachter Pasta, Hubschmidt's ›seibabrockte‹ Steinpilzsuppe, Hubschmidt's da und Hubschmidt's dort. Als Jennerwein das Rezept mit der Lamm-Bolognese und vor allem das dazugehörige Foto sah, stieg sofort eine Erinnerung in ihm auf. Seine Mutter hatte an Festtagen immer Spaghetti mit Lammbolo gekocht. Seine Mutter machte die beste Lammbolo der Welt. Jennerwein, der momentan eigentlich im nüchternen Ermittlermodus war, lief das Wasser im Mund zusammen. Schon glaubte er den eleganten, feinwürzigen Geruch der Bolognese zu vernehmen und das sanfte Zischen zu hören, wenn die Mutter ein Stück gelbsatte Bauernbutter auf die glänzenden heißen Nudeln gleiten ließ. Jennerwein konnte sich nicht dagegen wehren. Er schluckte. Entschlossen ging er um den Herd herum.

Dort lag das dritte Mordopfer, ebenfalls zusammengekauert und mit angezogenen und verdrehten Gliedmaßen. Die schwere gusseiserne Pfanne, die augenscheinlich die Ursache für den Tod dieses Opfers gewesen war, war von Beckers Leuten schon entfernt worden. Jennerwein wandte sich kurz ab. Er atmete tief durch. Jetzt musste er professionell arbeiten. Er durfte sich keinesfalls durch persönliche Empfindsamkeiten ablenken lassen. Jennerwein zwang sich, wieder hinzusehen. Aus seiner Perspektive konnte er nur einen kleinen Teil der weißen Schürze sehen, dazu ein spitzes Knie, das in die Luft stach. Gerade als er näher treten wollte, bemerkte er, dass sich von der anderen Seite eine weitere Mitarbeiterin der Gerichtsmedizin über die Leiche beugte und sie so größtenteils verdeckte. Er zog den Kopf sofort wieder zurück.

»Entschuldigen Sie, ich will nicht stören«, sagte er.

»Hier gibt es noch viel Arbeit, Kommissar«, sagte die Mitarbeiterin. »Todesursache ist jedenfalls ein Schädelbruch. Ob er von einer heruntergefallenen Pfanne oder einem Schlag mit einer solchen herbeigeführt wurde, untersuche ich gerade. Es ist besser, wenn die Leiche dazu nicht transportiert wird. Lassen Sie mich bitte noch ein wenig mit ihr allein.« Ein weiß behandschuhter Finger zeigte kurz nach oben. »Ob Unfall oder nicht, die Pfanne ist jedenfalls über dem Vorbereitungstisch aufgehängt gewesen. Und jetzt entschuldigen Sie mich bitte, Kommissar. Der Körper kühlt aus.«

»Ja, natürlich, tun Sie Ihre Arbeit«, sagte Jennerwein und seine Stimme zitterte leicht.

Er sah sich in der Küche um. War dem Täter bewusst gewesen, dass die Beengtheit dieses Tatorts die Ermittlungen enorm erschweren würde? Wieder blieb Jennerweins Blick an Rezepten hängen, die büschelweise aus der Pinnwand zu wachsen schienen: Marillenknödel nach Art der Herzöge von Niederbayern. Panierte Riesenschirmlingskappen. Gamsrücken in der Salzkruste. Rinftln. Das dicke aufgeschlagene Buch auf dem hölzernen Lesepult war voll von handschriftlichen Notizen und eingeklebten Rezeptausrissen aus Zeitschriften. Jennerwein blätterte mit dem Bleistift um, jede Seite war übersät mit Saucenflecken: das heilige Buch der Dreizehn. Von der Küche führte eine Tür in den Nebenraum. Sofort fiel ihm dort der offene Tresor ins Auge, von dem Becker gesprochen hatte.

»Hallo Spatzi!«, rief eine piepsige Teenagerstimme in seinem Rücken. Jennerwein drehte sich um. Auch hier handelte es sich um eine weibliche, vollständig uniformierte Spurensicherin. Sie ging jetzt auf ihn zu.

»Hast es wohl nicht nötig anzuklopfen. Jetzt aber an die Arbeit. Der Obermotz ist eingetroffen.«

Erst langsam begriff Jennerwein, der sonst so viel und schnell begriff, dass ihn die Made verwechselt hatte und dass mit dem Obermotz niemand anderer als er selbst gemeint war. Jennerwein wollte der jungen Frau weitere Peinlichkeiten ersparen.

»Sind Sie noch nicht fertig hier?«, fragte er schließlich. »Ich bin nicht Spatzi, ich bin Kommissar Jennerwein.« Lächelnd fügte er hinzu: »Der Obermotz.«

»Ja, Mensch, warum sagt mir denn das niemand?«, stieß die junge Spurensicherin erschreckt hervor. »Entschuldigen Sie, Kommissar, aber das war überhaupt nicht abwertend gemeint. Mit ›Obermotz‹ habe ich etwas ganz anderes sagen wollen.«

»Ja, ist schon gut.«

»Mit einem Obermotz wird in der Video-Community ein besonders starker Gegner am Ende eines Levels bezeichnet, der bombastisch in Szene gesetzt wird –«

»Ich habe schon verstanden«, unterbrach Jennerwein. »Sind Sie fertig hier?«

Die Made trollte sich. Jennerwein sah sich in dem Raum um, der als Büro diente. Am Tisch saß ein Mann. Er war gegen die hohe Stuhllehne gepresst und saß schräg und verkrampft im Stuhl. In seiner Miene spiegelte sich unsägliche Qual, gegen die die anderen Todesarten ein Zuckerlecken zu sein schienen. Dieser Mann war vergiftet worden. Die blauen Lippen, die herausquellenden Augen, der panische Gesichtsausdruck deuteten darauf hin. Kommissar Jennerwein erkannte den Mann. Es war der Inhaber des Restaurants, Rico Hubschmidt. Auf dem Tisch vor ihm stand ein Teller mit einem Pilzgericht. Daneben lag ein Zettel mit der Aufschrift:

»Bitte unbedingt probieren. Bin auf dein fachmännisches Urteil gespannt. Ken.«

6

Jennerwein musste an den Pilz mit der auffällig roten Kappenunterseite denken, den er beim Heraufgehen am Wegrand gesehen, dessen Namen er allerdings schon wieder vergessen hatte. *Teufelsschüppling? Höllenröhrling?* Der Teller, vor dem der tote Inhaber des Restaurants saß, war gefüllt mit ähnlich aussehenden Pilzen. Sie schwammen in einem kleinen See aus Rahmsauce und waren mit Grünzeug bestreut, von dem Jennerwein annahm, dass es gehackte Petersilie war. Die drallen Pilze selbst waren in dünne Scheiben geschnitten und wieder aufeinandergelegt. Er beugte sich über den Teller, um sich etwas von dem Aroma zuzufächeln, hoffend, dass er polizeibekannte Gifte wie Blausäure, Curare oder E605 bestimmen konnte. Alles Fehlanzeige. Außer einem schwachen, würzig-nussigen Aroma fiel ihm nichts weiter auf. Er erhob sich und betrachtete den Tisch, der sauber gedeckt war. Ein frisches Blumensträußchen stand in der Mitte, auch Salz- und Pfeffermühlen fehlten nicht. Der Zettel mit dem Gruß von Ken war unter den Teller gesteckt, damit er auch sicher dort blieb, wo man ihn haben wollte. Die Serviette war unberührt, der Teller noch voll. Unter dem Tisch lag ein Suppenlöffel, die Stelle war von Beckers Leuten mit Kreide markiert worden. Jennerwein besah sich nochmals den Flüssigkeitsspiegel der Rahmsauce im Teller. Er suchte nach der typischen Eintrocknung, die nach einer Volumenabsenkung normalerweise zu sehen

ist. Er fand nichts. Hubschmidt konnte nicht mehr als einen oder zwei Löffel davon gegessen haben. Reichte diese kleine Menge schon aus, um eine tödliche Wirkung zu erzielen? Jennerwein zweifelte daran. Er spreizte Daumen und Mittelfinger, um seine Schläfen zu massieren, eine alte Gewohnheit, wenn er sich konzentrieren wollte. Doch jetzt fluchte er halblaut, denn er war mit den Fingern schmerzhaft an die harte Polycarbonat-Sichtscheibe des Multimediahelms gestoßen. Er schüttelte seine Hand aus und sah sich um. Draußen vor dem Fenster stand Becker und griente. Jennerwein verbiss sich den Schmerz und wandte sich wieder Hubschmidts Leiche zu. Konnte ein Löffelchen Giftpilzsauce wirklich zum Tod führen? Das Thema Gifte spielte in der Kriminalistik ohnehin eine untergeordnete Rolle, so selten waren Giftmorde inzwischen geworden. Jeder Täter wusste, dass noch so raffinierte toxische Substanzen schnell und gerichtstauglich nachgewiesen werden konnten. Es gab eigentlich keinen perfekten Giftmord mehr. Oder war das hier einer?

Jennerwein wandte sich von der Leiche ab und nahm die Einrichtung dieses Nebenraums in Augenschein. Es war eine Mischung aus Lager, Büro und Rumpelkammer. In einer Ecke war ein geräumiger Safe in die Wand eingelassen, er stand weit offen und war von den Spurensicherern schon ausgeräumt worden. Ein Großteil der Wandfläche war vollgestellt mit Regalen, hier wechselten sich Leitzordner, überquellende Kisten mit Dekorationsartikeln und anderem Krimskrams ab. Eine Ordnung im engeren Sinn war nicht zu erkennen. Er ließ den Blick über die Stellagen gleiten, überflog die beschrifteten Fläschchen und Einweckgläser in den Regalen. Armer Becker! Er musste jeden der tausend Behälter untersuchen, ob nicht irgendwo Gift versteckt worden war. So einen unübersichtlichen Tatort hatte er wirklich noch nicht erlebt. Er trat näher zu einem Einweckglas, das eine helle, knallrot gepunktete Masse enthielt, die irgendwie ätzend oder überwürzt aussah. Auf dem Etikett stand ›Kimchi‹. Was zum Teufel war Kimchi? Jennerwein haderte mit seiner Gabe, dass ihm an einem Tatort alles Ungewöhnliche sofort auffiel. Der Begriff Kimchi würde sich auf ewig in sein Gedächtnis einbrennen. Aber es war ja alles fotografiert und gefilmt worden, und er würde die Zusammensetzung des Glasinhalts im Bericht der Spurensicherer lesen. Doch hatte nicht der Allgäuer Hauptkommissar Ludwig Stengele einmal etwas über Kimchi erzählt? Vielleicht war es ja eine Mindelheimer Spezialität. Jennerwein konnte sich nicht von dem Glas losreißen. Er öffnete den Bügelverschluss und schnupperte. Erschrocken wich er zurück. Ein beißend scharfer Geruch stieg ihm in die Nase. War es vielleicht gar ein Reinigungsmittel? Jennerwein verschloss das geheimnisvolle Gefäß wieder. Bei der Mischung der vielen Gerüche im Raum war ohnehin keine Fokussierung auf einen einzigen möglich. Aber er hätte schwören können, dass ihm der ungewöhnliche Duft schon in die Nase gestiegen war, als er das erste Mal durchs offene Fenster in den Raum gesehen hatte.

Entschlossen wandte er sich von den Regalen ab. Er durfte sich nicht in Kleinigkeiten verlieren. Vordringlich waren jetzt die Befragungen aller Clubmitglieder, dann musste er sich die Mitarbeiter des Restaurants vornehmen. Die erste Aufgabe hatte Maria Schmalfuß übernommen, sie würde bestimmt bald mit Ergebnissen aufwarten. Jennerwein besah sich nochmals das verzerrte Gesicht von Rico Hubschmidt, er machte ein Foto davon und schickte es an eine bestimmte Adresse. Ein klein wenig schlechtes Gewissen stieg in ihm auf, aber sicher war sicher. Mit viel zu vielen Eindrücken im Kopf verließ Jennerwein das Nebenzimmer und die Küche. Sofort strömten die Maden wieder in den Raum, begannen zu pinseln und zu spachteln, zu messen und zu rechnen. Jennerwein streifte seine Schutzkleidung ab, um sich wieder in einen Menschen zu verwandeln, dann trat er hinaus ins Freie.

Sein erster Blick fiel auf Nicole Schwattke. Erfreut ging er auf sie zu.

»Klar habe ich den Pilz gesehen«, sagte sie gerade zu Hölleisen. »Als ich den verschlungenen Weg raufgegangen bin. Ich habe eine Pilzbestimmungs-App runtergeladen, ich habe allerdings keinen Pilz gefunden, der mit dem im Wald übereinstimmt. Am ehesten könnte es noch der – Moment mal, äh – *Zinnoberrote Linden-Prachtbecherling* sein. Der schmeckt aber sowieso nicht. Schwache App, muss ich schon sagen. Behauptet frech, jeden Pilz überall auf der Erde zu erkennen. – Hallo, Chef, schön, Sie zu sehen!«

Nicole Schwattke steckte ihr Handy wieder in die Tasche, Jennerwein begrüßte sie herzlich. Eine deutliche Narbe war auf ihrem Gesicht zu sehen. Sie zeigte lässig mit der Hand darauf.

»Ja, liebe Kollegen, ich habe mir schon überlegt, ob ich mir die Haare nicht so machen lassen soll, dass sie möglichst viel Gesicht verdecken. Zum Beispiel mit einem wuschigen Fransen-Bob. Jeder Friseur, zu dem ich komme, will mir so einen Unsinn aufschwätzen: ›Der Fransen-Bob kommt wieder in Mode. Würde Ihnen super stehen!‹ Ich drauf: ›Kommt erstens nicht in Mode. Zweitens sieht es beknackt aus. Warum sagen Sie nicht gleich, dass Sie mir einen Schnitt verpassen wollen, der die Narbe verdeckt?‹ Er so: ›Welche Narbe? Oh, là là! Jetzt seh ichs erst! Ist mir gar nicht aufgefallen!‹« Nicole hatte ihre Haare streng zurückgebunden. Sie schüttelte trotzig ihren Pferdeschwanz. »Ich habe mich jedenfalls dafür entschieden, zu den Narben zu stehen und sie wie polizeiliche Ehrenzeichen zu tragen. Wem es nicht gefällt, der soll wegschauen.«

Die Explosion beim vorletzten Fall, in die sie alle geraten waren, hatte Nicoles Gesicht ziemlich zerschrammt. Die Narben waren zwar verheilt, aber immer noch deutlich sichtbar. Vor allem die eine quer über die Wange, die an einen burschenschaftlichen Schmiss denken ließ. Auch Hölleisen hatte seinen Teil abbekommen. Eine Trommelfellruptur hatte sein Hörvermögen stark eingeschränkt, er musste seitdem ein Hörgerät tragen. Er hatte sich eigens ein Modell ausgewählt, das einem einseitigen Bluetooth-Kopfhörer glich.

Jennerwein ergriff das Wort.

»Wir haben es hier mit einem brutalen Vierfachmord zu tun. Zunächst fällt natürlich auf, dass bei allen Taten Küchenutensilien und -zutaten verwendet wurden: ein Topf mit kochend heißer Brühe, ein scharfes Küchenmesser, eine schwere Bratpfanne, schließlich ein Teller mit Giftpilzen.«

Diese Zusammenfassung verlieh den Morden nochmals mehr Wucht. Die Wallung eines warmen Föhnwindes strich über die Terrasse, auf der Jennerwein, Hölleisen und Nicole standen. Hinter den großen Kiefern stiegen krakelende Eichelhäher auf. Hölleisen wies auf den Wald, der das Gebäude ringsherum umgab.

»Der Tatort ist von allen Seiten begehbar, man kann also auch nach allen Seiten verschwinden. Es führen insgesamt fünf Fußwege und zwei Straßen von hier weg, die Querfeldeinpfade durch Wald und Gehölz gar nicht mitgerechnet. Das Gebäude selbst war früher eine Außenstelle einer Nervenheilanstalt, eines Irrenhauses, wie man das so nannte. Es gibt immer noch einen Hubschrauberlandeplatz. Becker kann ihn für seine Zwecke nutzen.«

»Wissen Sie, Chef, was mein allererster Eindruck war, nachdem ich einen Blick in die Küche geworfen habe?«, begann Nicole Schwattke. »Dass hier jemand ausgerastet ist. Dass es eine spontane, sinnlose Tat war. Ohne Motiv, ohne cui bono, ohne jeglichen psychologischen oder sonst welchen nachvollziehbaren Hintergrund. Der Täter hat eine Spur der Verwüstung hinterlassen, es ging ihm nur um Zerstörung, der Tatort gleicht einem Schlachtfeld. Ich weiß gar nicht, ob eine noch so sorgfältige Spurensicherung hier etwas bringt, dem Täter muss es ziemlich egal gewesen sein, ob er Spuren hinterlässt oder nicht.«

Hölleisen nickte. Seine wacklige Bären-Theorie begann wieder Gestalt anzunehmen. Doch er wollte die Gedankengänge Nicoles nicht stören.

»Man kann es nicht ausschließen«, versetzte Jennerwein nachdenklich. »Wie sähe denn Ihr Szenario genau aus?«

Nicoles Augen blitzten. Ihr Pferdeschwanz wippte.

»Ein Wanderer kommt zufällig hier vorbei. Er sieht das Haus, tritt näher, schaut durchs Fenster, sieht die vier Hobbyköche konzentriert am Herd stehen. Die wiederum bemerken seine Anwesenheit nicht.«

»Und dann soll ihn mir nichts, dir nichts die Mordlust gepackt haben?«, wandte Hölleisen skeptisch ein.

Nicole nickte.

»Sehen Sie sich einmal die Küche an. Es ist eine wahre Waffenkammer, bei der man leicht auf solche Ideen kommen kann, falls man ein bisschen labil ist und lange unterdrückte Aggressionen hegt. Der Täter schaut durchs Fenster, sieht die Töpfe mit den kochend heißen Flüssigkeiten, die blitzenden scharfen Messer und Hackebeile, die giftfarbenen Pilze, die schweren gusseisernen Pfannen, die achtzigprozentige Essigsäure mit dem Totenkopf, die Fritteuse mit dem gefährlich hochspritzenden Fett – und die Sicherungen brennen ihm durch.«

Hölleisen kratzte sich bedächtig am Kopf.

»Ja, ja, das stimmt schon. Es heißt, dass bei solchen Spontanverbrechen die Dunkelziffer extrem hoch ist. Je weniger ich einen Grund zu einem Verbrechen habe, desto perfekter ist es.«

»Einen großen Nachteil hat meine These allerdings«, schränkte Nicole ein. »Wie soll es möglich sein, jemanden spontan und schnell zu vergiften? Ich glaube, ich muss meine These noch einmal überdenken.«

Jennerwein deutete jeweils auf Nicole und auf Hölleisen.

»Ich glaube, den Bären und den Sponti können wir ausschließen.«

»Es könnte trotzdem ein Wanderer gewesen sein«, wandte Hölleisen ein. »Er hat sich die Sache eine Weile angeschaut und dann den Plan für die Tat gefasst.«

Hölleisen hatte dabei in Richtung des Waldes gedeutet. Wie aufs Stichwort erschien dort ein Wanderer mit Rucksack, Schirmmütze und umgehängtem Fernglas. Er ließ das Dunkel der Bäume hinter sich und hob das Absperrband hoch, um anschließend in den Vorgarten des Restaurants zu stapfen. Als er die Beamten erblickte, kam er direkt auf sie zu.

»Hey, was soll denn das!«, rief Hölleisen. »Bleiben Sie zurück. Wir sperren hier nicht zur Gaudi ab!«

Der Mann ließ sich von Hölleisens Aufforderung nicht beirren, er kam näher, baute sich schließlich schwer schnaufend vor ihnen auf. Trotz seiner Wanderausrüstung sah man ihm die gepflegte Erscheinung an. Modische gefütterte Herrenstiefel, Kalbslederhandschuhe, blondierte Haare. Auch dieser

Mann kam Jennerwein bekannt vor, er hatte ihn schon einmal in der Zeitung gesehen.

»Was ist denn hier los?«, fragte der Gutsherrenartige in scharfem Ton.

»Dies ist ein Tatort«, entgegnete Jennerwein, und er stand dem anderen an Schärfe nicht nach. »Ich bitte Sie, zurückzutreten.«

»Sind Sie von der Polizei?«, versetzte der Eindringling.

Jennerwein zückte seine Dienstmarke, der Mann hob beschwichtigend die Hände.

»Tatsächlich Polizei. Wieso ist die Polizei hier? Ist etwas passiert? Was denn, um Himmels willen?«

»Ich darf Sie nun bitten, sich ebenfalls auszuweisen.«

Widerwillig kramte der Mann sein Portemonnaie heraus und blätterte darin herum. Alle drei Ermittler bemerkten, dass im Hauptfach ein pralles Bündel großer Geldscheine steckte. Sie warfen sich kurze Blicke zu. Aus welchem Grund trug ein Waldspaziergänger so viel Geld mit sich herum?

»Mein Name ist Hodann. Günter Hodann. Und jetzt hören Sie mit der Geheimniskrämerei auf und sagen mir endlich, was passiert ist!«

»Es ist ein Verbrechen geschehen«, erwiderte Jennerwein scharf. »Wir müssen zuallererst einmal die Spuren sichern. Dazu ist es nötig, dass Sie das Grundstück verlassen. Und zwar sofort.«

Hodann war es wohl nicht gewohnt, weggeschickt zu werden. Er machte immer noch keinerlei Anstalten zu gehen, stampfte sogar ein klein wenig mit dem Fuß auf und nahm eine herrische Pose ein: Dies ist mein Land. Und das Land meiner Vorväter –

»Herr Hodann«, versuchte es Hölleisen in geduldigem Ton, »Sie sind doch Mitglied des Kochclubs der Dreizehn –«

»Ja, freilich, deswegen bin ich hier«, unterbrach dieser schroff. Er zeigte mit dem Daumen über die Schulter auf seinen Rucksack. »Ich habe einige ausgesprochen rare Gewürzmischungen dabei, die mich viel Geld gekostet haben. Heute Abend stehen nämlich besondere Spezialitäten auf der Speisekarte –«

»Ich sagte es schon: Sie können das Gebäude momentan nicht betreten«, unterbrach ihn Jennerwein.

Bevor Hodann etwas entgegnen konnte, war die stellvertretende Gerichtsmedizinerin hinter ihnen aufgetaucht. Kein Mensch hatte sie kommen sehen.

»Opfer Nummer drei hat eine schwere und tödliche Impressionsfraktur, Teile des hinteren Schädeldaches wurden eingedrückt«, sagte sie eifrig. »Der Täter hat zwei Mal mit der Bratpfanne zugeschlagen. Das schwere Hirntrauma –«

»Was?«, rief Hodann entsetzt. »Mit der Bratpfanne? Und wer ist erschlagen worden?«

Er ging einen Schritt auf die Stellvertretende zu. Jennerwein hielt ihn zurück.

»Herr Hodann, wir informieren Sie, wenn wir gesicherte Ermittlungsergebnisse haben. Nicole, ich bitte Sie, den Herrn hinter das Absperrband zu begleiten.«

Nicole trat zu ihm und schob ihn zurück in Richtung Waldweg. Hodann fügte sich widerwillig. Die stellvertretende Gerichtsmedizinerin machte ein zerknirschtes Gesicht. Jennerwein wandte sich noch einmal zu Hodann.

»Eine letzte Frage habe ich noch, Herr Hodann!«, rief er. »Gibt es ein Kochclubmitglied namens Ken?«

»Ken? Nein, nicht dass ich wüsste«, rief Hodann zerstreut und unwirsch zurück.

»Und auch sonst sagt Ihnen der Name Ken nichts?«

»Nein. Keine Ahnung.«

Die Stellvertretende wartete, bis er und Nicole außer Hörweite waren.

»Ich habe natürlich nicht gewusst, dass ein Zivilist mit am Tatort ist.«

»Ja, schon gut«, sagte Jennerwein begütigend. »Die genaue Todesursache dieser Leiche können Sie mir später auseinandersetzen.«

Sie entfernte sich seufzend.

»In einem solchen Ton hat noch niemand mit dem Hodann geredet«, sagte Hölleisen.

»Sie kennen ihn?«

»Nicht persönlich, aber ich habe von ihm gehört. Er nennt sich Coach, was immer das auch sein mag. Er lebt jedenfalls von ein paar Häusern im Alpenvorland, die er bauen hat lassen. Er klappert die Bundesligavereine ab und schwätzt Spielern, die am Anfang ihrer Karriere gut im Geschäft sind, Villen mit Bergblick auf. Wenn es bei ihnen nicht mehr so läuft, dann kauft er die Häuser zu einem Spottpreis zurück.«

Nicole redete in einiger Entfernung auf Hodann ein. Er erschrak sichtlich, zeigte auf das giftig gelbe Gebäude, hielt sich die Hand vor den Mund. Nicole gab ihm eine Karte, nach einigem Hin und Her ging er kopfschüttelnd den Weg hinunter.

In Jennerweins Gesicht erschien der entschlossene Zug, den sein Team gut kannte.

»Wir müssen jetzt Systematik in die Untersuchungen bringen. Wir müssen nach Zeugen suchen, die in der fraglichen Zeit in der Umgebung unterwegs waren: Spaziergänger, Pilzsammler, Jogger, Wanderer, Touristen. Übernehmen Sie das, Hölleisen?«

»Ich habe schon damit angefangen, Chef«, erwiderte der Polizeiobermeister diensteifrig und stolz. »Zwei Radiodurchsagen, eine Pressemeldung in der Onlineausgabe der örtlichen Zeitung, eine Facebooknachricht, ein Twitter-Post. Das volle Programm. Wer hat was gesehen? Wem ist etwas aufgefallen? Wo? Und so weiter. Es haben sich auch schon ein paar gemeldet und Handyfotos geschickt. Den meisten ist allerdings nichts aufgefallen.« Hölleisen wischte an seinem Smartphone. »Droben vorbeigegangen, nichts gesehen. Droben vorbeigegangen, durch die Küche Leute gesehen. Droben vorbeigegangen, Leute gesehen, die aus einem Auto etwas ausgeladen haben. Droben vorbeigegangen, einen Bären gesehen, der aus der Küche gekommen ist.« Hölleisen blickte auf. »Nein, das war natürlich ein kleiner Spaß. Muss auch sein, Chef, oder?«

»Nein, muss jetzt nicht unbedingt sein«, sagte Jennerwein ungewohnt ernst.

Hölleisen nickte.

»Den Spazierweg runtergegangen, einen höchst verdächtigen Mann Mitte zwanzig gesehen, Foto anbei. Durch den Wald gegangen, eine verdächtige Gruppe von Schwammerlsuchern gesehen, Foto anbei. Und schließlich noch der unvermeidliche Herr Gieseke, der sich jedes Mal meldet, wenn wir solche Aufrufe starten. Diesmal hat er – angeblich! – einen kleinen, buckligen Mann mit Ballonmütze und auffallender Kleidung gesehen. Rumpelstilzchen, wie? Maria Schmalfuß hat einen psychologischen Begriff für Gieseke. Den habe ich aber vergessen.«

Nicole kam zurück.

»Ich habe Herrn Hodann beruhigen können. Er hat versprochen, daheim auf unseren Anruf zu warten. Er hat angegeben, erst vor zwanzig Minuten von zu Hause weggegangen zu sein, er kann mehrere Zeugen dazu benennen. Ich habe mir die Namen aufgeschrieben. Dann wollte er mir noch erzählen, was es heute alles zu essen gegeben hätte. Von den meisten Gerichten habe ich noch nie etwas gehört.«

Sie schwiegen eine Weile. Jennerwein blickte in die Ferne, in die Richtung, in die Hodann verschwunden war. Hölleisen brach das Schweigen als Erster.

»Chef, auf ein Wort.« Er senkte die Stimme freundschaftlich. »Ganz im Vertrauen gesagt. Wir kennen uns jetzt so lange und –«

Jennerwein wusste, was er auf dem Herzen hatte. Er nickte Hölleisen aufmunternd zu.

»Wollen Sie den Fall wirklich selbst übernehmen, Chef?«, fragte Hölleisen.

Jennerwein schaute Hölleisen fest ins Gesicht.

»Sie meinen, wegen Antonia Beissle?«

Wieder entstand eine Pause.

»Ja«, fuhr Hölleisen fort. »Weil sie doch unter den Mordopfern ist. Und dann gleich so brutal. Mit einer Bratpfanne erschlagen.«

»Ich werde ihren Mörder finden«, sagte Jennerwein leise, aber bestimmt.

Ein gefährliches Blitzen erschien in seinen Augen.

7

Der Pilzmaler Siegfried Schlatt kauerte hinter einem Haselnussstrauch und zitterte vor Angst. Mehrmals war er an seinem Wohnhaus, das direkt am Waldrand lag, vorbeigelaufen. Jetzt stand er wieder davor, in sicherer Entfernung und im Schutz der Zweige. Hatte sich da im Inneren nicht etwas bewegt? Warteten sie dort schon auf ihn? Wollten sie ihn genauso erledigen wie diesen armen Menschen, dessen Kopf sie in heiße Brühe gesteckt hatten? Es war ihm zwar gelungen, sie droben vor dem Hubschmidt'schen Gebäude abzuschütteln, aber vielleicht wussten sie, wo er wohnte, und lauerten jetzt auf ihn. Was verdammt nochmal hatten sie mit ihm vor? Oder war da gar niemand in seiner Wohnung und in seinem Atelier? Endlich fasste Siegfried Schlatt den Entschluss, das Haus zu betreten. Er leerte sein beruhigendes Alles-wird-gut-Fläschchen in einem Zug, umkreiste dann das Holzhaus, schlich sich endlich durch den Hintereingang hinein, betrat sein Atelier und warf sich dort den ölverschmierten Malerkittel um.

»Keinen Kaffee?«, rief seine Frau aus dem Garten. »Du bist aber lange weggeblieben!«

Schlatt antwortete nicht. Er setzte sich vor die Staffelei, skizzierte die Umrisse eines *Fuchsigen Röteltrichterlings* und ließ daneben einen *Gebrechlichen Faltenschirmling* aus dem öligen Waldboden wachsen. Die beiden Arten kamen in freier Natur nie

nebeneinander vor, der eine wurde als ›gesellig‹, der andere als ›freistehend‹ klassifiziert, aber Schlatt war das jetzt auch egal. Wild mischte er Täublinge, Drüslinge, Milchlinge, Fälblinge, Leistlinge, Tintlinge, und er ließ sie alle wild durcheinander und übereinander purzeln. Es wurde ein völlig unmögliches Teufelsensemble, ein Höllenbild im Stil von Hieronymus Bosch und Salvador Dalí zugleich, aber langsam fühlte sich Schlatt besser.

»Wirklich keinen Kaffee?«, fragte seine Frau.

Das Vernehmungszimmer im Polizeirevier war kalt, grau und schmucklos wie alle Vernehmungszimmer in diesem Universum. Maria Schmalfuß, die Polizeipsychologin, hatte sich schon überlegt, ob das wirklich so sein musste. Ob sie nicht losziehen und wenigstens ein paar Bilder besorgen sollte. Aber andererseits: War es nicht unpassend, Verdächtige und Überführte, Schuldbeladene und Verzweifelte auf heitere Kunstdrucke und billig gerahmte Landschaftsfotos starren zu lassen? Pascal Bretten schien die Schmucklosigkeit des Zimmers nicht weiter zu stören. Mit einer ausladenden Geste nahm er Platz, mit treffsicherer Eleganz warf er den Schal über die Schulter.

»Fort, dass wir müßig nicht die Zeit versitzen:
Die Stunde, die noch unser, lasst uns nützen!«

»Wie bitte?«

»Shakespeare«, sagte Bretten. »Verlorene Liebesmüh.«

Vielleicht ist das ja seine spezielle Art der Traumabewältigung, dachte Maria. Er hatte vor ein paar Stunden einen extrem scheußlichen Tatort gesehen, der theatralische Auftritt war sein Schutzschild. Auch die sorgsam zusammengestellte Garderobe Brettens verwies auf die Plätze: gedeckte Herbstfarben, legere Eleganz, alles durchaus geschmackvoll, wenn auch ein wenig aus der Zeit gefallen. Bretten lag, wie viele Vertreter des Mittelstandes, modemäßig zwanzig oder dreißig Jahre zurück.

»Sind Sie verheiratet?«, fragte Maria.

»Ja«, entgegnete Bretten stolz. »Seit dreißig Jahren.«

Aha, dachte Maria.

»Wann genau sind Sie am Tatort eingetroffen?«, fragte sie und versuchte ihre Hand nicht zittern zu lassen. Das war ihr Überbleibsel von dem Fall vor zwei Jahren, bei dem sie um ein Haar alle umgekommen wären.

»Ich habe natürlich nicht auf die Uhr gesehen«, sagte Bretten und zog seine erdfarbene Weste zurecht.

»Aber so ungefähr?«

»Etwa gegen halb zwölf.«

»Und wann sind Sie von zu Hause weggefahren?«

Bretten schilderte nun haarklein, wann und wo und wie er den Weg hinaufgefahren war, auf welchem der beiden Parkplätze er den Wagen abgestellt hatte, wie er weitergegangen war und von welcher Seite er sich dem Gebäude genähert hatte. Wo genau er die mitgebrachte Tüte abgestellt hatte –

»Warum sind Sie schon so früh hinaufgefahren?«, unterbrach Maria. »Haben Sie denn mitgekocht?«

»Nein, eigentlich nicht. Ich wollte ursprünglich erst abends zum Festmahl von Hubschmidt kommen. Hubschmidt sollte heute der Löffelführende sein, wissen Sie.«

»Der Löffelführende?«

»Der Maître de Cuisine. Er war ja der einzige Gastronomie-Profi von uns, allerdings kein gelernter Koch, sondern ehemaliger Kellner. Meistens hat Hubschmidt dem Club der Dreizehn seine Restaurantküche zur Verfügung gestellt. Die ist eben am besten ausgestattet. Wenn ich da an unsere kleine Einbauküche denke! Herrje, da wäre das gar nicht möglich.«

»Zurück zu Hubschmidt. War er oft der Löffelführende?«

»Nein, im Gegenteil, er hat sich in dieser Beziehung ziemlich rar gemacht. Deshalb war es ja etwas ganz Besonderes für uns.«

»Und was hat er so gekocht?«

»Er persönlich liebte schlichte, unverfälschte und traditionelle Speisen. In seinem Restaurant musste er genug ausgefallene Sachen anbieten, sonst hätte er seinen Stern nicht behalten.«

»Er hat Sie also gebeten, früher zu kommen?«

»Nein, Thomas Lorek hat mich angerufen. Ihm wäre das Tonka ausgegangen, ob ich was raufbringen könnte. Ich hatte noch welches, also habe ich mich auf den Weg gemacht.«

»Ihm wäre was ausgegangen?«

»T-on-k-a!«, artikulierte Bretten überdeutlich.

»Und was ist Tonka?«

Auf Brettens Gesicht erschien ein verschmitztes Lächeln.

»Tonka ist eine Novelle von Robert Musil, aber auch ein Raketentreibstoff, Tonka heißt ein Dorf in Timbuktu, ferner nennt sich ein deutscher House-Musiker so – schließlich und endlich aber ist Tonka die nach Marzipan duftende Bohne des Tonkabohnenbaums mit leicht toxischem Gehalt. Als Gewürz war Tonka in Deutschland immer wieder mal verboten, aber wenn man es kurz vor dem Servieren auf Tomatensugo raspelt –«

Bretten sprach nicht weiter. Er sank leicht in sich zusammen und wandte sich ab. Maria schien, dass ihm Tränen in die Augen getreten waren. Sie wollte ihn noch ein wenig schonen und ihn jetzt noch nicht zu seinen Beobachtungen am Tatort befragen. Stattdessen sagte sie:

»Erzählen Sie mir bitte noch etwas vom Club.«

Bretten richtete sich auf, den Kopf etwas schräg, das Hohlkreuz durchgedrückt.

»Ja, natürlich. Der Club. Sie müssen entschuldigen. Aber das Bild in der Küche steht mir immer noch vor Augen.«

Er schnäuzte sich, zog dazu ein handtuchgroßes, färbiges Schnupftuch heraus. Es passte zu seiner Kleidung. Es war ein Schnupftuch aus der Zeit, als Bobby McFerrin ›Don't Worry, Be Happy‹ gesungen hatte. Und Jürgen von der Lippe das Lied ›Is was‹.

»Den Club der Dreizehn gibt es schon sehr lange.«

»Seit wann sind Sie Mitglied?«

»Seit ewig.«

»Ewig, Herr Bretten. Soll ich das so ins Protokoll nehmen?«

Er zog die Augenbrauen hoch.

»Seit einigen Jahren. Ich müsste nachsehen.«

»Hat der Club ein Regelwerk?«

»O ja! Sogar ein sehr strenges. Zuallererst: Gekocht wird ausschließlich mit Frischwaren vom Markt, es herrscht strengstes Supermarktverbot. Keine Folie, keine Dose, keine Tüte – wir bilden eine absolut Convenience-freie Zone. Ebenfalls tabu sind bei uns Buffets, die empfinden wir als extrem banausisch und eines Feinschmeckers nicht würdig. Auch gegrillt, frittiert und ge-thermomixt wird bei uns nicht. Und dann gibt es, ganz im Gegensatz zu den entsprechenden Angeboten bei Hubschmidt's Lodge, Resort, Mushrooms and More, keine Schnickschnack-Molekularküche. Einmal haben wir zum Beispiel eine ganz normale – fast hätte ich gesagt: stinknormale – Brotzeit veranstaltet. Mit Leberkäse und Semmeln. Aber was für Leberkäse! Und was für Semmeln! Und was für Senf!«

»Und was hat es jetzt mit diesem Löffelführenden auf sich?«

»Er stellt das Menü zusammen, das immer aus dreizehn

Gängen besteht. Er leitet natürlich die Zubereitung und wählt seine Helfer – sprich: Schnipsler, Träger und Spüler – aus.«

Maria sah von ihrem Notizzettel auf.

»Seine heutigen Helfer waren Thomas Lorek, Werner Reininghaus und Antonia Beissle?«

Bretten schien nachzudenken. Er legte seine Stirn langsam in Falten, stützte den Ellbogen bedeutungsvoll auf den Tisch und blickte in seine Handinnenfläche wie in einen Spiegel.

»Nein, soviel ich weiß, waren heute nur Lorek und Reininghaus Hubschmidts Helfer.«

»Die Staatsanwältin nicht?«

»Nicht dass ich wüsste.« Er klappte seinen Handinnenflächenspiegel zu und sah Maria direkt in die Augen. »Nein, Antonia Beissle ganz bestimmt nicht.«

Obwohl während ihres Gesprächs eine Audioaufzeichnung mitlief, hatte sich Maria Notizen gemacht. Diese Aussage Brettens unterstrich sie mehrmals.

»Was macht der Löffelführende noch?«, fuhr sie fort. »Hält er eine Ansprache?«

»Ja, manchmal. Das hängt ganz von seiner rhetorischen Begabung ab. Er präsentiert auch die Lieblingsspeise des Ehrengastes.«

»Wer wäre heute Abend der Ehrengast gewesen?«

»Das weiß ich freilich nicht, das bleibt ja geheim bis zum Schluss.«

»Was waren bisher für Ehrengäste da?«

Bretten spitzte den Mund und drohte scherzhaft mit dem Finger.

»Das ist natürlich ebenfalls etwas, was wir nicht an die große Glocke hängen. Die Prominenten kommen ja gerade deshalb, weil wir bekannt dafür sind, ihren Besuch mit absoluter Diskretion zu behandeln.«

»Herr Bretten, dies hier sind Mordermittlungen. Irgendwann werden Sie es sagen müssen.«

»Irgendwann, ja.«

»Wie oft kommen Sie zusammen?«

»Alle zwei, drei Monate. Meistens im Hubschmidt's. Wir haben aber auch schon in Günter Hodanns Villa gekocht. Der hat eine riesige Küche. Ein paarmal haben wir uns im Ausland getroffen, einmal sogar auf einem Schiff.«

»Können Sie mir eine Liste der Clubmitglieder geben?«

»Das kann ich gerne tun, aber es geht auch einfacher. Sie finden die aktuelle Liste im Internet auf unserer Homepage.«

Maria gab die Webadresse in den Rechner ein und drehte den Bildschirm zu Bretten. Beide besahen sich die Liste der Dreizehn:

Rico Hubschmidt, *Restaurantinhaber*
Thomas Lorek, *Dachdeckermeister*
Erika Lorek, *seine Ehefrau*
Werner Reininghaus *(Schmatzer), Flugkapitän*
Chichi Reininghaus, *seine Ehefrau, Betreiberin einer Modeboutique*

»Ist Erika schon benachrichtigt?«, fragte Bretten besorgt. »Und Chichi?«

»Erika Lorek habe ich noch nicht erreicht. Ich schau gleich im Anschluss bei ihr zu Hause vorbei. Oder haben Sie eine Idee, wo sie sein könnte?«

Bretten schüttelte traurig den Kopf.

»Und Chichi Reininghaus habe ich gerade informiert.«

»Wie geht es ihr?

»Sie hat die Nachricht gefasst aufgenommen.«

Maria scrollte weiter.

Pascal Bretten, *Augenoptiker*
Josef Büchner (*Basch*), *Hofladenmetzger*

Wieder erschien ein Lächeln auf Brettens Gesicht.

»Sie sehen, wir haben alle Berufsgruppen und Schichten versammelt. Büchner, der Metzger, ist kurioserweise unser Spezialist für Nachspeisen und Desserts. Wenn er Löffelführender war, musste man befürchten, dass es als Hauptgang eine Torte und danach zwölf verschiedene Desserts gab. Ich als Augenoptiker vertrete sozusagen die Mitte der Gesellschaft.«

Maria Schmalfuß scrollte bis zum Schluss der Liste:

Günter Hodann, *Coach*
Antonia Beissle (*Brikett*), *Staatsanwältin*
Dr. Emanuel Schleißheimer, *Chefarzt*
Erich Feser, *Lehrer*

»Feser betreut unsere Homepage«, stellte Bretten fest. Plötzlich erschien ein erschrockener Ausdruck auf seinem Gesicht. »Haben Sie ihn schon verhört?«

»Wir verhören nicht. Wir befragen. Warum wollen Sie das wissen?«

»Ach, nur so. Es hat keine Bedeutung. Nicht so wichtig.«

Maria war die Abneigung, mit der Bretten von Feser sprach, nicht entgangen.

»Was für ein Fach unterrichtet Erich Feser?«

»Ich glaube, Mathematik. Vielleicht auch Chemie, Physik, Computer, was weiß ich. Er ist Lehrer an irgendeiner Privatschule. Oder vielmehr: war. Ich weiß auch nicht, warum er dort aufgehört hat. Wahrscheinlich haben sie ihn rausgeschmissen.« Leise fügte er hinzu: »Wundern würde es mich nicht.«

Jetzt war die Abneigung Brettens gegen diesen Mann offensichtlich. Maria tat so, als würde sie das nicht bemerken. Fragend zeigte sie auf die Liste.

Bert Einsiedl (*Mäxchen*), *Boxmanager*
Herr Cheong, *Unternehmensberater*

»Die Bezeichnungen in Klammern sind wohl die Spitznamen?«

»Ja, unsere Kochkampfnamen. Ich weiß gar nicht, warum die nicht bei allen dastehen. Ich zum Beispiel werde immer ›Tournant‹ genannt, das ist in der gehobenen französischen Küche der Wechselkoch, der Springer, der Allzeitbereite –«

»Herr Bretten, es tut mir leid, aber wir müssen uns über die Zeit unterhalten, die Sie am Tatort verbracht haben.«

Bretten nickte, machte dann eine fahrige Geste, doch auch die wirkte eigenartig gesetzt und theatralisch. Seine Fahrigkeit war bis in die letzte Stuhlreihe gut zu sehen. Er schlug seinen Schal nach hinten, richtete sich auf, sank dann wieder ein wenig zusammen, blickte unstet um sich.

»Ich habe die Tür aufgemacht und als Erstes Werner Reininghaus, den Flugkapitän, auf dem Boden liegen sehen.« Bretten beugte sich vor. »Das mag jetzt sonderbar klingen, aber bei ihm sprang mir zunächst einmal nur sein Spitzname ins Auge. Verstehen Sie, überall das viele Blut, das Chaos, die heruntergefallenen Essenszutaten, das Messer in seinem Rücken, und dann, als makabres Detail, sein Spitzname auf der Schürze: Schmatzer.«

»Schmatzer?«

»Ja, genauso nannten wir ihn. Keine Ahnung, warum. Ich habe auf das Wort gestarrt, ein paar Sekunden, viel zu lange. Aber Sie als Psychologin werden das vielleicht verstehen. Dieses Zögern. Nach dem schrecklichen Anblick. Dann schoss mir der Gedanke durch den Kopf, dass er ja vielleicht noch leben könnte. Schnell habe ich seine Hand genommen, um den Puls zu fühlen. Ich weiß nicht, ob ich die richtige Stelle gefunden habe, ich war nicht fähig, etwas daraus abzuleiten. Und dann habe ich vorsichtig das Messer herausgezogen. Das Geräusch werde ich meiner Lebtag nicht vergessen.«

schmackofatz.de

Ihr Bewertungsportal – Restaurants weltweit vergleichen

HUBSCHMIDT's

Bewertung:

✦ ✦ ✦ ✦ ✦ ✧ (= fast perfekt)

Papüoaoa123 schrieb:

Hallo in die Runde!

Ich: letzte Woche rein in diese Edelschwemme, die sich Hubschmidt's nennt. (Nur zur Info: Privat würde ich das nie machen, aber was tut man nicht alles für seine community!) Der frisierte Wachhund mit Schlips am Eingang: ›Haben der Herr reserviert?‹ Ich so: ›Nö, hab ich natürlich nicht, ich reservier nie, ich komm überall rein. Ich betreib einen angesagten Fress-Blog, ich schreib was über euren Laden hier, ich hab 80 000 Follower. Bitte also einen Platz am Fenster und die 3 Gänge gratis!‹. Er lehnt ab, richtig höflich, sagt, so was machen sie hier nicht. Bravo! Absolut integrer Schuppen. Er gibt mir aber einen Platz, einen Katzenplatz, einen Bloggerplatz, einen Influencerplatz direkt neben der Ein-Mann-Band. Musik nervt tierisch, aber wegen der bin ich ja nicht hier. Habe dann einen Veggiburger bestellt, der Ober hat keine Miene verzogen und einen gebracht. Die selbstgesammelte Pilzsuppe bei den Leuten am Nebentisch hat super ausgesehen. Ich so: ›Was sind da für Pilze drin?‹ Der Tischknecht zählt mir eine Liste auf, ein paar hab ich nachgeschlagen: So was wie den *Flockenstieligen Hexenröhrling* gibts wirklich. Also, Resümee: Wen Musik aus den deutschen Charts nicht nervt, kann mal zu Hubschmidt's raufgehen. Billig ist es nicht gerade, aber vielleicht hilft es, nach Jacques zu fragen. Dann bekommt man einen guten Platz. So, und jetzt gehts rüber zu Mces, da pfeif ich mir einen HHer rein, der sich gewaschen hat.

8

Die drei Ermittler standen immer noch auf der weitläufigen und gepflegten Wiese, die das Gebäude umgab.

»Wollen wir uns dort drüben an den Terrassentisch setzen?«, schlug Nicole vor. »Da kann ich meinen Computer besser aufbauen.«

Jennerwein formte mit den Händen einen Trichter und rief zu Becker, der einen Kreisliga-Speerwurf weit entfernt stand:

»Sind Sie im Außenbereich wirklich schon ganz fertig? Können wir uns an einen der Tische dort setzen?«

Becker nahm seinen Helm ab und kam näher.

»Ja, ich räume bloß schnell noch ein paar Messinstrumente weg«, entgegnete er. »Dass sich die Herren und Damen Ermittler ungestört hinlümmeln und den herrlichen Ausblick auf die Berge genießen können. Einen Kaffee vielleicht?«

Hölleisen, der gerade dabei war, sein Hörgerät zu justieren, und dem die ironische Note von Beckers Bemerkung deshalb entgangen war, sagte:

»Ja, mit Zucker.«

»Kommen Sie, Becker, setzen Sie sich zu uns«, versuchte Jennerwein einzulenken. Doch da war der Oberspurensicherer schon auf und davon.

Sie nahmen Platz. Der Ausblick war von hier aus tatsächlich traumhaft, die milde Herbstsonne beleuchtete den bunten Bergwald, der laubbedeckte Boden vermittelte den Eindruck eines impressionistischen Gemäldes: WIESE MIT KRIMINALISTEN, Öl auf Leinwand, 1864, Louvre. Der Föhn hatte seine Schärfe verloren, warmer, herbstlicher Wind strich über die Terrasse. Nicole baute, wie um eine Alternative zu der Postkartengemütlichkeit zu schaffen, ein futuristisch anmutendes Hightech-ThinkPad mit flexiblem Display auf, sie hämmerte ein paar Befehle ein, und die Maschine schnurrte dazu wie ein elektrisches Kätzchen. Becker erschien, tatsächlich balancierte er drei Pappbecher mit heißem Kaffee auf seinem Notebook.

»Hier der Extrazucker für Polizeiobermeister Hölleisen!«

»Kommen Sie, Becker, bleiben Sie wenigstens da«, sagte Jennerwein begütigend. »Setzen Sie sich. Ich wollte Sie ohnehin sprechen.«

Becker grunzte, rückte aber einen Flechtstuhl an den Tisch.

»Ich kann mit keinen neuen Ergebnissen aufwarten.«

»Ich wollte Sie eher fragen, was Sie denn bisher für einen Eindruck von dem Fall haben. Nur rein intuitiv.«

Becker nahm grummelnd Platz. Jetzt, mit abgesetztem Helm, sah er aus wie ein missmutiger Astronaut, der gerade der Kapsel entstiegen war und erkennen musste, dass es keinerlei Leben mehr auf der Erde gab. Auch er klappte sein Notebook auf und warf einen Blick in seine Notizen. Der Aussichtsplatz, auf dem schon eine Million und drei Wanderer gesessen hatten, hatte sich in eine hochtechnisierte Außenstelle des Polizeireviers verwandelt.

»Ich habe jedenfalls noch nie so ein Chaos erlebt«, sagte der Astronaut ohne Helm. »Beengter und unübersichtlicher kann ein Tatort gar nicht sein, da bleiben Schlussfolgerungen reine Spekulation. Von der derzeitigen Spurenlage her ist es eine total spontane, völlig ungeplante Tat gewesen. Das glaube ich aber nicht, wenn Sie mich fragen. Ich finde – und jetzt kommt das Intuitive, auf das Sie so scharf sind –, dass die Tat durchorganisiert ist bis ins Letzte. Es wird einige Zeit dauern, bis wir alle Spuren ausgewertet haben. Vielleicht war genau das der Plan des Täters. Er wollte uns beschäftigen, um Zeit zu gewinnen. Angefangen mit der großen Opferzahl auf kleinstem Raum bis hin zu den tausend Tiegeln und Fläschchen und Sößchen: Das alles halst uns richtig viel Arbeit auf. Man könnte fast meinen, er kennt sich mit Polizeiarbeit aus, vor allem mit Spurensichererarbeit. Ich sage Ihnen eins: Bis wir hier fertig sind, wirds noch lange dauern. Vielleicht ist der Täter einer aus unserer Gilde.«

»Ein Ermittler?«, fragte Jennerwein verwundert. »Ein interessanter Aspekt. Nicole, haben Sie die Liste mit den Treize-Plats-Mitgliedern gerade griffbereit?«

Nicole Schwattke drehte den Bildschirm in seine Richtung, Jennerwein ging die Liste durch.

»Augenoptiker, Metzgermeister, Coach, Chefarzt, Boxmanager – nein, ich sehe schon, da ist kein Beruf dabei, der nur in die Nähe eines exekutiven Staatsdieners kommt.«

Becker schaute missmutig in die Ferne. Es wirkte fast so, als würde ihn die phantastische Herbstlandschaft bei seinen knallharten Überlegungen stören. Jennerwein wiederum betrachtete die buntfleckigen Laubbäume, um sich zu konzentrieren. Falsche Spuren legen, um Zeit zu gewinnen. Diese Worte brannten sich fest in seinen Zwischenspeicher ein. Doch jetzt musste er systematisch vorgehen. Er musste aus den vorhandenen Tatsachen Schlussfolgerungen ziehen. Auch aus bitteren Tatsachen.

»Eine Person des Kochclubs war jedoch im Staatsdienst«, sagte Jennerwein zögerlich. »Es ist Antonia Beissle. Nicole, ich will wissen, welche Strafsachen sie als Staatsanwältin auf dem Schreibtisch liegen hatte. Welche Gangster sie in der Vergangenheit verknackt hat, wann schon einmal Bedrohungen stattgefunden haben und so weiter.«

»Das habe ich schon veranlasst, Chef«, sagte Nicole eifrig und mit einem Anflug von Stolz. »Ihre Behörde schickt mir so bald wie möglich eine Liste mit einschlägigen Kandidaten samt Strafregistern und Aufenthaltsorten.«

Nicole bemerkte den anerkennenden Blick, den ihr Jennerwein zusandte. Sie fand es einerseits bewundernswert, wie er die schreckliche Entdeckung, dass eine Bekannte von ihm unter den Opfern war, professionell wegsteckte. Aber sie hatte auch das Gefühl, dass er etwas gutmachen wollte. Es gab das Gerücht, dass der Chef vor langer Zeit mit Antonia Beissle zusammen gewesen war. Aus irgendeinem dramatischen Grund, von dem niemand wusste, war die Sache dann auseinandergegangen. Daraus erklärte sich wohl auch ihre gegenseitige Abneigung.

»Danke für Ihre Anstrengungen, Nicole«, sagte Jennerwein. »In diesem Fall bleibt uns nichts übrig, als die Ergebnisse abzuwarten. Ich denke, Becker liegt richtig. Die These von einer spontanen Tat ist nicht haltbar. Ganz im Gegenteil: Die Morde haben etwas Demonstratives, etwas von einem Fanal. Trotz aller Drastik sind sie professionell durchgeführt. So gesehen, könnte es sich auch um die finale Lösung einer Schutzgelderpressung handeln.«

Nicole pfiff durch die Zähne.

»Eine Mafia-Geschichte? Die Tat von einem *minaccioso*? Einem Bedroher? Wenn das so wäre, hätte der Anschlag aber dem Restaurant gegolten, nicht dem Kochclub. Der Minaccioso hat angenommen, dass er Restaurantangestellte vor sich hat. Das ist aber ganz und gar nicht mafiatypisch, vier falsche Leute umzubringen.«

Hölleisen nickte.

»Vielleicht war Rico Hubschmidt das eigentliche Ziel des Minacciosos, die anderen waren sozusagen nur Beifang?«

»Aber wenn ein Restaurantinhaber nicht bezahlt, vergiftet man ihn dann? Das ist doch viel zu umständlich und auch technisch zu unsicher.«

»Vielleicht wurde er mit vorgehaltener Pistole gezwungen, die Pilze zu essen. Hubschmidt hat sein Restaurant aufgesperrt, der Killer hat ihm bereits aufgelauert. Die anderen hat der Killer zwar nicht erwartet, vielleicht sind sie ihm aber gerade recht gekommen. Damit hat er die Strafe fürs Nicht-Bezahlen noch drastischer gestaltet. Und drastisch gestalten heißt auch, die Polizei zu beschäftigen.«

Becker mischte sich erneut ein.

»Kennen Sie den militärischen Maskirowka-Effekt? Nicht direkt angreifen, sondern sich zunächst einem unwichtigen Ziel mit großem Tamtam zuwenden, dadurch Kräfte binden und sich dann erst das eigentliche Ziel vornehmen, für dessen Verteidigung jetzt die Kräfte fehlen.«

»Und was bedeutet das in unserem Fall?«

»Nehmen wir an, ich will hier in der Gegend Schutzgelderpressungen bei bestimmten Restaurants durchführen. Ich schlage dazu erst bei einem Restaurant zu, das für mich erpressungstechnisch gar nicht in Frage kommt, nur um zu zeigen, wozu ich fähig bin. Wie lautet das chinesische Sprichwort: *Wenn du den Affen Angst einjagen willst, schlachte ein Huhn.** Wenn sich das herumgesprochen hat, dann lasse ich grimmig aussehende Typen die Restaurants und Hotels besuchen, die ich von Anfang an im Auge hatte, die beginnen dort mit den eigentlichen Gesprächen. So nach dem Motto: ›Schon

* Im Original: Sha ji gei hou kan. (Töte den Hahn und zeig ihn dem Affen.)

davon gehört, was droben bei Hubschmidt's abgelaufen ist? Wäre schade, wenn das hier auch passieren würde. Ich könnte das verhindern. Kostet allerdings eine Kleinigkeit.‹ Vielleicht sitzt der dunkel aussehende Typ schon in einem Restaurant und beginnt mit dem Abkassieren.«

Jennerwein wandte sich an Hölleisen.

»Haben Sie denn Kontakte zu Restaurantbesitzern, die sich Ihnen anvertrauen würden, wenn etwas in dieser Art geschieht?«

Hölleisen schraubte an seinem Hörgerät herum.

»Der Hornschlittenclub und andere Vereine, in denen ich Mitglied bin, suchen ja dauernd nach Nebenräumen von Wirtschaften, in denen wir unsere Stammtische abhalten können. Deshalb kenne ich eigentlich so ziemlich alle Wirte im Umkreis von hundert Kilometern.« Hölleisen kramte nach seinem Handy und erhob sich. »Oder sagen wir: zehn Kilometern. Am besten, ich versuche mal ein paar von denen zu erreichen. Und es wäre ja nicht das erste Mal, dass gastronomische Betriebe in kriminelle Machenschaften verwickelt sind.«

»Tun Sie das, Polizeiobermeister.«

Hölleisen entfernte sich. Als die anderen ihm nachsahen, bemerkten sie, dass schon wieder jemand die Absperrung überwunden hatte, diesmal eine Frau, die hastig näher kam.

»Das gibts doch nicht«, sagte Becker. »Die Kontrollen der Bergwacht unten funktionieren anscheinend überhaupt nicht. Aber bei dem weitläufigen Gelände und dem wenigen Personal ist das ja kein Wunder.«

»Ich will meinen Mann sehen!«, rief die Unbekannte schon von weitem. »Ich will sofort zu ihm!«

Alle erhoben sich. Es war eine attraktive Dame in mittleren Jahren, gut gekleidet, aber wesentlich dezenter als Günter Hodann, der Coach und Immobilienschacherer. Sie wirkte sportlich, ihre Haut war gebräunt, sie hatte ein weiches, gutmütiges Gesicht, das momentan aber gezeichnet war von großem Schmerz und vielen Tränen. Sie hatte ihre Sonnenbrille abgenommen und steckte sie in ihre pixelgroße Handtasche.

»Ich bin Chichi Reininghaus, die Frau des Flugkapitäns Werner Reininghaus«, keuchte sie, als sie bei der Gruppe der Ermittler angelangt war. »Ich habe die schreckliche Nachricht gerade erfahren. Ihre Psychologin hat mich angerufen.« Sie machte eine Pause und sagte mit kaum vernehmbarer Stimme: »Ich kann es nicht glauben, dass er tot ist. Und ich will ihn sofort sehen.«

»Das ist leider nicht möglich«, sagte Jennerwein.

»Ihr Mann ist schon abtransportiert worden«, fügte Becker hinzu, und Jennerwein wusste nicht, ob das eine Notlüge war. »Die Kollegen von der Gerichtsmedizin müssen ihre Untersuchungen noch abschließen, das ist äußerst wichtig. Leider können Sie erst danach zu ihm.«

»Darf ich mich setzen? Nur einen Moment«, fragte sie, immer noch atemlos. Sie ließ sich auf einem Stuhl nieder, sprang aber sofort wieder auf. »Ja, das mit den Untersuchungen hat mir Ihre Psychologin auch gesagt. Aber ich will trotzdem zu ihm. Ich habe ein Recht darauf.«

»Wir wollen den Täter doch möglichst schnell fassen«, sagte Jennerwein beruhigend. »Haben Sie dafür bitte Verständnis, Frau Reininghaus. Er läuft frei herum, richtet vielleicht noch weiteres Unheil an.«

»Wo haben Sie meinen Mann hingebracht?«

»In die pathologische Abteilung des Krankenhauses. Ich gebe Ihnen eine Telefonnummer. Rufen Sie bitte dort an, die

Kollegen sagen Ihnen dann, wann Sie Ihren Mann sehen können.«

Frau Reininghaus brach in Tränen aus und wandte sich ab. Man konnte sehen, dass sie sich für diese Gefühlsregung schämte. Nicole ging zu ihr und legte ihr den Arm auf die Schulter.

»Sie müssen jetzt tapfer sein und Ruhe bewahren. Ich fahre Sie nach Hause.«

Chichi Reininghaus entwand sich Nicoles Umarmung.

»Nein, nein, das ist nicht nötig«, sagte sie schließlich leise. »Ich sehe es ja ein, es geht nicht anders. Ich bin überzeugt davon, dass Sie alle Ihr Möglichstes und Bestes tun. Ich danke Ihnen.«

»Wollen Sie wirklich alleine zurück?«, fragte Jennerwein.

»Ja, ich komme schon klar. Sie brauchen sich keine Sorgen um mich zu machen.«

Sie verabschiedete sich und ging den Weg über die Wiese zurück, den sie gekommen war. Alle sahen ihr nach. Es war ein kurzer, aber heftiger Auftritt gewesen.

Hölleisen, der nichts von Chichi Reininghaus mitbekommen hatte, bog um die Ecke, wohlgemut und eifrig mit seinem Handy wedelnd.

»Ein paar Wirtsleute habe ich erwischt und vorgewarnt, was sie vielleicht erwarten könnte. Dass eventuell so ein bedrohlicher Minaccioso vorbeikommt. Alle haben mir versprochen, sofort zu simsen, wenn etwas ist.«

Becker hatte den Tisch verlassen. Er stand jetzt auf der anderen Seite des Gebäudes und wartete, bis der Hubschrauber so weit entfernt war, dass er telefonieren konnte. Der Lastenhubschrauber hatte den letzten der vier Zinksärge als Ladung.

Endlich verschwand er hinter einem bewaldeten Hügel. Becker wählte die Nummer der jungen Gerichtsmedizinerin, die für Verena Vitzthum eingesprungen war.

»Was gibt es, Herr Becker?«

»Frau Reininghaus, die Frau eines der Opfer, war gerade bei uns. Ich habe ihr Ihre Nummer gegeben. Sie wird Sie bald kontaktieren, sie will die Leiche ihres Mannes sehen. Können Sie die Untersuchung der Leiche Reininghaus vorziehen?«

»Natürlich. Es ist die Stichwunde, nicht wahr? In einer halben Stunde bin ich fertig. Und Frau Reininghaus muss ihren Mann ohnehin identifizieren.«

Becker legte auf. Ein unübersichtlicher, verzwickter, ekelhafter Fall, dachte er.

9

Alle Kochclubs, die etwas auf sich halten – und vermutlich überhaupt alle Clubs, die etwas hermachen wollen –, haben mindestens einen Mediziner in ihren Reihen, möglichst einen in leitender Position. Im Fall der Treize Plats war es Dr. Schleißheimer, seines Zeichens Leitender Chefarzt des örtlichen Klinikums.

Dr. Emanuel Schleißheimer hatte diesmal die Aufgabe übernommen, sich um den Ehrengast zu kümmern. Schleißheimer saß im Wohnzimmer seines Hauses mit Bergblick und hörte Musik über Kopfhörer. Er hörte seine Musik. Und er hörte kaum etwas anderes als diese seine Musik. Es waren die Lieder, die der heutige Ehrengast komponiert hatte.

Die Mitglieder des Clubs hatten in der Vergangenheit schon einige interessante Ehrengäste bewirtet. Bert Einsiedl, der Boxmanager, hatte einen muskelbepackten Profi-Halbschwergewichtler mitgebracht, den er einmal gefördert hatte. Es war der Jockel Meier, der eigentlich N'Djoké Meiaugo-Mboa' hieß und Namibier war. Zwischen Käse und Dessert zeigte er ihnen einige besonders fiese Boxtricks. Zwicken, Beißen und Treten waren da noch die harmlosesten Übungen. Der Coach und Villenbesitzer Günter Hodann hatte einen ehemaligen Bundespräsidenten im Schlepptau, den er von einer Bene-

fizveranstaltung kannte. Das war ein sehr lockerer Abend mit vielen launigen Anekdoten aus Politik, Politik und Politik geworden. Herr Cheong, der Koreaner, hatte einen leibhaftigen buddhistischen Mönch, einen engen Vertrauten des Dalai Lama, vorzuweisen gehabt. Der saß den ganzen Abend schweigend da, rührte nichts von den Speisen an, betrachtete sie aber verzückt lächelnd.

»Er fastet«, hatte Herr Cheong gesagt.

Na klar, was soll man bei einer Essenseinladung auch anderes tun. Antonia Beissle hingegen hatte sogar einen veritablen Mafiaboss im Schlepptau gehabt, einen Mann, der sein Inkognito wahren musste und deshalb sein Haupt mit einer schwarzen Kapuze verhüllt hatte. Er beantwortete alle Fragen geduldig. Die naheliegende jedoch, wie viele Morde er begangen hatte, wagte niemand zu stellen.

»Was wollen Sie essen?«, fragte jemand.

»Pasta«, sagte der Kapuzenmann.

Er hatte eine Schürze verlangt und zu den Klängen von Vincenzo Bellinis Oper ›Norma‹ eine köstliche Pasta gezaubert. Strozzapreti mit Ragù alla Siciliana. Schleißheimer musste lächeln. Er war sich sicher, dass er alle bisherigen Ehrengäste an Prominenz, Klasse und Bekanntheitsgrad toppen würde. Der Mann, den er heute Abend zum Essen mitbrachte, war der hochrangigste von allen. Sein Gast war bereits angereist, es konnte nicht mehr lange dauern, da würde er an seiner Tür klingeln und sie würden gemeinsam, plaudernd wie Verbündete, hochspazieren zu Hubschmidt's. Schleißheimer hatte einen Weg ausgesucht, auf dem ihnen niemand begegnen konnte.

Schleißheimer legte die Kopfhörer ab, ging zum Fenster und musste an die Geschichte denken, wie er seinen berühmten

Freund kennengelernt hatte, den Grandseigneur seines Faches. Schleißheimer hatte die Geschichte schon oft erzählt, meistens glaubte man ihm nicht, schließlich hatte er es aufgegeben. Aber es war eine wahre Geschichte. Begonnen hatte alles bei einem internationalen Ärztekongress in den USA. Er hielt dort ein Referat über sein Spezialgebiet. An der Rezeption erfuhr er, dass bei der Buchung etwas schiefgelaufen war. Ob er etwas dagegen hätte, in ein anderes Stockwerk upgegradet zu werden. Nein, natürlich nicht. Eine Dusche wird es ja wohl auch im Premium-Bereich geben, hatte er gescherzt. Einziger Nachteil sei, so hatte er erfahren, dass er sich jedes Mal einer Sicherheitskontrolle unterziehen müsse. Als Schleißheimer, der Zweimetermann mit der Glatze, mit dem Lift hochfuhr, stieg Bob Dylan ein. Sie nickten einander kurz zu. Am besten nicht anreden, dachte Schleißheimer. Keine Gemeinplätze von sich geben. Keine Zitate aus einem seiner Lieder, obwohl *I met you in the elevator* schon witzig gewesen wäre. Aber das war einfach zu naheliegend.

»Ich bin ein großer Verehrer Ihrer Kunst!« – Schwach. Wer war das nicht.

»Geben Sie ein Konzert in der Stadt?« – Superschwach. Weswegen sollte er sonst hier sein. So schwiegen beide. Plötzlich erklang aus dem mickrigen Brüllwürfel des Aufzugs ein bekannter Bob-Dylan-Song, unsäglich trivialisiert und verpopt. Komplett missverstanden, auf den Kopf gestellt und verhunzt. Beide mussten lächeln.

»Ärgert Sie so etwas?«, fragte Schleißheimer.

»Ja, eigentlich schon«, antwortete Bob Dylan achselzuckend. »Es geschieht immer wieder. Aber was soll man machen. Das ist der Preis.«

Bob Dylan lud ihn ein, mit ihm einen alkoholfreien Drink zu nehmen. Es wurde ein unterhaltsamer Abend. In der Folge hatten sie sich dann ein paarmal getroffen, bis Schleißheimer ihn schließlich zu einem Essen nach Europa eingeladen hatte. Um Anreise und Unterbringung wollte Bob sich selbst kümmern, er wollte am Abend einfach auftauchen. Und jetzt musste er bald da sein.

Schleißheimer wollte gerade weiter in Erinnerungen schwelgen, als das Telefon klingelte. Chichi Reininghaus, die Frau des Flugkapitäns, war dran. Vollkommen aufgelöst. Er konnte sie zunächst gar nicht verstehen. Höchstwahrscheinlich bat sie ihn, Kerbel mitzubringen. Wie so oft. Er hatte welchen im Garten angepflanzt. Doch dann erbleichte Schleißheimer.

»Was? Wie bitte?«, rief er entsetzt ins Handy. »Wann ist das passiert?«

Schleißheimer ließ das Telefon sinken. Unglaublich. Vier Morde. Und Reininghaus war unter den Opfern. Als Chichi aufgelegt hatte, versuchte er Bob Dylan zu erreichen. Der ging nicht ran. Auch die Leiterin seines Außenteams wusste nicht, wo er steckte. Wieder blickte Schleißheimer aus dem Fenster. Draußen drückte der Föhn schwer auf die Landschaft, das Herbstlaub fiel, der Himmel gab alles, was man an Blau verlangen konnte. Schleißheimer schloss die Augen. Wer konnte das getan haben? Ihm fiel nur einer ein, der dazu fähig war. Und ein Motiv hatte.

10

Nachdem Pascal Bretten das Vernehmungszimmer des Polizeireviers verlassen hatte, war es immer noch grau und schmucklos, vielleicht sogar mehr denn je, denn der Augenoptiker hatte mit seinem Auftreten etwas Farbe hineingebracht. Maria Schmalfuß machte sich Notizen über ihn. Sie fand, dass Bretten zwar ein zu Theatralik neigender, vielleicht sogar ein wenig ›histrionischer‹ Typ war, sie konnte jedoch keinerlei Anzeichen für eine psychische Deformation finden. Vor allem keine, die zwingend zu solch einem Gewaltverbrechen führte. Er hatte zwar kein Alibi für die Tatzeit vorzuweisen, ein plausibles Motiv hatte sie jedoch auch nicht entdecken können. Ihrer Spontananalyse nach war er nicht der Typ, der vier Menschen auf so brutale Weise ermorden würde. Doch sie musste zugeben, dass sie sich in dieser Beziehung schon einige Male getäuscht hatte. Maria tippte ihre Einschätzung ins Handy und sandte sie an Hubertus.

Nachdenklich seufzend erhob sie sich und machte sich auf den Weg. Die Nächste auf ihrer Liste war Erika Lorek, ein weiteres Mitglied des geheimbündlerischen Kochclubs Les Treize Plats. Franz Hölleisen hatte alle überlebenden Clubmitglieder einige Zeit nach Bekanntwerden der Tat angerufen, ihnen die traurige Nachricht übermittelt und Marias Kommen angekündigt. Das war zwar eigentlich nicht der dienstlich vorgeschriebene

Weg, jemandem ein Kapitalverbrechen mitzuteilen, aber die Personalknappheit entschuldigte dies. Auch Erika Lorek war von Hölleisen schon telefonisch kontaktiert worden und hatte einer weiteren Befragung zugestimmt. Die Witwe des Dachdeckers, der einer solch lächerlichen und dadurch umso schrecklicheren Todesart zum Opfer gefallen war, wartete im Büro der Firma Lorek. Hölleisen hatte Maria bereits über das geschäftliche Umfeld des Ehepaars informiert. Der Familienbetrieb wurde von Erika und Thomas geleitet, sie beschäftigten rund zwanzig Angestellte, der Laden lief dem Vernehmen nach gut. Von den oft gehörten Sorgen des Mittelstands – unfähiges Personal, zahlungslahme Kunden, Schikanen aus Brüssel – hatte Hölleisen hier nichts mitbekommen. Schon von weitem fielen Maria die bunten Lastwägen und Kräne der Dachdeckerei ins Auge, das Büro war beschildert und leicht zu finden. Erika Lorek hielt ihr die Tür auf.

»Ich habe alle Angestellten nach Hause geschickt«, sagte sie. »Die Kunden werden das verstehen.«

Sie bat Maria herein. Maria sprach ihr ein herzliches Beileid aus, Erika Lorek ließ sich dabei umarmen. Sie war eine konservativ wirkende, alterslose Frau. So wie sie jetzt aussah, hatte sie wahrscheinlich schon auf der Schulbank gesessen, und so würde sie in vierzig Jahren im Aufenthaltsraum der Seniorenresidenz sitzen. Ihr Äußeres war gepflegt, sie trug dezente Kleidung und keinen Schmuck. Maria schämte sich ein bisschen dafür, dass sie sich unter einer Dachdeckersgattin etwas anderes vorgestellt und ein proletarischeres Erscheinungsbild vor Augen gehabt hatte. Ausgetretene Schuhe und schwielige Hände. Nichts von alledem. Erika Lorek bot ihr einen Stuhl an.

»Verstehen Sie mich bitte nicht falsch, Frau Schmalfuß, aber der Herr Hölleisen hat wohl keine Zeit gehabt für eine Befragung? Ich meine nur, weil der Hölli und ich uns gut kennen, und da dachte ich, dass *er* mich vielleicht –«

»Ist schon gut«, unterbrach Maria und setzte sich. »Polizeiobermeister Hölleisen ist mit anderen Ermittlungen beschäftigt. Ich habe auch nur ein paar Fragen. Dann bin ich wieder weg.«

Einen größeren Gegensatz als den zwischen dem irrlichternden Bretten und der stillen, glanzlosen, momentan sehr in sich zusammengesunkenen Erika Lorek gab es nicht. Maria hatte den Eindruck, dass sie bei ihr gleich zur Sache kommen konnte. Die Frau des Dachdeckers musste die Entschlossenheit in Marias Gesicht bemerkt haben, denn sie kam ihr zuvor:

»Ich sage, wie es ist: Ich habe kein Alibi. Für den ganzen Tag nicht. Mein Mann ist am Vormittag zum Restaurant raufgegangen, seitdem bin ich hier im Büro gewesen und habe die Materialbestandslisten aktualisiert. Meine Mitarbeiter wissen, dass ich dabei definitiv nicht gestört werden will. Deswegen ist mein Alibi dünn. Niemand hat mich gesehen, ich habe das Telefon stummgeschaltet. Ich war praktisch nicht da.«

»Ich danke Ihnen für Ihre Offenheit, Frau Lorek. Aber ich bin mit keinem bestimmten Verdacht hierhergekommen. Schon gar nicht gegen Sie. Ich habe eine andere Frage. Können Sie sich irgendeinen Grund vorstellen, warum Ihr Mann diesem Verbrechen zum Opfer gefallen ist?«

»Darüber habe ich natürlich auch schon nachgedacht«, sagte Erika Lorek ruhig. »Die Frage ist mir sogar als Erstes durch den Kopf gegangen. Aber wie soll ich sagen: Ich bin auf niemanden gekommen, der einen Grund gehabt hätte, diesen großzügigen und hilfsbereiten Menschen zu –« Sie beendete den Satz nicht. Erst nach einer Weile fuhr sie fort: »Und auch dazu fähig wäre. Ich bin alle aus dem Kochclub durchgegangen, dann alle Mitarbeiter unserer Firma, auch alle Kunden. Für jeden würde ich die Hand ins Feuer legen.«

»Seit wann waren Sie beide im Club?«

Ein Lächeln erschien auf Erika Loreks Gesicht.

»Das ist eine hübsche Geschichte. Wollen Sie einen Tee?«

Komisch. Wenn Maria alleine Befragungen außerhalb des Reviers durchführte, bot man ihr stets Tee an. In Begleitung von Hölleisen oder Nicole war es immer Kaffee. Mit Hubertus zusammen wurde ihnen nie etwas angeboten. Bei Ludwig Stengele stand wahrscheinlich das Weißbierglas schon auf dem Tisch.

»Nein, danke«, sagte Maria.

»Gleich nachdem wir uns kennengelernt haben, wollten wir eine Kneipe aufmachen«, fuhr Erika Lorek fort. »Ein Café oder ein kleines Bistro. Das war unser Traum. Nur zu zweit. Einer steht in der Küche, der andere bedient. Wir haben beide extra ein bisschen kochen gelernt, nach Büchern und Fernsehsendungen. Und aus dem Internet. Die Ergebnisse waren zunächst schauderhaft, aber wir wollten es unbedingt durchziehen. Wir haben uns sogar schon Räumlichkeiten für unsere Kneipe angeschaut.«

»Hier im Kurort?«

Erika Lorek schüttelte den Kopf.

»Nein, wo denken Sie hin! Hier ist es doch eigentlich ziemlich egal, was man den Touristen vorsetzt. Nein, wir wollten ins Ausland gehen. Aber dann sind meine Schwiegereltern gestorben und wir hatten die Dachdeckerei am Hals. Deshalb wurde nichts aus dem Bistro. Als wir gefragt wurden, ob wir bei den Dreizehn mitkochen wollen, haben wir sofort zugesagt.«

»Ich verstehe«, sagte Maria. »Wie war Ihre Arbeitsteilung hier in der Firma?«

»Ich nehme die Aufträge an und schicke die Mitarbeiter zu den Kunden. Ich mache die Termine, die Materialbestellungen.«

»Und die Finanzen? Kostenvoranschläge? Die Rechnungen? Machen Sie die auch?«

»Nein. Das hat mein Mann sich nicht nehmen lassen. Das hat er selbst gemacht.«

Maria machte sich eine Notiz. Erika Lorek sah seufzend zu.

»Eine Frage hätte ich auch noch«, sagte sie in einem veränderten, besorgten Ton. »War es ein schneller, schmerzloser Tod? Hölli hat mir erzählt, wie man ihn aufgefunden hat.«

Diese Frage konnte Maria gar nicht präzise beantworten, die pathologischen Untersuchungen waren sicher noch nicht so weit gediehen. Trotzdem behauptete sie, ins Blaue hinein:

»Ich gehe davon aus, dass Ihr Mann nicht lang leiden musste. Es spricht alles für die Tatsache, dass es sich wegen des Hitzeschocks um einen sogenannten Sekundentod handelte.«

Das war Unsinn, aber was sollte sie sonst sagen? Maria blickte Erika Lorek fest ins Gesicht. Sie hatte den Eindruck, dass diese ihr nicht so recht glaubte. Dass sie es besser wusste. Die beiden Frauen musterten sich eine Weile stumm und lauernd. Ein Mann öffnete die Tür. Jetzt erst bemerkte Maria die handgeschmiedete Türklingel mit Zugstange, die einen durchdringenden altmodischen Lärm machte.

»Herzliches Beileid, Frau Lorek«, sagte der Mann verlegen, als er im Raum stand.

Sie stellte ihn Maria als einen ihrer Mitarbeiter vor. Als er erfuhr, dass Maria von der Polizei war, versprach er, sich später wieder zu melden, und verließ das Büro. Wieder erschallte das Getöse der Glocke.

»Ich höre es schon gar nicht mehr«, sagte Erika Lorek, als sie Marias Blick bemerkte. »Thomas hat das zusammengeschweißt und aufgehängt. Vor über zehn Jahren. Es sollte die Türglocke zu unserem Bistro werden.«

Sowohl bei der knappen Beileidsbekundung des Angestellten wie auch jetzt wieder wirkte Erika Lorek beherrscht, aber auch auf seltsame Weise abwesend und in Gedanken versunken. Hier ist etwas faul, dachte Maria. Es gab tausend Arten, mit einer solchen Nachricht umzugehen, von stillen Tränen bis hin zum Lachkrampf beim Tod eines geliebten Menschen. Aber solch eine Gefasstheit und Kälte hatte sie noch selten gesehen. Maria stand auf, um sich zu verabschieden.

»Wenn Sie Unterstützung brauchen, Frau Lorek –«

»Danke, aber ich habe Verwandte und Freunde, die sich um mich kümmern.«

Maria gab ihr ihre Karte und machte sich auf den Weg zum nächsten Mitglied des Clubs der Dreizehn. Noch lange hallte ihr der Radau der Türglocke in den Ohren.

Als Maria Schmalfuß gegangen war, erhob sich Erika Lorek. Sie schritt langsam zur Eingangstür und verschloss sie sorgfältig. Nachdenklich starrte sie auf die Türklinke. Sie glaubte zu wissen, weshalb ihr Mann zu Tode gekommen war. Was die anderen drei Opfer anging, stand allerdings auch sie vor einem Rätsel.

schmackofatz.de

Ihr Bewertungsportal – Restaurants weltweit vergleichen

HUBSCHMIDT's

Bewertung:

✦ ✦ ✦ ✦ ✦ ✦ (= so schön!)

Micki Kammerer schrieb:

Ich heiße Micki, ich bin zehn Jahre alt geworden und habe an meinem Geburtstag das erste Mal mit meinen Eltern fein essen gehen dürfen. Ins Hubschmidt's. Der Raufweg war langweilig, aber droben hat dann Schack auf uns gewartet, das war der Ober. Er hat ein lustiges Gesicht gehabt und ist immer an unseren Tisch gekommen. »Mundet es den Herrschaften?«, hat Schack immer wieder gefragt. »Oder wolle Pepe?« Das fand ich lustig, er hat sogar auf meinen Game Boy Pfeffer draufgetan. Dann hat er gesagt, dass ich mich auch in der Küche umschauen darf, wenn ich will, und hat mich mitgenommen dorthin. Mami und Papi haben nicht mitdürfen, sie haben draußen aufs Essen warten müssen. In der Küche bin ich kaum durchgekommen, so eng war es da.

An der Wand ist ein lustiges Bild gehangen, da waren Leute drauf, die alle Pfannen vor dem Gesicht gehabt haben. Und draußen, wo wir gesessen sind, habe ich ein paar Leute gesehen, die ich auch schon im Fernsehen gesehen habe. Mami und Papi haben Böfstrockonoff gegessen und der lustige Schack hat mich gefragt, ob ich denn eine Lieblingsspeise habe. Nudeln mit Butter, habe ich gesagt, und schwuppsdiwupp, hat er mir die gebracht. Wolle Pepe? Ja, freilich, habe ich gesagt. Alle Leute im Restaurant haben ganz neidisch zu mir hergeschaut. Ich glaube, die hätten das auch gerne gehabt. Auch auf der Toilette war was Lustiges an die Wand geschrieben, nämlich eine Speise, die ein alter Grieche mit Namen Aristophanes erfunden hat. Sie heißt auf Griechisch Lopadote-

machoselachogaleokranioleipsanodrimhypotrimmatosilphiokarabome-
litokatakechymenokichlepikossyphophattoperisteralektryonoptokephal-
liokinklopeleiolagoosiraiobaphetraganopterygon
Und die Übersetzung ist:
Austernschneckenlachsmuränen-
Essighonigrahmgekröse-
Butterdrosselnhasenbraten-
Hahnenkammfasanenkälberhirn-
Feldtaubensiruphering-
Lerchentrüffelngefüllte Pasteten

Das wünsche ich mir zum nächsten Geburtstag!

11

Polizeiobermeister Franz Hölleisen lief aufgeregt auf den Tisch zu, an dem Jennerwein, Nicole und Becker ihr Hightech-Basislager aufgeschlagen hatten. Er wedelte ungeduldig mit dem Handy und zeigte wiederholt darauf.

»Was ist los, Hölleisen?«

»Einer der Wirte hat mir eine SMS mit dem Kennwort ›Alpenglühen‹ geschickt, das wir ausgemacht haben. Es ist die Goldene Gans. Wenn wir uns beeilen, sind wir in zehn Minuten dort.«

Alle sprangen von ihren Stühlen auf. Die Auswertung der bisher gesammelten Spuren musste jetzt warten.

»Nicole und Hölleisen, Sie beide sehen nach, was da los ist«, entschied Jennerwein. »Das ging ja rasend schnell.«

»Becker, haben Sie ein Auge auf meinen Rechner!«, rief Nicole noch über die Schulter zurück. »Ich habe einige Anfragen gestartet und warte auf die Antworten! Mein Passwort ist –«

Nicole machte ein paar deutlich abgezirkelte Gesten. Becker nickte. Bald darauf waren Nicole und Hölleisen außer Sichtweite. Sie spurteten den Weg zurück zum Parkplatz, vorbei an dem einzelnen Pilz mit der knallroten Hutunterseite. Beide waren konditionell gut in Form, in wenigen Minuten waren sie beim Auto angelangt. Nicole sprang wie selbstverständlich auf den Fahrersitz. Sie bretterte den Schotterweg hinunter. Endlich kam Bewegung in die Sache.

»Wir nehmen am besten die Gerstlstraße, dann die Mailinger rein bis zum Raiffeisenplatz«, sagte Hölleisen. »Ich habe dem Wirt noch eine SMS zurückgeschickt: ›Halt ihn hin‹. Er hat ein ›Mach ich grade‹ zurückgesimst.«

»Ich denke, wir fahren am besten ohne Sirene, nur mit Blaulicht.«

»Ganz meine Meinung.«

Gerstl. Mailinger. Raiffeisen. Hölleisen machte inzwischen seine und Nicoles Dienstwaffe startklar.

»Sollen wir Verstärkung anfordern?«

»Wir sondieren zuerst einmal die Lage.«

Nach ein paar waghalsigen Überholmanövern waren sie dort. Sie hielten in einiger Entfernung an, nicht mit kreischenden Bremsen, sondern langsam ausrollend, *quasi diminuendo*, dann schlossen sie leise, *al niente*, die Autotüren. Vorsichtig näherten sie sich der Goldenen Gans. Ein Blick durchs Fenster verriet ihnen, dass dieses Restaurant nicht sehr gut lief. Es waren kaum Gäste zu sehen, der Wirtsraum wirkte heruntergekommen und ungepflegt. Ob da viel Schutzgeld zu holen war? An einem der Tische saßen zwei Männer. Hölleisen machte Nicole ein Zeichen: Links sitzt der Wirt, rechts der Räuber. Was machen wir?, gebärdete Hölleisen. Verstärkung holen? Nicole schüttelte den Kopf.

»Gehen wir rein«, flüsterte sie. »Wir sollten uns möglichst unpolizistisch verhalten.«

»Liebespaar?«

»Das glaubt uns kein Mensch. Gehen wir einfach rein und improvisieren.«

Sie betraten den Wirtsraum als durstige Wanderer und unterhielten sich dabei möglichst beiläufig über den angeblichen Spaziergang, den sie gerade gemacht hatten.

»Weißt du, wenn wir den Geisenkopfweg genommen hätten und dann rüber zum Jochkarsteig gegangen wären, dann hätten wir uns den Umweg über das obere Schrötteljoch erspart.«

»Hätten wir nicht! Der Geisenkopfweg führt doch rüber zum Beertalerforst, da wären wir ganz woanders rausgekommen.«

»Jetzt habe ich jedenfalls einen Riesenbrand.« Hölleisen ging voraus. Er hatte vor, sich an einen Tisch in der Ecke des Raums zu setzen, um von dort aus den Minaccioso unauffällig beobachten zu können.

»Du kannst ja das nächste Mal allein gehen.«

»Das mache ich auch.«

Eine gestandene Bedienung im Dirndl erschien. Sie machte ein Gesicht wie eine zwei Jahre alte Zeitung. Statt einer Begrüßung zog sie die Augenbrauen leicht hoch und sagte so etwas wie:

»as'oln'di'errschftn?«

Hölleisen wollte antworten, doch dazu kam es gar nicht. Unvermittelt und zur Überraschung aller sprang der Mann, der dem Wirt gegenübersaß, auf, warf den Tisch um und lief zielsicher auf den Hintereingang zu. Nicole setzte nach, aber der Wirt war ebenfalls aufgesprungen und stand ihr im Weg. Sie schubste ihn unsanft beiseite und stürmte durch die Tür.

Draußen sah sie, dass der Typ den menschenleeren Platz vor dem Wirtshaus schon überquert hatte.

»Bleiben Sie stehen!«, schrie sie ihm nach, dann auch auf italienisch: »Fermatevi!«

Doch sie wusste, dass das nichts brachte. Sollte sie einen Warnschuss abgeben? Das brachte wahrscheinlich auch nichts. Der Kerl bog nun in eine Seitengasse ab, die etwas belebter war. Einmal sah er sich um, Nicole versuchte sich sein Gesicht einzuprägen. Sie glaubte zu wissen, dass er zum nahegelegenen Parkplatz wollte, dort hatte er wahrscheinlich sein Auto abgestellt. Doch er rannte daran vorbei. Nicole kam langsam außer Atem. Aber die Tatsache, dass sie aufholte, gab ihr die zweite und dritte Luft. Jetzt blieb er auf einer Brücke stehen, unter der eine vielbefahrene Hauptstraße durchführte. Er stützte sich mit beiden Armen auf das Geländer, um auszurasten. Nicole setzte zum Endspurt an. Langsam bürgerte es sich im Team ein, dass sie die Verantwortliche für alle Verfolgungsjagden war. Sie war natürlich auch die Jüngste im Team. Trotzdem. Und wo war Hölleisen? Sie blickte kurz zurück, doch er war weit und breit nirgends zu sehen. Als sie wieder nach vorn sah, bemerkte sie, dass sich der Kerl keineswegs ausruhte. Er beugte sich vielmehr über die Brücke, stieg auf das Geländer und – sprang mit einem lauten Schrei hinunter auf die Straße! Um Gottes willen, was hatte der Typ getan! Sie hatte ihn in die Enge getrieben. Die Panikreaktion eines Flüchtigen, und sie war verantwortlich dafür. Doch sie ließ sich nicht lang vom ersten Schrecken lähmen. Nicole rannte über die Straße hin zu dem Geländer und beugte sich ebenfalls hinunter. Ein mit Kies beladener Lastwagen fuhr langsam davon. Der Kerl lag mitten im Kies und rappelte sich gerade wieder auf. Von wegen Panikreaktion. Das also war sein Plan gewesen. Einen Moment lang dachte sie daran, nachzuspringen, doch dann kniff sie die Augen zusammen und prägte sich das Kennzeichen des Lastwagens ein. Mit zittrigen Händen wählte sie Hölleisens Nummer.

»Herrschaftszeiten, Nicole, wo sind Sie denn? Geht es Ihnen gut?«

»Er ist mir entwischt.«

Sie schilderte ihm den Fall und gab das Kennzeichen durch.

»Ich habe leider kein Foto vom Täter geschossen«, sagte sie. »Aber ich habe mir sein Gesicht eingeprägt. Klein und drahtig, dunkle, lockige Haare, cremiger Teint, stechende Augen. Genau so, wie man sich einen Italiener vorstellt.«

»Ja, ich habe auch den Eindruck gehabt, dass er Italiener war. In der Goldenen Gans habe ich kein Wort von ihm mitbekommen. Sie vielleicht?«

»Leider auch nicht.«

»Ich rufe jetzt den Unternehmer an, dem der Kiestransporter gehört. Das mach ich gleich von hier aus. Fahren Sie bitte wieder hinauf zum Hubschmidt, ich rede noch mit dem Wirt, dann komme ich nach. Den erwischen wir schon.«

»Ist mir recht, Hölleisen. Ich bin ziemlich außer Puste. Bin auch nicht mehr die Jüngste.«

»Nicole, Sie sind und bleiben immer die Jüngste.«

»Danke für die Blumen und tschüss!«

Wer Nicole Schwattke bei einer Verfolgungsjagd abhängen konnte, dachte Hölleisen, der muss wirklich gut in Form sein.

Hölleisen telefonierte mit der Leitstelle. Die Baufirma war schnell eruiert. Der Lastwagenfahrer hieß Fecht und war über die Freisprechanlage zu erreichen.

»Spreche ich mit Herrn Fecht?«, sagte Hölleisen.

»Ja, natürlich, was gibts?«, sagte der Mann am anderen Ende der Leitung.

»Wo sind Sie?«

»Am Riessgraben.«

»Fahren Sie bitte bei der Tankstelle raus. Bleiben Sie im Auto, wir sind sofort bei Ihnen.«

Hölleisen legte auf. Dann schoss es ihm heiß und kalt durch den ganzen Körper. Er wusste, dass er mit der Frage »Spreche ich mit Herrn Fecht?« einen schweren Anfängerfehler begangen hatte.

Doch das war nicht der einzige Fehler bei diesen Ermittlungen. Becker hatte einen Löffel übersehen. Jennerwein hatte sich durch persönliche Erinnerungen ablenken lassen und ein entscheidendes Detail aus den Augen verloren. Und schon passierte die nächste Panne. Die zwei Mitarbeiter des gerichtsmedizinischen Dienstes trugen Beweisstück Nr. 436/2, den Topf mit der Bouillabaisse, vorsichtig ums Haus herum, ihr Ziel war der Hubschrauberlandeplatz. Sie gingen langsam, Schritt für Schritt. Sie unterhielten sich über dies und das. Sie wollten auch bloß das Bild der vier Leichen aus dem Kopf bekommen. Dann stolperten sie. Über eine Wurzel. Der Topf glitt ihnen aus der Hand, und an die siebzig Liter Fischsuppe sickerten ins Erdreich. Bei diesem Fall schien wirklich einiges schiefzugehen.

Die zwei insektenähnlichen Lebewesen im Erdreich sahen das anders. Sie waren Vertreter der Gattung der Totholzspringschwänze, auf ihrem Speiseplan standen abgestorbene organische Substanzen aller Art.

»Was zur Hölle ist das?«, pheromonierte der erste Totholzspringschwanz.

»Keine Ahnung«, gab der zweite zurück. »Schmeckt aber lecker.«

Gefräßiges Schweigen. Selten ein Schaden ohne Nutzen, sagt der Volksmund. Auch der Krabbeltiervolksmund.

12

Hansjochen Becker klappte sein Notebook zu und fluchte. Niemand in seinem Team kannte sich mit Pilzen gut genug aus, und auf die Schnelle war auch kein Experte greifbar. Siegfried Schlatt, der Pilzmaler und Kenner der tausend Arten und Unterarten und lokalen Varietäten – wenn der da gewesen wäre! Schlatt hätte Becker sicher weiterhelfen können. Aber Becker wusste nichts von der Existenz des Experten Schlatt. Und dieser saß zudem zu Hause in seinem Atelier und bibberte vor Angst. Er taumelte von einer Schreckensvision in die nächste. Eben hatte er sich vorgestellt, wie ein Sondereinsatzkommando der Polizei die Tür aufbrach und ihn schmerzhaft gefesselt hinausschleifte. Aber hatte er denn überhaupt mit dem Mord zu tun? Oder hatte er ihn bloß beobachtet? Wenn das so war, klopfte der wirkliche Mörder sicher gleich an seine Ateliertür, um einen lästigen Zeugen zu beseitigen. Und in einer dritten Schreckensvision tauchte der saucenverschmierte Mann selbst als Untoter auf, um sich auf ihn zu stürzen. Schlatt schnupfte eine Linie Psilocybin, das er aus den Lamellen des *Spitzkegeligen Kahlkopfs* gewonnen hatte. Ah, Herrschaftszeiten, tat das gut! Auf diese Art von Kahlköpfen konnte man sich verlassen. Die Yankees bezeichneten die stark psychoaktiven Pilze als *Magic Mushrooms*, die Lateinamerikaner als *Fleisch der Götter*, die Russen als *Waldschokolade*, die Österreicher als *Narrische Schwammerl*. Dieser Aus-

druck gefiel ihm besonders. Schlatt beruhigte sich, die Visionen verschwanden. Gut, dann war es jetzt eben so weit. Dank einiger Pilzwirkstoffe hatte er schon oft Zugang zu mancherlei bewusstseinserweiternden Kicks und Flashs gehabt. Heute hatte er sich vielleicht mit der Dosis vertan und Aggressionen aus dem Sack gelassen, von denen er gar nicht wusste, dass sie in ihm schlummerten. Auch wenn er sich an überhaupt nichts erinnern konnte. Aber da konnte man nichts machen. Das war der Preis. Sollte er schon einen Koffer mit dem Allernötigsten packen? Er würde sich schuldig bekennen, erhobenen Hauptes würde er im Gerichtssaal stehen –

»Hast du dich erkältet?«, fragte seine Frau und legte ihm die Hand an die Stirn. »Du bist ja ganz heiß. Ich mache dir einen Zitronentee.«

Zitronentee war gut. Zitronentee löste alle Probleme. Schlatt bereitete eine kleine Menge Muscimol vor, gewonnen aus den getrockneten Lamellen des *Gelbflockigen Fliegenpilzes*. Das würde er in den Zitronentee geben. Was für herrliche Gemälde waren dadurch schon entstanden. PFIFFERLINGE BEI NACHT, Aquarell, 1999, Galerie Rotenburg an der Wümme. Und seine Frau durfte später dann keine Feile in den Kuchen einbacken, sondern ein paar Narrische Schwammerl.

Hansjochen Becker jedoch konnte auf keinen solchen Spezialisten zurückgreifen. Auch Nicole Schwattkes Pilzbestimmungssoftware hatte ihn nicht weitergebracht. Es blieb ihm nichts anderes übrig, als den Inhalt des Suppentellers und die Holzkiste mit den gesammelten Pilzen, die sie in der Speisekammer gefunden hatten, mit dem Hubschrauber in das weit entfernte lebensmitteltechnische Institut Stuttgart zu fliegen.

»In der Kiste befinden sich Pilze, die ich noch nie gesehen habe. Kennen Sie denn einen Experten in der Nähe, Chef?«

Jennerwein überlegte.

»Ich werde Verena Vitzthum anrufen.«

»Aber die ist doch im Krankenhaus, soviel ich weiß! Meniskus oder so etwas? Irgendein Routineeingriff?«

»Ja, das ist richtig. Aber im Notfall kann ich sie anrufen. Ich glaube, sie freut sich darüber.«

Jennerwein wusste, dass die Frau im Rollstuhl zumindest nicht verärgert über einen Anruf sein würde. Die Skype-Verbindung stand schnell. Das wackelige Bild zeigte eine blasse, etwas hohlwangige Verena Vitzthum, die im Krankenhausbett lag, sie trug ein Nachthemd, bedruckt mit lauter kleinen Skeletten und Knochen.

»Ein Geschenk meines Mannes«, sagte sie lächelnd. Sie schien gut gelaunt zu sein. »Meine OP ist erst morgen. Und ich kann Ihnen eines sagen, Hubertus: Es gibt nichts Schlimmeres als einen Arzt, der krank ist. Was ist los? Meine Abteilung wird doch nicht Mist gebaut haben? Wie macht sich die Neue? Frau Dr. Bentel, die stellvertretende Gerichtsmedizinerin?«

»Gut«, log Jennerwein.

Er schilderte ihr kurz den Fall und zeigte ihr die Fotos von den Pilzen in der Holzkiste. Ein paar davon kannte sie. Sie richtete sich auf und blickte äußerst interessiert drein. Auf einmal wirkte sie gar nicht mehr so blass.

»In der Suppe ertränkt, mit der Bratpfanne erschlagen, mit einem Filetiermesser erstochen, mit Pilzen vergiftet! Wollen Sie meinen ersten Eindruck hören?«

»Deswegen wende ich mich an Sie«, erwiderte Jennerwein listig lächelnd.

»Also, mein erster Eindruck ist der, dass die Vergiftung überhaupt nicht zu den anderen Morden passt. Ein Stich, ein Schlag, einmal fest unter Wasser drücken – das geht schnell. Pilzgifte jedoch wirken langsam, sehr langsam, sehr qualvoll, und sie sind wenig zuverlässig. Sie haben Schwindel und Übelkeit zur Folge, Herzklopfen, Blutspucken, Zahnweh, Rotlauf, herabgesetztes Allgemeinbefinden, anhaltenden wässrigen Durchfall mit bedrohlichen Flüssigkeits- und Elektrolytverlusten –«

»Ja, ich glaube, ich habe dann genügend –«

»Wadenkrämpfe«, fuhr Verena Vitzthum unbeirrt fort. »Gelbsuchtartige Veränderungen der Hautfarbe, Schmerzen im Lendenwirbelbereich, ein Taubheitsgefühl in den Händen, Schüttelfrost, übermäßigen Durst –«

»Jetzt hören Sie schon auf!«, stöhnte Jennerwein.

»Sehstörungen durch Pupillenverengung, Tränen- und Speichelfluss, Zittern, Atemnot, Angstgefühle, rauschartige Zustände mit Sinnestäuschungen und Koordinationsstörungen, Verlust des Zeitgefühls, Selbstüberschätzung, visuelle Illusionen –«

»Es ist wahrscheinlich der Blick in die Hölle?«

»Wenn Sie nur die Hälfte dieser Symptome verspüren, stecken Sie entweder gerade mitten in einer Scheidung oder Sie haben eine Pilzvergiftung. Zyankali ist da wesentlich gnädiger. Und wie gesagt zuverlässiger.«

»Kann das Opfer mit der Pistole bedroht und gezwungen worden sein, die Pilze zu essen?«

»Wenn der Täter mit der Pistole sicherheitshalber noch ein paar Stunden dasitzt – dann ja. Also unwahrscheinlich. Es gibt schon ein paar Pilzgifte, die schneller wirken. Aber dann müsste das Opfer den ganzen Teller aufgegessen haben, nicht bloß zwei Löffel.«

»Es gibt keinen Pilz, der in kleinen Mengen sofort tödlich ist? Auch der Fliegenpilz nicht?«

»Nein. Auch der ist ein recht unsicherer Kandidat in dieser Beziehung.«

Die Gerichtsmedizinerin hatte anscheinend vergessen, dass sie als Prä-OP im Krankenhaus lag.

»Ich habe mir das Gesicht des Vergifteten genau angesehen, Sie haben mir ja freundlicherweise ein Foto geschickt. Insgesamt deutet das ganze Erscheinungsbild schon auf ein schnell wirkendes Gift hin, vielleicht sogar auf eine Erstickung. Ich habe das Bild übrigens so genau und im Detail studiert, dass ich zunächst gar nicht bemerkt habe, dass es sich um Rico Hubschmidt handelt.«

»Sie kennen Hubschmidt? Waren Sie schon einmal in seinem Lokal?«

»Nein, seine Firlefanzküche interessiert mich nicht. Aber wir sind derselbe Jahrgang. Wir sehen uns alle fünf Jahre beim Jahrgangstreffen. Beim letzten Mal bin ich die ganze Zeit neben ihm gesessen und habe mich mit ihm angeregt unterhalten.«

Sie machte eine Pause. Dann blickte sie Jennerwein grimmig an. »Er ist ein toller Mensch gewesen. Ich habe also ein persönliches Interesse daran, dass der Mörder gefasst wird. Hubschmidt war ein sehr großzügiger Zeitgenosse. Ich bin Mitglied in einem wohltätigen Verein, und seit dem letzten Jahrgangstreffen spendet er regelmäßig richtig große Summen.«

In Jennerweins Gehirn blieben die Begriffe ›großzügig‹ und ›regelmäßig große Summen‹ hängen. Womöglich war das für den Fall wichtig.

Verena Vitzthum schaltete die Skype-Verbindung aus. Die Tür ging auf, und sie verdrehte die Augen. Chefarztvisite. Mit einem halben Dutzend Assistenzärzten. Sie hätte lieber weiter das Gesicht von Hubschmidt betrachtet. Seine Muskeln, vor allem der Mundringmuskel, waren stark angespannt, wie eingefroren. Das deutete auf extrem starke Schmerzen vor seinem gewaltsamen Tod hin. Was konnte das nur für ein Gift sein?

»Guten Tag, Frau Kollegin«, sagte der Chirurg, der sie morgen operieren sollte. »Immer im Dienst, wie?«

Verena klappte das Notebook zu.

»Es wird Sie sicherlich interessieren, wie ich vorgehe«, fuhr er fort.

»Äh, ja, eigentlich –«

»Frau Doktor Vitzthum, solche Details bleiben meinen Patienten normalerweise verborgen. Aber in Ihrem Fall –«

Die sechsköpfige Entourage befürchtete nun einen langen, detailüberreichen Vortrag zum Eingriff. Doch er kam nicht über die Öffnung der äußeren Hautschicht hinaus. Die Gerichtsmedizinerin unterbrach ihn äußerst schroff.

»Herr Kollege, lassen Sie das. Ich vertraue Ihnen voll und ganz.«

Er war ein wenig beleidigt, aber es ging nicht anders. Als die Truppe gegangen war, klappte Verena ihr Notebook wieder auf und betrachtete das verzerrte Gesicht des verblichenen Restaurantbesitzers.

»Rico, Rico, in was bist du da hineingeraten.«

Verena Vitzthums Gesicht verdüsterte sich. Sie war am ganzen Körper schweißnass. Und sie hatte verdammte Angst. Angst vor ihrer bevorstehenden Operation. Als der Chirurg vom Öffnen der äußeren Hautschicht angefangen hatte, hätte sie fast losgeschrien.

Geritzt

»Ich möchte mir gerne ein kleines Tattoo an der Wade stechen lassen.«

»Welches Motiv?«

»Alles außer Schwalben, Anker und Herzen.«

»Ja, das kann ich verstehen.«

»Ich will auch keine Nixen oder Seemänner, keine Schlangen, Zwerge, Riesen, Hobbits, Sprüche, Sterne, Sonnen, Monde, Figuren, Türen, Gesichter, Gebäude, Runen, Raumschiffe, Zahlen, Maschinen, Waffen, Fabelwesen, Rosen und Silhouetten von Paris.«

»Silhouetten von Paris auch nicht? Das ist aber schade.«

»Silhouetten von Paris sowieso nicht, aber auf gar keinen Fall Spinnennetze, Schallplatten, die Formel $e=mc^2$, Elvis Presley, Insekten, Karikaturen, Totenköpfe, Noten, Hobbits –«

»Hobbits hatten wir schon.«

»Da sehen Sie einmal, wie wenig ich die will. Ich hasse Hobbits! Die will ich auf gar keinen Fall.«

»Die wären aber gerade in Mode.«

»Eben deswegen will ich die nicht. Überall, wo man hinschaut, sieht man blöde Hobbit-Tattoos. Die Liegewiesen der Freibäder sind übersät mit ihnen. Man kommt sich bald vor, als würde man mit Bilbo Beutlin baden.«

»Dann bleiben eigentlich bloß noch Pilze übrig.«

»Pilze? Ach, darüber habe ich noch gar nicht nachgedacht. Keine schlechte Idee, warum eigentlich nicht? Welche haben Sie denn im Angebot? Es gibt doch so viele Sorten.«

»Hunderte. Tausende. Gerne wird zum Beispiel der *Kaffeebraune Scheintrichterling* genommen. Oder die *Bauchwehkoralle*.«

»Kenne ich beide nicht.«

»Sie wollen doch was haben, was man im Freibad nicht überall zu sehen bekommt. Schauen Sie mal hier, in HUBSCHMIDT'S GROSSEM BUCH DER PILZE, da können Sie sich was auswählen.«

»Oh, ich sehe schon. Die sind wirklich zum Anbeißen. Sind das Fotos?«

»Nein, das ist alles gemalt. Vom berühmten Pilzmaler Siegfried Schlatt. Unser Studio hat die Exklusivrechte erworben. Sie können sich also sicher sein, dass Sie der Einzige im Freibad mit solch einem Pilz sind.«

»Dann nehme ich vielleicht gleich den *Unverschämten Ritterling*.«

»Gute Wahl. Nicht billig mit den vielen Farben im Hintergrund und den feinen Verästelungen der Lamellen – aber gute Wahl.«

»Aufs Geld kommts mir nicht an. Ich meine, wo es doch um den eigenen Körper geht, da muss man schon was hinlegen.«

»Da sprechen Sie was aus!«

»Ich könnte mir waldgrüne Socken anziehen, dann wirkt es so, als ob der *Unverschämte Ritterling* da rauswächst.«

»Oder Sie lassen überall etwas herauswachsen. Den *Großen Schmierling* aus dem Hemdkragen, den *Flockenstieligen Hexenröhrling* aus der Unterwäsche.«

»Die sind ja wirklich alle sehr schön. Je mehr ich blättere, desto weniger kann ich mich entscheiden.«

»Ich könnte Ihnen ja den ganzen Körper volltätowieren. Das wäre dann auch günstiger.«

»Was, nur Pilze? Am ganzen Körper nichts anderes?«

»*Sie* haben doch mit den Pilzen angefangen. Sie wollten ja auf gar keinen Fall Schwalben, Anker, Herzen, Nixen, Sterne, Sprüche, Raumschiffe –«

»Hören Sie auf!«

»Also, dann bleibt es bei den Pilzen. Und wie machen wirs: die giftigen hinten, die essbaren vorn?«

»Nein, bunt gemischt. Wie es grade kommt. Aber wie im Buch. Farbecht. Und mit hoher Auflösung. Und mit den tollen räumlichen Schattenwürfen. Dass man gar nicht weiß: Ist das ein Tattoo oder wächst da wirklich ein Pilz?«

»Viel Spaß auf der Liegewiese. Aber geht klar, wird gemacht. Wir können auch gleich loslegen.«

»Eine letzte Frage habe ich noch.«

»Ja?«

»Tut tätowieren eigentlich weh?«

(Aus einem Protokoll der Meisterprüfung 2020 zum staatlich anerkannten Tätowierer)

13

Inzwischen war Nicole Schwattke zurückgekommen, immer noch ein wenig außer Atem setzte sie sich an den improvisierten Ermittlungstisch auf der Terrasse von Hubschmidt's und berichtete Jennerwein und Becker von der jäh abgebrochenen Verfolgungsjagd.

»Mensch, ich könnte mich ohrfeigen. Ich hätte ebenfalls hinunterspringen sollen. Der Lastwagen fuhr höchstens Schritttempo, der Kies war butterweich, es waren auch nicht mehr als drei Meter Höhenunterschied. Und ich hätte den Überraschungseffekt auf meiner Seite gehabt.«

»Der Flüchtige wird sicher bald entdeckt werden«, beruhigte sie Jennerwein. »Sie haben ihn ja gut beschrieben.«

»Das ist Ihre Schule, Chef. Der Blick fürs Wesentliche. Aber der Lastwagen ist ortsauswärts in Richtung Süden gefahren. Da gibt es viel freie Landschaft, wo der Flüchtige abspringen und sich in die Büsche schlagen kann.«

Becker tippte etwas in seinen Computer ein.

»Dunkle, lockige Haare, cremiger Teint, stechende Augen, ein irgendwie italienisches Aussehen, sagten Sie?«

»Das ist korrekt.«

»Politisch ist es nicht korrekt, dieses ›irgendwie italienische Aussehen‹, aber ich habe Ihre Beschreibung mal durch unsere Suchmaschinen laufen lassen. Können Sie sich noch an ein paar andere Merkmale erinnern?«

»Sein Laufstil war exzellent. Die

Beine hat er keinen Zentimeter zu viel gehoben. Ich hatte den Eindruck, dass er ein geübter Mittelstreckenläufer ist. Das wird uns aber wahrscheinlich wenig nützen.«

Nicole schloss die Augen und versuchte sich das Gesicht des mutmaßlichen Minacciosos wieder ins Bewusstsein zu rufen. Nach und nach fielen ihr weitere Einzelheiten ein: die schmalen Lippen, der hohe Stirnansatz und die eingefallenen Wangen. Daraufhin sah sie sich Hunderte von Gesichtern im Computer an, doch keines von ihnen wollte dem typisch italienischen Mann gleichen, den sie verfolgt hatte.

Jennerwein und Becker beugten sich währenddessen über die ausgedruckten Fotografien der bunten Schwammerl, die in der Holzkiste gelagert gewesen waren.

»Was das auch immer für Pilze sind, sie sehen selbstgesammelt aus«, sagte Becker. »Im Laden und auf dem Markt bekommt man doch immer nur die üblichen Verdächtigen: Steinpilze, Pfifferlinge, Champignons, vielleicht noch Shiitake. Hier aber geht es quer durchs Gemüsebeet. Kaum ein Pilz ist zweimal zu sehen.«

»Ja, Sie haben recht. Die Kiste ist eine Art Arche Noah für Pilze.«

»Würden Sie die essen?«

»Eigentlich nicht, aber ich habe gesehen, dass auf der Speisekarte des Restaurants ein Mischpilzsalat angeboten wird, wahrscheinlich für besonders waghalsige Gäste.«

»Darf man das? Mischpilze aus dem Wald anbieten?«

Es ploppte, eine SMS von Verena Vitzthum war eingetrudelt: ›Anhand des Gesichtsausdrucks von Hubschmidt (extrem stark angespannte Muskeln im Wangenbereich, insbesondere der Musculus buccinator) schließe ich auf ein starkes Nervengift, so etwas wie Ricin, das übrigens auch gespritzt werden kann.‹

»Haben wir Einstichstellen bei Hubschmidt gefunden?«, fragte Jennerwein.

Becker knurrte.

»Ein Mann sitzt tot vor einem Teller mit Pilzen. Da sucht man nicht zwangsläufig nach Einstichstellen.«

»Ich wage einmal ein vorläufiges Szenario«, sagte Jennerwein. »Ich stelle mir eine von Dämpfen vernebelte Küche mit brodelnden Töpfen vor. Im Nebenraum sitzt der Inhaber des Restaurants am Tisch, um Rezepte zu studieren. Jemand – ich nenne ihn einmal Ken – schleicht sich herein, nähert sich ihm von hinten, injiziert ein rasch atemlähmendes Gift und stellt einen Teller mit Pilzen hin, damit es so aussieht, als wäre Hubschmidt an der Pilzsuppe gestorben. Warum er mit dem Zettel ›Bin auf dein fachmännisches Urteil gespannt. Ken‹ den Verdacht auf sich lenkt, erschließt sich mir noch nicht. Langsam trudeln weitere Mitglieder des Kochclubs ein. Ken bittet den Dachdecker Lorek in die Küche und fordert ihn auf, von der Fischsuppe zu kosten. Der beugt sich über den Topf, Ken drückt ihn hinein und hält ihn eine Minute fest. Der Dachdecker ist ein kräftiger Mann, die Panik verleiht ihm noch zusätzliche Flügel – Ken muss also ein außerordentlich kräftiger Mann sein. Flugkapitän Werner Reininghaus erscheint in der Küche, er trägt zwei schwere Steigen mit Gemüse. Er wuchtet sie auf den Tisch, dann spürt er das Filetiermesser im Rücken. Reininghaus sinkt zu Boden, das Gemüse fällt ebenfalls herunter. Nachdem sich Ken vom Tod der drei Kochclubmitglieder überzeugt hat, will er verschwinden. Doch da erscheint Antonia Beissle. Die Staatsanwältin hat Ken nicht erwartet. Antonia erblickt die Leichen, sie greift zum Handy, um einen Notruf abzusetzen. Sie erkennt den Täter vielleicht sogar, er erschlägt sie mit der schweren gusseisernen Bratpfanne.«

Jennerwein machte eine Pause. Er hatte den Besprechungstisch, seinen fiktiven Küchenherd, umkreist. Noch mehrmals ging er schweigend die Plätze ab, an denen die Morde geschehen waren. Er schlug. Er stach. Er tauchte unter Wasser. Er injizierte. Auf Jennerweins Gesicht erschien ein unerbittlicher Zug.

Zur gleichen Zeit klopfte Siegfried Schlatts Frau noch einmal zaghaft an dessen Ateliertür. Erst nach mehreren Versuchen bat er sie herein.

»Geht es dir besser?«

»Ja, ich habe deinen Zitronentee getrunken. Da geht es mir immer besser.«

Sie setzte sich auf einen Stuhl.

»Hast du es schon gelesen? Da droben in dem Restaurant, wo du früher immer Pilze bestimmen musstest, hat es einen Überfall gegeben. Mit vier Toten.«

Schlatt fuhr auf.

»Vier Tote? Im Hubschmidt's? Wieso *vier* Tote? Ich dachte … Und woher weißt du das?«

»Es stand in der Online-Ausgabe der Lokalzeitung. Und es werden Zeugen gesucht. Hast du was gesehen? Das ist doch immer deine Schwammerl-Tour.«

Schlatt starrte seine Frau an. Was war da los, um Gottes willen! Er hatte doch nicht etwa … Gut, er nahm manchmal einige Magic Mushrooms, um sich inspirieren zu lassen. Das getrocknete Pülverchen des *Spitzkegeligen Kahlkopfs*, dessen Effekt jenem von LSD ähnelte, aber von kürzerer Dauer war, wirkte sich äußerst positiv auf Farbgebung und Perspektive aus. Aber vier Tote! Schlatt drehte sich zur Staffelei und begann wieder zu malen. Er skizzierte schnell und mit sicherer Hand ein paar der stets in Gruppen zusammenstehenden *Spitzkegeligen Kahlköpfe*. Teuflisch unscheinbar und harmlos wirkten sie inmitten der kleinen idyllischen Waldlichtung, in die sie Schlatt gestellt hatte. Die ockerfarbigen, glänzenden Hütchen reckten sich frech in die Luft, die weißen, zu einem S gebogenen dünnen Stiele endeten im dampfenden Moos. Ein Bild im Stil von Goya. Seine Frau schaute ihm über die Schulter.

»Ein neuer Auftrag?«

»Ja, ein Buch über Giftpilze.«

Schlatt malte weiter. Vier Tote, das war einfach nicht möglich. Da wäre er ja in einen wahren Blutrausch verfallen. Konnte das spurlos und ohne jede Erinnerung daran an ihm vorbeigegangen sein?

Auch Polizeiobermeister Franz Hölleisen war inzwischen zurückgekommen und setzte sich an den improvisierten Besprechungstisch.

»Ich habe mit dem Wirt von der Goldenen Gans gesprochen. Er meint, dass der Mann auf keinen Fall ein Italiener war. Der hat vielmehr geredet wie einer, der einen italienischen Akzent nachmachen will. Der Wirt vermutet darüber hinaus, dass der Mann von den Morden im Radio gehört hat und dass er bei ihm daraufhin Geld abgreifen wollte. Es sind schon ein paarmal welche bei ihm gewesen, um ihn zu bedrohen, aber so ein dreister Fall ist ihm noch nie untergekommen.«

»Wie viel Geld hat er verlangt?«

»Keine bestimmte Summe, er wollte einfach den Kasseninhalt. Der Wirt hat ihn aber hinhalten können, bis wir eingetroffen sind. Der Rest ist bekannt.«

»Wir müssen diesen Mann unbedingt fassen«, sagte Jennerwein.

»Die Suche läuft schon auf Hochtouren. Den haben wir bald.«

Das war ja gerade noch mal gut gegangen. Der Lastwagenfahrer hatte angehalten, er hatte ihn niedergeschlagen und war mit dem Kiestransporter weitergefahren. Er hatte sogar noch einen Anruf von der Polizei angenommen und dem Trottel am Telefon ganz cool einen falschen Standort genannt. Sollte er es darauf ankommen lassen und mit der verbeulten Karre einfach weiterfahren?

schmackofatz.de

Ihr Bewertungsportal – Restaurants weltweit vergleichen

HUBSCHMIDT's

Bewertung:

✦ ✦ ✦ ✦ ✦ ✦ (= supersupersuper!)

Walther Neuner schrieb:

Super!!!!!! Das ist meine erste Bewertung, die ich abgebe. Aber in diesem Fall muss ich es tun, denn Hubschmidt's Lodge, Resort, Mushrooms and More ist einsame Spitzenklasse! Sechs Sterne sind eigentlich viel zu wenig. Dieses Restaurant müsste zehn bekommen. Super! Super! Super! Ich weiß auch gar nicht, wo ich anfangen soll. Bei der göttlichen Vorspeise? Beim sensationellen Hauptgang? Bei der bombastischen Nachspeise? Oder beim erstklassigen Service vom Ober Jacques? Alles war so fantastisch, dass ich gar nichts Besonderes herausheben kann. Vielleicht eines: die Saucen! Ich bin ein rie-sen-gro-ßer Saucenfan, bei mir bräuchte es gar kein Fleisch und auch keine Knödel dazu geben. Jacques hat extra den Mann aus der Küche geholt, der die Sauce macht. Den Saucengott. Ich bin schon überall auf der Welt gewesen, aber so eine Sauce habe ich noch nie auf dem Teller gehabt. Das Rezept hat er natürlich nicht verraten. Ehrensache. Da gibts nur eins: Hingehen und selbst probieren. Dienstag geschlossen. Da gibts auch keine Sauce.

14

»Die klassische Mafiadrohung im althergebrachten, brutalen Stil wird heute doch kaum noch praktiziert«, sagte Nicole. »Das ist viel zu personalaufwendig und auch zu riskant. Schutzgelderpressungen laufen inzwischen anders ab, nämlich durch und durch digital. Früher spazierten die Herren Minacciosi in die Kneipe, drohten damit, alles kurz und klein zu schlagen, und kassierten Geld dafür, dass sie das Inventar heil ließen. Im Zeitalter der Kundenbewertungen und Rankingplätze ist das nicht mehr nötig.«

Becker sah von seinem Bildschirm auf. Er hatte inzwischen den Multimediahelm abgenommen, trug aber immer noch den madenweißen und sicher höllisch unbequemen Schutzanzug der Spurensicherer.

»Früher«, knurrte er, »früher galt der Spruch: Sobald du ein Restaurant oder ein Hotel aufmachst, leuchtet dir das Fadenkreuz der Mafia auf dem Rücken. Das gilt natürlich immer noch. Aber heute besteht das Fadenkreuz aus Excel-Tabellen und Algorithmen. Der empfindliche Punkt eines gastronomischen Betriebs sind die Kundenbewertungen. Da lässt sich vieles türken.«

Jennerwein schaltete sich ein.

»Etwa mit den berühmten Klickfarmen in Bangladesch, bei denen man Bewertungen nach Wunsch bestellen kann?«

»Ja, auch, aber das ist schon wieder rückläufig«, sagte Nicole. »Denn die

Betreiber der Dienste haben Filter eingebaut, die solche Masseneinsendungen schnell erkennen. Wenn zu viele gute oder zu viele schlechte Bewertungen ankommen, dann sperrt der Algorithmus die Restaurantadresse, sie verschwindet dann einfach vom Bildschirm und ist für den Kunden stunden- oder tagelang nicht mehr sichtbar. Oder sie erscheint an zwanzigster Stelle, wo niemand mehr hinscrollt, wenn er Hunger hat.« Nicole tippte etwas ein, alle sahen auf ihren Bildschirm. »Wenn ich zum Beispiel ›Restaurant in der Nähe‹ eingebe und die Erlaubnis gegeben habe, auf meinen derzeitigen Standort zuzugreifen, dann erscheint der Restaurantvergleichsdienst ›schmackofatz.de‹ gleich an erster Stelle, und dort wiederum steht das Waldrestaurant Hubschmidt's auf Platz 1. Zusätzlich kann ich in der Headline der ersten Bewertung gleich die Worte Super! Super! Super! und andere Begeisterungsstürme lesen. Neunzig Prozent der User öffnen diese Bewertung, und ein nicht unerheblicher Teil bucht sofort. Das habe ich im Urlaub auch schon gemacht. Obwohl ich es eigentlich besser weiß.«

Jennerwein hob zaghaft den Zeigefinger, was bei ihm als leitendem Ermittler ziemlich eigenartig aussah.

»Und wie kommt man heutzutage an die erste Stelle, und dann auch noch mit so einer guten Kritik?«

»Der Computer rechnet das aus«, entgegnete Nicole geduldig. »Man muss eine bestimmte Anzahl von Bewertungen haben, von diesen sollte ein bestimmter Prozentsatz positiv sein, die Zahl der Interessentenklicks auf diese Bewertungen spielen eine große Rolle, und schließlich sollte man auch noch etwas Werbung bei dem Anbieter geschaltet haben. Die meisten Anbieter leugnen gerade diesen Zusammenhang, aber er ist nachgewiesen. Es ist schmutzig, aber nicht verboten.«

Becker und Jennerwein schienen beeindruckt. Doch Nicole war noch nicht zu Ende.

»Dann ist es auch nicht verkehrt, positiv besetzte Mode- und Zeitgeistschlagworte, sogenannte claims, unauffällig zu platzieren, beispielsweise ›abnehmen‹, ›Fitness‹, ›mediterran‹ oder ›niedergegart‹, das wirkt so, als wäre man auf dem neuesten Stand der Kochkunst.«

»Aber niedergegart ist doch etwas Negatives«, warf Becker ein.

»Sie meinen niedergegart im Sinn von totgekocht?«, lachte Nicole. »Nein, in diesem Fall hat das eine positive Bedeutung. Moment, ich schlage nach.« Sie kroch in ihren Computer. »Da haben wir es ja schon: Hierbei geht es um schonendes Kochen. Der englische Graf Rumford hat das erfunden, um 1800 herum. Er hat eine Lammschulter über Nacht in einen Kohlekasten gelegt – warum, steht hier nicht –, und das Low temperature cooking war geboren. Das klingt plausibel. Aber man sollte natürlich nicht alles glauben, was bei Wikipedia steht.«

Jennerwein ließ nicht locker.

»Aber wie man jetzt mit Restaurantbewertungen betrügen kann, habe ich noch immer nicht verstanden. Wie lasse ich meinetwegen als Konkurrent von Hubschmidt den Eintrag ›Super! Super!‹ ganz verschwinden? Da nützt mir doch die Klickfarm in Bangladesch nicht viel.«

»Ganz einfach. Ich bringe den Betreiber von ›schmackofatz‹ dazu, das Konto zu sperren. Dabei gibt es verschiedene Möglichkeiten. Eine davon ist die sogenannte ›Fünf-Sterne-Falle‹. Über Nacht erscheinen plötzlich Dutzende von Top-Bewertungen beim Konkurrenten, den ich erledigen will. Weil der Betreiberdienst falsche Bewertungen im Eigeninteresse aussortieren will, sperrt er die Seite des Konkurrenten.

Deshalb ist es effektiver, Fünf-Sterne-Reviews nicht für sich selbst, sondern für den verhassten Konkurrenten zu kaufen. Je offensichtlicher gefälscht, desto besser. Am besten in einer Sprache, die nach Copy-and-Paste und schlechtem Übersetzungstool klingt. Gut sind auch Schlusssätze wie ›Am besten mal vorbeischauen‹ und ähnliche Aufforderungen. Auch die Formulierung ›Fünf Sterne sind eigentlich zu wenig. Das Restaurant müsste zehn bekommen‹ lässt den entsprechenden Suchalgorithmus einen Sperrvermerk vorschlagen. Verdächtig ist auch, wenn der angebliche Besucher immer den vollständigen Firmennamen nennt, in diesem Fall ›Hubschmidt's Lodge, Resort, Mushrooms and More‹ statt schlicht ›Hubschmidt's‹. Häuft sich so etwas, erfolgt die Sperrung meist innerhalb kürzester Zeit. Und die Freischaltung kann Wochen dauern. Das kann ein Restaurant in die Pleite reißen.«

Jennerwein nickte.

»Ich verstehe. Ein moderner Mafioso droht also nicht mit körperlicher Gewalt, sondern zeigt solch ein Konzept, wie Sie es gerade geschildert haben, und droht es anzuwenden, wenn nicht gezahlt wird.«

»Richtig erkannt, Chef. Unsere vier Morde sehen mir deshalb nicht danach aus, als ob sie etwas mit Restaurantbewertungen zu tun hätten. Klar, Hubschmidt hatte damit oft seine Schwierigkeiten. Er hat nach meinen Recherchen einige Konkurrenten angezeigt, weil er sie in Verdacht hatte, an seinen Bewertungen gedreht zu haben. Umgekehrt haben einige auch ihn deswegen angezeigt. Herausgekommen ist dabei nichts.«

Hölleisen hielt sein Handy hoch. Er schnitt ein bekümmertes Gesicht.

»Der Fahrer des Lastwagens, auf den unser verdächtiger – ich sage einmal: Italiener gesprungen ist, hat sich bei der Baufirma gemeldet. Er ist an einer Raststätte beim Tanken niedergeschlagen worden. Sein Angreifer ist mit der Kiesfuhre abgehauen. Hoffen wir, dass der Minaccioso so blöd ist, mit diesem Laster weiter in der Gegend herumzukutschieren.«

Nein, so blöd war er dann doch nicht.

15

Becker hatte inzwischen seinen Platz verlassen, um von einem seiner Helfer eine kleine Plastiktüte in Empfang zu nehmen. Jetzt trat er wieder näher.

»Wir haben in der Küche ein Handy gefunden«, sagte er. »Im eingeschalteten Aufnahmemodus. Wir haben den Besitzer eruiert. Es ist das Handy von Antonia Beissle.«

Alle sahen ihn überrascht und erschrocken an.

»Wo genau ist es gelegen?«, fragte Jennerwein.

»Unter dem Wandschrank, zwei Meter von ihr entfernt, neben der Bodenleiste.«

»Kann es ihr während ihres Sturzes aus der Tasche gefallen sein?«

»Auch das ist möglich. Wahrscheinlicher jedoch ist, dass sie es absichtlich unter den Schrank geschubst hat, um es vor dem Angreifer zu verstecken. Ich will Sie jetzt nicht mit technischen Details nerven. Aber Frau Beissle hatte eine App, die sich gefährdete Personen oft herunterladen. Man kann eine Notruftaste drücken, daraufhin schaltet sich sofort eine Audioaufnahme an, die man an einen anderen Teilnehmer weiterleiten kann. Dazu ist es bei ihr allerdings nicht mehr gekommen.«

Jennerwein war sichtlich blass geworden. Er zögerte, die Frage zu formulieren. Dann gab er sich einen Ruck.

»Können wir uns die Aufnahme anhören?«

»Natürlich.«

Becker legte den Plastikbeutel auf den Tisch, in dem das Handy steckte. Umständlich drückte er auf das Display. Alle lauschten atemlos. Zuerst war nur ein undefinierbares Kratzen und Rauschen, ein Poltern und Schlagen zu hören. Becker hielt die Aufnahme an.

»Hier war es genau 11.05 Uhr.«

»Was waren das eben für Geräusche?«, fragte Jennerwein.

»Das kann ich nicht sagen. Es sind zu viele auf einmal. Wir müssen die Tonaufnahme erst noch analysieren. Ich spiele sie Ihnen weiter vor, vielleicht hat jemand eine Idee.«

Jennerwein atmete tief durch. Er und alle anderen mussten nun tatenlos mitanhören, wie Antonia Beissle angegriffen wurde. Zuerst waren nur Kampfgeräusche zu hören, Schläge und Tritte, herunterfallendes Geschirr, ein Schlag mit der Pfanne, aber keinerlei Stimmen oder Schreie. Dann vernahmen sie Schritte. Schnelle, sich entfernende und wieder nähernde Schritte. Ein eiskalter Schauer durchfuhr Jennerwein. Das waren die Schritte des Mörders. Alle hielten den Atem an. Sie wussten, was jetzt kam. Sie würden mitanhören müssen, wie Antonia starb. Die Audioaufzeichnung ersparte ihnen nichts. Tatsächlich war der zweite Schlag mit der Pfanne in ekelhafter Deutlichkeit zu hören, ebenso das polternde Geräusch, wie Antonia zu Boden fiel. Dann Stille. Nur ganz in der Ferne ein einsam zwitschernder Vogel. Ein undefinierbares Motorengeräusch. Und durchgehend leise Musik aus dem Küchenradio. Sonst nichts. Dann, nach einer Ewigkeit, wieder Schritte, vermutlich vom anderen Ende des Raums. Abermals waren keinerlei Stimmen zu vernehmen. Nur Schritte. Schritte, die näher kamen, sich dann wieder entfernten. Die Eingangstür wurde geöffnet und leise geschlossen. Dann nichts mehr. Nur das Gedudel aus dem Radio.

»Kann ich die Schritte noch einmal hören?«, fragte Jennerwein.

»Ja, natürlich, Chef«, erwiderte Becker. »Ich habe mir die Stelle schon ein paarmal angehört. Der mutmaßliche Täter nähert sich dem Aufnahmegerät, kniet sich wahrscheinlich nieder, entfernt sich dann wieder. Beim Niederknien hört man einen menschlichen Laut, vielleicht ein Ausatmen. So etwas wie Hwww!«

»Der Laut kommt vom Mörder?«

»Ja, höchstwahrscheinlich. Aber das muss sich unsere linguistische Abteilung noch einmal genauer anhören. Der Mörder ist hierbei nah am Mikrophon, er hat vielleicht unter den Schrank geschaut, vielleicht hat er etwas weggenommen oder hingelegt.«

»Vermutlich hat er das Handy übersehen.«

»Oder er hat es absichtlich liegen lassen. Was sollte es schon verraten?«

»Wir brauchen Stimmproben. Jeder, den wir befragen, soll ein paar Worte auf Band sprechen.«

»Ja, das kann nicht schaden.«

Sie hörten sich die Stelle nochmals an. Erst die Schritte, ein klappriges datapp, datapp, dann ein leise winselndes Hwww! Und die Schritte, die sich wieder entfernten. Becker stoppte die Aufnahme.

»Meiner Einschätzung nach handelt es sich um festes, hartbesohltes Schuhwerk, das auf dem gefliesten Boden ein wenig nachklappert.«

Mit angehaltenem Atem hörten sie die Schritte des mutmaßlichen Mörders mehrmals an. Und nochmals. Und nochmals. Die Aufnahme verlor nichts von ihrem Schrecken.

»Was kommt, nachdem er die Türe geschlossen hat?«, sagte Jennerwein leise.

»Nichts mehr«, antwortete Becker. »Zwanzig Minuten lang nichts. Außer dem Radiogedudel natürlich.«

»Auch kein abfahrendes Auto?«

»Auf das habe ich natürlich auch gewartet. Aber nein: nichts dergleichen. Interessant wird es erst wieder ab 11.25 Uhr.«

Becker stoppte und spulte vor. Die Tür wurde wieder geöffnet. Dann ein markerschütternder Schrei, der das Mikrophon übersteuern ließ. Darauf unverkennbar die Stimme Brettens.

»O Gott … Mein Gott … nein, um Himmels willen …«

Dann wieder Stille. Und einige unbestimmbare Geräusche. Becker hielt die Aufnahme erneut an.

»Hier dreht er die Leiche von Antonia Beissle um. Dann zieht er das Messer aus dem Rücken von Flugkapitän Reininghaus. Er geht ins Nebenzimmer und entdeckt Hubschmidts Leiche. In wenigen Sekunden zerstört er viele relevante Spuren. Aber das ist ihm nicht vorzuwerfen. Er hat sich korrekt verhalten und nachgesehen, ob er noch jemandem helfen kann.«

»Er hat vorher nicht die Polizei gerufen?«, fragte Hölleisen.

»Nein, das kommt jetzt.«

Die Aufnahme lief weiter. Tatsächlich hörte man Brettens zitternde Stimme, der seinen Namen und die Adresse von Hubschmidt's angab.

»Ein tapferer Mann«, sagte Nicole. »Wenn ich mir vorstelle, dass ich keine Polizistin wäre und zu solch einem Tatort käme, ich würde kaum von Opfer zu Opfer gehen und bei den vier Leichen den Puls fühlen. Ich glaube, ich würde zuerst einmal rauslaufen und nach Hilfe rufen. Oder vielleicht nicht einmal das, sondern möglichst weit wegrennen.«

»Das, was wir gehört haben«, sagte Jennerwein, »deckt

sich genau mit Brettens Aussage, die mir Maria geschickt hat. Trotzdem können wir ihn nicht mit Bestimmtheit von der Liste der Verdächtigen streichen.«

»Was habt ihr ausgeschüttet?«, schrie Becker in sein Telefon. »Das darf doch nicht wahr sein! Bin ich heute nur von –«

Er brach ab.

Jennerwein massierte die Schläfen mit Daumen und Mittelfinger. Alle konnten sehen, dass seine Finger zitterten. Nur ganz leicht, dann hatte er sich sofort wieder im Griff.

»Hiermit ist klar, dass Antonia als Letzte ermordet wurde. Sie kommt in die Küche, sieht die Opfer, wird angegriffen, die Pfanne trifft sie am Kopf. Sie kann zwar gerade noch ihr Handy ziehen und auf Aufnahme drücken, aber niemanden mehr anrufen. Der zweite Schlag mit der Pfanne verhindert das.«

Jennerwein umkreiste, während er sprach, den Besprechungstisch, der den Küchenherd darstellen sollte. Ein leichter Wind strich über die Terrasse, einige Blätter wehten heran, es roch nach Herbst, doch alle stellten sich vor, dass sie sich in der Restaurantküche befanden. Jennerwein versuchte die genaue Position der Staatsanwältin einzunehmen.

»Als sie in den Raum kommt und die Opfer bemerkt, zieht sie ihr Handy aus der Tasche. Vielleicht hört sie ein Geräusch, sie aktiviert die Notruf-App, die Aufnahme läuft. Weiter kommt sie nicht, weil sie niedergeschlagen wird. Aber nach dem ersten Schlag schafft sie es noch, das Handy unter den Schrank zu schubsen.«

Nicole Schwattkes Computer gab mehrere durchdringende Töne von sich.

»Sehr gut«, sagte sie, nachdem sie die Nachricht überflogen hatte. »Das Büro der Staatsanwaltschaft hat uns freundlicherweise schon eine Liste mit allen Strafsachen geschickt, mit denen Antonia Beissle jemals befasst war. Erwartungsgemäß ist es eine Riesenliste, aber das Büro hat schon vorgearbeitet und diejenigen herausgefiltert, die wegen ihr im Knast sitzen. Oder saßen. Aber es sind immer noch sehr viele.«

»Gibt es denn irgendwelche auffälligen Kandidaten?«, fragte Hölleisen.

»Nein. Weder vor Wut rasende Schwerkriminelle noch Verurteilte, die schon im Gerichtssaal lautstark und mit zornrotem Kopf ewige Rache geschworen haben. Die Büromitarbeiterin fügt hinzu, dass es sowieso selten ist, dass Staatsanwälte Ziele von Vergeltungsaktionen sind, häufiger wäre das bei Richtern der Fall.«

Hölleisen nickte.

»Ich halte es auch für sehr unwahrscheinlich, dass jemand, der es auf Frau Beissle abgesehen hat, zuerst drei andere Morde begeht.«

Jennerwein bemerkte, dass Hölleisen versucht hatte, sich möglichst vorsichtig und pietätvoll auszudrücken. Er quittierte das mit einem dankbaren Lächeln.

»Außer das Ganze hat doch mit der Mafia zu tun«, fuhr Hölleisen fort. »Wenn der Killer schon mal da ist, macht es für ihn keinen Unterschied, wie viele Morde er begeht. Und die Warnung an andere Staatsanwälte fällt dadurch umso bedrohlicher aus. Ich weiß ja nicht, aber hatte Frau Beissle denn Mafia-Kontakte? Ich meine natürlich beruflicher Art.«

»Das habe ich die Mitarbeiter der Staatsanwaltschaft auch gefragt«, sagte Nicole. »Natürlich sind einige Fälle über ihren Schreibtisch gegangen, die mit organisiertem Verbrechen zu tun hatten. Aber aus dieser Richtung sind keinerlei Drohungen bekannt geworden.« Sie fuhr sich mit der Hand über die

Augen. »Außer der Mord selbst war die Drohung«, fügte sie mehr für sich selbst hinzu.

Jennerwein setzte sich wieder an den Tisch.

»Ich vermute, dass sie nur ein zufälliges Mordopfer war. Die drei anderen Morde sind keine spontanen Taten. Der Giftmord musste vorbereitet werden, der Messerstich war gezielt, das Eintauchen in die heiße Brühe verlangt Kenntnisse, wie ein Erstickungstod abläuft. Nur das zweimalige Zuschlagen mit der Pfanne scheint mir improvisiert gewesen zu sein. Antonia stand nicht auf dem Plan. Mit ihr wurde lediglich eine Tatzeugin beseitigt. Das ist bitter, sehr bitter. Aber wir müssen von dieser Tatsache ausgehen.«

Nach einer Weile konzentrierten Schweigens sagte Jennerwein:

»Kann ich die Schritte nochmals hören?«

Becker steuerte die Stelle an.

Datapp. Datapp.

»Es ist ein ganz bestimmter, unregelmäßiger Rhythmus«, sagte Jennerwein. »Als ob der Täter – wie soll ich sagen: ein wenig hinken würde.« Er richtete sich auf. »Es ist nur eine kleine Spur. Aber ich möchte, dass wir ab jetzt jeden der Befragten ein paar Schritte gehen lassen, vielleicht unter einem Vorwand, nur um zu sehen, ob er hinkt. Nicole, informieren Sie bitte auch Maria dahingehend.«

Datapp. Datapp.

Das Team arbeitete nun schon so lange zusammen. Und oft gingen ihre Gedanken in dieselbe Richtung. Deshalb mussten alle gerade gleichzeitig an den Mann denken, der ausgewiesener Spezialist für Fußspuren war. Er brauchte dazu keine technischen Riesenapparate wie Hansjochen Becker, er war überhaupt nicht technikaffin, eher ein Naturbursche und altmodischer Fährtenleser, der aus einem einzigen oberflächlichen Fußabdruck im nassen Gras die Lebensgeschichte des Flüchtigen herauslesen konnte, wenn nicht sogar den Wohnort der Eltern und die Krankheiten der Großeltern. Vielleicht konnte er nicht nur augenscheinliche, sondern auch akustische Fußspuren lesen.

Datapp. Datapp.

»Rufen Sie Ludwig Stengele an«, sagte Jennerwein. »Wir brauchen ohnehin Verstärkung. Alleine schaffen wir das nicht. Die Angestellten des Restaurants müssen wir auch noch befragen, um ihre Mittäterschaft auszuschließen. Es gibt noch viele offene Fragen. Wer ist Ken? Und wo ist das Motiv? Ich habe ehrlich gesagt noch keinen Fall erlebt, bei dem so viel Mosaiksteinchen zusammenzusetzen waren. Wir bräuchten fünfzig Ermittler und nicht fünf. Aber vielleicht war ja das auch das Kalkül des Täters.«

Nicole griff zum Telefon und wählte Ludwig Stengeles allergeheimste Notfallnummer.

Datapp. Datapp.

16

Die Schritte von Schlatt, dem kleinen windschiefen Pilzmaler, waren nicht zu hören. Unbeweglich saß er auf einem Hocker vor seiner Staffelei. Er hielt den feinen Marderpinsel in der Hand, ohne zu malen. Dicke, rote Farbe tropfte auf seine Hose. Von Müdigkeit übermannt, schloss er die Augen, doch gleich riss er sie voller Panik wieder auf. Immer dieselben Fragen fuhren eine wilde Rallye in seinem Kopf. Waren die Verfolger im Wald überhaupt hinter ihm her? Bildete er sich das alles nur ein? Oder sollte er einfach zur Polizei gehen und sich stellen? Aber als was? Als Zeuge? Als Täter? Als durchgeknallter Süchtling? Mit guten Aussichten, sofort eingeliefert zu werden? Es klopfte. Er zuckte zusammen. Das mussten sie sein, die Herren in den weißen Kitteln.

Zur gleichen Zeit, ein paar Kilometer entfernt: ein Zimmer. Ein gemütliches Zimmer mit Kanapee. Ein gemütliches Zimmer mit Kanapee und zwei Mördern darauf. Über dem Kanapee hing eine wertvolle Kristalllampe. Die Person rechts auf dem Kanapee trug eine schrille Brille, die links eine geschmacklose Krawatte. Schrille Brille sprang auf und ging im Zimmer auf und ab. Geschmacklose Krawatte kniff die Augen zusammen und sagte:

»Du hinkst? Seit wann denn das?«

»Spinnst du? Ich hinke doch nicht.«

»Sieht aber gerade genauso aus.«

»Nein, mir ist bloß das Bein eingeschlafen. Durchblutungsstörungen, weiter nichts. Ist ja kein Wunder, bei dem Stress.«

Schrille Brille setzte sich wieder. Gespanntes Schweigen. Bisher war zwar alles glatt gelaufen, der ausgetüftelte Plan hatte funktioniert. Aber jetzt war der erste Patzer passiert. Ein kleiner unangenehmer Haarriss in der Suppenschüssel. Ein Sprung im Glas. Ein Fleck auf dem blütenweißen Tischtuch.

Die altmodische Standuhr schlug drei Uhr Nachmittag. Draußen bölkte der Altweibersommerwind. Fallende Blätter, sich wiegende Bäume, eine matte, wolkenverhangene Sonne. Die Natur orgelte ihre lauwarme Herbstmusik herunter.

»Eine Katastrophe, dass uns dieser Waldschrat entwischt ist.«

»Wir hätten die Suche nach ihm nicht so schnell aufgeben dürfen.«

Schrille Brille schüttelte den Kopf.

»Zur Polizei scheint er jedenfalls nicht gegangen zu sein. In diesem Fall stünde Jennerwein schon längst bei uns auf der Matte.«

»Komischer Kauz.«

»Jennerwein?«

»Ja, der auch. Ich meinte aber den Waldschrat. Er kann sich doch denken, dass wir hinter ihm her sind. Bei der Polizei wäre er am sichersten.«

»Vielleicht ist er gerissener, als wir denken. Und steht irgendwann vor unserer Tür.«

»Und dann?«

»Erpresst er uns.«

»Wir müssen ihm zuvorkommen.«

Gläsergeklirr. Küchengeräusche. Datapp. Datapp.

»Wir müssen ihn uns vornehmen. Herausbekommen, ob er einen von uns gesehen hat.«

Schrille Brille ballte die Fäuste, bis sie schmerzten. Sie schien nachzudenken. Duftschwaden aus der Küche zogen ins Wohnzimmer. Es roch nach Orangen, Rosmarin und Thymian.

»Hast du keinen Estragon in das Coq au Vin gegeben?«

»Klar doch. Ich habe gestern extra deswegen welchen im Garten geschnitten.«

Das Coq au Vin köchelte weiter. Sie beachteten es nicht mehr. Sie dachten an den dreimal verfluchten Wurzelgeist, der ihren ausgefeilten Plan so grundlegend gefährdete.

Der dreimal verfluchte Wurzelgeist, mit bürgerlichem Namen Siegfried Schlatt, war in höchster Gefahr. Er hatte vermutlich nicht mehr lange zu leben.

17

Maria Schmalfuß verließ das Gewerbegebiet, in dem die Dachdeckerei Lorek lag, und fuhr wieder zurück ins Revier. Dort wartete schon Erich Feser auf sie, ein weiteres Mitglied des Kochclubs. Als er sich gesetzt hatte, starrte er auf die leere Wand hinter ihr, so dass sie den Impuls unterdrücken musste, sich umzudrehen und ebenfalls dort hinzusehen. Sie musste unbedingt ein Bild besorgen. Vielleicht etwas Abstraktes. Mit beruhigenden Farben. Aber was waren schon beruhigende Farben?

»Keine Sorge, Herr Feser, die Befragung dauert nicht lange.«

Feser gab ein undeutliches, aber zustimmendes Murmeln von sich. Er war von hagerer, knochiger Gestalt, aber nicht eine von der asketisch-kopfigen, sondern von der ausgemergelten Art. Nicht Sheldon Cooper, sondern Karl Valentin.

»Ich habe gehört, dass Sie die Homepage des Kochclubs gestalten, Herr Feser. Die habe ich mir schon angesehen, um mir einen Überblick über den Club der Dreizehn und seine Mitglieder zu verschaffen. Wann und wie sind Sie denn dazugekommen? Zu den Treize Plats, meine ich.«

»Vor zwei Jahren. Wie Sie sicher wissen, bin ich Mathematiklehrer, und ich habe so etwas wie einen Ausgleich zu dem trockenen Stoff gebraucht. Zuerst habe ich es mit Wandern, Lesen und Sammeln versucht, das hat mir alles nicht so recht getaugt, schließlich bin ich bei den Dreizehn gelandet.«

»Wer hat Sie empfohlen, wenn ich das fragen darf?«

»Chichi Reininghaus. Eine Bekannte von mir hat bei ihr in der Boutique oft eingekauft. Einmal bin ich mitgegangen, habe wahrscheinlich allzu heftig über meinen zahlenlastigen Beruf geklagt, so haben wir uns kennengelernt, und sie hat mich vorgeschlagen. Ich bin echt erschüttert. Haben Sie schon eine Spur? Einen Verdacht?«

Er ratterte die Sätze herunter, als ob er sie auswendig gelernt hätte.

»Nein, so weit sind wir noch nicht«, sagte Maria.

Er sah sie kurz an und starrte wieder an die Wand hinter ihr. Dabei beugte er sich sogar ein wenig vor, als ob er auf der kahlen Fläche etwas entdeckt hätte. Maria bemerkte jetzt, dass seine Haut faltig und aschfahl war, er sah ziemlich mitgenommen und gesundheitlich angeschlagen aus. Sie schnupperte. Feser war offenbar starker Raucher, was Maria verwunderte. Konnte ein ausgewiesener Feinschmecker diesem Laster frönen? Sie tippte auf mindestens zwei Schachteln am Tag. Feser schüttelte den Kopf.

»Mensch, und ich habe mich schon so auf das Essen heute Abend gefreut! Es wäre ein richtiges Festmahl geworden. Momentan ist Schwammerl-Hochsaison, und ich bin mir sicher, dass sich heute Abend alles um Pilze gedreht hätte.«

»Kannte sich Rico Hubschmidt gut damit aus? Mit Pilzen, meine ich?«

»Darauf können Sie sich verlasssen! Es muss voriges Jahr um diese Zeit gewesen sein, da hat er uns in den Wald geführt.« In Fesers Gesicht erschien ein Hauch von Schwärmerei. »Er wusste wirklich außerordentlich gut Bescheid. Er hat ja sogar ein Buch darüber geschrieben: Das große Buch der Pilze.«

Maria ging auf die Homepage ihrer Lieblingsbuchhandlung

und gab den Titel ein. Und tatsächlich erschien das Cover eines vierhundertseitigen Prachtbands:

HUBSCHMIDT's
GROSSES BUCH DER PILZE
Mit vielen hundertprozentigen Fundstellen,
praktischen Aufbewahrungstipps, leckeren Kochideen,
passenden Restaurantvorschlägen, lustigen
Schwammerlsucheranekdoten …

und Illustrationen von
Siegfried Schlatt

Maria tippte auf die Funktion ›Ein Blick ins Buch‹ und blätterte ein bisschen darin herum. Sie blieb an der Abbildung eines prallen Pilzensembles hängen, mit ein paar auffälligen Prachtexemplaren in verschiedenen Größen, richtig zum Reinbeißen. Ihr kam die Idee, sich davon einen Kunstdruck zu besorgen und damit die Wände des Vernehmungszimmers zu schmücken. Pilze strahlten psychologisch gesehen Kraft, Energie, Wagemut, Potenz und Fruchtbarkeit aus. Sie notierte den Namen des Malers, der für die Illustrationen verantwortlich war. Siegfried Schlatt. Vielleicht konnte man seine Bilder kaufen.

»Und jetzt solch eine Katastrophe«, unterbrach Feser ihre Gedanken. »Eine wirkliche Katastrophe.«

Feser schüttelte den Kopf und blickte auf den Tisch.

»Können Sie mir vielleicht sagen, wer heute Ehrengast gewesen wäre?«, fragte Maria.

»Nein, keine Ahnung, wirklich. Da müssen Sie Schleißheimer fragen.«

»Dr. Schleißheimer, den Arzt?«

»Ja, ich glaube, der war diesmal an der Reihe, jemanden mitzubringen. Komische Sitte. Ich habe nie einen Gast mitgebracht. Ich wüsste gar nicht, wen ich da fragen sollte.«

Maria machte sich wieder eine Notiz: Einzelgänger – pathologisch? Dann suchte sie im Netz. Schleißheimer. Dr. Schleißheimer. Facharzt für Kardiologie. Klar, ein Arzt musste immer dabei sein. Maria beruhigte ihre zitternde Hand.

»Ein bisschen genervt hat er manchmal, der Schleißheimer«, sagte Feser, mehr zu sich selbst. »Beim Kochen. Und auch beim Essen.«

»Warum das?«

»Er neigte dazu, anatomische Vorträge zu halten. Wenn er ein knuspriges Hühnerbein zu fassen bekam, erzählte er uns etwas vom längsseitigen Muskulus sowieso und einer Exartikulation im Gelenk, bei einer herrlichen Langustenmahlzeit hielt er einmal ein Referat über die ›Morphologie der festen Cuticula bei den Crustazeen‹. Er war nicht mehr zu bremsen. Und das Essen wurde kalt.«

Feser zeigte ein kleines, versonnenes Lächeln.

»Ich muss Sie nach Ihrem Alibi fragen, Herr Feser. Wo –«

Feser hob die Hand und unterbrach sie.

»Am Vormittag war ich einkaufen, da gibt es einige Zeugen. Um halb zwölf bin ich heimgegangen, habe die Tür hinter mir zugeschlagen und mich vor den Computer gesetzt. Ich lebe allein und deshalb kann ich – ja, ich sage es ganz offen – kein Alibi vorweisen. Nicht einmal ein wackliges oder löchriges. Niemand hat mich gesehen, sozusagen kein Schwein hat mich angerufen, ich bin nicht einmal auf den Balkon hinausgegangen. Tja, blöd gelaufen. Kein Alibi.« Feser richtete sich auf dem Stuhl auf, plötzlich verwandelte sich seine Miene ins Listig-Verschlagene. »Aber warten Sie mal, vielleicht habe ich ja doch eines. Ich bin den ganzen Nachmittag am Computer gesessen! Auch zur Tatzeit. Das müsste doch nachzuweisen sein. Ich war die ganze Zeit online. Das ist ganz bestimmt nachzuweisen. Ein todsicheres Alibi! Ihre Techniker brauchen nur den Browserverlauf auf meinem Rechner zu überprüfen.«

Maria runzelte die Stirn. Konnte man das wirklich überprüfen? Und waren da keine Manipulationen möglich? Feser kannte sich EDV-mäßig doch gut aus, die Homepage des Kochclubs wirkte jedenfalls professionell. Das musste Becker beantworten. Aber hatte Feser nicht gerade ›auch zur Tatzeit‹ gesagt? Oder hatte sie sich verhört? Wie konnte er von der Tatzeit wissen? Die Untersuchungen diesbezüglich hatten doch noch gar keine bestimmten Ergebnisse geliefert. Oder hatte Hölleisen beim Telefonat diese Information preisgegeben? Nein, so unprofessionell war der Polizeiobermeister ganz bestimmt nicht. Sie musste sich die entsprechende Stelle später nochmals auf der Aufnahme anhören, beschloss jedoch, momentan nicht näher darauf einzugehen.

Feser lachte plötzlich bitter auf.

»Ich kann Ihre Gedanken lesen, Frau Doktor Schmalfuß. Sie fragen sich gerade, ob es wirklich möglich ist, aus meinem Browserverlauf ein Alibi zu basteln.«

»Nun ja, es könnte ja auch jemand anders vor ihrem Rechner gesessen haben.«

»Bingo! Aber meinen Sie nicht, dass das ein leicht zu durchschauender Trick wäre? Und dann hätte ich ja einen Mitwisser. Und dem müsste ich alle meine Passwörter verraten. Sehen Sie mich an, Frau Doktor. Glauben Sie, dass ich der Typ bin, Menschen umzubringen?«

Maria war verdutzt über diesen plötzlichen Vorstoß. Statt einer Antwort erwiderte sie:

»Sie sind dem ersten Augenschein nach auch nicht der Typ, den ich in einem Kochclub oder überhaupt in einem Verein vermuten würde.«

Maria ermahnte sich innerlich, ihre Abneigung gegenüber jeglicher Art von Vereinen nicht allzu offen zu zeigen. Sie fand, dass Vereine Zusammenschlüsse für nichts waren.

»Ich stelle keine Überlegungen an, wer der Täter war«, fuhr sie kühl fort. »Diese Unterhaltung dient nur dazu, Informationen über das Umfeld der Opfer zu sammeln. Und möglichst viele Leute als Täter auszuschließen.«

»Sie verdächtigen mich also nicht?«

»Nein. Verdächtigen Sie denn jemanden?«

Ein Zucken in Fesers hagerem und ausgerauchtem Gesicht verriet ihr, dass er genau das tat.

»Dieses Gespräch wird absolut diskret behandelt«, sagte Maria möglichst beiläufig. »Sie können einen Verdacht äußern, ohne wegen übler Nachrede belangt zu werden. Sie brauchen Ihren Verdacht auch nicht zu untermauern. Das tun wir schon für Sie. Also: nur Mut!«

Feser fasste an die Unterlippe und drückte sie mit Daumen und Zeigefinger zusammen. Es war offensichtlich, dass er jetzt dringend eine Zigarette brauchte.

»Es ist eigentlich kein Verdacht gegen jemand Bestimmten. Es ist eher –« Maria nickte ihm aufmunternd zu. »Es geht um eine delikate Sache. Jeder im Kochclub weiß davon, nur der Betroffene und Leidtragende nicht, wie eigentlich immer. Ich habe den Verdacht, dass die Morde mit dieser delikaten Sache zusammenhängen.«

»Ich höre.«

»Wir hatten viel Spaß bei den Kochabenden. Wir haben uns im Lauf der Zeit richtig angefreundet. Ich würde auch über niemanden etwas Schlechtes sagen. Aber es gab da eine Sache – und gibt sie immer noch –«

Erfand Feser jetzt etwas? Saugte er sich etwas aus den Fingern? Hatte er selbst bemerkt, dass er sich mit ›auch zur Tatzeit‹ verplappert hatte, und wollte davon ablenken?

»Erika. Es geht um Erika Lorek. Mir fällt es schwer, gerade sie zu belasten, aber sie hat mit einigen Männern aus dem Club ein Verhältnis. Ja, jetzt ist es raus. Sie hat die Treffen und die Vorbereitungszeit dazu benützt, sich mit ihnen zu treffen, während der Dachdecker zu Hause malocht hat.« Feser blickte Maria erschrocken an. »Nein, nein, ich gehöre nicht dazu, um Gottes willen! Ich doch nicht. So eine wie die ist überhaupt nicht mein Typ. Viel zu unscheinbar. Ein biederes Hausmütterchen, wenn ich das mal so sagen darf. Ich weiß gar nicht, was die anderen an ihr finden. Mich wundert es sowieso, dass der Dachdecker nicht ausgerastet ist. Ich kann nicht sagen, wie das alles zusammenhängt, aber ich bin mir sicher, dass die Geschichte, die heute passiert ist, mit Erikas Affären zu tun hat.«

Maria runzelte die Stirn. Erika Lorek als ungetreue Ehefrau? Das konnte sie sich überhaupt nicht vorstellen. Denn mit dem biederen Hausmütterchen hatte er nicht so ganz unrecht.

»Ist es mehr ein Gerücht? Oder haben Sie Beweise oder Anhaltspunkte dafür?«

»Ich war natürlich nicht dabei. Aber all die heimlichen Blicke, die plötzlich abbrechenden Gespräche, so etwas spürt man einfach.«

»Also ein Gerücht.«

»Wenn sie wollen: ja. Aber eines, das so wahnsinnig deutlich in der Luft stand. Und das uns allen ziemlich peinlich war.«

»Aber das ergibt doch überhaupt keinen Sinn, Herr Feser. Wenn das so wäre, warum wurde dann der betrogene Ehemann umgebracht? Es müsste doch eher umgekehrt sein.«

Feser schaute etwas beleidigt drein.

»Wie gesagt: Wie das alles zusammenhängt, weiß ich nicht. Das ist ja Ihr Job, das herauszufinden. Ich gebe Ihnen jedenfalls mal meine Computer-ID. Warten Sie, ich schreibe sie Ihnen auf. Ihr EDV-Spezialist kann dann jederzeit rein.«

Während Feser schrieb – kam Becker mit dieser ID wirklich in Fesers Computer? Und wieso wusste Feser diese Zahlenreihe aus dem Kopf? –, klopfte es an der Tür. Marias Hand begann schon wieder zu zittern.

Chichi Reininghaus trat ins Zimmer, sie grüßte Maria nur kurz. Denn Feser war von seinem Stuhl aufgesprungen und auf sie zugeeilt. Sie gaben sich die Hände und blickten sich wortlos an. Dann umarmten sie sich, ebenfalls schweigend. Marias Handy leuchtete auf. Nicole bat sie in einer SMS, auf ein eventuelles Hinken aller Beteiligten zu achten. Chichi war festen Schrittes hereingekommen, es wäre Maria auch aufgefallen, wenn Feser gehinkt hätte. Sie notierte das auf ihrem Zettel.

»Haben Sie noch Fragen an mich?«, sagte Feser zu Maria, nachdem er sich von Chichi gelöst hatte.

»Nein, danke, das wäre vorerst alles. Ich weiß es zu schätzen, dass Sie sich so kooperativ gezeigt haben.«

Feser wandte sich zum Gehen, gierig griffen seine Hände in die Hosentaschen, um die Zigarettenschachtel zu suchen. An der Tür blieb er nochmals stehen.

»Ich verlasse meine Wohnung und den Kurort nicht. Ich gehe nicht ins Ausland und bin jederzeit erreichbar, per Mail, per Telefon, auch persönlich.«

Damit verließ Feser den Raum. Das wäre eigentlich mein Text gewesen, dachte Maria. Sie stand auf und gab Chichi die Hand.

»Herzliches Beileid, Frau Reininghaus. Bitte setzen Sie sich.«

»Nein, nein«, wehrte diese ab. »Ich komme gerade von der gerichtsmedizinischen Abteilung des Krankenhauses und konnte mich ein paar Minuten von meinem Mann verabschieden. Das war mir sehr wichtig, wissen Sie, Frau Schmalfuß. Ich wollte mich bloß bedanken, dass das so unbürokratisch abgelaufen ist. Die Leute im Krankenhaus waren sehr nett. Sie haben mich mit meinem Mann allein gelassen, mich nicht gedrängt. Und dann hat mich eine freundliche Dame an Sie verwiesen, falls ich psychologische Betreuung bräuchte. Sie wären die Beste auf diesem Gebiet, hat sie gesagt.«

Eine dicke Träne lief über Chichis Wange. Sie wischte sie mit dem Finger weg. Dann griff sie in die Tasche und holte eine Sonnenbrille heraus, die sie mit einem Seufzer aufsetzte.

»Was geschieht nun mit ihm?«, fragte sie.

»Soweit ich weiß, sind die gerichtsmedizinischen Untersuchungen abgeschlossen. Wenn Sie wollen, kann ich Ihnen die Adresse eines Bestatters geben, der sich um alles Weitere kümmert.«

Chichi nickte. Eine tapfere Frau, dachte Maria. Sehr sympathisch. Sie beschäftigt sich, packt an, versucht rational zu handeln.

»Ich muss Ihnen noch ein paar Fragen stellen, Frau Reininghaus. Aber das können wir auch später tun.«

»Nein, nein, fragen Sie«, sagte Chichi fast lächelnd.

Maria entschloss sich dazu, gleich zur Sache zu kommen.

»Nun gut. Wann ist Ihr Mann von zu Hause weggegangen?«

»Vormittags, so gegen halb elf. Den genauen Zeitpunkt kann ich Ihnen leider nicht nennen.«

»Hat er sich dann nochmals gemeldet?«

»Ja klar, als er im Restaurant angekommen ist. Hubschmidt und Lorek sind schon da, hat er gesagt, und die Fischsuppe ist bereits kräftig am Brodeln.«

Jetzt geriet ihre Stimme doch ein wenig ins Stocken, sie wandte sich ab und schnäuzte sich dezent.

»Ist Ihnen etwas aufgefallen? Als er angerufen hat?«

Chichi schüttelte den Kopf.

»Haben Sie einen Verdacht?«, fragte Maria vorsichtig.

»Nein, überhaupt nicht. Mein Mann hat keinem etwas zuleide getan. Ich weiß nicht, wie es dazu kommen konnte. Er muss zufällig da hineingeraten sein. Vielleicht ist er Zeuge geworden von etwas, das er nicht sehen sollte. Nur so kann ich mir das erklären.«

»Haben Sie denn eine Idee?«, fragte Maria vorsichtig. »Gibt es etwas im Kochclub oder im Restaurant, was Anlass für solch eine Untat geben könnte?«

Chichi schien zu überlegen. Sie hatte sich immer noch nicht gesetzt. Maria kam unwillkürlich die Frage, ob Erika Lorek ein Verhältnis mit Kapitän Reininghaus gehabt hatte. Es war kaum vorstellbar. Wahrscheinlich war Feser in dieser Beziehung ein Dampfplauderer. Maria hielt ihn ohnehin für einen Wichtigtuer. Er hatte Erika als ›biederes Hausmütterchen‹ bezeichnet. Da war zwar was dran, aber es so harsch auszusprechen, war eine Beleidigung und zeigte, dass er etwas gegen diese Frau hatte.

»Nein«, unterbrach Chichi ihre Überlegungen. »Doch ich werde weiter drüber nachdenken.«

»Wo waren Sie den Tag über? Ich frage das nur der Vollständigkeit halber.«

»Natürlich. Kurz nachdem mein Mann angerufen hat, habe ich angefangen, die Lachs-Crêpes-Häppchen vorzubereiten, die ich heute Abend mitbringen wollte. Dann habe ich einen langen Spaziergang unternommen. Das tue ich immer, wenn es am Abend bei den Treize Plats was zu essen gibt. Damit ich richtig Appetit bekomme. Ich bin den Kramerplateauweg entlanggegangen, vielleicht haben mich ein paar Leute gesehen, vielleicht auch nicht. Tut mir leid, ich kann mich nicht erinnern, denn ich hatte die Kopfhörer auf, weil ich wie immer ein Hörspiel gehört habe.«

»Ja, danke, das wäre es vorerst, Frau Reininghaus. Wenn ich noch Fragen habe, würde ich mir erlauben, Sie zu kontaktieren. Wenn Sie umgekehrt noch Unterstützung brauchen, wenden Sie sich an mich. Jederzeit. Und mit jederzeit meine ich wirklich Tag und Nacht, Feiertag und Werktag.«

Als Chichi Reininghaus gegangen war, schickte Maria eine Nachricht an Hubertus. Dass sie bei einigen Mitgliedern des Kochclubs noch einmal nachhaken müsse, dass bisher alle sehr kooperativ gewesen wären. Dass Angehörige von Hubschmidt nicht aufzutreiben seien, Angehörige von Antonia Beissle ebenfalls nicht. Dass sich Erich Feser verplappert hätte und deshalb ein klitzekleiner Widerspruchsverdacht auf ihn gefallen wäre. Dass wasserdichte Alibis rar gesät wären. Dass sie jetzt zu Schleißheimer ins Krankenhaus ginge.

Maria schlüpfte in ihren leichten Mantel. Sie war schon spät dran, sie wollte Schleißheimer nicht warten lassen. Als sie auf die Straße trat, kam ihr ein Passant mittleren Alters entgegen. Unwillkürlich musterte sie ihn. Nein, er hatte einen festen, geraden Gang. Auf der anderen Straßenseite schlenderten zwei Teenager. Auch sie hinkten kein bisschen. Obwohl, die eine hatte eine etwas schleppende Weise, sich fortzubewegen … Maria wechselte die Straßenseite. Ein Fischladenbesitzer trat aus seinem Geschäft, um die Werbetafeln abzubauen und hineinzutragen. Verlagerte er nicht das Gewicht von einem auf den anderen Fuß? Zog der rauchende Mann, der ihr entgegenkam, nicht leicht das Bein nach? Plötzlich schienen alle auf der Straße zu hinken, auch der Gemüsehändler, der seine Kohlrabisteigen auspackte, die kleine dicke Dame mit dem Dackel, selbst der alte Herr hinter seinem Rollator … Jetzt aber Schluss damit! Ihr Telefon klingelte. Maria riss sich von der sicherlich stressbedingten Fixierung aufs Hinken los.

Pascal Bretten, der Augenoptiker, war dran. Sie sah ihn sofort vor sich. Gut gekleidet, mit etwas zu theatralischen Gesten. Nicht unattraktiv, wenn man auf leicht exaltierte Männer stand.

»Mir ist noch etwas eingefallen«, sagte er. »Sie erinnern sich daran, was ich bezüglich des Ehrengastes gesagt habe. Dass wir dessen Identität außerhalb des Kreises nicht preisgeben, dass wir dieses Thema normalerweise mit absoluter Diskretion behandeln.«

Er machte eine Pause. Maria war stehen geblieben. Ihr fiel auf, dass Bretten einen kühlen, informellen Ton angeschlagen hatte. Doch auch die anderen Mitglieder des Kochclubs hatten die Nachricht, dass vier ihrer Clubkollegen tot waren, sehr gefasst aufgenommen, niemand war in Tränen ausgebrochen. Seltsam war das schon, dachte Maria.

»Aber in diesem Fall könnte ich eine Ausnahme machen«, fuhr Bretten fort. »Wir hatten einmal einen Ehrengast, der der Polizei nicht unbekannt sein dürfte. Ich weiß gar nicht, wer ihn mitgebracht hat. Jedenfalls könnte ich in diesem Fall das Inkognito lüften.«

Pascal Bretten nannte den Namen. Maria stieß einen überraschten Pfiff aus. Damit hatte sie nicht gerechnet. Sie bedankte sich bei dem freundlichen Augenoptiker, legte auf und rief sofort Jennerwein an. Sie wollte keine Zeit verlieren. Hubertus sollte entscheiden, ob es notwendig war, Kontakt mit der zwielichtigen Bestattungsunternehmersgattin Ursel Grasegger aufzunehmen. Gab es denn wirklich keinen Fall, bei dem sie ihre Finger nicht im Spiel hatte?*

---

* Doch, den zweiten. Da war gerade Hochsaison.

18

теперь мы переходим к другим новостям
(Alte russische Überleitung von einem Romankapitel zum nächsten. Sinngemäß: »Und nun zu etwas ganz anderem.«)

Lässt man den Finger auf der Landkarte über den russischen Weiten kreisen und tippt in etwa auf die Mitte, landet man auf einem dieser typischen entlegenen, gottverlassenen Dörfer mit Birkenwäldjchen und Mütterchjen vor dem Haus. Wenn die Sonne am Horizont untergegangen ist, wird der Samowar aufgeheizt und ein letztes Fuhrwerk klappert über die unasphaltierte Dorfstraße. Eines dieser Mütterchjen machte sich Gedanken über ihren Enkel Juri, der Tausende von Werst Richtung Westen gefahren war, um dort sein Glück zu suchen. Ein halbes Jahr war er nun schon unterwegs, jede Woche hatte er geschrieben, diese Woche allerdings noch nijcht. Er war ein großer, athletischer Junge mit breiter Brust und starken Knochen, seine Augen waren dunkel und scharf wie die eines Adlers, seine Großmutter war sehr stolz auf ihn. Er würde in der Gastronomie arbeiten, hatte er geschrieben, das wäre eine gute Branche, da käme es nicht auf den richtigen Akzent an, nicht aufs Aussehen, auf nichts käme es an als auf Muskeln in den Beinen zum Laufen und auf den Adlerblick dafür, wo was fehlte. Solche wie ihn bräuchten sie. Als Hilfskellner, Hilfskoch oder als zweiten Spüler. Schwere Arbeit wäre es schon, kanjeschna, freilich, Mütterchjen, Knochenarbeit, aber schönes Geld könne man verdienen, und wenn es einem an dem einen Arbeitsplatz nicht mehr gefalle, würde man ein paar Häuser weiter ziehen und locker etwas anderes finden.

Das hatte er geschrieben.

»Juri arbeitet vielleicht in Baden-Baden«, sagte der Nachbar, der vorbeikam und beim Mütterchjen, das dasaß und strickte, stehen blieb und rauchte.

»Es gibt noch andere Orte in Germaniya als Baden-Baden«, erwiderte sie. »Nicht jeder Russe fährt gleich nach Baden-Baden, wenn er Tausende von Werst nach Westen fährt.«

»Aber in Baden-Baden sind schon viele unserer Landsleute auf die schiefe Bahn geraten. Dostojewski, Turgenjew, Tolstoj …«

»Schiefe Bahnen gibt es auf der ganzen Welt«, erwiderte das Mütterchjen.

»Aber Baden-Baden ist besonders schijef«, sagte der Nachbar.

Juri war nijcht in Baden-Baden. Das war zwar zunächst sein Ziel gewesen, zehntausend-auf-rot-mäßig, aber auch im Kurort gab es ein Spielkasino. Und durch die Kurhaftigkeit des Kurorts gab es viele Restaurants und Schwemmen und Resorts, wo er kellnern, bar-tendern und Salat putzen konnte. Daran herrschte kein Mangel. Und bis gestern hatte er noch gearbeitet, bis ihn ein seltsamer Typ mit einer furchtbar geschmacklosen Krawatte angesprochen hatte.

19

Die Abenddämmerung kündigte sich an. Hubschmidt's Restaurant verschmolz langsam mit der Landschaft. Ein Blick zum Himmel verriet, dass heute noch ein Unwetter niedergehen würde. Schwere Wolken zogen sich über der Terrasse zusammen, aber das Team von Jennerwein arbeitete verbissen an der Auswertung der tausend Spuren. Eine klitzekleine Menge Koks. Myriaden von Fingerabdrücken. Marias glasklare Einsichten in verworrene Seelenlagen. Das Computeralibi von Erich Feser. Antonia Beissles Kampf gegen Familienclans …

Niemand hatte bemerkt, dass sich Hölleisen in den großen Speisesaal zurückgezogen hatte, um sich dort mit seinem Smartphone zu beschäftigen. Er stand vor der Kühlvitrine und wollte gerade seine Nachrichten abfragen, als sein Blick auf ein farbenfrohes Sortiment von appetitlichen Kuchen und leckeren Desserts fiel. Trotz allen ermittlerischen Eifers lief ihm das Wasser im Mund zusammen. Wenn er jetzt hineingreifen und nur ein klitzekleines Stückchen von der Mango-Tarte abbrechen würde, das fiele doch keinem auf. Verstohlen sah er sich um. Vorsichtig öffnete Hölleisen die Glastür und zog die Kuchenplatte zu sich her. Erst jetzt bemerkte er, dass bereits ein Riesenstück fehlte. Hatte er nicht Becker vorhin in der Nähe der Vitrine kauen sehen? Oder war es Nicole gewesen? Pling! Pling! Sein Smartphone signalisierte neue Nachrichten. Erwartungsvoll sah er sie durch. Mit einem freudigen Auf-

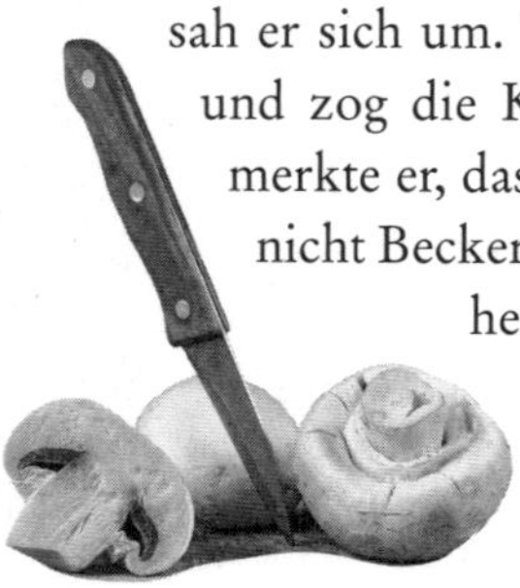

schrei lief er hinaus auf die Terrasse. Die dräuenden Wolken gaben die passende Kulisse zu seinem Auftritt als klassischer Verkünder der erlösenden Nachricht.

»Vergessen Sie alles!«, rief er und wedelte mit dem Smartphone. Ein trommelähnliches Donnergrollen, das von den Bergen widerhallte, passte genau dazu, Hölleisen schien es bestellt zu haben. »Vergessen Sie alles: die Mafia, die Klickfarmen in Bangladesch, meinen streunenden Bären, den eifersüchtigen Ehemann … Wir haben ihn. Mehrere Zeugen haben ihn beschrieben. Er ist noch hier in der Gegend. Auf der Flucht.«

»Wen haben wir? Den Bären? Den Minaccioso mit dem geklauten Lastwagen?«

»Nein, den Bären sollen Sie eben vergessen. Und von dem Minaccioso habe ich sowieso nichts mehr gehört. Den können wir wahrscheinlich abschreiben. Ihn und den geklauten Lastwagen.«

»Wen haben wir dann?«

»Den veganen Förster.«

Hölleisen hielt sein Handy hoch und deutete darauf. Die Arbeit in freier Natur schien ihn zu beflügeln. Sein Gesicht hatte sich gerötet, seine Augen leuchteten, er zitterte vor Aufregung. Als er die fragenden Gesichter bemerkte, beruhigte er sich etwas, setzte sich zu den Kollegen und holte zu einer Erklärung aus.

»Meine guten Kontakte zur Presse haben sich ausgezahlt. Ich habe doch im Radio und in der Onlineausgabe der Lokalzeitung einen Zeugenaufruf gestartet. Ob jemand was zur fraglichen Zeit gesehen hat. Unseren Dauerkandidaten, den Herrn Gieseke, der sich bei solchen Gelegenheiten immer meldet und etwas ganz, ganz Entscheidendes gesehen haben will, den habe ich schon ausgeschlossen.«

»Wehe, es geschieht zufällig wirklich was in seiner Nähe, und man glaubt ihm dann nicht!«, warf Becker ein.

»Aber drei andere, glaubhafte und voneinander unabhängige Zeugen haben zur fraglichen Zeit und nicht weit entfernt vom Tatort einen bestimmten Mann gesehen.« Hölleisen las von seinem Smartphone ab. »Dunkelblaue, zerschrammte Lederjacke, Tirolerhut mit auffälliger, waagrecht nach hinten stehender Auerhahnfeder, umgehängtes Fernglas, faltiges, wettergegerbtes Gesicht –« Hölleisen hielt inne. Triumphierend fügte er hinzu: »Und gehinkt hat er auch noch!«

»Das klingt ja fast nach dem Räuber Hotzenplotz«, sagte Nicole skeptisch.

»Aber sagen Sie schon, Hölleisen: Kennen Sie ihn?«, fragte Hansjochen Becker, um gleich darauf abzuwinken. »Dumme Frage, natürlich kennen Sie ihn. Sie kennen ja alle hier in der Gegend. Um wen handelt es sich denn?«

»Die Beschreibungen sehen mir ganz nach dem veganen Förster aus. Er war früher bei der Gemeinde als Forstgehilfe angestellt, dann hat er sich immer mehr zum fanatischen Tierschützer und militanten Öko entwickelt. Er hat immer wieder die Restaurants im Ort abgeklappert und Zettel an die Gäste verteilt: Fleischfresser sind Mörder. Deshalb sein Spitzname. Ich glaube, dass er Korbinian heißt. Er hat auch schon mehrere Vorstrafen wegen Randale-Aktionen bekommen: den Inhalt von Supermarktwursttheken mit Farbe besprüht, in Wirtschaften Fleischspeisen mit unappetitlichen Flüssigkeiten übergossen, solche Sachen eben.«

»Ist er denn bewaffnet?«, fragte Nicole. »Ich meine: Hat er als ehemaliger Forstgehilfe noch sein altes Gewehr?«

»Das haben sie ihm natürlich nach Beendigung des Arbeitsverhältnisses abgenommen. Und außerdem ist ja keiner der vier Hobbyköche erschossen worden.«

»Trauen Sie ihm die Tat zu?«, fragte Jennerwein.

»Durchaus. Er macht seinen Streifzug, schaut wieder einmal bei Hubschmidt's vorbei. Schon draußen schwillt ihm der Kamm. Die vielen umweltschädlichen Autos auf dem Parkplatz. Auf der Schautafel neben dem Eingang prangt in großer Schrift ›Garantiert schussfrisches Wild!‹. Und er kennt vielleicht einige Rehe mit Vornamen. Das Restaurant hat jedenfalls alles, was ein Veganer nicht sehen will. Und heute platzt ihm der Kragen. Er schaut durchs Küchenfenster und hält die Leute, die dort arbeiten, für Angestellte des Restaurants. Die Hobbyköche werkeln nicht verbissen wie die Profis, sie sind gut drauf, sie lachen und scherzen, während sie Fleisch durch den Wolf drehen und Schnitzel klopfen. Es packt ihn der gerechte, biblische Zorn. Ein Gewehr hat er keines mehr, aber in der Küche findet er ja alles, was er braucht. Als er reingeht, sieht er jemanden allein am Herd stehen, der fröhlich in einer Suppe rührt. Die Wut packt ihn, sie gibt ihm ungeahnte Kräfte, er taucht Lorek kurzerhand in die Brühe. Der Flugkapitän kommt mit Kisten beladen herein, er dreht sich um, um sie auf den Vorbereitungstisch zu stellen. Der zornige Veganer greift sich ein japanisches Messer und ersticht Reininghaus von hinten. In dem Moment kommt Frau Beissle, ist starr vor Schreck, als sie das Massaker sieht, da hat er schon die Pfanne in der Hand und erschlägt sie.«

»Das ist alles möglich«, sagte Jennerwein nachdenklich. »Aber wie ist es mit Hubschmidt selbst? Wie und wann ist der vergiftet worden?«

»Ja, ich gebe zu, das ist noch ein Schwachpunkt in meiner Theorie. Der vegane Förster muss ihm schon vorher Gift in die Suppe geträufelt haben. Vor den anderen drei Morden.« Hölleisen stach mit dem Zeigefinger in die Luft. »Aber das Hauptargument: Der Förster hat sich bei einer waghalsigen Naturschutzaktion einmal verletzt. Er ist von einem Jägerhochsitz gestürzt, den er aus Protest gegen die Ansitzjagd besetzt hatte, und hat sich dabei einen komplizierten Beinbruch zugezogen. Seitdem hinkt er leicht.«

Hölleisen hielt es nicht mehr auf dem Platz. Er sprang auf und beschwor Jennerwein:

»Chef, wenn Sie zustimmen, will ich ihn aufspüren und stellen. Ich habe auch schon eine Ahnung, wo ungefähr er sich aufhalten könnte.«

Jennerwein nickte.

»Er ist später noch an vier weiteren Punkten gesehen worden, schauen Sie her.«

Hölleisen griff in die Tasche. Er zog doch tatsächlich die abgewetzte, völlig zerknitterte, fleckige Landkarte im Maßstab 1:35000 heraus, die er jetzt schon mehr als zehn Jahre benutzte. Blut, Schweiß und Tränen, Walderde, Regengüsse, die Knickstellen mit Tesa überklebt, mit eingezeichneten Trampelpfaden und Holzwegen, die es wahrscheinlich gar nicht mehr gab. Es fehlte bloß noch eine Einschussstelle. Und da war sie auch. Ein ausgefranstes Loch einer Kaliber .22-Patrone, abgeschossen von einem teuflisch grinsenden Schurken, vielleicht aber auch einfach nur so ein Loch, entstanden durch ganz natürlichen, harmlosen Verschleiß.

»Er ist da – da – da – und dort gesehen worden«, sagte Hölleisen und zeigte auf die vier Stellen. »Ich werde also mit der Seilbahn zum Zunderkopf fahren und ihm dann den Weg abschneiden.«

»Wollen Sie alleine gehen?«, fragte Nicole.

»Natürlich, ich bin der Naturbursch hier in diesem Kreis, der Waldaffinste, wenn ich das so sagen darf. Niemand kennt sich in der Umgebung so gut aus, wenn man mal vom Kollegen Joey Ostler absieht. Aber der ist ja nicht mehr bei uns.«

Hölleisen griff sich seinen blauen Anorak und war bald darauf im Wald verschwunden.

Nicole Schwattke, Becker und Jennerwein blickten sich skeptisch an.

»Wir müssen dieser Spur nachgehen, klar«, sagte Jennerwein. »Polizeiobermeister Hölleisen hat schon recht. Aber wir haben viel zu wenig Personal, um diesen komplexen Fall fachgerecht zu bearbeiten.«

»Können wir uns denn nicht Verstärkung schicken lassen?«, fragte Becker.

»Ich wüsste nicht, woher. Die Personaldecke der Polizei wird immer dünner. Und ausgerechnet hier in der Gegend, wo so viele Morde passieren, ist die Decke dünn wie –«

Jennerwein unterbrach sich. Alle sahen auf. Schon wieder erschien ein Mann, der mit den Armen rudernd über die Wiese eilte. In der einen Hand trug er eine abgewetzte braune Aktentasche. Becker hatte mit Polizeiabsperrband einen Weg markiert, so dass alle, die diesen entlangliefen, wie die Nachzügler eines Marathonlaufes wirkten. Der übergewichtige Mann mit der Aktentasche legte die letzten Meter keuchend zurück.

»Das wird der Restaurantdirektor sein, er hat sein Erscheinen vor einer halben Stunde angekündigt.«

Der Restaurantdirektor war ein beleibter Enddreißiger. Genau so stellte man sich einen vor, der in der Gastronomie arbeitete. Rundlich, glattrasiert, speckig glänzend. Er begrüßte die Teammitglieder ernst, aber freundlich. Ab und zu erschien sogar ein kleines Lächeln auf seinem schwammigen Gesicht, aus dem kleine, listige Schweinsäuglein blitzten, wenn es die Speckschwarten zuließen.

»Mein Name ist Schwingshandl«, sagte er. »Ich bin der Restaurantdirektor. Ich habe die traurige Nachricht gerade erfahren.«

»Sie sind der Chefkoch?«, fragte Nicole.

Schwingshandl lächelte ein kleines, nachsichtiges Lächeln.

»Nein, nicht der Chefkoch, Gott bewahre. Ich stehe schon lange nicht mehr am Herd. Ein gastronomischer Direktor wie ich kocht nicht, er organisiert die Einkäufe, teilt das Personal ein, achtet auf die gesetzlichen Vorschriften und so weiter. Darf ich mich setzen?«

Schwingshandl prustete sich auf einen der Flechtstühle. Neugierig besah er sich die Sitzgelegenheit. Er war sicher noch nie hier draußen gesessen. Der Direktor schüttelte ungläubig den Kopf.

»Und das alles ist vor ein paar Stunden passiert? Vier Morde? In meinem Restaurant?«

Jennerwein fixierte ihn genau.

»Ja, leider, Herr Schwingshandl. Ich bin hier der leitende Ermittler. Sie scheinen mir in Anbetracht der Umstände gefasst. Deshalb will ich Ihnen gleich eine Bitte unterbreiten. Ich brauche eine vollständige Liste des Personals.«

»Natürlich, das habe ich mir schon gedacht. Deshalb habe ich eine ausgedruckt.«

Er griff in die Aktentasche und gab jedem der Beamten einen Stapel. Nicole warf einen Blick darauf und seufzte.

»Du lieber Himmel, wir haben doch schon so viele Verdächtige. Und auf der Liste stehen ja mindestens noch mal fünfzig Leute.« Sie warf ihren Pferdeschwanz zurück und rückte ihren Stuhl näher zum Tisch. »Hilft ja nichts. Ich hätte ebenfalls eine Frage, Herr Schwingshandl. Gibt es jemanden aus Ihrer Küchenbrigade, dem vor kurzem gekündigt wurde?«

Auf Schwingshandls Gesicht erschien ein düsterer Schatten, der aber sofort wieder verschwand.

»Ich glaube, ich weiß, worauf Sie hinauswollen. Nein, überhaupt nicht. So stressig dieser Beruf ist, wir waren so etwas wie eine – ja, nicht gerade Familie, aber eine verschworene Gemeinschaft. Hubschmidt hatte eine gute Art, mit den Mitarbeitern umzugehen. Es gab keine unzufriedenen Angestellten. Jedenfalls nicht in den fünf Jahren, seit ich hier bin. Es hat uns alle wie ein Schlag, wie ein Blitz getroffen.« Er wischte sich mit dem Taschentuch die Stirn ab. »Ich kann mir überhaupt nicht denken, wer so etwas getan haben könnte.«

»Sie hatten also kaum Personalwechsel? Ist das nicht ungewöhnlich für das Gastronomiegewerbe?«

»Das mag woanders der Fall sein, aber wer bei uns einen Job ergattert, der gibt den so schnell nicht auf.«

»Könnten Sie uns einen großen Gefallen tun?«, fragte Jennerwein. »Einen, der uns sehr weiterhelfen könnte?«

Schwingshandl nickte zerstreut. Er schien über etwas nachzudenken.

»Könnten Sie veranlassen, dass die gesamte Belegschaft sich heute Abend hier einfindet? Ich weiß, das sind über fünfzig Leute –«

»Natürlich, wenn wir auf diese Weise helfen können, das Schwein zu finden«, unterbrach Schwingshandl. »Angesichts der Umstände wird sich keiner weigern, dafür seine Freizeit zu opfern. Außerdem wird keiner bei einem einzigen freien Tag eine weitere Reise unternommen haben. Die meisten werden es ohnehin aus der Presse erfahren haben und ganz froh sein, direkt von der Polizei informiert zu werden.«

»Ich habe noch eine Frage«, sagte Jennerwein. »Kennen Sie den Förster? Ich meine: den veganen Förster?«

Schwingshandl lachte auf.

»Den verrückten Typen? Ja klar. Alle kennen den. Haben Sie ihn etwa in Verdacht? Nein, den können sie total vergessen. Der ist zwar lästig, aber total harmlos. Wir haben immer gesagt, das ist unser Alter Öko. Hat ab und zu durchs Fenster reingeschaut. Und mit der Faust gedroht. Vor allem wenn Gäste da waren. Unsere Servicekräfte sind bei solchen Gelegenheiten auch schon mal nach draußen und haben ihn ganz freundlich eingeladen, reinzukommen und bei uns was Vegetarisches zu essen. Oder einen naturkundlichen Kurs vor unseren Gästen abzuhalten. Ökologisches, artgerechtes Essen, ein Verdauungsspaziergang durch den Wald, was weiß ich. Unserer Marketingabteilung wäre da schon was eingefallen. Bin ich euer Zirkuspferd?, hat er gesagt. Soll ich auch noch Werbung für diesen dekadenten Schuppen machen? Ich will, dass solche Läden wie der eure verschwinden!«

Jennerwein gab einer spontanen Eingebung nach:

»Was ist der Grund für den enormen Erfolg Ihres Restaurants? Gibt es ein Betriebsgeheimnis?«

Jennerwein bemerkte, dass Schwingshandl etwas zögerte, bevor er antwortete.

»Es gibt mehrere. Zuerst natürlich die Pilze. Das war Hubschmidts Steckenpferd. Er hat es sich zum Beispiel nicht nehmen lassen, den *Goldgelben Ziegenbart*, auch bekannt unter dem Namen *Gockelschopf*, den Gästen persönlich zu servieren. Außerdem sind wir natürlich bekannt für unsere Saucen. Wir haben ja einen Stern bekommen. Der wird nur verliehen, wenn zur Spitzenklasse noch etwas Außergewöhnliches, Unvergleichliches dazukommt. Und das sind unsere Saucen.«

Schwingshandls Stolz verwandelte sich in Nachdenklichkeit. Jennerwein hatte vermutlich an der richtigen Stelle gebohrt. Er hatte das Gefühl, dass ihm der Restaurantdirektor etwas verschwieg. Er würde ihn im Auge behalten.

20

Hölleisen saß in der kleinen Seilbahn, die auf den Zunderkopf führte. Die Regenwolken hatten sich verzogen, der Himmel färbte sich in ein edles Lachsrot. Die Gondel, die Platz für vier Personen bot, schaukelte leicht im Herbstwind. Ihm gegenüber saß eine Frau mit einem karierten Kopftuch, die ihm interessiert zusah, wie er immer wieder in seine abgewetzte Karte blickte, um sich zu orientieren.

»Sind Sie fremd hier?«, fragte sie ihn, und bei ihrem Dialekt war der Hamborger Veermaster nicht weit. »Wo wollen Sie denn hin?«

Hölleisen antwortete mit einem unfreundlichen Grunzen. Dafür hatte er jetzt wirklich keine Zeit. Er zückte sein Fernglas und versuchte, durch die Bäume hindurch etwas zu erkennen, das der Kleidung des flüchtigen Försters ähnelte.

»Das ist der Breisamer-Wald«, erklärte die Frau. »Er zieht sich hinauf bis zum Greininger Hölzl. Ein wirklich schöner Spaziergang. Und Pilze gibt es da! Erst vorige Woche habe ich einen riesigen –«

»Ja, ich weiß schon«, gab Hölleisen schroff zurück. »Lassen Sie mich jetzt bitte zufrieden. Ich suche jemanden da unten.«

Und dann hatte er ihn plötzlich im Visier. Den veganen Förster. Den rebellischen Korbinian. Dort stapfte er durchs Gebüsch. Sein Markenzeichen, die Auerhahnfeder auf seinem Hut, pflügte durch die widerspenstigen Zweige wie eine Oktoberfestbedienung durch einen Haufen durstiger Italiener. Sie wippte fröhlich dahin, verschwand wieder im herbstlichen Khaki, tauchte aber immer wieder zuverlässig auf wie eine Haifischflosse im Badegewässer. Hölleisens Gesichtszüge hellten sich auf. Trotzdem war er sich unsicher, ob er hoch zur Bergstation Zunderkopf fahren sollte, auf diese Weise verlor er den Förster vielleicht. Die Gondel bewegte sich in einer Höhe zwischen zwanzig und dreißig Metern, sie kam zwar manchmal auf fünf Meter herunter, aber zum Abspringen war das immer noch zu hoch.

»Haben Sie gefunden, was Sie gesucht haben?«, fragte die Nervensäge. »Es giabt scho guate Schwommerlplötz do drünt.«

Jetzt versuchte die Veermasterin auch noch bayrisch zu sprechen! Hölleisen gab keine Antwort. Er überlegte. Was sollte er tun? Hochfahren oder … Dann fasste er einen Entschluss. Schnell erhob er sich von der unbequemen Holzbank, hangelte sich zum hinteren Ende der Gondel, stieß das Fenster auf und beugte sich weit hinaus. Er wusste, dass es an der Außenseite eine Klappe gab, hinter der ein Seil an einem Haken befestigt war. Es war für Notfälle gedacht, wenn zum Beispiel der Strom ausfiel oder die Gondel aus anderen Gründen nicht weiterfahren konnte.

»Was treiben Sie denn da, guter Mann?«, rief die Nervensäge erschrocken.

»Polizeieinsatz«, schrie Hölleisen, ohne sich nach ihr umzuwenden. Er griff in die Hosentasche, um den Dienstausweis herauszuziehen und ihn der Frau zu zeigen. So viel Zeit musste sein. Ein Komet rast auf die Erde zu und droht alles Leben zu vernichten, ein hilfsbereiter Polizist zeigt vorher immer noch den Dienstausweis. Mit der anderen Hand rüttelte Hölleisen an der Klappe. Endlich war sie offen. Er riss die Rolle heraus, ließ das Seil nach unten fallen und kletterte durchs Fenster. Schnell und nach alter Bergwachtschule hangelte er sich mit einer Geschicklichkeit daran herunter, die den Bergfex Hölleisen von seiner besten Seite zeigte. Sein letzter Blick ins Gondelinnere war auf die entgeisterte Nervensäge gefallen. Sie hielt ihr Smartphone gezückt, hatte wohl gerade ein Foto von ihm geschossen. Auch egal. Das baumelnde Seil reichte nicht ganz auf den Boden, er sprang die letzten zwei Meter, kam unsanft auf knackenden Ästen auf. Hölleisen richtete seinen Blick nach oben. Die Frau knipste immer noch.

»Ziehen Sie das Seil wieder rauf!«, schrie er.

Keine Reaktion. Hölleisen lief los, in die Richtung, in der er den Förster vermutete. Nach wenigen Minuten hatte er ihn erreicht.

»So, Korbinian, was hast du denn schon wieder angestellt?«

»Hallo Hölli. Schön, dass es dich noch gibt.«

Der Förster blieb nicht stehen, sondern stapfte unbeirrt weiter. Eine Ruhe hatte der ja schon weg, dachte Hölleisen und ging angespannt neben ihm her.

»Wieso angestellt?«, fragte der vegane Förster nach einiger Zeit mit einem kleinen Klacks Entrüstung. »Warum soll ich immer was angestellt haben?«

»Was hast du heute so gemacht?«

»Geht das die Polizei was an? Dies und das.«

Die beiden stapften eine Zeitlang nebeneinander her.

»Bist du denn beim Hubschmidt droben auch vorbeigekommen?«

»Wer will das wissen?«

»Ich.«

»Warum?«

»Man hat dich dort gesehen.«

»Ja, und? Da geh ich immer wieder gern vorbei, beim alten Forstamt. Ist ja nicht verboten, oder? Weißt du überhaupt, dass das früher einmal die Außenstelle von der königlich bayrischen Forstmeisterei war? Ich meine, bevor es ein Narrenhaus geworden ist. Und jetzt haben sie eine bessere Imbissbude draus gemacht. Wer weiß, was ihnen noch alles einfällt.«

»Wem einfällt?«

»Den Naturzerstörern und Umweltverschandlern.«

Auf einer Lichtung, in der der böhmische Herbstwind verbissen zischend seine Runden drehte, blieben sie stehen. Der vegane Förster bückte sich im abendlichen Dämmerlicht, um ein zu Boden gefallenes Blatt zu betrachten.

»Da schau her«, sagte er.

»Was?«

»Sogar das Laub liegt nicht mehr da, wo es liegen soll.«

»Wo sollte es denn liegen?«

»Das hier ist eine Fichtenschonung. Das Eichenlaubblatt ist kilometerweit hergeflogen. Alles ist durcheinander.«

Jetzt hatte Hölleisen genug. Er packte den Förster am Kragen und zog ihn hoch.

»Es sind Morde geschehen, Korbinian, droben im Restaurant. Wir von der Polizei wissen schon alles, Korbinian. Einer ist vergiftet worden, einer ertränkt, eine erschlagen und einer erstochen. Ein regelrechtes Massaker.« Eindringlich fügte er hinzu: »Hast du etwas damit zu tun, Korbinian? Dann sags gleich. Red nicht lang drumherum.«

Hölleisen musterte den veganen Förster scharf. Doch der schwieg. Sein Mienenspiel war starr, er zeigte keinerlei Regung.

»Öha«, sagte der Förster nach einer Weile, und jetzt sah ihn Hölleisen das erste Mal lächeln. Verwegen lächeln. Böse und übermütig lächeln. »Vergiftet, sagst du? Ertränkt, erschlagen, erstochen? Ich finde, dass das noch viel zu schmerzlos für die Bagage ist, die da drin rumwerkelt. Ich hätte stattdessen reinschießen sollen durchs Fenster. Dann wären sie nicht so kurz und schmerzlos gestorben. Dann wären die Säue, die frevlerischen, verblutet.«

»Korbinian, jetzt hörst du aber auf«, fuhr Hölleisen dazwischen. »Du redest dich ja um Kopf und Kragen.«

»Mit der Büchse reingeschossen in die Kuchel, in die gotteslästerliche, dass alles nur so rumspritzt«, sagte Korbinian, ohne auf Hölleisen einzugehen. Er deutete mit dem Daumen nach hinten. »Mit meiner alten Doppelläufigen. Die kann man gut im Rucksack verstecken, weißt du. Und die Wirkung ist enorm.«

Hölleisen bezweifelte das mit der Doppelläufigen, drum reagierte er nicht, als der vegane Förster seinen Rucksack abnahm und ihn öffnete. Doch dann zog der eine abgesägte Schrotflinte heraus. Die Mündung war genau auf Hölleisens Kopf gerichtet. Er starrte in zwei riesengroße, schwarze Löcher.

schmackofatz.de

Ihr Bewertungsportal – Restaurants weltweit vergleichen

HUBSCHMIDT's

Bewertung:
✦ ✦ ✦ ✦ ✦ ✦ (= authentisches Landlokal)

lollomond1 schrieb:
Unsere Anwaltskanzlei macht jedes Jahr einen Betriebsausflug ins Hubschmidt's. Das Essen war wie immer lecker, die Weine spitze, aber noch schärfer war das Spektakel, das sie sich diesmal einfallen lassen haben. Wir beißen alle gerade in unsere saftigen Steaks, da hören wir plötzlich mordsmäßigen Lärm von draußen. Ein vogelwilder Typ mit Hut und Feder trommelt an die Scheibe, springt auf der Terrasse rum, schreit, geifert, entrollt ein Spruchband: Fleischfresser sind Mörder! Dann bewirft er die Scheiben mit Kuhmist, den er mit einer Schubkarre hergefahren hat. Großer Aufruhr im Restaurant, aber wir fandens gut. War mal was anderes. Saftige Steaks gibt es überall auf der Welt. Aber einen leibhaftigen Bio-Rowdy gibt es nur in Bayern. Deshalb volle Punktzahl.

21

Im Krankenzimmer brüllte der Metro-Goldwyn-Mayer-Löwe. Einmal, zweimal, dreimal, und immer lauter. Es war der neueste Klingelton von Verena Vitzthum, der ersten, aber zurzeit unpässlichen Gerichtsmedizinerin. Unwillig klappte sie ihr Notebook mit dem verzerrten Gesicht von Rico Hubschmidt zu und griff zum Handy.

»Ach Sie sinds, Frau Dr. Bentel!«, sagte sie erfreut. »Das ist ja nett, dass Sie mich anrufen. Aber was ist los? Sie klingen so bekümmert?«

»Ich will gleich zur Sache kommen, Frau Dr. Vitzthum. Ich bitte Sie um Rat. Ich bin fix und fertig. Ich komme mit diesem Ermittlerteam einfach nicht zurecht.«

Verena Vitzthum zog die Augenbrauen hoch.

»Mit wem aus dem Team nicht?«

»Eigentlich – mit dem ganzen Team nicht.«

Die leitende Gerichtsmedizinerin stieß einen verblüfften Laut aus.

»Ich arbeite schon über zehn Jahre mit dieser Truppe zusammen. Und ich komme mit allen prächtig klar.«

Das war reichlich untertrieben. Bei dem explosiven Fall vor zwei Jahren hatte ihr genau diese Truppe das Leben gerettet. Sie hätte für jeden von ihnen die Hand ins Feuer gelegt.

»Die sind mir alle so unheimlich«, sagte die Stellvertretende.

»Wieso denn?«

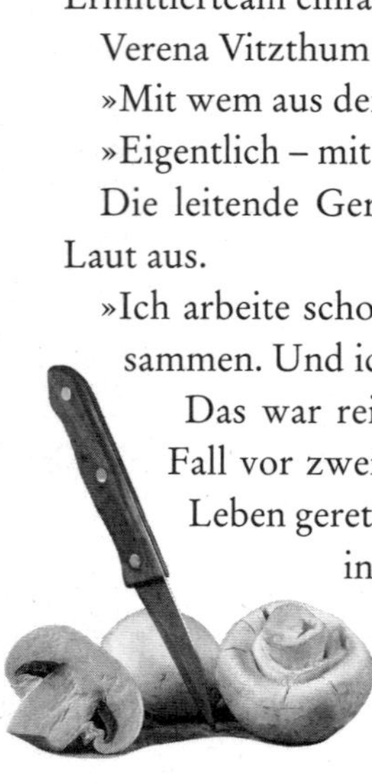

»Die spindeldürre Psychologin. Die Frau ist eiskalt. Ihr Röntgenblick geht einem durch und durch. Der Technikfreak Becker. Der grobe Klotz bedankt sich nicht mal, wenn man einer seiner pingeligen Anweisungen nachkommt. Dann Polizeiobermeister Hölleisen. Er bemüht sich kein bisschen, hochdeutsch zu sprechen. Er redet und redet, und ich verstehe kein Wort. Und Kommissar Jennerwein. Aus dem werde ich sowieso nicht schlau.«

Die Gerichtsmedizinerin richtete sich im Bett auf. Sie zeigte ein feines, süffisantes Lächeln.

»Da ist überall ein Körnchen Wahrheit dran, Frau Kollegin. Das kann man so sehen. Aber in Ihrem Fall hilft nur eines.«

»Was?«

»Ergebnisse. Bringen Sie Ergebnisse. Knallharte Ergebnisse. Das sind alles Leute, die nur eines wollen: den Fall lösen. Die sind zu hundert Prozent im Ermittlermodus, und da bleibt manchmal keine Zeit und Energie für sympathisches Auftreten und Wattebäuschchenwerfen. Wie ich am Rande mitbekommen habe, ist der Fall diesmal ziemlich kompliziert.«

Verena Vitzthum verschwieg geflissentlich, dass Jennerwein ihr das Foto von Hubschmidt geschickt und sie um Rat gebeten hatte. Aber wenn es schnell gehen musste, war eben keine Zeit für vorgeschriebene Dienstwege. Und Wattebäuschchenwerfen.

»Helfen Sie mir also?«

»Haben Sie die vier Leichen schon untersucht? Gründlich?«

»Ja, natürlich.«

Der Ton der leitenden Gerichtsmedizinerin wurde hart und bestimmt.

»Legen Sie eine Nachtschicht ein und untersuchen Sie sie

nochmals. Noch gründlicher. Schließen Sie keine Möglichkeit von vornherein aus. Bedenken Sie auch scheinbar unsinnige und auf den ersten Blick aberwitzige Möglichkeiten, wie die Opfer zu Tode gekommen sein könnten.«

»Aber es gibt eine Mitternachtsbesprechung, und ich soll dabei sein.«

»Sagen Sie ab. Untersuchen ist wichtiger als besprechen. Richten Sie Jennerwein das von mir aus. Mit einem schönen Gruß dazu. Sehen Sie sich das Foto an, das Jennerwein heute Nachmittag von Hubschmidt gemacht hat und studieren Sie den Gesichtsausdruck des Toten. Ich schicke Ihnen das Foto. Achten Sie besonders auf den Musculus buccinator. Alles deutet auf Ricin hin. Untersuchen Sie den Körper nochmals. Wo ist das Ricin gespritzt worden? Hat das ein Laie gemacht oder einer, der medizinische Erfahrung hat? Kann sich Hubschmidt die Spritze zum Beispiel selbst gesetzt haben?«

Die Stellvertretende am anderen Ende der Leitung schwieg. Sicher überlegte sie, wie eine Bettlägerige zu Hubschmidts Foto kam.

»Denken Sie nicht daran, vor dem Team gut dazustehen, denken Sie sich in den Täter hinein. Wir sind die eigentlichen Ermittler. Jennerwein und die Seinen tun immer bloß den letzten Schritt. Sie sind auf uns angewiesen. Also, an die Arbeit.«

Die Stellvertretende bedankte sich. Ihre Stimme klang schon fester. Sie verabschiedete sich und wünschte eine gute Nacht.

»Ach eines noch, Frau Dr. Vitzthum«, sagte sie. »Ich wünsche Ihnen viel Glück bei der Operation morgen. Wie unhöflich von mir! Aber es ist ja bloß ein Bagatelleingriff.«

Schweigen am anderen Ende der Leitung. Verena Vitzthum erstarrte in ihrem Bett. Ihr Gesicht rötete sich. Auf ihrer Stirn bildeten sich kleine Perlen. Der Angstschweiß brach ihr aus.

Morgen war es so weit. Sie durfte gar nicht dran denken. Hastig verabschiedete sie sich von Dr. Bentel.

Währenddessen stapfte der ehemalige Kriminalhauptkommissar Ludwig Stengele durch den nächtlichen Wald. Der knorrige Allgäuer war auf dem Weg zu Hubschmidt's Lodge, Resort, Mushrooms and More, gerade kam er an dem auffälligen Pilz vorbei, den Jennerwein und Hölleisen mittags bei ihrer Ankunft schon entdeckt hatten. Hölleisen hatte geschwankt zwischen einem *Pappel-Schüppling* und einem *Gemeinen Gurkenschnitzling*, Ludwig Stengele war sich ganz sicher, dass es sich um einen *Flockenstieligen Hexen-Röhrling* (essbar) handelte, der allzu oft mit dem *Satansröhrling* (giftig) verwechselt wurde. Doch irgendetwas kam ihm an dem Pilz sonderbar vor. Er beleuchtete ihn mit der Taschenlampe. Nein, keine Auffälligkeiten, er knipste sie wieder aus. Seine Gedanken waren ohnehin bei den Morden oben in der Restaurantküche. Bestimmt zwanzig Mal hatte er sich die Aufnahme von Antonia Beissles Handyrecorder angehört. Die Schritte des Täters. Den seufzenden, ächzenden Laut, das Hwww!, das er beim Niederknien ausgestoßen hatte. Stengele knipste die Taschenlampe wieder an und richtete den Strahl auf den Röhrling. Dann kniete er sich nieder und klopfte vorsichtig an den Hut des Pilzes. Holz. Oder Gips. Oder beides. Er war nicht sonderlich überrascht, dass es sich um eine Attrappe für die Touristen handelte. Alles reine Show hier. Durch und durch Fake.

Ein paar Meter nebenan, tief im Erdreich, hatte das Volk der Totholzspringschwänze seinen Hunger gestillt. Sie hatten die siebzig Liter Bouillabaisse, die ins Erdreich eingesickert waren, vollkommen aufgeschlabbert.

»Ob es so etwas jetzt öfter gibt?«, pheromonierte ein junger Totholzspringschwanz zum anderen.

»Ich würde mich nicht darauf verlassen«, pheromonierte der andere zurück. »Lass uns nachforschen, woher das kommt.«

Die Pioniere der Collembola machten sich auf den Weg. Hoch zu Hubschmidt's.

Die Insekten kamen an dem Terrassentisch der drei Ermittler vorbei, der nach wie vor vollgestellt war mit Computern, Messgeräten und zusätzlichen Bildschirmen. Hubertus Jennerwein, Hansjochen Becker und Nicole Schwattke waren schweigend über ihre Zahlen, Daten und Fakten gebeugt. Die stimmungsvolle Terrassenbeleuchtung sah gemütlicher aus, als die Situation war.

»Hölleisen hat auch schon einige Zeit nichts mehr von sich hören lassen«, sagte Nicole, mehr für sich selbst. »Ich mach mir Sorgen um ihn. Ich gebe ihm noch zehn Minuten, dann frage ich bei der Bergstation der Zunderkopfbahn nach.«

Wieder Schweigen. Jennerwein massierte die Schläfen mit Daumen und Mittelfinger. Um ihn herum waren nur die Klick- und Schmatzgeräusche der Computertastaturen zu hören. Ein sonderbar geformtes Insekt krabbelte auf seinen Schuh. Er strich es mit der Hand weg.

»Was ist überhaupt mit dem Typen, der mit dem Lastwagen verschwunden ist?«, fragte Becker.

Nicole verzog das Gesicht zu einem grimmigen Lächeln.

»Dem Minaccioso? Von dem habe ich leider auch nichts mehr gehört.« Ihre Miene wurde noch grimmiger. »Aber ich bleibe dran, das verspreche ich Ihnen. Der Typ kommt mir kein zweites Mal aus.«

Wenn Nicole gewusst hätte, wie weit der Minaccioso schon gekommen war! Er brauste momentan eine pappelgesäumte Landstraße entlang. Nicht mit dem Lastwagen, den hatte er bereits entsorgt, vor einer Stunde hatte er ihn einen Abhang hinunterkrachen lassen. Den würden sie nicht so schnell finden. Nein, mit dem neuen kurzerhand ausgeliehenen Sportwagen fuhr er schnittig in eine Parkbucht und kam mit quietschenden Reifen zum Stehen. Zufrieden grinsend nahm er die Geldscheine aus der Tasche und zählte sie erwartungsvoll. Achthundert in Herberts Bierschwemme, fast tausend in den Zillertaler Stuben, dreihundert in der Hochtalhütte und, ganz große Überraschung, über achttausend im Sorgenbrecher. Dieser Kurort war eine wahre Goldgrube gewesen! Er war eigentlich nur zum Zocken hingefahren. Zocken, wo andere Urlaub machen. Er hatte die einschlägigen Wirtschaften, Pilskneipen und Beisln in Erfahrung gebracht, bei denen in Hinterzimmern, Kellern und Speichern dem Laster des Glücksspiels gefrönt wurde. Dann hatte er im Radio von den Morden gehört, und er hatte die Chance sofort ergriffen. Die meisten Wirte hatten das gebunkerte Schwarzgeld eiligst herausgerückt, so schrecklich war ihnen das Bild der ermordeten Hobbyköche bei Hubschmidt's vor Augen gestanden. Besonders stolz war der Minaccioso, wie drastisch er die Taten mit sich selbst in Zusammenhang bringen konnte. Er hatte sogar einen Hemdsärmel mit ein wenig Eigenblut bespritzt, damit es noch authentischer aussah. Er, der keiner Fliege etwas zuleide tun konnte, hatte das Glück, italienisch, martialisch, eben wie ein echter Mafioso auszusehen. Dunkle, lockige Haare, cremiger Teint, stechende Augen.

»Ich bin Alfredo.« Er fand, dass Alfredo ein außerordentlich gefährlich klingender Name war. »Schon gehörte, was deinem Kollegen passierte iste? Wir wollen nicht hoffen, dass das Gleiche in deiner Wirtschaft geschiehte!« Er hielt den Hemdsärmel hoch. »Muss mir unbedingt die Hände waschen. Blut. Viel Blute. Habe ich ganz vergessen.«

Nur der Wirt der Goldenen Gans war störrisch gewesen und hatte strikt abgestritten, einen Zockerladen zu führen. Das wäre fast schiefgegangen, vor allem, als die beiden tölpelhaften Provinzpolizisten aufgetaucht waren. Aber egal, er hatte sie abgehängt. Wie die zwei schon hereingestolpert waren! Und dann die unglaubhaften Gespräche über eine angebliche Wanderung. Sofort hatte er die Gefahr gerochen. Zufrieden packte Alfredo, der Spontan-Minaccioso, die Geldscheine wieder zusammen und fuhr weiter. Noch ein, zwei Autowechsel, dann war er am Ziel.

Zur gleichen Zeit, aber ein paar tausend Werst entfernt, stellte der Postbote sein altes Moped vor Mütterchjens Haus ab.

»Keine Post von Juri?«

Sie verzog enttäuscht den Mund. Doch, da war ein Brief. Ein Brief von Juri. Der war lange unterwegs gewesen. Mütterchjen strahlte und öffnete ihn schnell. Was schrieb Juri? Er käme bald. Man hätte ihm einen guten Job angeboten. Einen sehr einträglichjen Job, bei dem er viel Geld nach Hause brächte, ohne etwas dafür zu tun. Das Einzige, was er machen musste, war dazustehen. Und zu schweigen.

Auf der Lichtung des Breisamer-Waldes standen sich Franz Hölleisen und Korbinian Dilg lauernd gegenüber. Nur der Mond verstreute ein paar Pfund diffuses Licht.

»Du musst dich jetzt entscheiden, auf welcher Seite du stehst, Hölli«, sagte Korbinian Dilg. Er hatte die abgesägte Schrotflinte immer noch auf Hölleisen gerichtet. »Mir ist jetzt alles egal!«, rief er. »Man muss Zeichen setzen. Gegen die Verschandelung der Natur. Gegen das Unechte. Gegen den Tourismus. Wir, die Einheimischen, sind doch bloß noch Kulisse für irgendwelche Eventagenturen und Resorts! Wir sind nur noch dazu da, dass man Selfies mit uns machen kann.«

»Du hast im Prinzip recht«, entgegnete Hölleisen ruhig. »Aber jetzt hör auf mit dem Blödsinn. Und leg das Gewehr weg. Ich kann doch nichts dafür.«

»Doch, du repräsentierst die Obrigkeit, die das alles zulässt.«

Dilg fuchtelte mit der Büchse herum. Hölleisen wartete auf den richtigen Moment, sie ihm aus der Hand zu schlagen.

22

Als Maria Schmalfuß das Klinikum betrat, stieg ihr sofort der Geruch von Desinfektionsmittel, Hoffnungslosigkeit und Selbstaufgabe in die Nase. Dr. Schleißheimer hatte um ein Treffen an seinem Arbeitsplatz gebeten, so folgte sie jetzt seiner Beschreibung des Riesenslaloms durch das Krankenhaus: nach der Kardiologie scharf rechts, mit dem Lift in den zweiten Stock, vor der Radiologie links, immer weiter Richtung Innere, Psychiatrische und Kinder. Nach dieser Odyssee stand die listenreiche Maria endlich vor einer weißen, verschlossenen, filmreif abweisenden Tür.

Dr. Schleißheimer lag in seinem Büro auf der spartanischen Campingpritsche und starrte an die Decke. Es war ein leibhaftiges Prokrustesbett, denn sowohl der Kopf als auch die Füße ragten über den Rand hinaus. Er hörte das Klopfen nicht, so zaghaft hatte Maria mit ihren dünnen Psychologinnenfingerchen das Türholz berührt. Schleißheimer schloss die Augen. Ein paar seiner besten Freunde, einfach ermordet. Was hatte das für einen Sinn? Und ging das vielleicht noch weiter? Plötzlich schoss ihm der Gedanke durch den Kopf, dass auch er selbst in höchster Gefahr sein könnte. Diese Schlussfolgerung hatte er bisher noch gar nicht gezogen. Andererseits, wer sollte Interesse an seinem Tod haben? Um sich von den beunruhigenden Hirngespinsten abzulenken, dachte er wieder an seinen

Ehrengast, den er telefonisch und auch per Mail nicht mehr erreicht hatte, um ihm abzusagen. Bob hatte wahrscheinlich sein Handy ausgeschaltet und spazierte irgendwo in der Gegend herum. Auch von seinen Leibwächtern, die immer im Hintergrund lauerten, wusste niemand Bescheid. Jetzt klopfte es leise an der Tür. Und noch mal, etwas energischer. Das wird doch nicht Bob Dylan selbst … nein, unmöglich. Da fiel ihm sein Termin wieder ein.

»Kommen Sie rein, Frau Kollegin«, rief Schleißheimer.

Er sprang von der Pritsche auf, öffnete die Tür und begrüßte Maria Schmalfuß herzlich. Sie war schon recht groß gewachsen, doch Schleißheimer überragte sie noch einmal um einen Kopf. Der Kopf selbst zeigte jedoch keinerlei Behaarung. Schleißheimer strich sich sinnend über die Vollglatze. Maria sah sich prüfend im Zimmer um. Ebenfalls keine Bilder.

»Na ja, ›Kollegin‹ ist wohl nicht ganz der richtige Ausdruck«, sagte Maria.

»Wieso? Sie dringen doch mit Ihren Instrumenten wesentlich tiefer in den Menschen vor als ich.«

»Ich versuche es zumindest.«

Als er sich umdrehte und zum Schreibtisch schritt, stellte sie fest, dass sein Gang zielgerichtet und fest war, er hinkte kein bisschen. Obwohl große Menschen immer ein bisschen unrund – aber jetzt hatte er sich auch schon gesetzt. Ihr Blick fiel auf ein wuchtiges Schulterblatt auf seinem Schreibtisch, das auf einem Stapel mit weißen Blättern lag. Die Spitze benutzte er wohl als Brieföffner, das ganze Schulterblatt als Briefbeschwerer.

»Ist das echt?«, fragte Maria.

»Ja, echtes Wildschwein«, antwortete er mit einem süffisanten Lächeln. »Der Kochclub hat einmal eine ganze Sau verzehrt. Ich war dabei der Löffelführende. Nur das ist übrig geblieben.«

»Ganz direkt gefragt, Herr Schleißheimer: Haben Sie ein Alibi?«

»Muss ich eines haben? Verdächtigen Sie mich? Klar, das müssen Sie ja. Das ist Ihr Beruf. Ja, ich habe eines. Ich bin zu Hause gewesen und habe Telefonate geführt. Wenn Sie wollen, stelle ich Ihnen eine Liste zusammen.«

»Das wäre schön, gerne. Ich habe gehört, dass Sie heute für den Überraschungsgast zuständig sind. Oder gewesen wären. Den können Sie mir wohl nicht nennen? Nein?«

Sein Kopfschütteln war so klein wie ein Kindersombrero.

»Das dachte ich mir schon. Es ist auch momentan nicht so wichtig. Aber das Ausmaß der Überraschung, die Ihr Gast auslöst, können Sie mir doch verraten, Herr Schleißheimer?«

»Die Überraschung wird einigermaßen groß sein.«

»Es gibt bei der Polizei eine Maßeinheit für die Größe der Überraschung: die Anzahl der Leibwächter.«

Schleißheimer telegraphierte die Anzahl mit seinen Fingern.

»Respekt«, sagte sie.

Schleißheimer starrte auf ihre Hand. Sie zitterte momentan nicht sehr stark, aber er hatte ein oberärztliches Diagnosegesicht aufgesetzt. Mannomann, fühlte sie sich bei diesem Schleißheimer durchleuchtet! Das war ein Rollentausch, der ihr überhaupt nicht behagte. Wenn er jetzt gesagt hätte, Kollegin, das ist ein Flattertremor, verursacht durch krankhafte Überfunktion der Schilddrüse, dann hätte sie eine passende und freche Antwort gegeben. Aber er lächelte nur ein unverschämt feines, dünnes Lächeln, als er ihre Hand betrachtete, ein Lächeln von ganz oben herab.

»Wie wurden Sie Mitglied beim Kochclub Treize Plats?«, fragte sie.

Emanuel Schleißheimers Gesicht hellte sich auf. Er erhob sich.

»Kommen Sie mit. Ich will Ihnen etwas zeigen. Es dauert nicht lange.«

Auf dem Flur schritt er vor ihr her, als ob er ihre taxierenden Blicke gespürt hätte und ihr jetzt beweisen wollte, dass er keine Spur hinkte. Nach ein paar Metern bat er sie in einen mittelgroßen, hell eingerichteten Raum.

»Eine Küche? Warum zeigen Sie mir die?«

»Fällt Ihnen nichts auf?«

»Nein, eigentlich nicht.«

»Ich habe lange in der Abteilung für Querschnittsgelähmte gearbeitet. Meine Idee war es, eine behindertentaugliche Küche einzurichten. Rollstuhlgeeignet. Barrierefrei. Bedienbar von Leuten mit Halsquerschnittslähmung.«

Maria betrachtete einige Gegenstände genauer. Schlaufen an den Gläsern und am Geschirr. Brotzeitbrettchen mit verstärktem Rand, um Brote einhändig schmieren zu können.

»Um beim Bau dieser Küche mitreden zu können, fand ich es dienlich, meine Kochkünste etwas zu erweitern. Das war der Grund, warum ich den Treize Plats beigetreten bin. Dort habe ich das Kochen gelernt. Das lustvolle Kochen. Kochen ist sehr beruhigend. Wer kocht, kann kein böser Mensch sein.«

Maria Schmalfuß warf ihm einen skeptischen Blick zu.

»Haben Sie den Kochclub auch mal hierher eingeladen?«

»Aber natürlich! Erst gab es eine Führung durchs Krankenhaus, dann haben wir zusammen mit den Patienten, die im Rollstuhl sitzen, gekocht.«

»Das ist sicher eine löbliche Tat. Nebenbei gefragt: Was hätte es denn heute Abend bei den Treize Plats gegeben?«

»Dreizehn Gänge, wie immer. Soviel ich weiß, war Bouillabaisse dabei.«

»Also Fischsuppe?«

Schleißheimer verzog mitleidig das Gesicht.

»Wenn Sie so wollen, ja, Fischsuppe. Aber Bouillabaisse ist die edle Schwester der Fischsuppe. Die gibt es übrigens immer, wenn Reininghaus dabei ist. Er ist ja Flugkapitän und bringt meist frische Fische von seinen Flügen mit.«

Maria machte sich eine Notiz.

»Noch eine letzte Frage. Können Sie mir einen Grund nennen, warum diese Morde geschehen sind?«

»Sie meinen: ob ich jemand bestimmten in Verdacht habe?«

Maria nickte. Schleißheimer überlegte lange. Er lehnte sich an den Handlauf der Korridorwand und ließ den Blick geistesabwesend über den Flur schweifen. Sie wartete geduldig. Patienten und Kollegen kamen vorbei, mit dem Rolltropf, im Bett liegend geschoben, im Laufschritt mit der Krankenakte, alle ohne Ausnahme grüßten ihn ehrfürchtig und respektvoll. Eine Krankenschwester näherte sich scheu und fragte, ob der schwierige Patient auf Dreiundvierzigeinundsiebzig die verordneten Tabletten wirklich noch die ganze Woche nehmen sollte. Er nickte sein kleines Nicken, worauf die Krankenschwester beseligt und wie nach einer altgriechischen Orakelbefragung hinwegglitt, geräuschlos in Dreiundvierzigeinundsiebzig verschwand und sich dort wohl in nichts auflöste. Schleißheimers Wort wog so viel wie die Tabletten. Seine Worte waren rezeptpflichtig, man konnte sie wahrscheinlich nur in der Apotheke kaufen. Er stand immer noch regungslos da und ließ seine Augen über den Gang schweifen. Maria stellte sich Erika Lorek neben diesem Mann vor. Unmöglich, ganz und gar unmöglich. Rein vom Gefühl her ausgeschlossen, ohne jeden Zweifel. Aber andererseits: Wie oft hatte sie sich schon getäuscht, und zwar gerade in dieser zwischenmenschlichen Hinsicht! Sie suchte nach einer Formulierung, einer Finte, einer unauffällig beiläufigen Bemerkung, die ihn dazu bringen könnte, sein Verhältnis zu Erika Lorek zu offenbaren. Doch sie wusste auch, dass er einer war, der ungern etwas von sich verriet. Trotzdem. Die Dachdeckersgattin und der Arzt, es war eine Kombination, die sie nicht ganz ausschließen sollte. Was sie aber ausschloss, war, dass dieser Mann ihren Ehemann, den Dachdecker, auf solch brutale Weise erledigt hatte.

»Nein, eigentlich nicht«, sagte Schleißheimer.

Maria musste überlegen, zu welcher ihrer Fragen das die Antwort war.

So standen sie eine Weile da.

»Posttraumatische Belastungsstörung«, sagte Schleißheimer schließlich und wies auf ihre Hand. »Ich kann Ihnen einen Kollegen empfehlen, der das schnell und zuverlässig in Ordnung bringt.«

23

Direktor Schwingshandl verstand sein Handwerk als Organisator. Hatte er es doch innerhalb kürzester Zeit geschafft, fast alle seine Mitarbeiter Punkt acht im großen Speisesaal von Hubschmidt's Lodge, Resort, Mushrooms and More zu versammeln. Die meisten der Angestellten erschienen blass und mit gesenktem Haupt, wie zu einer Beerdigungsfeier. Es waren um die sechzig Personen unterschiedlichen Alters, ihre Nationalitäten waren rund um den Globus gestreut. Jennerwein, der unauffällig in einer Ecke Platz genommen hatte, hätte nicht sagen können, wer im Service und wer in der Küche arbeitete, wer in leitender Position und wer Tellerwäscher war. Und natürlich auch nicht, wer aufrichtig Trauernder und wer hinterhältiger Mörder war. Die Reihen füllten sich, die Mitarbeiter nickten sich kurz und verbissen zu, es wurde kaum etwas gesprochen, nur ein drahtiger Mann um die vierzig fiel dadurch auf, dass er sich händeschüttelnd und schulterklopfend durch die Reihen arbeitete. Das stille Gedenken war nicht sein Ding, er schien ohne Unterlass zu quasseln, flüsterte dem etwas ins Ohr, baute sich vor jenem gestikulierend und monologisierend auf, um sich gleich darauf wieder dem Nächsten zuzuwenden. Das war vermutlich seine Strategie der Konfliktbewältigung, dachte Jennerwein. Becker hatte den Datensicherungsangriff im großen Speisesaal längst beendet, deshalb wurde die Befragung hier abgehalten, die launigen Sprüche

an den Wänden und die frechen Wandkarikaturen wollten allerdings überhaupt nicht zum Anlass des Treffens passen.

> »Caseus vnd Schinckus die machen optime trinkus« (Käse und Schinken, die machen schön durstig)
> *Johann Fischart*

Direktor Schwingshandl trat zu Jennerwein an den Ecktisch.

»Nur drei fehlen. Krankheitshalber. Hier ihre Adressen. Soll ich Ihnen die Mitarbeiter einzeln vorstellen, wenn sie sitzen?«

»Nein, das ist nicht nötig, das dauert auch zu lange, ich werde ein paar Worte sprechen, dann führen meine Mitarbeiter mit jedem ein persönliches Gespräch.«

»Ich habe natürlich nur die fest angestellten und engsten Mitarbeiter des Hauses zusammengerufen, Herr Kommissar. Nicht anwesend sind alle Zulieferer, Reinigungskräfte, Saisonarbeiter, Aushilfen, Praktikanten – das sind schätzungsweise noch einmal so viele.«

»Können Sie mir von denen ebenfalls eine Liste geben?«

Der Restaurantdirektor nickte und sprach Jennerweins Wunsch auf sein Smartphone. Jennerwein wurde schmerzlich klar, dass er für diese Menge von Leuten viel zu wenig Personal hatte. Ihm fielen die Schwarzarbeiter ein, von denen es im Hubschmidt's vermutlich auch einige gab, sie standen sicher nicht auf den Listen und auch war wohl keiner von ihnen zu dieser polizeilichen Befragung gekommen. Aber wurde denn in der Gastronomie immer noch so viel schwarzgearbeitet? Oder war es in den letzten Jahren gelungen, das ganz zu unterbinden? Der Restaurantdirektor würde ihm bei der Beantwortung dieser Frage kaum weiterhelfen können und wollen.

Jennerwein trat vor die versammelte Mannschaft und räusperte sich. Da saßen sie nun, die Oberkellner, Küchenhilfen, Dessertbäcker, Chefköche, Auszubildenden … Der Kommissar hätte gern seinen geübten Blick von Gesicht zu Gesicht schweifen lassen, jeden Einzelnen der Anwesenden gemustert, um sich so einen ersten intuitiven Eindruck zu verschaffen, das war jedoch bei solch einer Anzahl von Menschen unmöglich. So entschloss er sich, seine Rede etwas in die Länge zu ziehen, um möglichst viele der Anwesenden inspizieren zu können. Mimik, Sitzhaltung, Handgestik, Körpersprache. Jennerwein ging dabei nicht wie Maria Schmalfuß nach bestimmten wissenschaftlich gestützten Schemata vor, sondern nach Gefühl. Die Frau in der ersten Reihe, die allein gekommen war und sich, bevor sie sich gesetzt hatte, den Stuhl sorgfältig mit einem Tempotaschentuch abwischte, als ob sie Zweifel an den hygienischen Verhältnissen hier im Haus hätte – saß ihr der Schrecken über die Ereignisse tief in den Knochen? Oder musste sie den Schrecken im Gegenteil spielen? Schon mehr als einmal hatten sich Täter bei Beerdigungen und Trauerfeiern durch miserable Schauspielkünste verraten. Weiter hinten nahm ein Mann unbestimmbaren Alters Platz. Er blickte nervös um sich, nahm dann aber eine gewisse herrschaftlich-herablassende Haltung an. Jennerwein lugte so dezent wie möglich hin. Es war ein ausgesprochen hässlicher Mann, mit wulstigen Lippen, einer schiefen Nase und Glubschaugen. Als er von einer Kollegin begrüßt wurde, zeigte er ein unechtes, grimassenhaftes Lächeln. Dann verschränkte er die Arme über der Brust und blickte Jennerwein skeptisch und mit hochgezogenen Augenbrauen an: Mal sehen, mit was uns der Beamtenschädel jetzt vollquatscht.

»Ich weiß, dass es ein harter Schlag für Sie alle ist«, begann Jennerwein. »Umso mehr weiß ich es zu schätzen, dass Sie so zahlreich erschienen sind. Das hier an meiner Seite ist Kommissarin Nicole Schwattke, da drüben sehen Sie Hansjochen Becker, unseren Spurensicherer, daneben Frau Dr. Bentel, die stellvertretende Gerichtsmedizinerin. Wie Sie unschwer erkennen können, haben wir unsere polizeilichen Ermittlungen noch nicht abgeschlossen und brauchen dringend Ihre Mitarbeit.«

Nicole mischte sich ein. Das war so abgesprochen.

»Keine Sorge, wir verdächtigen niemanden von Ihnen«, sagte sie frisch-jugendlich und ganz harmlos, als ob ihr der Satz gerade herausgerutscht wäre. »Wir benötigen von Ihnen lediglich einige Grunddaten zum Spurenabgleich.«

Jennerwein übernahm wieder.

»Um auszuschließen, dass jemand von Ihnen mit dem Verbrechen zu tun hat, benötigen wir Fingerabdrücke und Speichelproben. Ich weise Sie darauf hin, dass Sie sich weigern können. Sie müssen das nicht machen. Sie geraten dadurch nicht automatisch in Verdacht. Sie können auf einer richterlichen Anordnung bestehen, auch dadurch kommen Sie auf keine schwarze Liste.« Jennerwein wagte ein Lächeln. »Aber die Zeit drängt, und es ist in unser aller Interesse, dass wir den Täter so schnell wie möglich fassen. Wir bitten also um Ihre Kooperation.«

Jennerwein beobachtete die versammelten Mitarbeiter des Edelrestaurants. Viele nickten, um ihre Bereitschaft und Zustimmung zu zeigen, lediglich der Hässliche veränderte seinen blasierten Gesichtsausdruck nicht. Der Direktor mischte sich ein.

»Entschuldigen Sie, Kommissar, dass da und dort geflüstert wird. Das ist keine Unaufmerksamkeit der Kollegen. Einige sprechen nicht gut oder gar nicht Deutsch. Ihnen wird übersetzt.«

»Danke. Das dachte ich mir schon.« Jennerwein wartete, bis Ruhe eingekehrt war. »Wir brauchen ferner von allen die Körpergröße und die Schuhgröße«, fuhr er fort. »Und schließlich wollen wir von jedem wissen, wo er heute zwischen 10.00 Uhr und 12.30 Uhr gewesen ist. Nach Ihrer Befragung können Sie selbstverständlich nach Hause gehen.«

Wieder Gegrummel im Saal.

»Gegen wen richtet sich denn Ihr Verdacht?«, fragte eine Frau mit stark slawischem Akzent.

»Das kann ich Ihnen wegen der laufenden Ermittlungen wirklich nicht sagen«, entgegnete Jennerwein.

Eine andere Frau stand auf und fragte ihn etwas in einer ihm unbekannten Sprache.

»Sie fragt, ob Sie wirklich der berühmte Kommissar Jennerwein sind«, übersetzte die Kollegin neben ihr. »Von dem man immer liest. Wenn ja, dann zweifelt sie überhaupt nicht daran, dass dieser Fall gelöst wird und der Mörder des armen verstorbenen Chefs gefasst wird. Sie wünscht Ihnen viel Glück.«

Wieder Unruhe im Saal. Einige stupsten sich an und lächelten. Jennerwein bedankte sich. Dann faltete er die Liste der Namen absichtlich umständlich auf. Scheinbar zerstreut fügte er hinzu:

»Ach ja, bevor ichs vergesse: Kennt jemand von ihnen einen – Ken?«

Jennerwein, Nicole und Becker ließen ihre Blicke durch die Reihen wandern. Keiner erblasste. Niemand fiel ohnmächtig vom Stuhl. Nicht ein Einziger sprang auf und raufte sich die Haare: Ja, Sie haben mich ertappt! Ich habe den verräterischen Zettel geschrieben! Schlagt mich in Bande! Direktor Schwingshandl meldete sich zu Wort.

»Vielleicht kann ich Ihnen da weiterhelfen. Wir hatten einmal einen Mitarbeiter namens Ken Stepanovic. Er ist aber schon lange nicht mehr bei uns beschäftigt.«

Jennerwein begann nun damit, die Namen aus der Liste vorzulesen. Die Aufgerufenen begaben sich folgsam zu den aufgestellten Tischchen, an denen Becker, Nicole und die stellvertretende Gerichtsmedizinerin schon warteten. Wieder fiel Jennerwein der blasiert blickende Mann auf, der jetzt zu Nicoles Tisch ging. Sie bat ihn, Platz zu nehmen. Dann lächelte sie ihn freundlich an, er verzog das Gesicht ebenfalls zu einem Lächeln.

Was für ein hässliches Gesicht, dachte Nicole. Sie musste sich zwingen, ihn nicht dauernd anzustarren. Sie stellte sich vor, dass er im hintersten Winkel der Küche arbeitete, vielleicht mit dem Rücken zu den anderen, um seine schiefen Gesichtszüge nicht dauernd zeigen zu müssen. Sie schüttelte den unprofessionellen Gedanken ab.

»Mein Name ist Richter«, sagte der Mann und löste seine vor der Brust verschränkten Arme. »Jakob Richter. Aber ich werde von allen Jacques genannt«, fuhr er fort. »Auch die Gäste kennen mich unter diesem Namen. Ich vertrete hier sozusagen die schwarze Brigade, den redegewandten Service.« Er nahm eine neckisch servile Pose ein. »Sie wissen schon: ›Mundet es den Herrschaften? Oder wolle Pepe?‹ Im Gegensatz zur schweigend dahinarbeitenden weißen Brigade: So werden die Küchenknechte in ihren Schürzen und Kitteln und Hauben genannt.« Er beugte sich leicht vor. »Haben Sie wirklich einen Verdacht? Einen, der mit unserer Truppe gar nichts zu tun hat? Aber warum sind wir dann hier? Ich kann mir beim besten Willen nicht vorstellen, dass es einer von uns war. Abgesehen davon, dass wir jetzt alle unseren Job verlieren: Herr Hubschmidt war der beste Chef der

Welt. Kannten Sie ihn? Waren Sie schon einmal bei uns zum Essen?«

»Nein, leider nicht.«

Nicole verdrehte innerlich die Augen. Jetzt fing der auch noch vom Essen an! Sie schob ordentlich Kohldampf. Von einem verschwenderischen Angebot an Leckereien umgeben, hatte sie den ganzen Tag noch nichts zu sich genommen. Abgesehen von der wirklich äußerst schmackhaften Mango-Tarte. Sie selbst hätte sich ja nicht getraut, die Kühlvitrine mit den köstlichen Desserts zu plündern, aber als Becker dann zugriff und ihr ein Stückchen anbot, hatte sie nicht widerstehen können.

»Eine Frage noch«, sagte Jacques mit gesenkter Stimme. »Hat er lange leiden müssen? Ich habe etwas von einer Pilzvergiftung gehört. Soviel ich weiß, bedeutet das einen langen, qualvollen Tod.«

»Nein«, log Nicole. »So wie wir die Leiche aufgefunden haben, deutet nichts darauf hin.«

Eine Horde schlechter Gefühle stürzte auf sie ein, aber sie hatte es geschafft, dass der alte, treue Ober Jacques das Gesicht zu einer verbindlichen, warmen Miene verzog.

»Das ist schon ein ziemlich schwerer Job, den Sie hier machen müssen.«

»Ja, vielleicht«, sagte Nicole. »Heute auf jeden Fall. Aber zunächst brauche ich ein paar Daten von Ihnen. Zum Beispiel –«

»– meine Größe? Meine Körpergröße? Wozu wollen Sie um Gottes willen meine Größe wissen? Und ob ich Links- oder Rechtshänder bin! Was soll denn das alles! Was hat das mit der Suche nach dem Mörder zu tun?«

Der Mann, der der stellvertretenden Gerichtsmedizinerin

gegenübersaß, schnaubte. Ausgerechnet sie, die aushilfsweise für polizeiliche Arbeiten eingespannt worden war, weil es sich angeblich um leichte Routinefragen handelte, war an einen solch widerspenstigen Kunden geraten. Und dabei wollte sie doch nichts mehr falsch machen! Sie beschloss, geduldig und sachlich zu antworten. Unwillkürlich ahmte sie den Ton von Verena Vitzthum nach.

»Körpergröße und auch Sinistralität und Dextralität, also die von Ihnen angesprochene Links- und Rechtshändigkeit, sind bei Stichwunden kriminologisch immer von Interesse. Wir haben bei aufrecht stehenden Opfern den Einstichwinkel des Messers –«

»Ja, schon verstanden«, sagte der schnaubende Stier und tippte sich übertrieben oft auf die Brust. »Rechtshänder, einszweiundachtzig, Schuhgröße 43 –«

Die Stellvertretende schrieb mit. Dann fuhr ihr der Schreck eiskalt durch den Körper. Hatte sie zu viel verraten? Waren die Gründe für die Fragen nach der Körpergröße Interna gewesen? Schnell schrieb sie die Daten auf. Dann deckte sie die Schreibhand mit der anderen ab und fügte hinzu: ›Zunächst nicht kooperativ. Dann doch.‹ Einen Tisch weiter saß Hansjochen Becker. Der hatte es gut. Der war ausgebildeter Polizist mit einer Riesenportion Erfahrung. Geduldig und aufmunternd nickend hörte er gerade einem Mann zu, aus dem es nur so heraussprudelte.

»Was könnte ich Ihnen nicht alles erzählen morgen früh säßen wir noch die ganze Nacht würde das dauern mit welchem Finger soll ich denn anfangen Daumen oder kleiner Finger zuerst logisch damit alles seine Ordnung hat klar wobei meine Fingerabdrücke überall hier im Haus verteilt sind wissen Sie es gibt wahrscheinlich kein Fleckchen wo ich nicht hingegriffen und Spuren hinterlassen habe im ganzenHausKleinigkeit dableibtesnichtausdassüberallSpuren …«

Boa, ist das ein Schwätzer, dachte Becker, während er dem Mann dabei zusah, wie er einen Finger nach dem anderen auf das Stempelkissen drückte. Richtiges Zuhören im engeren Sinn war bei diesem Redeschwall unmöglich. Er war schon so an den Tisch gekommen, redete ohne Punkt und Komma, er redete eigentlich auch ohne alle anderen Satzzeichen er redete auch ohne Sätze weil alles bei ihm ein einziger großer Satz vielleichtsogareineinzigesgroßesWortdas er unentwegt …

»So, Herr Lüders«, rief Becker dazwischen, wie man bei einer lärmenden Schulklasse um Ruhe bittet. »Jetzt brauchen wir noch eine Speichelprobe –«

»Natürlich natürlich eine Speichelprobe ich darf mir bloß kurz die Finger mit dem Reinigungstuch ich habe nichts zu verbergen wirklich nicht man hilft ja wo man kann wenn nur der Täter soschnellwiemöglichgefasstwird meinkleinerBeitragwastutmannichtallesshgjBjsKRghxi12ghbsk8hnsNsasd?hsj%ccMa#xy$Rjj2x? …«

Draußen vor dem prächtig dekorierten Eingang des Restaurants war die automatische Beleuchtung schon längst auf die Sequenz ›Stimmungsvoller Empfang‹ gesprungen. Appetitanregende Hinweise auf die Hubschmidt'schen Spezialitäten wie ›schussfrisch‹, ›brutzelnd‹ oder ›totaaal regionaaal!‹ leuchteten an der Tür in einem bestimmten Rhythmus auf. Der terrakottagepflasterte Weg, der zum Parkplatz führte, war gesäumt mit üppigen, mediterran duftenden, sorgfältig gestutzten Gewürzsträuchern. Der erste Mitarbeiter hatte seine Befragung hinter sich, still und nachdenklich ging er die paar Meter auf den rötlich schimmernden Platten, bis er plötzlich stehen blieb und sich bückte. Schließlich ging er in die Knie, eine Kaskade Zigarettenrauch dampfte über seine Schultern in den Himmel. Zwischen zwei Platten, ziemlich am Rand des Wegs, war ein kleiner Gullideckel eingelassen, der ihm noch nie aufgefallen war, obwohl er hier schon vier Jahre als Küchenkonditor und Pâtissier arbeitete. Er streckte die Hand aus. Tatsächlich, da lag ein blitzendes Zweieurostück. Der Feinbäcker wollte es aufheben – es war angeklebt. Sehr witzig: Irgendjemand hatte sich einen Scherz erlaubt. Ächzend stand er wieder auf und ging weiter. Aus dem dichten Grün des Gewürzholzes leuchteten zwei aufmerksame Augen. Als die schlurfenden Schritte des Hubschmidt-Mitarbeiters verklungen waren, hielt der Lauscher die Aufnahme an, die er gemacht hatte. Leise sprach er ein paar Worte ins Mikrophon. »Objekt Nummer 13 mit Stimmprobe. Gerader Gang, leichtes Schlurfen. Raucher. Sonst keine weiteren Auffälligkeiten.« Der nächste Mitarbeiter kam durch die Tür. Schnell und geräuschlos zog Ludwig Stengele seinen Kopf zurück. Und schaltete sofort wieder auf Aufnahme.

Was für ein gottverdammter Dampfplauderer, dachte Becker drinnen im Saal, nachdem Ohnepunktundkomma gegangen war. Und er hatte die gastronomische Kunst immer für eine schweigsame, kontemplative gehalten. Silent cooking? Von wegen. Becker schüttelte sich. Ihm dröhnten die Ohren. Aber er hatte DNA, Fingerabdrücke, Schuh- und Körpergröße des Schwätzers, das war die Hauptsache. Und natürlich ein ausführlichstes Rezept von einem Gericht, mit dem Ohnepunktundkomma angegeben hatte wie ein Hektar Mischwald: Rinderrouladen nach Art des fetten Königs. Becker knurrte der Magen.

Das Märchen vom fetten König

Es war einmal ein König, der war fast so fett wie sein Reich groß war, denn seine Lieblingsbeschäftigung war das Essen. Seine Lieblingsspeise waren Rinderrouladen, wobei er sich jedes Mal grün und blau darüber ärgerte, dass die Rouladennadeln so hässliche Löcher im feinen Fleisch hinterließen. Auch trat dadurch der gute Saft aus und die Stücke wurden zäh und trocken. Doch niemand bei Hofe konnte Abhilfe schaffen. So schickte der König Boten in alle Erdteile, die sollten davon künden, dass derjenige das halbe Reich und die Hand der lieblichen Tochter zum Lohne erhielte, der es fertigbrachte, die Rouladen so sanft zu kochen, dass sie unversehrt und saftig auf dem Teller landeten. Viele Kochkundige strömten herbei und machten sich flugs an die Arbeit. Einer war Italiener, er zurrte die Involtini, wie er sie nannte, mit Küchengarn fest; ein zweiter, Franzose von Geburt, gab die Paupiettes in ein Schweinenetz; der dritte, der am Zarenhof Piroggenbäcker gewesen war, durchstach die Rulada mit einem einzigen Holzspieß; der vierte war ein österreichischer Feinspitz, der presste das Fleischvogerl in eine Rouladenklammer; der fünfte war aus dem Tessin, er wickelte die Ucellini in Servietten ein und hängte sie an einem Kochlöffel in den Saucentopf.

Der fette König jedoch war mit keiner Roulade zufrieden, die waren ihm zu gepresst und eingeschnürt, zu zerstochen und gequetscht. Die Köche wurden mit Schimpf und Schande vom Hof und in ihre Länder zurückgejagt.

»Von diesen fünfen hat mir sowieso keiner gefallen«, sagte die Tochter und machte sich wieder an ihre Lieblingsbeschäftigung, das Integralrechnen.

Da klopfte ein sechster Koch an die Tür. Das war ein hübscher Bursche, er kam aus Japan und rollte die Rinderroulade in Nori, also getrocknete Meeresalgen, gab etwas Sojasauce dazu und servierte sie dem König roh, woran der aber keinen rechten Geschmack finden konnte. Ein siebter Koch legte das gerollte Fleisch ohne jegliche Hilfsmittel, aber sehr vorsichtig in die Brühe, in der Hoffnung, dass es auch ohne Spießchen und Netze und Klammern die Form bewahren würde, doch – oh! weh! – welch ein Geschrei gab es in der Küche, denn das Fleisch blieb durchaus nicht in der Rollung, es wickelte sich auf, die Füllung floss heraus, die guten Gurken, der Speck, die angebratenen Zwiebeln lösten sich und verteilten sich in alle Richtungen, das Ganze glich eher einem Gulasch als einer Roulade. Auch dieser Koch wurde mit Schimpf und Schande aus dem Hause gejagt.

»Ungarischer Pfuscher, ungarischer!«, schrie ihm der fette König hinterher.

»Wenn der sichs überall so einfach macht, dann wäre der eh nix für mich gewesen«, sagte die Tochter und wandte sich wieder einer besonders komplizierten mathematischen Gleichung zu.

Doch dann kam ein braver Wandersgeselle herbei, der von der Sache gehört hatte. Er ging schnurstracks in die Küche, briet die gefüllte Roulade ohne jedes Hilfsmittel rundherum scharf an, beginnend an der Nahtstelle, und goss leicht gesalzenes Brunnenwasser drüber. Dann brachte er den Topf jedoch nicht zum Kochen, sondern er erwärmte die Brühe langsam auf fünfundsechzig Grad, so dass er es gerade noch mit der Hand darin aushielt. So war es ihm möglich, zwei

Rouladen vorsichtig zu umfassen und vier Stunden in der leicht simmernden Sauce hin und her zu schwenken. Es bereitete ihm zwar durchaus Schmerzen, doch mit der lieblichen Prinzessin im Herzen hielt er tapfer durch. Und hei! Wie klatschte der fette König da vor Freude in die Hände, als ihm diese prächtige und ganz und gar unbeschädigte Speise serviert wurde. Der Wandersgeselle bekam wie versprochen das halbe Königreich und die ganze Tochter, und nebenbei war auch noch das Niedrigtemperaturgaren erfunden.

24

In Hubschmidt's großem Speisesaal warteten die Restaurantmitarbeiter, die noch nicht befragt worden waren, geduldig auf ihren Plätzen. Der große Speisesaal hatte vermutlich noch nie solch eine gedrückte und erwartungsvolle Atmosphäre erlebt. Jennerwein wäre gerne auf seinem Beobachtungsposten geblieben, doch Direktor Schwingshandl nahm ihn am Arm und zog ihn etwas beiseite.

»Wie lange werden Ihre Untersuchungen noch dauern?«, fragte er. »Ich meine: Wann ist wieder mit normalem Betrieb zu rechnen? Ich will nicht herzlos erscheinen, aber ich muss das wegen der Vorbestellungen wissen. Und wegen der Einteilung des Personals. Ich weiß ja auch gar nicht, wie es weitergehen soll. Was wir auf keinen Fall wollen, ist ein Katastrophentourismus. Dass welche raufkommen, um zu sehen, wo die Morde geschehen sind.«

Jennerwein beobachtete aus den Augenwinkeln, wie eine Frau mit glatt gescheiteltem Haar auf Nicole Schwattke einredete. Die Frau sprach so laut und quäkend, dass er jedes Wort davon mitbekam. Sie wolle lieber von Kommissar Jennerwein persönlich befragt werden. Wenn der schon mal da sei. Sie selbst sei die leitende Projektmanagerin für geschlossene Gesellschaften und Hochzeiten bei Hubschmidt's, sie wolle vom Chef befragt und nicht mit einer Aushilfskraft abgespeist werden. Sie veranstalte Firmenfeiern, sie bestehe darauf. Sie wolle

nicht den Schmiedl, sondern den Schmied. Nicole ließ sich nicht provozieren.

»Zunächst bräuchte ich mal Ihre Schuhgröße«, sagte sie.

»Und Kommissar Jennerwein?«

»Der braucht sie auch. Wir sind alle an Ihrer Schuhgröße interessiert.«

»Also, wie lange wird es noch dauern?«, wiederholte Schwingshandl.

»Das kann ich Ihnen noch nicht sagen«, entgegnete Jennerwein. »Ein oder zwei Tage werden wir für die Untersuchungen schon noch benötigen.«

»Aber hier im Haus sind Sie doch schon fertig!«

»Ja, aber wir müssen die Umgebung noch nach Spuren absuchen. Die Terrasse, den Garten, die Wiese, den Wald, die Wege, die herauf- und hinunterführen. Wir tun unser Möglichstes, aber das dauert seine Zeit.«

Schwingshandl gab ein undefinierbares Geräusch von sich. Jennerwein fiel wieder der umtriebige Mann auf, der von Mitarbeiter zu Mitarbeiter ging, auf jeden einredete und jedem die Hand tätschelnd auf die Schulter legte. Er sah sich jetzt öfter zu ihnen beiden um, schien Jennerwein schließlich zu erkennen, machte ein Handzeichen, dass er gleich zu ihm kommen würde.

»Entschuldigen Sie, Herr Schwingshandl«, fragte Jennerwein. »Wer ist der Herr dort?«

Schwingshandl machte ein erstauntes Gesicht und trat einen Schritt zurück.

»Aber Herr Kommissar! Ich muss doch bitten! Kennen Sie denn unser Zugpferd im Stall nicht? Alle paar Augenblicke ist ein Bild von ihm in der Zeitung. Das ist Lüders, unser Sternekoch, der Maître de cuisine! Das war doch jetzt ein Scherz von Ihnen, Herr Kommissar, dass Sie Lüders nicht kennen?«

»An Tatorten beliebe ich eigentlich nie zu scherzen.«

Dunkel erinnerte er sich. Er hatte ein Bild des Chefkochs im Artikel einer überregionalen Zeitung gesehen, es war ein Porträt von Lüders anlässlich der Verleihung eines Sterns.

»Ja, Herr Kommissar, eine der köstlichen Speisen von Lüders müssen Sie schon einmal probieren. Dann wird Ihnen allerdings nichts anderes mehr schmecken! Soll ich Ihnen etwas einpacken lassen? Das wird ja wohl nicht unter Bestechung fallen? Oder wie wäre es mit ein paar Sößchen?«

Jennerwein lächelte.

»Ich glaube, ein paar der Saucen haben wir schon sichergestellt. Sie werden im Labor untersucht.«

Sie hatten sogar alle Saucen sichergestellt. Schwingshandl nickte zerstreut. Wieder blitzte etwas in seinem Gesicht auf, was Jennerwein als Verunsicherung deutete. Da musste er nachfassen. Er hatte den Eindruck, dass dieser Mann mit irgendeiner Information hinter dem Berg hielt.

»Wir sehen uns noch«, sagte Schwingshandl schnell und entfernte sich hastig.

Maître Lüders kämpfte sich jetzt etwas zielstrebiger durch die kleine Menge, immer auf Jennerwein zu. Er konnte nicht anders, er musste noch diesen oder jenen begrüßen und ihm wortreich Trost zusprechen. Jennerwein nahm sich vor, Maria bei Gelegenheit zu fragen, was das für ein Krankheitsbild war. Dauerlabern, wahrscheinlich auch Sozialkompetenz genannt. Hansjochen Becker tauchte plötzlich auf und flüsterte Jennerwein ins Ohr:

»Chef, ich fürchte, dieser Maître Lüders will sich mit Ihnen unterhalten. Vorsicht, der schwallt Sie zu, so etwas haben Sie noch nicht erlebt. Ich muss mal kurz an die frische Luft, brauche eine Pause.«

»So schlimm?«, fragte Jennerwein lächelnd.

»Schlimmer. Da kommt er schon. Viel Spaß, Chef. Mir hat er bereits seine Lebensgeschichte erzählt, seine Schuhgröße wusste er allerdings nicht, er lasse alles maßschneidern –«

Becker drehte sich um und suchte das Weite.

Maître Lüders war auf Jennerwein zugeschossen und hatte ihm den Arm auf die Schulter gelegt, als ob der Kommissar sein engster Freund wäre und getröstet werden müsste.

»Guten Abend, Herr Lüders«, sagte Jennerwein. »Ich bin Hauptkommissar –«

»Ich weiß wer Sie sind wer kennt Sie nicht ein bunter Hund aber dass wir unter solch traurigen Umständen nein ich hätte Sie lieberalsGastbegrüßtabervielleichtholenwir dasjanachaufgeschobenist nicht …«

»Herr Lüders, wie war Ihr Verhältnis zu Rico Hubschmidt?«, grätschte Jennerwein dazwischen.

»Gut sehr gut wirklich sehr gut ein wahnsinnig angenehmer Zeitgenosse gut gut glauben Sie mir ungelogen ich habe ja schon Chefs erlebtdumeineGüteichbinerstvorletztesJahroder-einpaar JahrelängerinMallorcamiteinem …«

»Und zum Kochclub? Wie war Ihr Verhältnis dazu?«

»Tolle Sache natürlich klar auch anstrengend für uns jedes-MaldieKücheaufräumenalles umräumenaberwirhabensjagern-gemacht …«

Becker hatte nicht übertrieben. Jennerwein schaltete ab. Das war die einzige Möglichkeit, nicht kreischend aus dem Raum zu flüchten. Doch das schien den Maître nicht weiter zu stören, er klopfte dem Kommissar jovial auf die Schultern und wandte sich dem nächsten Opfer zu.

Da und dort blitzte es auf. Bitte keine Fotos!, rief Nicole in alle Richtungen. Größe einsdreiundsiebzig?, wiederholte Becker und blickte die Restaurantmitarbeiterin, die vor ihm saß, fragend an. Die Stellvertretende arbeitete eifrig, sichtlich gestärkt durch die Worte von Verena Vitzthum. Sie schien immer mehr an Sicherheit zu gewinnen. Und von draußen lugten zwei neugierige Augen durchs Fenster in den großen Speisesaal. Niemand beachtete den Mann, obwohl er eine recht auffällige Erscheinung war. Er schien jeden Einzelnen der hier Anwesenden genau zu mustern. Bei manchen verweilte sein Blick länger, dann neigte er den Kopf ein wenig schief, um sie noch genauer in Augenschein nehmen zu können. Dazwischen nahm er die Brille ab, um die Gläser mit einem großen Tuch zu polieren. Es war eine hagere Gestalt mit zerzausten, altersdünnen Haaren, die wild unter dem Strohhut hervorquollen. Sein Gesicht war schmal, auffällig war die große, nach unten gebogene Nase. Der Mann hatte etwas von einem Priester.

»Herr Kommissar, darf ich Sie einen Moment alleine sprechen? Es ist wichtig.«

Es war eine jungenhafte Erscheinung, die Jennerwein da angesprochen hatte, schlank, mit klassischem Herrenschnitt, großer Hornbrille und unbestimmbarem Alter.

»Mein Name ist Rohde. Bubi Rohde. Ich bin für die Herstellung der Saucen in dieser Küche zuständig.«

Jennerwein verneigte sich respektvoll lächelnd.

»Dann sind also Sie verantwortlich für das große Geheimnis des Hauses? Sie rühren die preisgekrönte Demi-glace an?«

»Ja, vielleicht, die Leute sagen das. Ich tue mein Möglichstes. Können wir uns in Ruhe unterhalten – etwas abseits?«

»Natürlich, wie Sie wollen. Waren Sie schon –«

»Meine DNA und meine Fingerabdrücke habe ich schon hergegeben, aber das, was ich zu sagen habe, wollte ich Ihnen persönlich mitteilen.«

Jennerwein sah sich um. Die Hälfte des Personals war schon erkennungsdienstlich behandelt worden, der Saal leerte sich langsam. Während sie zu einer der Sitznischen schritten, betrachtete Jennerwein den alterslosen Menschen von der Seite. Wollte er ein Geständnis ablegen? So hatte er jedenfalls geklungen. Aber war Rohde nicht einen guten Kopf kleiner als Reininghaus? Das passte nicht zu dem Winkel der Stichwunde. Und konnte man sich bei dieser zierlichen Gestalt vorstellen, dass sie den kräftigen Dachdecker Lorek eine Minute lang in den Suppentopf gedrückt hatte?

»Wenn Sie mir etwas Wichtiges mitzuteilen haben, dann ist hier vielleicht nicht der richtige Ort dafür. Dann sollten wir in einen separaten Raum –«

»Nein, nein«, unterbrach Rohde. »Ich weiß natürlich, worauf Sie hinauswollen. Sie glauben, dass ich etwas mit der Sache zu tun habe. Sie müssen ja alles in Betracht ziehen. Um Gottes willen! Können Sie sich mich als Vierfachmörder vorstellen?« Bubi wies mit der Hand auf die dürre Brust und lachte ein kleines, schepperndes Lachen. »Nein, Herr Kommissar: Ein echter Koch, der mit Leib und Seele dabei ist, schlägt nicht mit der Bratpfanne um sich. Es ist keiner von uns gewesen, da bin ich mir ganz sicher. Ich habe einen ganz anderen Verdacht.« Er trat einen Schritt näher und senkte die Stimme. »Unserem Restaurant wurde doch ein Gourmetstern verliehen, und den bekommt nur, wer etwas Außergewöhnliches anzubieten hat. Das sind in unserem Fall die Saucen. Und die sind tatsächlich – wie soll ich sagen – in aller Munde.«

Kleines scheppperndes Gelächter.
»Das ist ja dann wohl Ihr persönlicher Verdienst.«

»Ja und nein«, sagte Bubi Rohde zögernd. »Da mischen schon noch andere mit.« In bestimmterem Ton fügte er hinzu: »Glauben Sie mir, es ist keiner von uns gewesen, sondern ein Konkurrent.«

Jennerwein kniff die Augenbrauen zusammen. In der Nische, in der sie standen, hing ein Schwarzweißfoto einer opulenten Filmdiva an der Wand, darunter stand:

»Alles, was Sie hier sehen, verdanke ich Spaghetti.«
Sophia Loren

»Wollen wir nicht doch lieber rausgehen?«, fragte Jennerwein. »An die frische Luft?«

Bubi war einverstanden. Bevor Jennerwein eine der Türen zur Terrasse aufmachte, bemerkte er einen Schatten, der blitzschnell vom Fenster weghuschte. War das ein Gesicht gewesen? Nein, wahrscheinlich eine Lichtreflexion. Er hatte einen anstrengenden Tag hinter sich.

»Ein Konkurrent also, meinen Sie?«, fragte Jennerwein, als sie draußen in der kühlen Abendluft standen. Er konnte den skeptischen Ton nicht ganz verbergen. »Und wie ist Ihrer Ansicht nach die Tat geschehen?«

»Ich stelle mir das folgendermaßen vor«, fuhr Bubi eifrig fort. »Dieser Konkurrent weiß, dass Rico Hubschmidt am Dienstag, dem Ruhetag, im Büro arbeitet, meistens allein. Der Konkurrent kommt rauf und schleimt rum, von wegen dass er den langjährigen Streit beenden will. Er hat eine selbstgemachte, exotische Süßspeise dabei und bietet sie Hubschmidt zum Verkosten an, alter Versöhnungsbrauch unter Köchen. Ein schnell wirkendes Gift – Hubschmidt ist sofort tot. Dann lässt es der Konkurrent so aussehen, als ob Hubschmidt selbstgesammelte Giftpilze gegessen hätte.«

»Und weswegen sollte der Konkurrent Rico Hubschmidt töten?«

»Er wollte an die Rezepturen der drei Grundsaucen ran. Weiß, braun, warm aufgeschlagen – das sind die Säulen der guten Küche. Er vermutet die Rezepte im Tresor, findet sie aber nicht.«

»Warum findet er sie nicht?«

»Na, weil sie hier drinne sind.«

Bubi tippte sich an die Stirn, seine Augen verengten sich dabei hinter der Hornbrille zu kleinen, lauernden Schlitzen. Wieder lachte er sein kleines, leise schepperndes Lachen.

»Und die anderen Opfer?«, fragte Jennerwein. »Warum sind die umgekommen?«

»Der Konkurrent weiß nicht, dass heute der Kochclub im Haus ist. Die Mitglieder der Treize Plats kommen ihm in die Quere, es bleibt ihm nichts anderes übrig, als die drei Zeugen zu beseitigen.« Bubi hielt die Nase in den Abendwind und schnupperte fast genießerisch. »Es war aber alles für die Katz. Er hat sie ganz umsonst umgebracht. Es gibt nämlich kein Geheimrezept, aber wirklich nicht. Hinter meiner Art, eine Sauce zuzubereiten, steckt keine mysteriöse Zutat, jedenfalls keine, die nicht schon in tausend Kochbüchern stünde. Meine Mutter, die wirklich keine besondere Köchin ist, macht schon eine bessere als ich.«

»Und warum gibt es dann so einen Hype um Ihre Saucen? Die werden in jedem Zeitungsartikel erwähnt, gleich nach den Pilzen.«

»Wahrscheinlich hat sich der Ruf der Saucen durch geschickt gelenkte Mundpropaganda aufgebaut.«

»Also reines Marketing?«

»Wie so oft. Man hat von der legendären Sauce schon so oft gehört, also *muss* sie gut sein, wenn man sie probiert. Des Kaisers neue Saucen, verstehen Sie.«

Eine Andeutung von Schepperlachen. Jennerwein nickte.

»Ich hätte da noch eine Frage. Sie produzieren Ihre Fonds und Saucen ja wahrscheinlich auf Vorrat.«

»Natürlich. Von der Braunen Kraftbrühe, dem Grandjus, koche ich jede Woche fünfzig Liter. Der Topf steht dann im Kühlraum.«

»Und wie viel Leute haben Zugriff auf die Sauce, bis sie beim Gast auf dem Teller landet?«

Rohde wiegte den Kopf.

»Sie meinen, jemand könnte die Saucen mit einer geheimen Zutat versetzen? Ja, da kämen theoretisch alle in Betracht, die in der Küche arbeiten. Auch die Spüler. Und die Servicekräfte. Aber warum fragen Sie? Und vor allem: Warum sollte jemand das tun?«

Nachdenklich massierte Jennerwein die Schläfen. Er dachte eine Weile über die Worte von Bubi Rohde nach.

»Zurück zu Ihrer Vermutung bezüglich der Täterschaft«, sagte Jennerwein. »Sie haben angegeben, Ihr Verdacht richte sich auf eines der konkurrierenden Restaurants. Haben Sie das ganz allgemein gemeint? Oder wollen Sie mir eine bestimmte Adresse nennen?«

»Es gibt ja nur noch ein gleichwertiges Gourmetrestaurant in der Gegend. Die kochen dort spitzenmäßig, haben aber eben noch keinen Stern. Ihnen fehlt das Besondere.«

»Sie meinen das Pfanndl?«

»Ich will nichts gesagt haben«, sagte Bubi.

Jennerwein schüttelte entnervt den Kopf. Die Zahl der Verdächtigen stieg von Stunde zu Stunde. Dieser Fall war einfach nicht in den Griff zu bekommen.

»Kann ich denn Polizeischutz bekommen?«, fragte Bubi Rohde unvermittelt.

»Was? Wieso?«

»Wenn der Täter kapiert, dass er den Falschen umgebracht hat, könnte er auf die Idee kommen, mich anzugreifen. Er weiß ja nicht, dass ich das Geheimnis der Sauce gar nicht kenne.«

»Polizeischutz ist nicht so einfach zu bekommen. Sehen Sie bitte auf unserer Homepage nach. Dort finden Sie hervorragende Vorsichts- und Selbstschutzmaßnahmen.«

Bubi Rohde zog zwar die Augenbrauen kurz hoch, gab sich jedoch damit zufrieden. Er bedankte sich bei Jennerwein für seine Geduld und verabschiedete sich. Doch dann drehte er sich noch einmal um.

»Ach, eines noch, Herr Kommissar.«

»Ja, was gibts? Nur heraus damit.«

Kam jetzt ein Geständnis? Brach jetzt alles aus ihm heraus? Jennerwein hatte das vage Gefühl, dass genau so eine Wendung in der Luft lag. Die unbestimmte Erwartung wurde dadurch verstärkt, dass Bubi Rohde eine lange Pause machte, auf den Boden starrte und nervös von einem Fuß auf den anderen trat. Dann auch wieder ein leises, scheppperndes Gelächter, das plötzlich abbrach. Es hätte Jennerwein nicht gewundert, wenn Bubi Rohde plötzlich losgelaufen und quer über die Wiese in den Wald geflohen wäre. Oder eine Waffe gezogen, eine Geisel genommen, nach einem Fluchtfahrzeug verlangt und freies Geleit gefordert hätte. Rasch scannte der Kommissar den Körper Rohdes. Alles unauffällig, bis auf eine leichte Windjacke, die er locker über dem Arm trug. Verdeckte er damit ein Messer? Eine Pistole? Rohde schwieg immer noch. Und blickte immer noch zu Boden. Jennerwein führte die Hand langsam und unauffällig in die Nähe seiner Dienstwaffe, die er im Schulterholster trug.

Rohde sah auf.

»Brauchen Sie noch Köche für die Polizeikantine? Wahrscheinlich wird dieses Restaurant nicht wiedereröffnet, und dann stehe ich auf der Straße. Und inmitten von so vielen Polizisten wäre ich auch sicher.«

Jennerwein löste seine Hand.

»Es gibt Stellenausschreibungen.«

»Aber wenn Sie sich für mich verwenden würden – ich meine – nachdem ich so kooperativ war –«

Jennerwein verwies Bubi Rohde an Polizeioberrat Dr. Rosenberger, der für Personalfragen zuständig war. Er bezweifelte jedoch, dass die Polizeikantine einen eigenen Saucenkoch brauchte. Jedenfalls hatte er dort noch nie eine Demi-glace im Mittagsmenü gesehen. Oder andere Grundsäulen der gehobenen Küche.

schmackofatz.de
Ihr Bewertungsportal – Restaurants weltweit vergleichen

HUBSCHMIDT's

Bewertung:
✧ ✧ ✧ ✧ ✧ ✧ (= nie wieder)

Müsli Müsli Mjammammamm schrieb:
Vor zwei Monaten waren meine Frau und ich bei Hubschmidt's, das uns empfohlen worden war. Aber da gehen wir sicher nicht mehr hin. Auch die, die uns das empfohlen haben, sind die längste Zeit unsere Freunde gewesen. Gleich ganz am Anfang gab es als sogenannten Gruß aus der Küche ein paar Scheiben Brot, und dazu nicht etwa Butter, sondern drei Schälchen Öl, in das man das Brot eintauchen sollte. Als wir den Ober gefragt haben, was das soll, hat er schon den ersten dummen Spruch abgelassen, so nach dem Motto »Das gehört so«. Das wären die und die Ölsorten aus der und der Gegend. Auch unser Vorspeisensalat war ziemlich ölig. Dann gab es Braten, und als ich ein Stück abschneiden wollte, ist soviel ölige Sauce weggespritzt, dass die gute Seidenbluse meiner Frau voller Flecken war! Was haben wir geflucht! Wir haben dann den Ober gerufen, uns so höflich wie möglich beschwert, doch als er die Flecken gesehen hat, hat er nur gemeint: »Das ist ja blöd.« Wir haben dann gar keinen Nachtisch mehr bestellt, wer weiß, was da wieder rausspritzt, hat meine Frau gesagt. Keine Entschuldigung, nichts. Ein Koch ist gekommen, der mit Maître Lüders angekündigt worden ist: Wir sollen die Bluse reinigen lassen und die Rechnung schicken. Das werden wir tun, habe ich gesagt. Bei der Reinigung, mit der wir sonst gute Erfahrungen gemacht haben, ist der Saucenfleck aber nicht rausgegangen. Sind Sie denn Automechaniker und haben einen Ölwechsel gemacht?, hat die Dame von

der Reinigung zu mir gesagt. Zu der Reinigung gehen wir auch nicht mehr! Die Bluse hat meine Frau wegschmeißen müssen. Dann haben wir die Geschichte einem Freund erzählt, der hat nur gelacht. Wir haben den Kontakt zu ihm stehenden Fußes abgebrochen.

25

Kurz vor zehn hatte Maria Schmalfuß noch einen Spättermin im Polizeirevier. Sie erwartete Herrn Cheong, den Koreaner, über ihn hatten sich die Mitglieder des Kochclubs bisher ausschließlich positiv ausgelassen. Er sei ein wahrer Philosoph. Er strahle das Asiatische schlechthin aus. Er verstünde die Kunst des intuitiven Kochens am allerbesten. Und er habe ihnen eigentlich erst gezeigt, was für eine Freude das Zubereiten von Speisen im Endeffekt bedeute. Pascal Bretten hatte die Anekdote beigetragen, dass Herr Cheong, als er Löffelführender war, bei der Tischrede aufgestanden sei, ans Glas geschlagen und drei Minuten geschwiegen habe. Es wäre die beste, treffendste und inhaltsschwerste Tischrede gewesen, die man je gehört habe, jede weitere Tischrede hätte sich daran messen lassen müssen. Ob Bretten nun geflunkert hatte oder nicht – wegen all dieser Geschichten, die dem Koreaner vorauseilten, war Maria sehr gespannt auf das Gespräch mit ihm. Eine unbestimmte Hoffnung, ein Anflug von mädchenhafter Aufregung überkam sie, dass sie jetzt vielleicht endlich einen von Erika Loreks Liebhabern kennenlernen würde.

Als Herr Cheong eintrat, grüßte er mit einer knappen Verbeugung, dann trat er gemessenen Schrittes auf den Besucherstuhl zu. Keinerlei Hinken. Oder konnte man den auffällig langsamen Gang als Hinken interpretieren? Wohl kaum. Vielleicht gingen Koreaner von Natur aus so bedächtig, Maria hatte vorher noch keinen ins Befragungszimmer kommen sehen. Als sie Herrn Cheong dafür dankte, dass er trotz der schwierigen Situation dazu bereit war, mit ihr zu sprechen, erwiderte er das lediglich mit einem Grunzen und einer Beugung des Kopfes. Eine Affäre Erikas mit diesem Mann schloss sie eigentlich schon wieder aus. Dann eher noch Schleißheimer. Oder Bretten? Nein, Bretten auch nicht. Schleißheimer war momentan ihr Favorit.

»Seit wann sind Sie Mitglied beim Kochclub?«, fragte sie.

»Seit einem halben Jahr.«

Herrn Cheongs Stimme war so langsam wie sein Gang, dabei weich und tief wie die Sümpfe von Uponeup.

»Ich habe mich dem Kreis angeschlossen, weil ich die europäische Küche kennenlernen wollte. Genauer gesagt wollte ich europäisch kochen lernen und dadurch das europäische Wesen besser verstehen.« Er nahm eine meditativ-lehrhafte Haltung ein. »Bei uns in Korea hat jede Speise eine Geschichte, die etwas über das Wesen des Landstrichs und seiner Bewohner verrät. Samgyeopsal ist typisch für das bäuerliche Landesinnere, Bokkeumbap ist so frisch wie der Atem der Muscheltaucher an der Küste, Budaejjigae ist hügelig wie die Seele des Seoulers. Aber was zeigt uns die Leberkäsesemmel? Was symbolisiert Sauerkraut? Welches tiefere Geheimnis wohnt der Bockwurst inne?« Er hielt die Hand vor den Mund und kicherte. »Als ich der Löffelführende war, musste es natürlich etwas Koreanisches geben. Das haben alle erwartet. Ich habe dann Kimchi zubereitet, das ist die Nationalspeise unseres Landes. Eigentlich die National-Beilage. Kimchi ist das Sauerkraut Koreas. Mir fällt ein Sprichwort aus den Ebenen des Reisdeltas in Jeollanam-do ein: Für Kimchi könnte ich morden.«

Maria sah ihn verblüfft an. War das ein riskanter Scherz gewesen? Ein gedankenloser Smalltalk? Oder gar der Anlauf zu einem Geständnis? Herr Cheong betrachtete lächelnd seine Fingerkuppen.

»Ich habe den Dreizehn Gängen beigebracht, wie man nicht mit dem Kopf, sondern mit den Händen kocht. Im Koreanischen gibt es den Begriff ›sun-mat‹, also den ›Geschmack der Hand‹. In den Händen sammelt sich das Wissen. Man soll die Hände tun lassen, was sie wollen.«

Umfasste er jetzt mit seinen Händen nicht einen fiktiven Hals?

»Herr Cheong, gibt es jemanden, dem sie diese schreckliche Tat zutrauen?«

»Mir traue ich sie jedenfalls nicht zu«, sagte Herr Cheong bestimmt und ließ seine Hände sinken. »Ein Koreaner würde nie und nimmer mit einem solchen Messer zustoßen.« Maria hob fragend die Augenbrauen. »Sie wissen es sicher schon. Das Messer ist von mir. Ich habe es gestiftet, als Dank, in den erlauchten Kreis aufgenommen worden zu sein.« Maria blieb bei ihrem fragenden Blick. »Es ist ein koreanischer Dolch, eine Miku-tsa, eine Abart des japanischen Hōchō-Messers. Kein Koreaner begeht mit solch einem Messer einen Mord an einem Menschen.«

»Warum schließen Sie das aus?«, fragte Maria irritiert.

»Wir sagen: Alles hat sein Messer. Das Fleisch, das Gemüse, der Fisch hat sein Messer. Die geschnitzte Flöte, die Danso, hat ihr Messer, die Verteidigung durch die Kampfkunst Geom hat ihr Messer, und der Mord hat auch sein Messer. Wenn ich einen Mord begangen hätte, ich sage nur: wenn, dann hätte ich ihn nie auf diese Weise begangen.«

»Sondern wie?«

»Mit dem dafür vorgesehenen koreanischen Sal-inja-Messer.«

»Oder eben gerade nicht, sonst führt ja die Spur sofort zu Ihnen. Was haben Sie denn heute den ganzen Tag gemacht?«

»Ich bin spazieren gegangen. Und habe dabei über ein neues Projekt nachgedacht.«

»Sie sind beruflich –?«

»Sagen wir: Unternehmensberater. Motivationstrainer, wie Sie wollen. Ich bringe Managern bei, mit der Hand und nicht mit dem Kopf zu denken.«

»Und Sie haben den ganzen Tag über ein Projekt nachgedacht?«

»Ja. Beim Gehen kann ich am besten nachdenken. Ein koreanisches Sprichwort lautet: Geh zwei Schritte, und du bist schon am Ziel.« Er zog ein Blatt Papier aus der Brusttasche und entfaltete es. »Hier eine Liste mit den Leuten, die ich gegrüßt habe oder die mich gegrüßt haben.«

Er legte die Liste auf den Tisch und drehte sie langsam und bedeutungsvoll in Richtung Maria. Sonderbar, viele der Kochclubmitglieder hatten schon über ihre Alibis nachgedacht, als ob sie damit rechneten, in Verdacht zu geraten. Auf die Idee, eine Liste anzufertigen, war bisher allerdings nur der Koreaner gekommen. Maria überflog das Blatt.

»Herr Cheong, ich lese hier, dass Sie um 13.50 Uhr Herrn Hellwege in der Bahnhofstraße getroffen haben. Warum wissen Sie die Zeit noch so genau? Können Sie mir das erklären? Sie sind doch nur spazieren gegangen. Und waren konzentriert auf Ihr Projekt.«

»Herr Hellwege war schon einmal Teilnehmer eines meiner Seminare, ich kenne ihn gut. Aber er grüßt falsch und verbeugt sich mangelhaft. Bei der begrüßenden Verbeugung zwischen zwei nicht verwandten, nur oberflächlich bekannten Personen ungefähr gleichen Alters wird die linke Hand hinter dem Rücken verborgen, es gilt als unfein, die Schmutzhand zu zeigen oder den Kopf zu erheben. Herr Hellwege aber wird es nie lernen. Ich habe mich noch ein wenig mit ihm unterhalten, er fragte mich, ob er denn diesmal exakt gegrüßt habe. Ich verneinte, er sagte, er müsse dann wieder. Herr Hellwege arbeitet in der Sparkasse. Die Sparkasse öffnet um 14.00 Uhr, also muss es 13.50 Uhr gewesen sein, als ich mich mit ihm unterhalten habe. Wollen Sie seinen vollständigen Namen und seine Adresse?«

»Ja, Herr Cheong, das wäre hilfreich –«

Draußen auf dem Gang ertönte Lärm. Stühle wurden umgeworfen, unterdrückte Schreie und Flüche waren zu hören. Maria bat Herrn Cheong um Verzeihung und warf einen Blick aus der Tür. Draußen stand Franz Hölleisen, zerzaust, mit hochrotem Kopf, seine Uniform war verschmutzt und in Unordnung geraten. Seine Augen blitzten zornig.

»Ich habe jemanden mitgebracht, der unbedingt eingesperrt werden will.«

Hölleisen zeigte nach unten auf einen Mann, der bisher außerhalb von Marias Sichtfeld auf dem Boden gekauert hatte. Seine Hände waren vor dem Körper in Handschellen gefesselt, er trug einen Hut mit Auerhahnfeder, sein Blick war trotzig und rotzfrech.

»Das ist der ehemalige Forstgehilfe Korbinian Dilg«, sagte Hölleisen scharf. »Er behauptet, die Morde begangen zu haben. Er leistete Widerstand, den man nicht mehr passiv nennen kann. Er hat mich sogar mit einem Gewehr bedroht. Ich habe zwei Stunden gebraucht, bis ich ihn endlich fixieren und herbringen konnte.«

»Aber Sie bluten ja, Hölleisen!«

»Kratzwunden. Ich lasse Sie mal kurz allein mit ihm und klebe ein paar Pflaster drauf. Ich bin in Rufweite.«

Hölleisen verschwand in dem kleinen Sanitätskämmerchen am Ende des Gangs, Dilg blieb weiter am Boden sitzen, der Koreaner war aus dem Vernehmungszimmer auf den Gang gekommen und betrachtete die Szene interessiert.

»Polizeigewalt!«, rief Dilg. »Jetzt erlebe ich es am eigenen Leib. Ihr verkauft eure Seelen an die Obrigkeit! Ihr seid die Büttel des Großkapitals. Einer wie der andere. Traurige Gestalten. Allesamt Fleischfresser und Vielflieger!«

»Es ist schon spät«, sagte Herr Cheong zu Maria und deutete eine kleine, schiefe Verbeugung an. »Falls ich nicht mehr gebraucht werde, würde ich gerne das Vergnügen haben, dass Sie mir gestatten, mich zu entfernen.«

»Ja, natürlich, tun Sie das. Ich melde mich dann morgen nochmals bei Ihnen«, entgegnete Maria und versuchte eine ähnliche Verbeugung, wobei sie die linke Hand schnell hinter dem Rücken verbarg. Herr Cheong lächelte. Und schüttelte im Weggehen leicht den Kopf.

Maria näherte sich Dilg, der immer noch am Boden saß, und blieb in sicherer Entfernung stehen. Dilg schwieg trotzig. Sie versuchte nun ihren berühmten deeskalierenden Ton anzuschlagen. Sie stellte sich und ihren Aufgabenbereich in Jennerweins Team vor, sie wies darauf hin, dass sie schon mehrere anstrengende Befragungen hinter sich hätte und es jetzt deshalb kurz machen wolle, sie fragte Korbinian Dilg nach seinen persönlichen Eckdaten. Der ehemalige Forstgehilfe antwortete zunächst ruppig und barsch. Er machte ihr einen fanatisch aufgeregten, aber keinen verwirrten Eindruck.

»Und weswegen sind Sie nun hier?«, fragte sie.

»Ich gestehe die Tat«, antwortete Dilg und blickte Maria das erste Mal an. »Ich habe das nicht mehr mitansehen können, wie die alles kaputt machen.«

»Wer macht was kaputt?«

»Tun Sie nicht so!«, bellte er sie an. »Sie wissen es genau. Die Drecksbande dort droben hat es nicht anders verdient. Machen alles zunichte. Die Natur, das Gewachsene, die Bräuche, die Traditionen, alles. Jemand hat es ihnen einmal zeigen müssen.«

»Was zeigen? Und wem? Und was haben Sie damit zu tun?«

»Mein Geständnis haben Sie doch. Tippen Sie es ab und geben Sie mir es zum Unterschreiben.«

»Wenn ich Ihnen glauben soll, dass Sie damit zu tun haben, Herr Dilg, dann müssen Sie schon mit Täterwissen aufwarten. Wenn Sie allerdings unsere Ermittlungen durch Pipifax behindern wollen, dann haben wir nichts zu besprechen.«

»Was höre ich da?«, schrie der vegane Förster. »Pipifax? Nichts zu besprechen? Ich bestehe auf einen Untersuchungsrichter. Und ich will mit einem Rechtsanwalt telefonieren. Ich habe einen Beamten angegriffen und verletzt, ich habe meine Rechte.«

»Sie wollen den ganz großen Auftritt, wie? Den bekommen Sie aber nicht. Wir haben anderes zu tun. Wenn Sie heute Vormittag bei Hubschmidt's Restaurant waren und etwas gesehen haben, was uns bei den Ermittlungen weiterhilft, wenn Sie also eine Zeugenaussage machen wollen, dann sagen Sie es jetzt. Ansonsten verschwenden Sie bitte nicht unsere Zeit, Herr Dilg.«

»Ich will hierbleiben. Ich bin kein Zeuge. Ich bin Täter. Ich randaliere. Ich greife Sie an, ich beleidige Sie, Sie dumme Sau Sie!«

Maria zuckte kein bisschen zusammen. Ihre Stimme blieb ruhig. Nur ihre Hand zitterte.

»Herr Dilg, ausgerechnet als Tierschützer verwenden Sie hier Tiervergleiche?«

»Ich greife Sie an! Ich stehe jetzt auf und schmeiße den Tisch da um!«

»Das werden Sie nicht tun, Herr Dilg.«

Maria verließ sich auf ihre starke, geschulte Abrüstungsstimme. Doch Dilg sprang auf. Er sah sich um. Er packte mit den gefesselten Händen den Holzstuhl, der vor dem Tisch stand, und warf ihn in Richtung Maria. Die konnte gerade noch ausweichen, der Stuhl knallte scheppernd an die Wand. Hölleisen war sofort da.

»Sperren Sie ihn ein!«, zischte Maria Schmalfuß wütend. »Ich rufe die Kollegen in der Psychiatrie an.«

26

Der Pilzmaler Siegfried Schlatt lag auf der bequemen Chaiselongue, die in seinem Atelier stand. Es schlug elf, aber er war noch wach. Die Wirkung des *Spitzkegeligen Kahlkopfs* ließ langsam nach. Noch eine weitere Prise davon konnte er seinem durchgerüttelten Kreislauf und seinem Schwammerlherz nicht zumuten. Die bunten Farben wichen langsam aus den Gegenständen um ihn herum. Auch aus seinen Bildern tropfte das Purpurrot auf den Boden und verschwand zischend in den Ritzen der dicken Holzbohlen. Jemand hatte ihn gesehen, wie er den Kopf des armen Mannes in die Brühe getaucht hatte. Schlatt fuhr auf. Der Gedanke kam ihm jetzt erst: Hatte er die anderen drei Morde etwa auch begangen? Eine Küche. Eine Küche mit vier Töpfen. In jedem Topf brodelnde Brühe. Vier reglose Gestalten in vier brodelnden Töpfen. Nacheinander rhythmisch eingetaucht zur Musik aus dem kleinen Küchenradio. Schlatt bekam einen Lachanfall. Er hustete und spuckte. Spuckte Blut. Nur langsam beruhigte er sich wieder. Wäre es nicht doch besser, zur Polizei zu gehen? Ja, das sollte er tun. Jetzt gleich? Mitten in der Nacht? Eher Abwarten. Die Sache überschlafen. Seine Frau steckte den Kopf durch die angelehnte Tür.

»Ich leg mich jetzt hin«, sagte sie. »Arbeite nicht mehr so lange.«

»Morgen, morgen, gehe ich zur Polizei«, murmelte er.

Seine Frau hörte es nicht mehr. Sie hatte sich schon die Ohropax eingesteckt. Wegen seiner Schnarcherei.

Schrille Brille und geschmacklose Krawatte zuckten zusammen, als die Uhr elf schlug. Mörder zucken gern und oft zusammen, wenn Uhren schlagen.

»Wir müssen ihn finden«, sagte geschmacklose Krawatte. »Unbedingt. Du hast ihn gesehen. Kannst du dich an eine Auffälligkeit erinnern?«

»Ich habe ihn nur kurz gesehen«, sagte schrille Brille. »Als ich aus dem Fenster geschaut habe. Er ist mir grade aus dem Bild gelaufen.«

»Mach die Augen zu und stell ihn dir vor.«

Lange Pause. Atmen. Leises Ticken der Standuhr aus Mahagoniholz, eines Erbstücks des Vaters von schrille Brille. Draußen tat der Herbst, der alte Waldmetzger, ganze Arbeit.

»Klein und gedrungen«, begann schrille Brille zögernd. »Mit eigenartig schlingerndem Gang. Nicht schlingernd, sondern schief. Windschief. Eine Gehbehinderung vielleicht.«

»Und das Gesicht?«

»Habe ich nicht gesehen. Er ist sofort weggerannt.«

»Die Kleidung? Komm, konzentrier dich.«

»Er hatte – Wanderkleidung an. In herbstlichen Farben, wie der Waldboden. Orange, Beige, Grün. Und dann eine Mütze, eine helle Mütze mit so einer komischen Form. Diese Mützen haben einen bestimmten Namen.«

»Hinzeichnen.«

Schrille Brille griff sich einen Stift und zeichnete. Wenn jetzt nur der Zeichner Schlatt da gewesen wäre! Der hätte eine Skizze der Mütze hingeworfen, mein lieber Schwan! So aber mühte sich schrille Brille erst mit ein paar vollkommen unbrauchbaren Entwürfen ab, die im Papierkorb landeten, ehe eine halbwegs erkennbare Kopfbedeckung entstand.

»Eine Ballonmütze!«, rief geschmacklose Krawatte. »Das ist gut. Eine Ballonmütze sieht man nicht an jeder Ecke. Ich habe eine Idee. Wir lauern ihm auf und finden heraus, ob er etwas gesehen hat.«

»Und wo sollen wir ihm auflauern?«

Geschmacklose Krawatte musterte schrille Brille.

»Er wird zur Polizei gehen. Wenn wir Glück haben, hat er das noch nicht getan. Wir setzen uns vors Polizeirevier und warten, bis solch ein verwachsener Typ reingeht. Wenn er wieder rauskommt, steigen wir ihm nach. Dann wissen wir, wo er wohnt.«

»Vor dem Polizeirevier warten ist zu auffällig, Mensch!«

»Natürlich nicht direkt davor. Gegenüber ist ein zweistöckiger McDonald's. Wir setzen uns oben rein. Das heißt: Du machst das, du hast ihn ja gesehen.«

»Ich war ehrlich gesagt noch nie in einem solchen – Lokal.«

»Egal, es ist unsere einzige Chance.«

Schrille Brille nickte.

»Ich habe das Gefühl, dass der Wurzelgeist ein Wanderer ist, der morgen früh aufsteht und ein paar Stunden unterwegs ist, um darüber nachzudenken, was er bei der Polizei sagen soll.«

»Geh trotzdem gleich morgen früh hin.«

Schrille Brille war in der Zwischenzeit zum Kleiderschrank gegangen und hatte ein paar alte Klamotten herausgesucht, sie übergestreift und ihre Brille abgenommen.

»So etwa tauche ich dort auf.«

»Tatsächlich kaum wiederzuerkennen. Richtig abgewrackt!«

Schlatt lag mit geschlossenen Augen auf seiner Atelier-Chaiselongue. Er war in den Polstern versunken. Seine Augen funkelten. CHAISELONGUE MIT KÜNSTLER, Radierung, 1902, Museum of Modern Art. Siegfried Schlatt hatte sich entschlossen, etwas zu unternehmen. Gleich morgen würde er zur Polizei gehen. Das war das Beste. Ja, das war wirklich das Beste. Dann hatte die Unsicherheit ein Ende.

27

Alle Angestellten waren gegangen.

Die Mitternachtsbesprechung fand im großen Speisesaal von Hubschmidt's statt, wobei keiner im ganzen Gebäude je einen kleinen Speisesaal gesehen hatte. Die Stühle, auf denen eben noch die Mitarbeiter gesessen hatten, waren auf die Seite gerückt worden, Jennerweins Kernteam saß in kleinem Kreis. Auf der schwarzen Tafel, auf der normalerweise die Spezialitäten des Tages nach Aufmerksamkeit riefen (Rehrücken, garantiert schussfrisch!), standen jetzt die nüchternen polizeilichen Arbeitsthesen der bisherigen Ermittlungen.

These 1: Streunender Bär
These 2: Tat eines spontanen Amokläufers
These 3: Schutzgelderpressung der Mafia
These 4: Restaurantbewertungsportalmanipulation
These 5: Angriff auf Staatsanwältin Antonia Beissle
These 6: Wutausbruch veganer Förster
These 7: Kampf um das geheime Saucenrezept

Nicole hatte die sieben Thesen mit Kreide angeschrieben, die Tafel vorher allerdings nur flüchtig mit einer Serviette abgewischt, so dass noch Speisenamensreste durchschimmerten, die zu wunderlichen Kombinationen führten:

Streunender Bär garantiert schussfrisch!
Schutzgelderpressung der Mafia an leichter Rotweinsauce
Wutausbruch veganer Förster 12 Stunden niedergegart

Kommissar Jennerwein ergriff das Wort.

»Ich weiß es zu schätzen, dass Sie zu dieser ungewöhnlichen Zeit noch bereit zu einem Treffen sind. Ich wünschte, wir hätten uns in diesem Speiselokal unter anderen Umständen zusammengefunden –«

»Etwa zu dem längst fälligen Mitternachtssüppchen, das der Chef kochen wollte«, flüsterte Nicole Becker zu.

»Doch die Zeit drängt«, fuhr Jennerwein in bestimmtem Ton fort. »Ich denke, dass es dem Täter bisher gelungen ist, eine Unmenge von verwirrenden und widersprüchlichen Spuren vor uns aufzutürmen.« Er wies auf die Tafel. »Für keine von diesen Thesen gibt es hinreichende Beweise, andererseits ist auch keine gänzlich auszuschließen.«

Nicole beugte sich wieder zu Becker:

»Na ja, der Bär wird kaum eine vergiftete Suppe gekocht haben.«

Scharfer Blick von Jennerwein.

»Es bleibt nichts anderes übrig«, fuhr er fort. »Wir müssen uns durch das Klein-Klein scheinbarer Belanglosigkeiten durcharbeiten. Das Wort hat Polizeiobermeister Hölleisen.«

»Ja, dann wollen wir mal.«

Hölleisen erhob sich umständlich und trat in die Mitte. Er sah noch immer ziemlich derangiert aus, seine Jacke war eingerissen, Knöpfe fehlten, auf seinem Gesicht klebten mehrere Pflaster. Und er hinkte.

»Ich hätte nicht gedacht, dass in dem Korbinian Dilg, dem

verhutzelten Joghurt-Manderl, solche Kräfte stecken. Und eine solche Wut. Er hat sich mit Händen und Füßen gewehrt. Ich war mir ganz sicher, dass er etwas mit der Sache zu tun hat. Der Gedanke liegt ja nahe. Das Grundstück, auf dem das Restaurant steht, hat früher dem Forstamt gehört. Die Zufahrtsstraße führt mitten durch ein Naturschutzgebiet, das dann per Landratsbeschluss einfach runtergestuft worden ist. Da könnte einen schon der Zorn fressen. Er kennt sich gut aus in der Umgebung. Er kann in das Gebäude gehen und wieder unauffällig verschwinden. Dann hat er als Förster natürlich auch Ahnung von Pilzen und Giftpilzen. Er weiß sicher, welche Schwammerl man in Rico Hubschmidts Suppe mischen muss, dass es ihm vom Geschmack her nicht auffällt. Und wenn, dann ist es zu spät.«

»Aber Dilg hat mit den Morden nichts zu tun?«, fragte Nicole.

»Nein, hat er nicht. Er hätte gern, aber er hat nicht.«

»Das ist ja auch schon ein Ergebnis. Wir konnten einen von zweihundert Verdächtigen streichen.«

»Haben Sie ihn laufen lassen?«, fragte Jennerwein.

»Nein, er wollte ja unbedingt eingesperrt werden. Er hat alles dafür getan. Er hat uns angegriffen, Frau Schmalfuß ist ihm gerade noch ausgekommen, wir haben ihn den Kollegen von der Psychiatrischen übergeben. In der Landeshauptstadt ist er eh besser aufgehoben, da kann er Interviews geben und den Vierfachmord gutheißen und weiter Randale machen. Die stehen auf so was.«

Nicole Schwattke verschränkte die Arme vor der Brust.

»Grienen Sie nicht!«, sagte Hölleisen zu ihr. »Ich weiß, dass ich mit der Förster-Aktion richtig reingetappt bin.«

»Ich griene ja gar nicht«, sagte Nicole unschuldig, doch ihre Mundwinkel zuckten verräterisch. Wenn man genau hinhörte, vernahm man auch die Glucksgeräusche eines unterdrückten Lachens. Aber das konnte natürlich auch der Wind sein, der ums Haus strich.

Egal. Alle wussten davon. Der mit einer Handykamera gedrehte Film war schon in den Netzwerken zu sehen. Ein YouTube-Beitrag trug den Titel ›Verbrecherjagd mit Hindernissen‹. Im Inneren einer Berggondel stand ein Mann in blauem Anorak mit dem Rücken zur Kamera am offenen Fenster und lehnte sich gefährlich weit hinaus in die Natur. Dann griff er in die Gesäßtasche und zog eine bunte Karte heraus. Die Kamera zoomte näher. Es war die Payback-Karte einer bekannten Supermarktkette. Der Mann steckte die Karte wieder sorgfältig zurück und kletterte eilig aus der Gondel. Bevor er verschwand, schaute er noch einmal kurz zurück und machte dabei eine äußerst unvorteilhafte Figur.

»Ich habe siebzig Likes für den Beitrag bekommen«, sagte Hölleisen mit komisch gespielter Verzweiflung. »Ist das viel?«

»Berichten Sie uns nun bitte von Ihren Beobachtungen im Büro«, sagte Jennerwein ernst. »Die Zeit drängt, der wahre Mörder ist uns immer ein Stück voraus.«

Hölleisen nickte. Er war nach seinem verpatzten Einsatz wieder zum Restaurant gefahren und hatte im Küchenbüro, in dem Rico Hubschmidts Leiche gefunden worden war, eine Observation der besonderen Art durchgeführt. Es war Jennerweins Idee gewesen, das Büro und auch den Safe unverschlossen zu lassen. Jeder konnte unauffällig und ungesehen dort hineingelangen, etwa unter dem Vorwand, auf die Toilette zu gehen, die auf demselben Gang lag. Becker hatte den Inhalt des Safes nach der Sicherung der Spuren wieder so bestückt, wie er ihn vorgefunden hatte. Hölleisen hatte seinen Beobachtungsposten hinter einem Paravent eingenommen, er konnte von dort aus sehen und fotografieren, wer das Büro betrat und was er dort anstellte.

»Also hereingekommen sind in den eineinhalb Stunden eigentlich nicht viele«, sagte Hölleisen. »Die meisten konnte ich anhand der Fotos, die uns Direktor Schwingshandl gegeben hat, sofort identifizieren. Da waren zunächst einmal Schwingshandl selbst und zwei Frauen, die als Köchinnen arbeiten. Sie haben den Raum vorsichtig betreten und sich kurz umgesehen, haben den offenen Safe nicht weiter beachtet, umso länger aber den leeren Tisch in der Mitte und den dabeistehenden Stuhl. Es hat eher wie ein stilles Gedenken gewirkt oder ein Gebet. Ich habe mich fast ein wenig geschämt, sie heimlich zu beobachten.«

»Haben die Damen etwas angefasst?«, fragte Nicole.

»Nein. Später ist auch der Chefkoch, dieser Maître Lüders, erschienen. Auch er hat nichts berührt. Aber er ist in die Nähe des Tresors gekommen, hat durch die offene Tür hineingelinst, sich dann umgesehen, ob ihn nicht jemand beobachtet, aber sonst weiter nichts gemacht. Ich habe irgendwie den Eindruck gehabt, dass er gewusst hat, dass ich hinter dem Paravent stehe und das Ganze eine Falle ist. Bevor er den Raum wieder verlassen hat, ist er vor dem Tisch stehen geblieben und hat ein Kreuz geschlagen.«

Hölleisen kam wieder in den normalen Dienstrhythmus. Seine Wangen röteten sich vor Eifer.

»Dann ist ein richtig schmales Hemd aufgetaucht, aufgrund der Fotos konnte ich ihn als Bubi Rohde identifizieren, seines Zeichens Saucier, was immer das ist. Er ist schnurstracks zum Tresor gegangen, hat die Tür vorsichtig mit dem Ellbogen weiter geöffnet und hat sich alles ganz genau angesehen, allerdings ohne etwas zu berühren. Ich habe dann den Eindruck gehabt, dass er irgendetwas entdeckt hat, er hat einen richtig befriedigten Gesichtsausdruck gezeigt.«

»Angefasst oder herausgenommen hat er nichts?«

»Nein, nichts. Und dann ist noch einer hereingekommen, der alles abgeschnüffelt hat. Den hat aber vor allem die Kiste mit den Pilzen interessiert. Er hat welche herausgenommen, hat sie sich angesehen, hat daran gerochen, alles in einer Seelenruhe, dass es mir schon komisch vorgekommen ist. Als dann eine weitere Person hereingekommen ist und vor dem Tisch kondoliert hat, hat er sich schnell hinter einem Regal versteckt. Das ist mir natürlich noch verdächtiger vorgekommen, aber ich habe nicht eingegriffen. Ich habe ihn fotografiert, und solange keine Straftat geschieht –«

»Sie haben das vollkommen richtig gemacht, Polizeiobermeister«, beruhigte ihn Jennerwein.

»Ja, ich habe dann in der Fotogalerie von Schwingshandl gesucht, dann aber voll Schreck festgestellt, dass das kein Mitarbeiter aus der Hubschmidt-Truppe war, sondern ein ganz Fremder. Und ich habe mir gedacht: Das gibts doch nicht.«

Alle betrachteten das Foto, das Hölleisen geschossen hatte. Das Gesicht des Eindringlings war ziemlich unscharf. Nicole schickte eine Mail mit dem Foto an Schwingshandl: ›Kennen Sie diesen Mann?‹ Die Antwort des Restaurantdirektors kam prompt: ›Nein. Und das ist sicher kein Mitarbeiter aus der Küchenbrigade.‹

Nicole wandte sich an Hölleisen.

»Ja, wenn Sie ihn schon nicht kennen, dann ist es sicher auch kein Einheimischer.«

»Verfluchte Personalknappheit«, sagte Jennerwein ärgerlich. »Als ich mich mit Bubi Rohde unterhalten habe, hatte ich kurz geglaubt, ein Gesicht in der Fensterscheibe zu sehen. Ich dachte, das wäre eine Lichtreflexion. Aber vielleicht beobachtet uns auch jemand.«

»Sollen wir das Foto an die Zeitung geben?«, fragte Nicole.

Hölleisen schüttelte den Kopf.

»Und wenn es bloß ein einsamer Nachtspaziergänger war? Der die Polizeiabsperrung nicht gesehen hat? Dann blamieren wir uns aber sauber. Ich hätte ihn zur Rede stellen sollen!«

Wie er in Hubschmidts Küche die Pilze betatscht und daran geschnuppert hat, dachte Hölleisen, hat der Kerl selbst ein bisschen ausgesehen wie ein Pilz. Doch Hölleisen behielt den vagen Eindruck für sich.

»Zeigen Sie mir das Bild bitte noch mal!«

Maria Schmalfuß betrachtete das Gesicht des Fremden. Dieses Gesicht hatte sie schon einmal gesehen. Und zwar heute. Aber das war doch nicht möglich! Maria schüttelte den Kopf.

»Ich glaube, ich habe mich getäuscht. Ich verwechsle ihn sicher mit jemandem.«

Maria erhob sich. Sie sah blass und müde aus. Sie hatte sich noch um den Abtransport des veganen Försters gekümmert und war dann ebenfalls hinauf zum Restaurant gefahren.

»Wir alle sind gespannt, was Ihre Befragungen ergeben haben«, sagte Jennerwein zu ihr. »Sie werden uns sicher einiges zu berichten haben.«

»Das kommt drauf an, wie man es sieht. Sechs Mitglieder des Kochclubs habe ich jetzt befragt: Pascal Bretten, der als Erster am Tatort war; Thomas Loreks Witwe Erika, die im Verdacht steht, mehrere Verhältnisse zu Clubmitgliedern zu unterhalten; dann Erich Feser, einen steifen Computer-Nerd, bei dem ich einige Ungereimtheiten entdeckt habe; ferner Chichi Reininghaus, die Witwe des Flugkapitäns; den Arzt Dr. Schleißheimer und schließlich Herrn Cheong, einen koreanischen Unternehmensberater.«

»Haben Sie bei einem von ihnen ein Hinken beobachten können?«, fragte Becker.

»Nein, ich habe nichts dergleichen bemerkt. Gleich morgen früh mache ich jedenfalls mit den Befragungen weiter.« Maria warf einen Blick in ihre Unterlagen. Verärgerung erschien auf ihrem Gesicht. »Meinen ersten Termin morgen früh habe ich gleich mit Günter Hodann, diesem Idioten. Entschuldigen Sie die unprofessionelle Ausdrucksweise, aber er hat mich am Telefon ausgesprochen unverschämt angeschnauzt, dann drei Termine verschoben und mich überhaupt wie seinen Deppen behandelt. Der führt sich so arrogant und unkooperativ auf, dass er eigentlich schon wieder unverdächtig ist.«

»Denken Sie sich nichts, wir hatten auch schon die Ehre mit ihm«, warf Nicole ein.

»Aber auch die anderen sind nicht ohne«, fuhr Maria fort. »Solch eine verrückte Truppe ist mir jedenfalls noch nicht untergekommen.«

»Da waren Sie bei unseren Befragungen der Küchenbrigade nicht dabei!«, sagte Becker. »Ein Selbstdarsteller nach dem anderen! Und das quasi bei einer Trauerfeier. Der allergrößte Egomane ist der Chefkoch Lüders – ›Maître Lüders‹, wie er genannt wird. Ausgerechnet ihn habe ich bei der Befragung erwischt, ein Wasserfall ist gegen den der Stille Ozean.«

Hansjochen Becker erhob sich und machte ein paar Dehnübungen. Auf die fragenden Blicke der Teamkollegen hin knurrte er:

»Mein Kreuz schmerzt, die Befragungen waren irrsinnig

anstrengend, und ich habe den ganzen Tag noch nichts gegessen. Da ist dauernd vom Futtern die Rede, wir befinden uns in einem Speisesaal, aber wir können nirgends ran.«

Fast nirgends, dachte Becker.

»Und unten im Kurort gibt es auch kein Lokal mehr, das geöffnet hat«, fügte Nicole hinzu. »Kaff.«

Hölleisen nickte.

»Ich habe ebenfalls noch nichts gegessen. Wenn ich das gewusst hätte, hätte ich heute morgen für alle noch ein paar Wurststullen besorgt.«

Maria griff zum Telefon, entfernte sich einen Kugelwurf weit* und sprach ein paar Worte hinein. Dann legte sie auf und kam wieder zurück.

»Maria, haben Sie denn einen ersten intuitiven Eindruck von den bisherigen Mitgliedern des Kochclubs gewonnen?«, fragte Jennerwein.

»Ich bin auf jede Menge Konflikte gestoßen, auf Eifersüchteleien, Gehässigkeiten und Profilierungswettbewerbe. Ich müsste mir natürlich meine Notizen noch genau durchsehen, um ein stichhaltiges Urteil abgeben zu können, aber rein aus dem Bauch heraus würde ich sagen, dass die Morde keiner von den Treize Plats begangen hat. Wobei andererseits jeder von ihnen etwas damit zu tun haben könnte.«

Wieder blieb ein Satz in Jennerweins Kopf hängen: ... *dass die Morde keiner von den Treize Plats begangen hat ... Wobei andererseits jeder von ihnen etwas damit zu tun haben könnte* ... Die Sätze stellten sich quer, rumorten, verschlangen sich ineinander, wollten keinen Frieden geben und nicht vergessen werden.

---

* Der derzeitige Weltrekord beim Kugelstoßen steht bei 23,12 Meter.

Marias Handy klingelte. Wieder entfernte sie sich ein paar Schritte vom Team. Ein mitternächtlicher Anruf. Wahrscheinlich etwas Dienstliches. Oder etwas sehr Privates?

»Ja«, sagte Maria leise ins Telefon und wandte sich ab. »Das wäre durchaus möglich. – Das ist eine gute Idee. – In zehn Minuten etwa. – Gut, danke. – Ja, ebenfalls.« Und dann schloss sie, lächelnd und fast zärtlich: »Bis gleich.«

»Ja, wenn es in dieser Richtung keine weiteren Ergebnisse gibt – oder nur welche aus dem Bauch heraus –, dann will ich mal von meinen Beobachtungen berichten.«

Der knochige Mann, der jetzt aufstand, war bei der Explosion, in die sie alle vor zwei Jahren geraten waren, am schwersten verletzt worden. Er trug seitdem eine künstliche Hand, hatte sie aber durch viel Training und viel Brain-Computer-Interface-Technik fast wieder zur alten Funktionsfähigkeit gebracht. Ludwig Stengele, der hagelbucherne Allgäuer aus Mindelheim, war zwar nicht mehr im Polizeidienst, aber er packte bei solchen besonders heiklen und unübersichtlichen Fällen gerne mit an.

»Wie Sie ja wissen, habe ich jeden Hubschmidt-Mitarbeiter, der das Restaurant verlassen hat, genau beobachtet. Ich habe alle gefilmt und werde das Material natürlich noch analysieren. Viele der Mitarbeiter haben sich vor dem angeklebten Zweieurostück niedergekniet und dabei die verschiedensten Geräusche von sich gegeben. Laute der Überraschung, der Verwunderung, der Freude, aber auch viel Geächze und Gestöhne, vor allem bei den älteren Semestern. Doch keines der Niederknie-Geräusche ähnelt dem, das ich auf der traurigen Aufnahme gehört habe. Ich habe auch schon mit einer Linguistin geredet. Und die hat zu dem Geräusch des Täters etwas Interessantes gesagt. Sie hat gemeint, dass es kein Wort ist, das irgendeine Bedeutung hat, aber auch kein Prusten, das von einer Körperanstrengung kommt. Sondern ein ganz anderes Geräusch.«

28

Draußen frischte der nächtliche Wind auf, und als eine besonders scharfe, ungut zischende Bö ihren herbstlichen Zwischenruf beendet hatte, hörten alle die ersten Regentropfen auf die edlen Terrakottafliesen der Terrasse klatschen. Auch Ludwig Stengele lauschte versonnen. Nicole stupste ihn an.

»Und? Spannen Sie uns nicht so auf die Folter, Stengele.«

Doch er genoss die Pause. Niemand nahm ihm das übel. Alle waren froh, dass Ludwig Stengele wieder da war. Dass er mitmachte. Sogar Maria Schmalfuß, die dauernd mit ihm im Clinch lag.

»Die Linguistin teilte mir mit, dass dieses Hwww! auch das Ausströmen von Rauch sein könnte. Das Auspusten von Zigarettenrauch.«

»Ein Raucher?«, stieß Jennerwein verwundert hervor. »Er hat nach dem Mord eine Zigarette gepafft? Das darf doch nicht wahr sein.«

»Möglich ist es«, sagte Stengele.

»Dann werde ich die Umgebung noch einmal speziell nach Kippen absuchen müssen«, knurrte Becker, während er sich eine Notiz machte. »Vielleicht haben wir Glück und Ken war so dumm, eine auf freiem Feld wegzuwerfen. Dann hätten wir seine DNA.«

Stengele sandte Becker einen zustimmenden Blick.

»Aber ich bin noch auf eine weitere Möglichkeit gekommen«, fuhr er fort.

»Und zwar vorhin, als ich hinter dem Strauch gestanden bin. Da habe ich etwas Interessantes beobachtet.« Er wandte sich an Maria. »Ich darf mir einmal Ihre Brille ausleihen.«

Maria nahm ihre Brille ab und reichte sie Stengele. Jennerwein fiel auf, dass er Maria noch nie ohne Brille gesehen hatte. So sah sie noch dünner und müder aus. Stengele legte den Zeigefinger seiner stählernen Hand an die Lippen. Alle hatten sich schon an den futuristischen Anblick gewöhnt. Der RoboCop aus Mindelheim, halb Mensch, halb Maschine.

»Pst! Halten Sie sich mal eine Sekunde ganz ruhig. Und hören Sie sich das an.«

Stengele fasste das Gestell mit zwei Fingern der intakten Hand und hauchte auf eines der Gläser:

»Hwww!«

Geraune im mitternächtlichen Team Jennerwein.

»Er war Brillenträger? Und hat seine Brille angehaucht?«

»Ja, es wäre möglich, dass sie verschmutzt war, zum Beispiel mit Blut bespritzt. Er hat seine Brille gereinigt. Das erscheint mir plausibel. Ich bin vorhin in der Restaurantküche gewesen, habe das Handy an die bewusste Stelle gelegt und auf Aufnahme gedrückt. Dann habe ich mich an den Platz gestellt, an dem Antonia Beissle lag, und habe gehaucht. Diese Aufnahme und die Aufnahme der Staatsanwältin sind total identisch, jedenfalls nach meinem Gehör. Beides sind nur Anhaltspunkte, aber es könnte sich entweder um einen Raucher oder einen Brillenträger handeln. Letzteres erscheint mir wahrscheinlicher.«

»Und wie ist es mit den Schritten, die wir gehört haben?«, fragte Nicole. »Gibt es dazu etwas Neues?«

»Auch die Schritte habe ich mir sicher schon fünfzig Mal angehört. Ich bin mir sicher, dass Ken – ich bleibe mal bei dem Namen – entweder hinkt oder einen Fuß nachzieht oder etwas anderes hat, was vom normalen Gang abweicht. Vielleicht drückt ihn auch bloß der Schuh.«

»Was sagen Sie dazu, Frau Doktor?«, unterbrach Jennerwein die nachdenkliche Stille. »Gibt es überhaupt so etwas wie einen normalen Gang?«

Frau Dr. Bentel, die stellvertretende Gerichtsmedizinerin, hatte bisher hochaufmerksam, aber schweigend mit im Kreis des Kernteams gesessen, Jennerwein hatte sie nochmals dringend um Teilnahme gebeten. Jetzt ergriff sie das Wort.

»Zunächst einmal: Den idealen Gang, sozusagen den Laplace-Gang, gibt es nicht, da jeder Mensch seinen eigenen, unverwechselbaren Schrittrhythmus hat. Auch ich habe mir die Aufnahme des mutmaßlichen Täters Dutzende von Malen angehört. Und wissen Sie, an was mich die Schritte erinnern? Ich demonstriere Ihnen das mal.«

Die Stellvertretende stand auf. Jennerwein konnte sehen, dass sie in ihrem Element war, nichts war mehr zu spüren von der Unsicherheit der ersten Stunde. Sie stellte sich in die Mitte, ging dann ein paar langsame Schritte, dabei zog sie das Bein leicht nach.

»Ganz klar: Hierbei belaste ich das eine Bein stärker als das andere. Das ist normales Hinken. Die Schritte auf der Aufnahme klingen jedoch anders. Das ist ein spezielles Hinken. Ich übertreibe es einmal.«

Sie krümmte ihren Rücken ein wenig, nahm mit den Händen eine angedeutete Balancierhaltung ein und rollte den rechten Fuß beim Auftreten seitlich von außen nach innen. Ihr Gang hatte etwas von dem eines schwankenden Dromedars. Doch niemand lachte.

»Mein Onkel hat eine Hüftoperation gehabt«, rief Hölleisen. »Der ist auch so dahergekommen!«

»Nein, ein frisch Hüftoperierter geht so. – Sehen Sie den Unterschied?«

Dann führte sie nochmals den anderen Gang vor. Alle rieten. Kreuzbandriss? Verstauchter Fuß? Stützstrümpfe?

»Mit den Stützstrümpfen sind Sie nahe dran«, gab die Stellvertretende zurück und beendete damit ihre ungewöhnliche Demonstration. »Es könnte ein Patient mit einer Thrombose sein. Ich habe natürlich jetzt maßlos übertrieben. Aber dieser etwas rollende und vorsichtig auftretende Gang ist ganz typisch für Patienten mit einer Thrombose. Ich habe lange mit Blinden gearbeitet. Ein Blinder würde sofort wissen, was dieser Mensch für ein Problem hat.«

Aus dem beifälligen Gemurmel heraus kam es zu einem spontanen Applaus für die Gerichtsmedizinerin. In den zehn Jahren, in denen das Team zusammen war, war das noch nie passiert.

»Und was ist die Ursache für eine Thrombose?«

»Da gibt es einige: viel sitzende Tätigkeit, intravenöser Drogengebrauch, längere Reisen, Schwangerschaft, Übergewicht, überdurchschnittliche Körpergröße. Das sind doch lauter auffällige Merkmale, finden Sie nicht?«

Jennerwein und Nicole machten sich Notizen.

»Sie entschuldigen mich jetzt«, sagte die Stellvertretende leise und bescheiden und wandte sich Richtung Tür. »Aber ich habe noch viel zu tun.«

Doch dann hörten sie draußen ein Auto die Auffahrt heraufbrausen. Die Scheinwerferkegel irrlichterten zwischen den Bäumen und streiften auch die Fensterfront. Hölleisen sprang auf.

»Jessas, wer kommt denn da noch so spät herauf?«

Alle hatten sich zum Fenster umgedreht, manche hatten

sich halb erhoben, um bereit zu sein für einen eventuellen Angriff. Maria Schmalfuß hob beschwichtigend die Hände.

»Beruhigen Sie sich, es ist nur Frau Reininghaus, ich habe vorhin mit ihr telefoniert. Ich sehe das als eine Art psychologische Betreuung, wenn wir schon sonst kein Personal dafür haben. Ich habe sie gebeten, uns in einer kleinen, harmlosen Sache behilflich zu sein. Für sie ist das besser, als zu Hause herumzusitzen und zu grübeln.«

Jetzt trat Chichi Reininghaus ein, sie trug eine große Kühltasche und stellte sie auf einen der Tische.

»Ich will gar nicht weiter stören. Ich bringe Ihnen nur ein paar Häppchen, die ich heute Mittag schon für den Abend zubereitet habe. Es wäre schade drum. Von Frau Schmalfuß weiß ich, dass niemand von Ihnen heute etwas zum Essen bekommen hat. Nehmen Sies. Ich müsste es sonst wegwerfen.«

»Nein, das können wir nicht annehmen«, sagte Jennerwein freundlich, aber bestimmt. »Es ist sehr nett von Ihnen, Frau Reininghaus, dass Sie an uns denken, aber es ist unmöglich.«

Chichi Reininghaus lächelte ein kleines trauriges Lächeln. Dann öffnete sie die Box, nahm ein Servierbrett aus Olivenholz heraus und stellte es auf den Tisch. Als sie die Abdeckfolie heruntergezogen hatte, konnte man lecker aussehende kleine Würfelchen erkennen. Es wäre im Moment genau das Richtige für alle Beamten gewesen.

»Tun Sie mir den Gefallen. Sie bekommen doch heute nichts Essbares mehr dort unten im Kurort. Und ich müsste die Häppchen wirklich wegwerfen.« Sie lächelte und blickte in die Runde. »Ah, ich verstehe schon. Welches soll ich probieren?«

Jennerwein trat zu ihr und wies auf eines der liebevoll

dekorierten Stücke. Ohne zu zögern, nahm sie das Lachs-Crêpe-Würfelchen, auf dem eine saftige Erdbeere drapiert war, und aß es auf.

»Sehen Sie, nichts passiert! Die sind nicht vergiftet. Das sind übrigens meine berühmten Lachs-Fritatten à la Mops. Jetzt entschuldigen Sie mich bitte. Und arbeiten Sie nicht zu lange.«

Sie machten noch einige Versuche, Chichi Reininghaus aufzuhalten und zum Dableiben zu bewegen, aber die verabschiedete sich freundlich lächelnd, und bald hörte man ihr Auto die Auffahrt hinunterbrausen.

Die Beamten griffen zögerlich zu und kauten schweigend. Endlich gab es etwas zu essen. Und dann auch noch so etwas Spezielles. Das Team Jennerwein hatte jetzt fast zwölf Stunden in diesem Schlaraffenladen zugebracht, immer auf engstem Raum mit den feinsten Speisen, von denen viele förmlich danach schrien, probiert und weggeputzt zu werden. Aber es waren eben alles Beweismittel.

»Sehr gut, ausgezeichnet«, schmatzte Hölleisen. »Das Lachshäppchen ist sozusagen die Schwester der Leberkäsesemmel, die in feinere Kreise eingeheiratet hat.«

»Allerdings finde ich das Ganze auf Dauer ein bisschen trocken«, fügte Stengele hinzu. »Es gibt doch einen Weinkeller im Haus. Ein fehlendes Fläschchen wird schon nicht –«

Ein strenger Blick von Jennerwein schnitt ihm den Satz ab. Doch dann musste auch Jennerwein grinsen. Pantomimisch prosteten sie sich mit imaginären edlen Gläsern zu und aßen weiter mit Genuss. Als das Holzbrett mit der überraschenden Stärkung leer war, erhob sich die Stellvertretende.

»Ich muss das Meeting jetzt leider verlassen. Ich will bis morgen weitere Ergebnisse vorweisen können. Deshalb fahre ich jetzt in die Pathologie, um mir dort die vier Leichen nochmals anzuschauen. Wir sehen uns zur Frühbesprechung.«

Zwei Stunden glichen die verbliebenen Teammitglieder schweigend ihre Daten ab, sie erstellten Listen und machten sich Notizen zu einzelnen Ergebnissen. Jennerwein schüttelte seufzend den Kopf. Inzwischen gab es eine unüberschaubare Menge von verdächtigen Personen, die als Ken in Frage kamen. Motive für die Tat gab es einige, viele hatten kein Alibi.

»Wenn alle einverstanden sind, würde ich jetzt Schluss machen und den Datenabgleich morgen weiterführen«, sagte Jennerwein.

Alle nickten.

»Wir sollten eine Wache einrichten hier oben«, gab Becker zu bedenken. »Nach allem, was geschehen ist. Ich melde mich für die erste Wache –«

»Das ist nett gemeint, Becker, aber Sie fahren jetzt nach Hause und ruhen sich aus. Ich kann ohnehin nicht schlafen, mir geht zu viel im Kopf herum. Ich bleibe hier.«

Alle waren damit einverstanden. Sie fuhren ihre Computer herunter, verglichen noch ein letztes Mal Ergebnisse, inspizierten zum x-ten Mal eine bestimmte Stelle der Küche.

Jennerwein trat auf die Terrasse und sah hinüber zu den dunklen Silhouetten des Waldes. Er hörte nacheinander die Autos der Kollegen hinunterfahren. Wenn ein Fremder heraufkäme, könnte er ihn von der Position, an der er stand, sehen. Der Mond, die schönste Leiche im Universum, senkte sich langsam auf den Wald und würde bald darin verschwinden. Jennerwein schloss die Augen und ging noch einmal die zeitlichen Abläufe am Tatort durch. Was passte nicht zusammen? Sein ermittlerischer Instinkt sagte ihm, dass er in dem ganzen Wust von Informationen etwas Maßgebliches gesehen, ihm aber nicht die entscheidende Bedeutung zugewiesen hatte. Und zwangsläufig gingen seine Gedanken wieder hin zu Antonia Beissle, er konnte sich nicht dagegen wehren. So recht wollte er an eine Verstrickung Antonias in Mafiageschäfte nicht glauben. Er war sich inzwischen sicher, dass sie nur zufällig Opfer dieses Verbrechens geworden war. Das war besonders bitter. Die Jugendliebe zwischen Antonia und ihm währte nur einen einzigen Sommer lang. Sie passten perfekt zueinander. Sie hatten die gleichen Vorlieben. Beide interessierten sie sich brennend für die Gerechtigkeit. Jennerwein dachte an hitzige Diskussionen, die die ganze Nacht dauerten. Sie wollten beide einen Beitrag leisten, die unrunde Welt ein wenig in Ordnung zu bringen. Erst hatten sie das Ziel, Jura zu studieren. Dann interessierten sich beide für die Laufbahn bei der Polizei. Dann waren sie zusammengezogen, im Spätsommer, im Herbst vor dreißig Jahren. Antonias Vater wollte, dass sie in die elterliche Kohlenhandlung einstieg, sie hatte sich strikt geweigert. Und er selbst? Er hatte ganz kurz erwogen, Luftikus, Taschendieb und Betrüger zu werden wie sein Vater, aber da wäre er nicht lange dabeigeblieben. Es war eine glückliche Zeit. Der Mond war genauso wie jetzt am Himmel gestanden, pockennarbig und unreif. Doch es ging nicht lange gut. Antonia Beissle hatte ihm gestanden, jemand anderen kennengelernt zu haben. Jennerwein hatte nie in Erfahrung bringen können, wer das war. Denn Antonia Beissle hatte nie geheiratet, er hatte auch niemals etwas von einem Partner oder Freund gehört. Und er glaubte inzwischen, dass es da gar niemanden gab. Die ganze Zeit nie jemanden gegeben hatte.

Maria kam langsamen Schrittes über die Terrasse und bestaunte mit Hubertus Jennerwein zusammen die Silhouette des Waldes, in die der Mond bald versinken würde. Dann drehte sie sich zu ihm.

»Hubertus, diesen wehmütigen Ausdruck kenne ich gar nicht an Ihnen!«

Der Mond warf ein paar Schaufeln Romantik zwischen sie.

schmackofatz.de
Ihr Bewertungsportal – Restaurants weltweit vergleichen

HUBSCHMIDT's

Bewertung:
✦ ✦ ✦ ✦ ✦ ✧ (= Abend mit Überraschung)

Sigismund P. schrieb:
Das Essen war lecker, der Raum gemütlich, der Service aufmerksam. Ein tolles Detail haben sie sich bei Hubschmidt's allerdings einfallen lassen. Auf dem Tisch gibt es auf Wunsch eine Schiene, ein nach oben offenes Rohr, durch das hindurch sich, wie uns der Ober erklärte, Verliebte an den Händen fassen können, ohne an Flaschen, Schüsseln oder Ähnliches zu stoßen. Und ohne dabei groß beobachtet zu werden. Darauf was abzustellen ist für die Ober auch tabu. Auch bei Hochzeitstagen, Jahrestagen, ersten Dates usw. wäre das der Hit. Ob wir die Schiene auch mal ausprobieren wollen?, fragte uns der Ober, ich glaube, er hieß Jacques. Nun, ich war mit meinem langjährigen Geschäftsfreund da, wir halten unsere Besprechungen immer in guten Lokalen ab, ohne unsere Frauen, die gehen in der Zeit meistens shoppen. Wir haben zuerst über das Angebot gelacht. Dann aber ließen wir uns das Rohr doch bringen. Aus Jux. Ich hätte gar nicht gedacht, dass mein langjähriger Geschäftsfreund so weiche Hände hat.

29

Nach einer sehr kurzen Nacht hatte sich das Team Jennerwein unchristlich früh wieder bei Hubschmidt's eingefunden. Draußen meckerten die ersten Vögel gegen die beginnende Morgendämmerung an, im Wald tobten noch zerfetzte Reste von Nacht und Nebel, eine kalte Lichtsuppe umgab das Hubschmidt's. Dadurch wirkte es malerisch und verfallen, schmutzig und hochinteressant. Alle am Tisch sahen mitgenommen und nicht gut ausgeschlafen aus, doch die grimmige Entschlossenheit, diesen unübersichtlichen Fall zu lösen, stand allen ins Gesicht geschrieben. Becker und Nicole fuhren ihre Rechner hoch, Hölleisen und die Stellvertretende breiteten ihre Papiere auf dem Tisch aus, Stengele lauschte konzentriert in seine Kopfhörer, Maria Schmalfuß übersäte ihre Gesprächsprotokolle mit mehrfarbigen Anmerkungen, die eher kabbalistischen Geheimzeichen glichen. Kommissar Jennerwein strich sich über das unrasierte Kinn und wollte gerade zu einem vernehmlichen Räuspern ansetzen, um die Sitzung zu eröffnen, da klopfte es mehrmals am Fenster, genau an der Stelle, an der er gestern Abend das neugierige Gesicht eines Unbekannten gesehen hatte. Es war wohl eine gute Stelle für Voyeure und Trugbilder. Doch Jennerwein schien erfreut.

»Kommen Sie herein, die Tür ist offen!«, rief er.

Als die Frau den improvisierten Besprechungsraum betrat, grüßte sie freundlich in die Runde.

»Wir haben Sie so früh nicht erwar-

tet«, sagte Jennerwein und bat sie an den Tisch. »Ich würde Sie gerne als Zeugin befragen. Natürlich nur, wenn niemand etwas dagegen hat.«

Er blickte in die Runde. Hölleisen und Nicole Schwattke nickten, Maria Schmalfuß zog zwar die Augenbrauen ein kleines bisschen hoch, signalisierte jedoch mit einer gnädigen Handbewegung ihre Zustimmung.

»Ja ja, schon gut«, murmelte Becker, ohne aufzusehen. »Wir müssen nehmen, was wir kriegen.«

Stengele zog die Kopfhörer herunter, warf einen Blick zu der Frau hin und nickte sein kleines Mindelheimer Nicken, in dem die Worte ›Sie werden schon wissen, was Sie tun, Chef, ich jedenfalls glaube dem Biest kein Wort‹ verborgen waren. Frau Dr. Bentel, die Stellvertretende, die ebenfalls mit am Tisch saß, war die Einzige, die die frühe Besucherin noch nicht persönlich kennengelernt hatte. Mit unverhohlener Neugier starrte sie die Frau an.

»Ich hoffe, ich kann Ihre Fragen beantworten«, sagte die Bestattungsunternehmerin Ursel Grasegger. »Ich werde mich auch kurz fassen. Obwohl es natürlich schon interessant wäre, der Polizei einmal bei der Arbeit zuzuschauen.«

Sie musterte die aufgebauten Gerätschaften neugierig. Becker grunzte. Seinem Geschmack nach blieb der Blick der Mafiabraut zu lange an einem großen Bildschirm hängen, auf dem Verbrecherfotos durchrollten, die mit Gesichtserkennungssoftware gescannt wurden. Becker drückte auf die Ursel-Grasegger-Taste: Ctrl / Alt / F2 = schnell Bildschirm wechseln.

»Wann hatten Sie den ersten Kontakt zu den Treize Plats?«, eröffnete Jennerwein.

»Vor zwei oder drei Jahren, ich weiß es nicht mehr genau, ich müsste nachsehen. Jedenfalls bin ich damals Ehrengast eines festlichen Abendessens gewesen.«

»Wo fand es statt? Im Restaurant bei Hubschmidt's?«

»Ja, sogar genau hier in diesem Saal.« Ursel ließ ihren Blick erinnerungsvoll durch den Raum schweifen. »Die vom Kochclub haben den Esstisch damals genauso aufgestellt wie Sie jetzt den Besprechungstisch. An die einzelnen Gänge kann ich mich gar nicht mehr genau erinnern, Zwiebelsuppe war jedenfalls dabei.« Ursel gab ein schnalzendes Geräusch von sich. »Sie ist gar nicht so übel gewesen. Ich mache sie allerdings besser. Nämlich orientalisch.«

»Wer hat Sie eingeladen?«, fragte Maria.

Ursel zögerte. Sie warf einen kurzen Blick zu Jennerwein. Der hatte sie am Telefon beschworen, entweder ganz bei der Wahrheit zu bleiben oder auf eine Frage zu schweigen. Nach einer Pause sagte Ursel:

»Frau Beissle hat mich eingeladen. Sie hat mich eines Tages angerufen, ich bin vor Schreck fast in Ohnmacht gefallen. Ich habe natürlich gleich an was Strafrechtliches gedacht, irgendwelche Schwierigkeiten wegen unserer damaligen Bewährungsauflagen. Oder wegen – ähh, wegen etwas anderem. Aber dann, große Überraschung, eine Einladung!«

Alle sahen sie verwundert an. Sogar Becker blickte von seinen Zahlenkolonnen auf und stieß einen überraschten Pfiff aus.

»Hat es Ihnen denn dann bei den Dreizehn gefallen?«, fragte Hölleisen. »Ich meine: War das Essen nach Ihrem Gusto?«

»Na ja, was heißt Gusto! So ein Gusto ist immer Geschmackssache. Es war alles gut, gar keine Frage. Für meinen Geschmack hätten die Gerichte jedoch deftiger, reichlicher, wie soll ich sagen: sättigender sein können. Das ist doch der Sinn des Essens, oder? Die Sättigung!«

Dazu sagte niemand etwas. Aber insgeheim gaben sie ihr

recht, die versammelten Bagelbeißer, Spätzlekönige und Wurstsemmel-Sommeliers.

»Haben Sie selbst auch etwas dazu beigetragen?«

»Nein, Frau Beissle wollte keine andere Köchin neben sich dulden. Ich habe ihr dann beim Abwaschen geholfen.«

»Was war Ihr persönlicher Eindruck von den Mitgliedern des Clubs?«, fragte Maria. »Ich meine, rein so vom Gruppendynamischen her?«

»Aha, jetzt kommen die Fragen, die ans Eingemachte gehen. Wie soll ich sagen? Es war eine verschworene Gemeinschaft. Sie kannten sich offensichtlich alle sehr gut, redeten sich mit ihren Spitz- oder Kochnamen an: Schmatzer, Kung-Fu, Sozusagen, Hauptmann, Brikett ... Sie haben mir dann im Lauf des Abends angetragen, ordentliches Mitglied zu werden. Stellen Sie sich das vor: ich und ein ordentliches Mitglied! Ich habe natürlich abgelehnt, in dieser Blase hätte ich mich bestimmt nicht wohl gefühlt. Da war mir alles irgendwie zu verkrampft und unlocker, vom Essen angefangen bis hin zu den Tischgesprächen. Doktor Schleißheimer mit seinen anatomischen Vorträgen, der Boxmanager Bert Einsiedl mit seinen endlosen Weinbeschreibungen, bevor man den ersten Schluck trinken konnte, Hodann mit seinen blöden Thesen zum Immobilienmarkt und seinen dauernden Tschakka-Rufen –«

»Gab es denn spezielle Spannungsfelder zwischen einzelnen Personen?«, bohrte Maria nach.

Ursel überlegte.

»Eigentlich nicht.«

»Gibt es jemanden, dem Sie solch eine Tat zutrauen?«

»Was heißt: zutrauen? Jeder von uns trägt doch einen leise glimmenden Brandherd in sich, einen schlummernden

Vulkan, der jederzeit ausbrechen kann. Oft genügt nur ein Schnipser, und schon ist so eine üble Sache passiert.«

»Jeder?«, fragte Becker.

»Jeder«, antwortete Ursel und blickte mit einem kleinen Anflug von kaustischer Süffisanz in die Runde.

»Und auf der Grundlage welcher psychologischen Schule wagen Sie solch kühne Thesen?«, fragte Maria spitz.

»Auf der Grundlage des gesunden Menschenverstandes«, keilte Ursel zurück. »Und auf der Grundlage von vielen Beobachtungen.«

Jennerwein unterbrach das kleine Scharmützel und wandte sich an Ursel.

»Noch mal ganz direkt gefragt: Gibt es eine Person im Kochclub, der Sie die Tat zutrauen?«

Ursel schüttelte den Kopf.

»Nein, Anzeichen für echte kriminelle Energien habe ich bei keinem entdeckt. Aber ich habe damals natürlich nicht drauf geachtet, und es ist schon so lange her. Ich weiß wirklich nicht, ob ich Ihnen so eine große Hilfe bin.«

»Gibt es noch eine Besonderheit, die Ihnen aufgefallen ist?«, fragte Nicole. »Gab es ein Thema bei den Tischgesprächen, das uns im Zusammenhang mit den Morden interessieren könnte?«

»Es ging schon sehr oft ums Geld«, sagte Ursel nachdenklich. »An dem Abend war viel von Unterstützung und Förderung die Rede. Manche haben sich in ihrer Wohltätigkeit direkt gesuhlt. Ich meine, die haben schon viel gespendet und tun das wahrscheinlich immer noch, das ist ja alles redlich und ehrenwert. Aber es ist mir halt aufgefallen, dass es dabei speziell um Bargeld gegangen ist.« Ursel wiegte nachdenklich den Kopf. »Soviel ich mitbekommen habe, haben die sich auf die Unterstützung von Institutionen spezialisiert, denen aus irgendeinem Grund der gemeinnützige Vereinsstatus verwehrt wurde und bei denen deshalb die Gelder nicht so reichlich flossen.«

»Also krumme Geschäfte?«

»Nein, überhaupt nicht. Es ging zum Beispiel um ausländische Vereine, die den Antrag nicht rechtzeitig abgegeben haben. Oder Sportvereine mit noch nicht anerkannten Sportarten. Männer- oder Frauenchöre, denen die Gemeinnützigkeit entzogen wurde, weil sie in einem Fall keine Frauen, im anderen keine Männer aufgenommen haben. So etwas in der Art. Bürokratieopfer eben. Dafür wurde Geld gesammelt. Und zwar Bargeld. Wie in der Kirche bei der Kollekte. Die kann man steuerlich auch nicht absetzen. Der arme Dachdecker Lorek hat ein Bündel Scheine herausgezogen und es in den Hut geworfen. Rico Hubschmidt auch.«

»Wir reden also von Schwarzgeld?«

»Nicht jedes Bargeld ist Schwarzgeld«, sagte Ursel spöttisch. »Aber in einem Handwerksbetrieb sammelt sich halt was an, das wird jetzt doch keine große Überraschung für Sie alle sein.«

»Und in der Gastronomie?«, fragte Jennerwein. »Wie hoch ist da der Anteil an Schwarzarbeit?«

»In kleineren Betrieben würde es gar nicht anders gehen.«

»Sind Sie sicher, dass das Geld auch wirklich gespendet wurde?«, fragte Nicole.

»Ja, ganz sicher. Ich habe damals im Netz nachrecherchiert. Man will ja nicht bei etwas Illegalem dabei sein!« Ursel schnitt ein gespielt entrüstetes Gesicht. »Die Summe wurde beim Empfänger korrekt genannt. Es ist also beim Spenden alles ganz sauber abgelaufen.«

Jennerwein blickte nachdenklich aus dem Fenster. Ein

Schwarm Krähen flog auf. Der Dachdecker Lorek und der Wirt Hubschmidt hatten augenscheinlich viel Bargeld in der Tasche gehabt, damals zumindest. Die Vermutung lag aufreizend nahe, dass das etwas mit den Morden zu tun hatte.

Die Stellvertretende hob die Hand.

»Ich habe noch eine spezielle Frage an Sie, Frau Grasegger. Es ist aber mehr eine Frage an Sie als Köchin. Wie ist das mit der legendären Sauce bei Hubschmidt's: Glauben Sie daran, dass es an einer einzigen Zutat liegt, dass sie so unvergleichlich ist?«

»Nun ja, so etwas gibt es schon. Wir zum Beispiel schwören seit Generationen darauf, dass in eine richtige Schweinsbratensauce Safran hineinmuss. Ohne geht es bei den Graseggers gar nicht. Was dem Alfons Schuhbeck der ständige Ingwer und dem Eckart Witzigmann die unvermeidliche Aubergine ist, ist uns der Safran. Am Tisch werden dann natürlich Geschichten von mittelalterlichen Handelswegen erzählt, die in Indien beginnen und durch den Kurort zu den Fuggern nach Augsburg führen – und schon schmeckts noch einmal so gut.«

»Also Einbildung?«

»Keine reine Einbildung. Die Geschichte der Speise, die auf den Tisch kommt, ist eine der wesentlichsten Zutaten. Ich glaube, heutzutage nennt man das Framing.«

»Schweinebratensaucenframing?«

»Ja, wenn Sie so wollen. Aber wichtiger als eine einzelne Zutat zur Sauce ist meiner Meinung nach die Zubereitung des Bratens. Die schonendste, gesündeste und schmackhafteste Art ist natürlich das Niedergaren.«

»Ah, ja, nach Graf Rumford, oder?«, warf Stengele ein. »Der hat das doch erfunden?«

Ursel lächelte und strich sich ein widerspenstiges Schläfenlöckchen aus der Stirn. In ihren strahlend blauen Augen bildete sich Schalk.

»Wissen Sie, wer das Niedergaren wirklich erfunden hat? Der bayrische Kurfürst Maximilian II. Emanuel. Der bayrische Hof konnte damals mit der Pracht der anderen Höfe nicht mithalten. Als der Papst zu Besuch kam und ihm zu Ehren eine festliche Tafel gegeben wurde, ist sogar der Küchenofen ausgegangen, weil kein Brennholz mehr da war. Das Wildschwein garte nur noch im Rest der Glut, bis diese schließlich auch noch erlosch. Als der Braten schließlich trotzdem aufgetragen wurde, sagte Maximilian:

›Des ghört so, Heiliger Vater. Des is eine Wildsau à basse température‹.

Und seitdem hat sich das Niedergaren in ganz Europa verbreitet.«

Ursel erhob sich.

»Wenn Sie keine Fragen mehr haben, dann packe ich es mal lieber. Sie haben zu tun. Ich wünsche Ihnen viel Glück.«

»Sollen wir Sie fahren?«

»Nein, nein, der Spaziergang tut mir gut. Ich will auf zehntausend Schritte pro Tag kommen. Dann kann ich das zweite Frühstück besser genießen.«

»Ich begleite Sie noch zur Tür«, sagte Jennerwein.

»Der Ehrengast!«, rief Ursel unvermittelt und mehr für sich selbst als zum Team.

»Wie bitte?«, fragte Stengele.

»Das ist mir die ganze Zeit schon im Kopf herumgegangen. Dass es noch ein fünftes Opfer geben könnte, nämlich den gestrigen Ehrengast. Und dass es der Täter eigentlich auf den abgesehen hat.«

»Sie denken an eine Entführung?«

»Ja, an eine Entführung, einen Raub, eine Erpressung, eine Tötung, wie auch immer. Der Täter bekommt davon Wind, dass sich der Prominente mittags in der Hubschmidt'schen Küche aufhält, er schnappt sich dort das Opfer. Hubschmidt, Reininghaus, Lorek und Beissle sind unerwartet im Haus und werden ausgeschaltet. Oder umgekehrt: Der Ehrengast wird gezwungen, bei den Morden zuzusehen, und ist so geschockt, dass er vor dem Täter kuscht und eine Information preisgibt. Dann verlassen sie den Tatort, der entführte Gast wird zu einem vorbereiteten Versteck im Wald oder im Gebirge gebracht.« Sie wies in die Runde. »Bevor Sie alle den Pinsel ausgepackt haben, um Fingerabdrücke zu sichern, war der Täter schon längst über alle Berge.« Ursel knöpfte ihren Anorak zu und wandte sich zum Gehen. »Aber ich will mich natürlich nicht in Ihre Ermittlungen einmischen. Ganz bestimmt nicht.«

Der Himmel war klar und hell, die Winde hatten sich verzogen und wüteten woanders. Es könnte ein schöner Tag werden, dachte Jennerwein.

»Und grüßen Sie Ignaz von mir«, rief er Ursel nach, als sie schon ein paar Schritte gegangen war.

Sie drehte sich nochmals um. Ihr Gesichtsausdruck zeigte große Verwunderung.

»Aber wissen Sie das nicht, Kommissar? Wir haben uns doch … ja, es ist vorerst nur für einige Zeit … wie soll ich sagen … wir haben einfach ein bisschen Abstand gebraucht … wir sind bei einer Paarberatung –«

Ursel und Ignaz Grasegger waren eine der letzten intakten Familien gewesen, die Jennerwein gekannt hatte. Jetzt waren nur noch die Simpsons übrig.

30

Dr. Emanuel Schleißheimer wählte die Nummer von Bob Dylans Handy. Hier handelte es sich schließlich um einen Notfall. Vielleicht war Bob sogar in Lebensgefahr. Schleißheimer hatte seit gestern Nachmittag auf ihn gewartet, vergeblich. Jetzt musste er endlich handeln. Die Handynummer des Akkordtitanen wurde jeden Tag verändert, den entsprechenden Verschlüsselungscode hatte Schleißheimer mit Kugelschreiber auf eine der uralten Dylan-Platten geschrieben. Das war nicht sonderlich originell, aber ihm war damals nichts Besseres eingefallen. Er blätterte die Sammlung durch. … Planet Waves … Blood on the Tracks … Desire … Auf der letzten Platte fand er, was er suchte.

»Sie haben alle meine Scheiben?«, hatte Dylan damals gefragt, als er bei ihm zu Besuch war.

»Natürlich, Ehrensache«, hatte Schleißheimer stolz geantwortet.

»Auch den Fehldruck von John Wesley Harding aus dem Jahr 1967?«

»Ja, ich habe eines der fünfhundert Exemplare auf einem Pariser Flohmarkt entdeckt.«

»Sie Glücklicher. Den Fehldruck habe nicht einmal ich in meiner Sammlung.«

Schleißheimer tippte die heute gültige Telefonnummer ein. Langsam kam er ins Schwitzen. Es tutete ewig, niemand ging ran. Auch die Mailbox schaltete sich nicht ein, das hatte er auch nicht erwartet. Schließlich rief er Dylans Agentur an.

»Ah, Mr. Schleißheimer«, sagte die Dame am anderen Ende der Leitung und der Welt. »Schön, von Ihnen zu hören. Was gibts?«

»Ich hatte eine Verabredung mit ihm, und er hat sich bis jetzt nicht gemeldet.«

Es war geboten, den Namen des Stars nicht zu nennen, falls jemand das Telefon abhörte.

»Nicht gemeldet? Dann hat er eben seine Pläne geändert. So was kommt vor.«

»Hier in der Gegend sind Morde geschehen. Ich mache mir Sorgen. Er ist vielleicht in Gefahr. In großer Gefahr. Darum rufe ich an.«

Die Dame am anderen Ende der Leitung schwieg. Er hörte sie etwas in ihren Computer tippen. Wahrscheinlich suchte sie im Netz nach News aus dem Kurort. Dann sagte sie:

»Moment, ja, ich sehe schon: Morde. Schrecklich. Können Sie denn momentan frei sprechen?«

Ihre Stimme zitterte jetzt ein wenig. Das beunruhigte ihn zusätzlich. Er benötigte nun den Code für positive oder negative Bestätigung dieser speziellen Frage, ob er momentan frei sprechen könne. Wenn er irgendetwas anderes sagte, hieß das nein. Er sollte die positive Bestätigungsfloskel eigentlich auswendig wissen, aber er hatte sie ebenfalls auf eine der alten Platten notiert. Wieder blätterte er … Nashville Skyline … Highway 61 … Slow Train Coming … Als Bob damals bei ihm war, war er aufgestanden, hatte wortlos eine alte Platte aufgelegt und die Nadel aufgesetzt. Das Rauschen und Kratzen hatte den ganzen Raum erfüllt.

»Ich höre«, sagte die Dame am anderen Ende der Leitung.

Schleißheimer fluchte leise. Auf keinem der Plattencover war das Kennwort zu finden.

»Hören Sie, ich finde das Entwarnungskennwort jetzt nicht, tut mir leid. Es ist niemand bei mir, der mich bedroht, das müssen Sie mir jetzt einfach glauben. Rufen Sie ihn bitte an und sagen Sie ihm, dass er nicht mehr zum vereinbarten Treffpunkt kommen soll. Es ist etwas passiert. Können Sie ihm das ausrichten?«

»Wem?«

»Was: wem? Ich darf doch den Namen hier am Telefon nicht nennen.«

»Sollen Sie auch nicht. Wen haben Sie eingeladen: ihn oder sein Double?«

Schleißheimer schwitzte noch mehr.

»Was für ein Double?«

»Was für ein Double! Das kann ich Ihnen nicht sagen, die Doubles sind alle gleich.«

»Es gibt mehrere? Das wird ja immer dicker.«

»Nennen Sie mir den Ort Ihres Erstkontakts mit ihm. Und den Zeitpunkt.«

Schleißheimer nannte.

»Da haben Sie ja damals den echten erwischt, Sie Glückspilz! Aber ich sehe, dass sich der echte derzeit nicht in Europa aufhält.«

»Aber, das gibts doch nicht! Jemand aus Ihrer Agentur hat mich doch gestern angerufen und gesagt, dass er schon da ist! Ganz in meiner Nähe!«

»Dann brauch ich das Kennwort dieses Mitarbeiters.«

»Vergessen.«

»Wie: vergessen.«

»Na, ›vergessen‹ ist das Kennwort dieses Mitarbeiters.«

»Wie kann man das Kennwort vergessen?«

»Herrgott, das Wort ›vergessen‹ ist das Kennwort.«

»Ja, jetzt fällts mir auch wieder ein.«

»Sie haben das Kennwort auch vergessen?«

»Wieso auch? Sie habens ja nicht vergessen. Ich habs vergessen, und jetzt, wo Sie es sagen, fällts mir wieder ein.«

Schleißheimer klickte weg. Er glaubte zu wissen, wo Bob war. Sorgfältig schnürte er seine Wanderstiefel und machte sich auf den Weg.

31

Schweigend und hochkonzentriert arbeitete das Team Jennerwein im großen Speisesaal weiter. Auf der schwarzen Kreidetafel war eine neue Arbeitsthese hinzugekommen, es war Nicoles schnörkellose und zielstrebige westfälische Handschrift:

These 8: eigentliches Ziel des Anschlags: der Ehrengast

Hölleisen hatte gemault:

»Die These ist auch nicht viel wahrscheinlicher als meine Bären-Theorie.«

»Jetzt muss Schluss sein mit der Geheimniskrämerei von Schleißheimer«, rief Jennerwein. »Wir brauchen die Identität des Ehrengastes. Dazu müssen wir Schleißheimer kontaktieren. Maria, bitte übernehmen Sie das.«

Die Psychologin erhob sich und stopfte ihre Unterlagen in die Tasche.

»Ich werde versuchen, ihn von unterwegs zu erreichen, er hat mir seine Handynummer gegeben. Aber zuvor habe ich noch den Termin mit Hodann, da freue ich mich besonders drauf, das können Sie mir glauben.«

»Rufen Sie uns an, wenn er zu unverschämt wird«, polterte Becker. »Wir kommen mit Luftunterstützung.«

Jennerwein stellte sich vor die Wand mit dem vergrößerten Foto der dreizehn

Mitglieder des Kochclubs. Alle Hobbyköche blickten aufmerksam in die Kamera. Feser ein wenig steif, Chichi freundlich, Erika Lorek ernst und streng, Schleißheimer mit einem kleinen süffisanten Lächeln. Als Jennerwein zu Antonias Bild kam, stiegen Wut und Trauer in ihm auf, er musste seinen Blick kurz abwenden. Doch dann ballte er die Faust und atmete tief durch. Es wäre auch in Antonias Sinn, dass er sich jetzt professionell verhielt und sich voll und ganz auf die Ermittlungen konzentrierte. Er wollte sie wie jedes andere Opfer eines Gewaltverbrechens behandeln, mit klarem Verstand und ohne erinnerungsselige Emotionen. Jennerwein trat einen Schritt zurück und betrachtete noch einmal jedes der Kochclubmitglieder genau. Pascal Bretten stand in einer reichlich theatralen Pose da, Hubschmidt mit einem hintersinnigen Ich-bin-der-Chef-Lächeln, Reininghaus freundlich und Kompetenz ausstrahlend. Jennerweins Blick fiel auf Josef Büchner und Bert Einsiedl. Der Hofladenmetzger sah tatendurstig drein, seine Augen zeigten aber auch etwas Liebevoll-Verschmitztes. Der Boxmanager Einsiedl trug ein kleines Oberlippenbärtchen, er sah als Einziger nicht in die Kamera. Nähere Informationen über diese beiden Mitglieder der Treize Plats fehlten noch, Maria hatte es gestern nicht mehr geschafft, sie zu befragen.

Als Maria Schmalfuß die Zufahrtsstraße hinunterfuhr, sah sie Ursel Grasegger am Straßenrand stehen und winken. Maria hielt an, ein kleiner Anflug von Ärger stieg in ihr auf. Hatte die Bestattungsunternehmerin noch ein paar weitere Unverschämtheiten bezüglich psychologischer Befindlichkeiten parat?

»Was gibt es? Ich bin wirklich in Eile!«

»Mir ist noch was eingefallen«, sagte Ursel.

»Dann steigen Sie in Gottes Namen ein.«

»Und zwar zu Werner Reininghaus, dem Flugkapitän. Sie und der Kommissar haben doch nach Auffälligkeiten bezüglich einzelner Personen gefragt. Vielleicht habe ich meine Beobachtung deshalb verdrängt, weil sich Reininghaus unter den Opfern befindet. Sie wissen schon: Über die Toten nichts außer Gutes.«

Maria schwieg und warf einen kurzen erwartungsvollen Blick hinüber zu Ursel.

»Reininghaus war das, was man sich unter einem ruhenden Pol, einem Fels in der Brandung vorstellt«, fuhr Ursel fort. »Er war der absolut gelassene Menschentyp, das Gegenstück zu seiner lebhaften Ehefrau Chichi. An dem Abend, an dem ich eingeladen war, hatte er aber einen kleinen Aussetzer, wie ich meine. Zu vorgerückter Stunde kam das Gespräch darauf, wo man denn das nächste Treffen stattfinden lassen sollte. Ich glaube, es war Erich Feser, der die Spielbank im Kurort vorgeschlagen hat. Die hat ja einen schönen Speisesaal und eine große Küche, dort finden deshalb öfter Veranstaltungen statt. Waren Sie da schon mal, Frau Psychologin?«

»Nein, ganz bestimmt nicht. Weder beruflich noch privat. Jeder Mensch hat seine Süchte, selbstverständlich auch ich, aber die Spielsucht zählt bei mir nicht dazu.«

»Sehen Sie, Frau Schmalfuß, Sie reagieren halbwegs normal und unaufgeregt auf meine Frage. Bei Werner Reininghaus war das anders. Ich hatte den Eindruck, dass er seinen Ärger über den Vorschlag von Feser kaum zurückhalten konnte. Er sagte, da würde er nicht mitmachen, bei solch einer Spelunke würde er seiner Lebtag keinen Fuß über die Schwelle setzen, diese üble Art der staatlichen Abzockerei würde er aufs schärfste verurteilen und nie und nimmer unterstützen. Der sonst so ruhige Reininghaus wurde sogar ein bisschen laut. Chichi, seine Frau, hat ihm dann die Hand beruhigend auf die Schulter gelegt, und er hat schnell wieder die Fassung gewonnen. Vielleicht ist es auch bloß mir aufgefallen, weil ich ihm direkt gegenübergesessen bin. Aber ich habe mir an dem Abend gedacht, dass da etwas Persönliches dahintersteckt.« Ursel deutete durch die Windschutzscheibe. »Da vorne lassen Sie mich bitte raus, Frau Schmalfuß! Vielleicht können Sie etwas mit meiner Beobachtung anfangen. Viel Glück bei den weiteren Ermittlungen!« Mit großem Ernst fügte sie hinzu: »Ich hoffe, Sie fassen den Mistkerl, der Rico Hubschmidt getötet hat, diesen wunderbaren und großzügigen Menschen!«

Maria parkte direkt vor dem eisernen Gartentor. Stand sie etwa gerade vor dem Haus dieses Mistkerls? Sie öffnete das Gatter und betrat das Grundstück von Günter Hodann. Als sie die Fassade seines Hauses sah, seufzte sie auf. Genau so hatte sie sich das vorgestellt. Eine alpinbarocke Riesenhütte voller Protz und natürlich gleich als Erstes ein Blick auf den Swimmingpool inclusive Poolboy, der ihn reinigte und winterfest machte. Schon kam ihr Hodann entgegen, in Trachtenjanker und Kniebundhose, ganz auf ländlich und alpin geschneidert.

»Hatten wir nicht eine Stunde später ausgemacht? Na gut, jetzt sind Sie schon mal da.«

Das war seine Begrüßung. Ganz ohne Unverschämtheiten ging es bei ihm wohl nicht ab. Die anderen Mitglieder des Kochclubs waren exzentrisch, verrückt, vielleicht auch bloß aufgewühlt von den Ereignissen. Hodann hingegen war ein Ekel. Und er blieb bei seiner frechen, anmaßenden Linie.

»Also, was ist nun? Wollen wir den ganzen Tag hier stehen?«

Ruhig bleiben, ganz ruhig, sich durch nichts provozieren lassen, dachte Maria. Hodann tippte eine Nummer ins Handy und telefonierte.

»Gleich, sofort, nur den einen Call noch«, rief er in Richtung Maria. »Nur noch eine Bestätigung von einem wichtigen Großkunden aus Mailand, dann bin ich ganz für die Polizei da.«

»Als Erstes brauche ich Ihre Fingerabdrücke«, sagte Maria unbeeindruckt.

Drinnen öffnete sie ihren mitgebrachten Spurensicherungskoffer und breitete das Besteck auf dem Tisch aus. Hodann hatte inzwischen ein Headset aufgesetzt, um freihändig telefonieren zu können. Er brachte es tatsächlich fertig, mit irgendjemandem über irgendetwas zu quatschen, während er die Finger ins Stempelkissen drückte. Vielleicht tat er auch bloß so, als ob er telefonierte. Zuzutrauen wäre ihm so eine Art von kindischer Angeberei, dachte Maria. Hodann schwadronierte über das Wetter in Costa Rica und sinkende Immobilienpreise da und dort. Dabei machte er seine Abdrücke. Zeigefinger rechts, Mittelfinger rechts. Marias Gedanken schweiften ab. Etwas ging ihr nicht aus dem Kopf. Warum war ihr der Mann auf Hölleisens Foto, der derart auffällig an den Pilzen interessiert war, so bekannt vorgekommen? Kleiner Finger rechts, Ringfinger rechts. Es war ein unscharfes Bild seines Gesichts gewesen, aber sie hatte diesen Mann bestimmt schon einmal gesehen. Nicht den ganzen Mann, sondern nur das Gesicht. Kleiner Finger links, Ringfinger links. Je länger sie darüber nachdachte, desto sicherer war sie sich, dass sie es in den letzten Tagen gesehen hatte. Aber wo? Sie fing mit gestern an und ging den Tag durch.

»Wie bekomme ich das wieder weg?«, fragte Hodann und zeigte seine beschmutzten Fingerkuppen.

»Mit Seife«, sagte Maria.

»Ich benötige nun Ihre ungeteilte Aufmerksamkeit«, sagte Maria in schärferem Ton. Hodann nickte gelangweilt.

»Sie können sich schon denken, was ich noch von Ihnen brauche.«

»Die Hutgröße?«

»Ihr Alibi, Herr Hodann. Ihr Alibi von gestern. Ich würde gerne wissen, wo Sie zwischen zehn Uhr und halb eins gewesen sind.« Als Hodann schwieg, setzte sie hinzu: »Gibt es Gründe für Ihr Schweigen?«

»Nein, nein«, erwiderte Hodann, diesmal mit einem kleinen Ansatz von Ernsthaftigkeit. Er nahm sein Headset ab. »Aber ich fürchte, mein Alibi ist nicht sehr stichhaltig. Rechnungen. Ich habe meine Rechnungen geschrieben. Provisionen, Kickbacks, Transaktionskosten. Da lasse ich sonst niemanden ran. Jeder hier im Haus weiß, dass ich dabei definitiv nicht gestört werden will. Hier, dieses Schild hänge ich dann an meine Bürotür.« Er wies auf ein Stück Pappe, das auf dem Tisch lag, und schnitt dazu ein Gesicht, als ob das das Hauptbeweisstück für seine Unschuld wäre. »Deswegen ist mein Alibi dünn. Niemand hat mich gesehen, ich habe das Telefon stummgeschaltet. Ich war praktisch nicht da.«

Maria fuhr auf. Sie war plötzlich hellwach. Diesen Text hatte sie doch schon einmal gehört! Und zwar wörtlich von Erika Lorek. Wortwörtlich! *Ich war praktisch nicht da …* Alles deutete darauf hin, dass die beiden ihre Aussagen abgesprochen hatten. Wie jetzt: Günter Hodann und Erika Lorek ein Paar? Ein Mörderpaar? Maria starrte den Immobilienhecht entgeistert an. Sie hatte kurz das Gefühl, keine Luft mehr zu bekommen. Sie musste schnellstens raus hier.

»Ich zeige Ihnen noch meine Küche. Ein paarmal hat der Kochclub hier gekocht.«

Geistesabwesend folgte sie ihm. Wie zu erwarten war sie kulissenhaft kaltprotzig, mit riesigen Arbeitsplatten und glitzernden Wandflächen. Wahrscheinlich völlig unpraktisch, aber eindrucksvoll. Auch das Arbeitszimmer Hodanns im ersten Stock zeigte nur edelste Hölzer und flauschigste Teppiche. Doch Maria dachte nur an eines. Hodann und Erika Lorek konnten beide kein Alibi vorweisen, und es war möglich, dass sie sich getroffen hatten. Darüber musste sie das Team informieren. Sie wollte noch schnell die Fingerabdrücke von Herrn Cheong nehmen, dessen Haus auf dem Weg lag, dann würde sie zum Basislager zurückfahren.

Sie versuchte nochmals Schleißheimer zu erreichen, wieder ohne Erfolg. Der Termin mit dem Asiaten war um zehn Uhr vereinbart, sie erreichte Cheongs kleines Häuschen genau in dem Augenblick, als die Kirchturmuhr schlug. Es war ein echtes Hexenhäuschen, mit Brennholzstapeln davor, verschlungenen Efeuranken und einem herbstlichen Bauerngarten. Das Gebäude war sicher uralt und denkmalgeschützt. Sie klingelte. Einmal, zweimal, fünfmal. Sie rief ihn unter seiner Nummer an, niemand nahm ab. Das war vielleicht ein Tag. Nichts funktionierte. Eher beiläufig drückte sie an die Tür, zu ihrer Überraschung sprang sie auf. Erneut rief sie durch den Spalt hinein nach dem Koreaner. Herr Cheong war sicher kein solcher Büffel wie Günter Hodann, er versetzte sie nicht einfach. Sie entschloss sich, das Hexenhaus zu betreten. Langsam ging sie von Zimmer zu Zimmer, wobei sie sich jedes Mal bücken und den Kopf einziehen musste, so niedrig waren die Türstöcke. Sie rief mehrmals laut nach ihm. Niemand antwortete. Das Haus war leer, so viel stand fest. Als sie den großen begehbaren Schrank im Schlafzimmer öffnete, fiel ihr Blick sofort auf ein paar ordentlich aufgestellte Koffer und vor allem auf die Lücke in der Mitte. Ein Koffer fehlte. Hier durfte sie nicht mehr alleine weitermachen, hier war die Spurensicherung gefragt. Aber eines war sicher. Der ach so harmlose und in sich versunkene Herr Cheong hatte die Fliege gemacht. Maria erschrak. Oder war er vielleicht sogar das fünfte Opfer geworden? Und war sie selbst als Nächste dran? Leise Angstschauer krochen in ihr hoch. Sie griff langsam in die Tasche, um ihr Handy herauszuziehen, dabei stand sie immer noch vor dem Schrank, in der Mitte des Schlafzimmers, mit dem Rücken zur Tür, einen Meter davon entfernt. Keine der vielen ihr geläufigen psychologischen Schulen klärte darüber auf, dass das keine gute Idee war. Auch im Haus des harmlosen und stets lächelnden Herrn Cheong nicht. Gerade da nicht. Sie sah im großen Spiegel des Schlafzimmerschrankes noch einen Schatten, und instinktiv sprang sie einen großen Schritt zurück. Im selben Augenblick spürte sie einen kalten, brennenden Schmerz am Hinterkopf. Sie schrie auf und stürzte, im Stürzen traf sie ein zweiter Schlag, der Schmerz breitete sich rasend schnell im ganzen Körper aus. Als sie am Boden lag, war sie unfähig, auch nur einen Finger zu rühren. Die Schmerzen, die vom Hinterkopf und von den Schultern ausgingen, entfalteten jetzt erst ihre ganze qualvolle Wucht. In einem letzten, kurzen Moment der Klarheit fiel ihr ein, wo sie das Gesicht auf dem Foto, das Hölleisen geschossen hatte, schon einmal gesehen hatte: in dem Buch, das sie zusammen mit Erich Feser im Internet durchblättert hatte. HUBSCHMIDT'S GROSSES BUCH DER PILZE … Der Maler der Pilze war darin abgebildet. Wie hieß er noch mal? … MIT ILLUSTRATIONEN VON … Nacht und Dunkel umgaben sie.

schmackofatz.de
Ihr Bewertungsportal – Restaurants weltweit vergleichen

HUBSCHMIDT's

Bewertung:
✧ ✧ ✧ ✧ ✧ ✧ (= das war wohl nix)

Herr F. schrieb:
Mensch, war das ein versauter Abend! Null Punkte! Null Sterne! Ich habe mich lange nicht mehr so geärgert. Aber zuerst das Positive im Hubschmidt's. Die Inneneinrichtung in angenehmen und dezenten Naturtönen, gemütliche Atmosphäre, warmes Licht, schöne Bilder und witzige Sprüche an den Wänden. Angenehme Livemusik, unaufdringliche Ober. Dann kam eine superleckere Steinpilzsuppe, gefolgt von einem hauchzarten Steak, die Sauce dazu ein Traum. Auch die Weine waren spitze. Sogar Sonderwünsche wurden prompt erfüllt: Geht der Salat auch vegetarisch? Natürlich, sehr, sehr gerne. So ging es weiter und immer weiter. Perfekt! Das Einzige, was mir völlig den Abend verdorben hat, war mein blödes Gegenüber am Tisch.

32

Den Kopf in den Nacken gelegt, den rechten Mundwinkel im Ansatz verwegen nach oben gezogen, die Augen leicht lauernd zusammengekniffen und in eine unbestimmte Ferne gerichtet, dazu noch eine Braue spöttisch gewölbt – das war der entschlossene Ausdruck, den die Kollegen nur allzu gut von Kommissar Jennerwein kannten. Er hatte eine Idee. Und in hundert von hundert Fällen hatten seine Ideen zum Ziel geführt. Jennerwein bat den Allgäuer, die Kopfhörer abzunehmen.

»Stengele, auf ein Wort: Wie groß sind Sie?«

»Schuhgröße auch, Chef? Und Fingerabdrücke? Und Alibi für gestern?«

»Nein«, lächelte Jennerwein. »Darauf wollte ich nicht hinaus. Aber Sie haben in etwa die Statur von Reininghaus. Ich wollte Sie bitten, an einem Versuch teilzunehmen.«

»Ich bin wie er eins fünfundachtzig groß, um genau zu sein.« Verschmitzt fügte er hinzu: »Und ich glaube, ich weiß, worauf Sie hinauswollen.«

»Dann kommen Sie bitte mit in die Küche.«

Stengele nahm dort die Position ein, in der sich der Flugkapitän befunden haben musste, bevor er angegriffen wurde.

»Er hatte beide Hände voll mit den Gemüsekisten, die er gerade auf der Arbeitsplatte an der Kochstelle ablegen wollte, als ihn der tödliche Stich er-

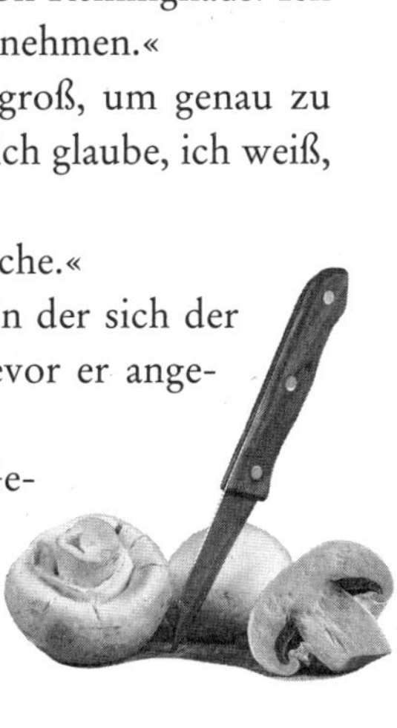

eilte«, sagte Stengele. »Er muss also dem Herd zugewandt gewesen sein, anders geht es gar nicht.«

»Und – Stich!«

Stengele klappte zusammen und fiel. Mehrmals. Da gab es einen Stengele, der mit dem Oberkörper zuerst auf den Herd aufschlug, dann über die Kante nach unten rutschte. Dann gab es einen Stengele, der sich nach dem fiktiven Stich erschrocken umdrehte, dann mit dem Rücken zum Herd zu Boden sank. Ferner einen, der sich auf dem Herd aufstützte, sich dort an den Gasgittern festhalten wollte, den Halt verlor und nach unten glitt. Zuletzt einen Stengele, der einfach und leblos nach unten sackte, ohne anzustoßen. Jennerwein schoss von allen Endpositionen am Boden ein Handyfoto.

»Ich danke Ihnen, das genügt mir«, sagte er schließlich. »Ich hoffe, die Stürze waren nicht allzu schmerzhaft.«

»Ich habe schon schlimmere erlebt. Im wörtlichen und im übertragenen Sinn.«

Jennerwein wies auf die Fotos.

»Sehen Sie sich die Ergebnisse an. Unterschiedlicher könnten die Positionen nach dem Sturz nicht sein: Körper ausgestreckt leicht nach links verdreht, Körper gekrümmt in Embryostellung, Körper auf dem Rücken liegend, sogar gehockt an der Wand lehnend.«

»Den Eindruck hatte ich auch, dass jede Schlussposition möglich war.«

»Ja, aber eine war eben nicht möglich. Nämlich so zu fallen, dass der Kopf unter dem Herd verschwindet. Genau so haben wir jedoch die Leiche von Reininghaus aufgefunden. Sie muss also noch einmal bewegt worden sein.«

Stengele überlegte.

»Vielleicht von Pascal Bretten?«

»Von ihm oder von jemandem, der vor ihm da gewesen war.«

»Aber warum bewegt man eine Leiche?«

»Weil man ihr zum Beispiel in die Tasche greifen will, um etwas herauszunehmen.«

Sie verließen die Küche wieder und berichteten den Kollegen von ihrem Versuch. Jennerwein wandte sich an Becker.

»Falls die Spurensicherung schon abgeschlossen ist, bitte ich Sie, mir die Liste mit dem Tascheninhalt von Reininghaus herauszusuchen.«

»Ist schon geschehen«, antwortete Becker, ohne von einem seiner Notebooks aufzusehen. »Die Liste ist recht kurz. In seinen Taschen trug Reininghaus nur ein angebrochenes Päckchen Einmaltaschentücher, ein paar verschiedenfarbige Filzschreiber, eine halbvolle Zigarettenschachtel, zwei Feuerzeuge und eine Geldbörse. Deren Inhalt: ein bisschen Kleingeld in verschiedenen Währungen, ein Bündel Euro- und Dollarscheine, die üblichen Kärtchen und Cards einschließlich solcher, die ihn als Flugkapitän ausweisen, schließlich sein Personalausweis. Nichts Auffälliges, wenn Sie darauf aus waren.«

»Danke, Becker.«

Jennerwein wollte sich wieder zu seinem Platz begeben, doch Becker hielt ihn auf.

»Ich habe noch etwas anderes für Sie, Kommissar. Und zwar bezüglich des Tellers mit Pilzsuppe, vor dem Hubschmidt tot aufgefunden wurde. Gerade sind die endgültigen Untersuchungsergebnisse eingetroffen. Die Gaschromatographie und Massenspektroskopie im Labor haben ergeben, dass die Suppe mit einem starken Betäubungsmittel versetzt war. Es handelt sich allerdings um eine ziemlich altmodische, pflanzliche Mischung aus Bilsenkraut, Alraune, unreifen Maulbeeren, Efeu, Gartenlattichsamen und Kellerhalskörnern, nach Art der mittelalterlichen Giftbrauer und Quacksalber. Frau Dr. Bentel sagte mir, dass der Tod unabhängig davon durch ein injiziertes starkes Gift eingetreten ist.«

»Die Einstichstelle habe ich im äußeren Gehörgang entdeckt«, fügte die Stellvertretende hinzu. »Dort sucht man natürlich nicht als Erstes.«

»*Sie* aber haben sie dann doch gefunden«, sagte Jennerwein anerkennend.

Sie nickte knapp, aber mit sichtbarem Stolz. Um fünf Uhr früh hatte sie das winzig kleine Löchlein bemerkt. Sie hatte mit der Faust in die Luft geboxt und dazu ein gellendes Yeeeeaaaah! ausgestoßen.

»Eine Injektion im Gehörgang?«, fragte Becker. »Kann denn ein medizinischer Laie das zuwege bringen?«

»Es ist nicht allzu schwierig. Und heutzutage wird ja alles im Internet erklärt.«

Jennerwein wandte sich an Becker.

»Haben Sie noch etwas Besonderes in den vielen Flaschen und Tiegeln und Boxen entdeckt?«

»Nach der ersten Analyse nicht. Es war eine Heidenarbeit, aber ich habe keine weiteren Gifte gefunden, obwohl manches äußerst bedenklich aussah. Zum Beispiel ein großes Glas mit einer orange-rötlichen Paste, auf dem ›Kimchi‹ stand, und das mitten unter allen anderen Lebensmitteln. Als meine Mitarbeiter das Glas aufgemacht haben, sind sie fast in Ohnmacht gefallen, so scharf hat das gerochen. Wie ein Reinigungsmittel. Oder ein biologischer Kampfstoff.«

»Kimchi?«, rief Stengele aus. Begeisterung zeigte sich in seinen Augen. »Die stellen Kimchi selber her? Das ist die hohe Kunst der koreanischen Küche. Eine Art Sauerkraut de luxe. Ich hatte mal eine Freundin aus der Gegend von Uponeup, wir haben oft zusammen Kimchi-Spätzle gemacht. Ein ziemlicher Foodclash, gewiss, aber ein Hochgenuss!«

»Zurück zum Thema«, sagte Jennerwein streng. »Der große Topf mit der Grundsauce, die Bubi Rohde hergestellt hat, hat auch nichts Besonderes enthalten?«

»Nein, auch der nicht.«

Becker machte eine entschuldigende Geste.

»Ach, eines hätte ich fast vergessen zu sagen. Das Koks, das wir im Tresor gefunden haben, ist übrigens nach genauerer Analyse lediglich ein Kokain-Derivat und zeichnet sich durch einen schwächeren Effekt als das handelsübliche Koks aus. Eine leicht stimulierende Wirkung ist aber vorhanden. Es ist also eher so etwas wie ein Geschmacksverstärker und Stimmungsaufheller. Und es ist nicht in Pulverform, sondern in Kügelchen in den Blistern verpackt worden. Auch das ist außergewöhnlich.«

Die Stellvertretende warf einen Blick über Beckers Schulter.

»Es könnte Desipramin sein, antriebssteigernd, stimmungsaufhellend. Ein Mittel, das bei Schizophrenie, Depression und Stimmenhören gegeben wird.«

Jennerweins Augen blitzten auf.

»Ich glaube, dass uns diesbezüglich Direktor Schwingshandl weiterhelfen kann. Ich bin mir sicher, dass er etwas darüber weiß. Rufen Sie ihn an, er soll sofort zu uns kommen.«

Wenige Minuten später war Schwingshandl da. Er fuhr mit kreischenden Bremsen auf den Parkplatz, dann riss er die Eingangstür auf und baute sich vor den Ermittlern auf. Schwitzend und atemlos stand der übergewichtige Mann da, er war hochrot im Gesicht, er sprach heiser und abgehackt.

»Ich bin kein Mörder! Das müssen Sie mir glauben!«, stieß er hervor. »Ich gebe zu: Ich habe Ihnen gestern nicht die ganze Wahrheit gesagt, aber ich war noch völlig betäubt von den Ereignissen! Total durch den Wind war ich. Wie die anderen wahrscheinlich auch. Ja, gut, die Mitarbeiterliste ist unvollständig. Einige Hilfskräfte habe ich nicht aufgeführt. Sie arbeiten aushilfsweise und – äh – außerbuchhalterisch bei uns, sonst ginge es ja gar nicht. Wir bezahlen sie mit dem Trinkgeld, das die Gäste geben.« Sein Ton wurde weinerlich. »Ich zahle sogar über dem gesetzlichen Stundenlohn, aber es erscheint eben nicht in den Büchern. Es sind arme Burschen, die sonst einfach irgendwo betteln oder unter der Brücke schlafen würden. Ich hielt es für eine gute Tat, sie bei mir arbeiten zu lassen. Und mit dem Blutbad habe ich nichts zu tun. Wirklich nicht!«

Jennerwein stand auf und schritt mit einer beruhigenden Geste auf ihn zu.

»Herr Schwingshandl, wegen den Schwarzarbeitern haben wir Sie nicht –«

»Sehen Sie, das Hubschmidt's wird ja wahrscheinlich nicht weiterbestehen«, fuhr der Direktor unbeirrt fort. »Ich muss mir was anderes suchen. Und Sie wären ja sowieso draufgekommen.«

»Von den Schwarzarbeitern haben Sie wohl keine Namen?«, fragte Nicole, ohne sich rechte Hoffnung auf eine Antwort zu machen.

»Wo denken Sie hin! Natürlich nicht, die hießen Pjotr und Wassily, die meisten kamen aus dem Osten, sind nach einer Woche wieder verschwunden, wer weiß wohin.«

Jennerwein schüttelte missmutig den Kopf. Nicht nur wegen Schwingshandl. Sondern deswegen, weil sich der Kreis der Verdächtigen ständig erweiterte, anstatt dass sich die Schlinge enger und enger zuzog.

»Haben Sie denn einen Verdacht?«, fragte Stengele. »Könnte einer von denen ein Motiv haben?«

»Nein, nicht dass ich wüsste. Warum sollte jemand … und

dann gleich so brutal? Die waren ja immer nur ein paar Tage hier.« Schwingshandl schnitt plötzlich ein misstrauisches und ängstliches Gesicht.

»Aber haben Sie nicht eben gesagt, dass Sie mich gar nicht deswegen angerufen haben? Wegen was dann?« Sein hochroter Kopf wurde plötzlich blass. Mit ersterbender Stimme sagte er:

»O Gott, haben Sie das auch herausgefunden! Ja, es stimmt.« Es folgte eine große, bleierne Pause. »Ich habe an den Restaurantbewertungen gedreht, hauptsächlich bei dem Bewertungsportal schmackofatz.de habe ich viele positive Beurteilungen gekauft. Hat einen Haufen Geld gekostet, aber nur so waren wir immer an erster Stelle. Das machen doch alle! Anders gehts heutzutage gar nicht. Deswegen bin ich doch kein Mörder!«

Jennerwein trat auf ihn zu.

»Nun, Herr Schwingshandl, hier darf ich Sie mal bremsen. Es mag unredlich sein, die Bewertungen zu manipulieren, aber illegal ist das nicht. Die Schwarzarbeit interessiert uns momentan auch nicht.«

»Aber was denn dann noch?«

»Nur eines. Was hat es mit dem Kokain auf sich, das wir im Tresor gefunden haben? Sie wissen davon, Sie haben Zugang dazu.«

Schwingshandl riss die Augen auf.

»Damit habe ich nun wirklich nichts zu tun. Und das ist außerdem ewig her. Praktisch verjährt.«

»Mit was haben Sie nichts zu tun?«

Schwingshandl blickte einen nach dem anderen nervös an.

»Nun ja, die haben Koks in die Sauce getan. Früher, als der Laden noch nicht so lief. Als kleine Starthilfe. Also nicht Koks, sondern diesen komischen Ersatzstoff. Den Namen weiß ich jetzt nicht mehr. Das ist wie Glutamat, hat geschmacksverstärkende Wirkung und versetzt kurzfristig in einen leicht euphorischen Zustand. Das genügt auch, die Gäste sollen sich ja nur bis zur Nachspeise besonders wohl fühlen. Aber ich habe damit nichts zu tun!«

»Wer hat es also verabreicht?«

»Was weiß ich, vielleicht Hubschmidt, vielleicht Rohde, keine Ahnung. Oder –«

»Oder?«

»Haben Sie die Pfeffermühle von Jacques sichergestellt? Da hat er eine richtige Show draus gemacht. Mit immer denselben Sprüchen: ›Mundet es den Herrschaften? Oder wolle Pepe?‹ Seine Pfeffermühle hat er jedenfalls gehütet wie seinen Augapfel. Da durfte keiner ran. Ich glaube, dass er sie abends sogar immer mit nach Hause genommen hat. Aber ich dachte, die ›Spezialbeimischung‹ machen die gar nicht mehr, die ist doch nicht mehr nötig. Der Laden brummt ja inzwischen, auch ohne Stimmungsaufheller.«

Der korpulente Restaurantdirektor wischte sich den Schweiß von der Stirn. Aber er schien sich wieder beruhigt zu haben.

»Ich glaube, das wäre einstweilen alles, Herr Schwingshandl«, sagte Jennerwein. »Halten Sie sich bitte zur Verfügung.«

»Soll ich Sie heimfahren?«, fragte Nicole.

»Nein, nein, das ist nicht nötig, ich bin mit dem Auto da«, sagte der Restaurantdirektor, inzwischen wieder einigermaßen gefasst.

»Ich frage mich, wo Maria bleibt«, sagte Jennerwein, als er draußen war. »Sie wollte wegen Schleißheimer und dem Ehrengast zurückrufen.«

»Wahrscheinlich wird sie mit Hodann noch nicht fertig sein«, entgegnete Hölleisen. »Ich kümmere mich drum. Und sie hat ja noch nicht alle interviewt. Es fehlen zwei, nämlich Josef Büchner, der Hofladenmetzger, und Bert Einsiedl, der Boxmanager. Von denen haben wir noch überhaupt keine DNA, keine Alibis und nichts.«

Günter Hodann trat ans Fenster seiner Villa und ließ die imposante Alpenkulisse auf sich wirken. Hier an dieser Stelle war wahrscheinlich auch der Bundesligaspieler gestanden und hatte hinausgeschaut. Als es noch gut lief. Und ihm diese Villa gehört hatte. Aber dann: Abstieg in die zweite Liga, keine Vertragsverlängerung mehr, Kündigung des Werbevertrages – und schon hatte die Villa Hodann gehört. Der coachende Immobilienmakler nahm seine neue Designerbrille aus dem Etui, hauchte mehrmals auf jedes Glas und putzte sie sorgfältig. Eine komische Frau, diese Psychologin. Hodanns Hand bewegte sich langsam zu den Tasten des Laptops, er tippte ihren Namen in die Suchmaschine und klickte sich durch ihre Homepage. Die grellen Farbkombinationen machten ihn schwindlig. Draußen verdüsterte sich der Himmel, Gewitterwolken zogen auf. Ein Windstoß trieb buntes Herbstlaub über den Rasen. Ob wohl gleich Regen kam? Hoffentlich wurde der Poolboy vorher noch mit der Reinigung und Abdeckung des Beckens fertig.

schmackofatz.de
Ihr Bewertungsportal – Restaurants weltweit vergleichen

HUBSCHMIDT's

Bewertung:
✦ ✧ ✧ ✧ ✧ ✧ (= überbewertet)

Muckefuck43 schrieb:
Das Hubschmidt's ist auch nicht mehr das, was es mal war. Gerade sind wir raufgefahren zu dem angeblichen Edelrestaurant, haben noch das Schild gesehen, auf dem die ›seibabrockte Steinpilzsuppe nach Art der Bergbauern‹ angepriesen wurde, haben uns hungrig auf die Terrasse gesetzt, sind aber nicht bedient worden. Kein einziger Kellner ist gekommen, obwohl wir aus dem Inneren laute Stimmen gehört haben. Die Terrasse war total unaufgeräumt, der Nebentisch war vollgestellt und zugemüllt mit Computern und Notebooks und so Kram. Vielleicht braucht man das heutzutage in der Gastronomie. Oder es war ein Kunstwerk, eine Installation. Wundern würde es einen nicht. Ein Schluck Wasser wäre uns allerdings lieber gewesen. Wir wollten uns beschweren, dabei sind wir am Küchenfenster vorbeigekommen. Drei Köche (ohne ordentliche Kochkleidung, essen tu ich da sowieso nichts mehr!) sind in der Küche gestanden und haben irgendein Spiel gespielt. Einem ist wohl etwas runtergefallen und er hat es immer wieder aufgehoben. Dann kam ein Mann mit riesigen Segelohren und puterrotem Gesicht rausgeschossen und hat uns angeknurrt:
»Heute geschlossen!«
Das hätte man auch freundlicher sagen können. Außerdem war gar nicht Dienstag. Deshalb: nie wieder!

33

Schrille Brille saß im ersten Stock der weitläufigen McDonald's-Filiale, sie hatte einen Tisch am Fenster ergattert, mit gutem Blick auf das Polizeirevier auf der anderen Straßenseite. Schrille Brille war freilich noch nie in einem solchen Schnellrestaurant gewesen, was bei ihrem Feinschmeckerhintergrund auch nicht verwundert. Man sah ihr an, dass sie sich deswegen nicht recht wohl fühlte, geruchsmäßig, publikumsmäßig, interieurmäßig. Wie geplant, hatte sie sich zur Tarnung ziemlich ab-gedonnert und trug folgerichtig zerlatschte Turnschuhe und ein zerschlissenes T-Shirt. Sie hatte sozusagen versucht, sich auf McDonald's herunterzukostümieren.

»Übertreibs nicht«, hatte geschmacklose Krawatte gesagt, als sie sich auch noch ein Loch in die Jeans schneiden wollte.

Der Verkleidungsaufwand wäre aber vermutlich gar nicht nötig gewesen, denn im Gegensatz zu den Lokalitäten, in denen beide sonst verkehrten, beachteten die Leute einander hier kaum. Sie hatte den Eindruck, dass man sich in der Warteschlange nackt oder in einer spätmittelalterlichen Königsrobe aus Damast anstellen konnte, man wäre nicht weiter aufgefallen. Vielleicht lag es ja auch daran, dass alle auf die Tafel mit den ewig gleichen Tagesangeboten starrten. Oder in ihre Handys, in denen man die ewig gleichen Tagesangebote nochmals in besserer Auflösung sehen konnte. (Pixelmäßig, nicht kulinarisch.) Schrille Brille hatte der Camouflage wegen sogar ein Ta-

blett mit Hamburgern und Pommes zusammenstellen lassen und heraufgetragen. Sie brachte es nicht fertig, einen Bissen davon zu essen, sie stocherte mit einem Pommes frites ein wenig in der BBQ-Sauce herum. Am Tisch nebenan war eine Yippie-Kindergeburtstagsparty in vollem Gang, die Mädchen und Jungen im Vorschulalter jauchzten vor Vergnügen, bewarfen sich mit zusammengeknüllten Papierservietten und ließen bunte Luftballons platzen.

Immer wieder schickte schrille Brille einen verstohlenen Blick durchs Fenster hinüber zum Polizeirevier. Viele Leute gingen dort drüben ein und aus, doch es war keiner dabei, der dem gedrungenen kleinen Mann glich, den sie gestern auf der Terrasse von Hubschmidt's gesehen hatte, weder mit noch ohne Ballonmütze. Schrille Brille seufzte. Der Geruch hier nahm ihr fast den Atem. Das Geschrei der Kinder war unerträglich. Doch jetzt trat jemand an ihren Tisch. Mit einem vollen Tablett. Und einem überraschten Blick.

»Hallo! Da trifft man ja unerwartete Gäste! Du hier in diesem Laden? Das ist ja unglaublich.«

Schrille Brille erstarrte.

»Hallo Berti!«, sagte sie mit dünner Stimme. »Wie geht es dir?«

Bert Einsiedl, der Boxmanager, Mitglied der Treize Plats, und dort bekannt als kenntnisreicher und geschmackssicherer Weinkenner, stand unschlüssig da, er balancierte das volle Tablett in der Hand.

»Darf ich mich zu dir setzen?« Er stockte. Ein verunsicherter Ausdruck zeigte sich in seinem Gesicht. »Oder möchtest du lieber –«

Schrille Brille war baff. Einsiedl, der einen Biserno Bibbena 2014 (körperreich, geschmeidig stoffig, üppig mit hoher

Struktur, bäumig, stark adstringierend) jederzeit von einem Sassicaia Bolgheri 2013 (körperreich, geschmeidig stoffig, üppig mit hoher Struktur, bäumig, leicht adstringierend) unterscheiden konnte, verkehrte in dieser miesen Bude!

»Ja, natürlich, warum nicht«, stotterte schrille Brille. »Wir – äh, ich – hatte keine Zeit mehr zum Einkaufen. Drum bin ich hierher gegangen. Und warum bist du da?«

Einsiedl lachte verlegen.

»Ich gehe halt ab und zu her.«

Er biss schmatzend in einen Soundsoburger, die Sauce lief ihm links und rechts aus den Mundwinkeln, es war wirklich widerlich und zum Davonlaufen. War das derselbe Mensch, der bei den Treffen der Treize Plats solch einen perfekten Edelgaumen bewies? Sie linste so unauffällig wie möglich hinüber zum Polizeirevier.

»Traurige Sache«, sagte Einsiedl. »Mich hat das Ganze auch ziemlich aus der Bahn geworfen. Ich kann es noch immer nicht glauben.«

Sie aßen schweigend. Die Kinder stimmten ein Lied an: Ein Mops kam in die Küche … Schrille Brille würgte, Einsiedl schien es hingegen zu schmecken. Auch die Cola im Pappbecher mundete ihm. Immer wieder ein kurzer Kontrollblick hinüber zum Polizeirevier – nichts. Lange nichts. Dann aber erstarrte schrille Brille. Das war er. Der gedrungene Mann. Zwar ohne Ballonmütze, aber sie war sich ganz sicher. Der Gang, die Gestalt … Sie verabschiedete sich hastig von Einsiedl, stand auf, lief zur Toilette und rief dort geschmacklose Krawatte an.

»Los, auf gehts, der Vogel ist im Käfig.«

Zur gleichen Zeit stand der Pilzmaler Siegfried Schlatt unschlüssig vor der Tür des Polizeireviers. Wie ein *Goldgelber Raukopf* (tödlich giftig) sah er momentan aus, schief, klein und nicht ganz standfest, eher im Wind flatternd. Endlich trat er ein und erkundigte sich nach Kommissar Jennerwein. Der wäre zurzeit nicht da, um was es denn ginge. Das wolle er ihm persönlich sagen, nur ihm persönlich. Dann solle er sich doch bitte gerne auf die Wartebank setzen. Schlatt setzte sich. Aber nicht gerne. Seine Gedanken gingen wieder hin zur letzten Nacht. Die Uhr hatte neun geschlagen. Da war er nochmals droben gewesen bei Hubschmidt's Restaurant und hatte durch das Fenster des großen Speisesaals hineingeschaut. Alle Köche und Kellner waren versammelt gewesen, der geschwätzige Chefkoch, der fette Restaurantdirektor, der hermaphroditische Saucier, der potthässliche Ober. Dazwischen wuselten Kommissar Jennerwein und die Mitglieder seines Teams herum. Sie waren deutlich als Polizisten zu erkennen. Schlatt hatte sich auf die Angestellten konzentriert. Er hatte einen nach dem anderen gemustert, aber er hatte keinen ausgemacht, der einer der beiden Gestalten glich, die ihn im Wald fast entdeckt hätten. Er war sich sicher, dass die Mitarbeiter von Hubschmidt's Restaurant nichts mit den vier Morden zu tun hatten. Dann aber der Schreck. Beim Rückweg hätte er fast einen Mann umgerempelt, der überhaupt nicht hierher passte. Er trug einen Strohhut, seine Gestalt war hager, die Haare zerzaust. In seinem schmalen Gesicht prangte eine stark nach unten geschwungene Riesennase. Das war kein Landmensch, auch kein Urlauber. Und er hatte genauso durchs Fenster gesehen wie er selbst. Ein Künstlertyp. Schlatt sah das gleich. Einer mit einer brennenden Botschaft. Das war heute Nacht gewesen. Jetzt aber wurde Schlatt unruhig. Das Warten dauerte ihm viel zu lang. Er hätte nicht herkommen sollen. Er wollte augenblicklich nach Hause. Schlatt stand auf und verließ das Polizeirevier.

Schrille Brille und geschmacklose Krawatte, Letztere ebenfalls im abgedonnerten Fastfoodoutfit, nahmen die Verfolgung auf. OPFER MIT ZWEI MÖRDERN IM SCHLEPPTAU, Gouache auf Leinwand, 1964, The National Gallery.

Buchstabensuppe

(Syllabische Dekompositionen in der Küche,
frei nach Ernst Jandl)

SCHNITZitzitzitzitzitzitzitzEL
BRArarararararararaTEN

KNÖnönönönönönönöDEL
KÖCHöchöchöchöchöchöchöchELN

PILZilzilzilzilzilzilzilzE
BRUTZutzutzutzutzutzutzutzELN

PFANNannannannannannannannEN
KLAPPappappappappappappappERN

BROrororororororoTE
BRÖSösösösösösösösELN

TÖPFöpföpföpföpföpföpföpfE
ZISCHischischischischischischischELN

SOSSossossossossossossossEN
BLUBBlubblubblubblubblubblubblubbERN

GAgagagagagagagaBELN
STECHechechechechechechechEN

ZÄHzähzähzähzähzähzähzähNE
BEIeieieieieieieiSSEN

KRUSTustustustustustustustEN
KRACHachachachachachachachEN

MESSessessessessessessessER
RITZitzitzitzitzitzitzitzEN

GIFififififififif TE
WIRiririririririrKEN

34

»Klein und drahtig, dunkle, lockige Haare, cremiger Teint, stechende Augen. Genau so, wie man sich einen Italiener vorstellt.«

So hatte Nicole Schwattke gestern nach ihrer missglückten Verfolgungsjagd den Minaccioso beschrieben. Das war ihr gut gelungen. Nur war Alfredo alles andere als ein Italiener. Er hieß in Wirklichkeit Karl Hermann Müller, war in deutschbürgerlichen Reihenhausverhältnissen aufgewachsen und einmal sogar dritter hessischer Jugendmeister über die Distanz von 1500 Meter geworden. Daher rührte auch der exzellente Laufstil, der Nicole gleich aufgefallen war. Doch auch mit dem exzellentesten Laufstil kann man auf die schiefe Bahn geraten. Lao-Tse.

Karl Hermann war ein Meister der Improvisation, und seine Talente waren vielfältig. Er hatte sich auf keine besondere Sparte des kriminellen Handwerks spezialisiert, sondern er griff zu, wo immer sich gerade eine Gelegenheit bot. Er war ein Zehnkämpfer der Gesetzlosigkeit. In der Kochkunst hätte man ihn als ›Tournant‹ bezeichnet, als wieseligen Springer, beim Kartenspiel als vielseitig einsetzbaren Joker. Er klaute ganz leidlich, gab aber auch einen geschickten Urkundenfälscher ab, konnte sich in einen abgebrühten Falschspieler verwandeln – und manchmal bedrohte er eben schreckhafte Wirte in der Pro-

vinz, so wie gestern. Momentan war er auf dem Rückweg in den Kurort. Er hatte den kurzerhand ausgeliehenen Sportwagen wieder einen Abhang hinunterrollen lassen, hatte sich in den Zug gesetzt, einige Umwege genommen, im Augenblick fuhr er an einem großen, wahrscheinlich unergründlich tiefen See vorbei. Er hatte nachgedacht. Und einige Erkundigungen eingezogen. Ein Vögelchen hatte ihm gezwitschert, dass ihn der Wirt der Goldenen Gans richtig dreist über den Tisch gezogen hatte. Dort würde ganz hundertpro gezockt werden, und zwar um sehr hohe Summen. Ebenda wären sicher eine Menge Eurolappen zu holen, hatte es geheißen, es lohne sich auf jeden Fall, zurückzufahren. Und genau das tat er jetzt.

Der Wirt der Goldenen Gans lächelte zufrieden. Wie immer saßen wenig Gäste in seiner verratzelten Stube, aber das störte ihn nicht, Speis und Trank waren ohnehin nicht sein Kerngeschäft, sondern schiere Tarnung. Die Wirtschaft mitten im Kurort war in Wirklichkeit ein in einschlägigen Kreisen gefragtes Zockerparadies. Doch nun öffnete sich die Tür und herein trat ein kugelrunder Mann mit Hut und in Begleitung von zwei muskulösen Grimmgesichtern. Das waren keine Touristen. Das war unverkennbar Besuch von der Mafia. Und zwar Burschen von der übelsten Sorte. Sie waren gekommen, um abzukassieren.

»Aber diesen Monat war doch schon einer von euch da!«, rief der Wirt der Goldenen Gans, und mächtige Angst schwang in seiner Stimme mit.

»Wanne?«

»Na, gestern. Ich habe fünfzigtausend abgedrückt, wie jeden Monat. Eine Quittung habe ich natürlich nicht.«

Einer der Grimmigen packte den Wirt der Goldenen Gans

am Kragen und zog ihn hoch, dass seine Füße den Boden nicht mehr berührten.

»Lass mich los!«, schrie der Wirt. »Ich sage die Wahrheit. Da war einer da. Wirklich! Ich habe ein Foto von ihm gemacht.«

»Wolle sehen.«

Der Wirt der Goldenen Gans krachte schmerzhaft auf die harten Dielen, die schon seit Urzeiten nicht mehr geschrubbt worden waren. Er schüttelte sich und japste. Wut und Triumph erfüllten ihn. Triumph deshalb, weil sein Plan offensichtlich funktionierte. Der beleibte Abkassierer war ihm schon halb auf den Leim gegangen. Als der Wirt der Goldenen Gans gestern die SMS mit dem Kennwort ›Alpenglühen‹ an Hölleisen geschickt hatte, hatte er das Handy unter dem Tisch gehalten. Doch als der komische Minaccioso mal eben kurz zur Seite geblickt hatte, hatte er ein Foto von ihm geschossen. Genau das zeigte er jetzt dem beleibten Mann. Der musterte es genau. Dunkle, lockige Haare, cremiger Teint, stechende Augen.

»Und dem hast du die fünfzigtausende gegeben?«

»Ja klar. Er sagte, er käme in Vertretung.«

»Vertretunge? Sehe ich so aus, als ob ich eine Vertretunge brauche?«

Ohrfeige. Tritt ans Schienbein. Stoß vor die Brust. Aber das musste er jetzt aushalten. Fünfzig Riesen waren eine Menge Geld. Der kugelrunde Mafioso betrachtete noch einmal das Handyfoto, und er zog dabei ein Gesicht, als ob Hermann-Alfredo Übles blühen würde.

»Fünfzigtausende?«

»Fünfzigtausend. In kleinen, gebrauchten Scheinen.«

»Gib mir dein Handy, ich brauche das Foto. Den schnappen wir unse.«

Lange nachdem die drei gegangen waren, stieg der Wirt der Goldenen Gans in seinen Zockerkeller, nahm das Bündel mit den fünfzigtausend aus dem Wildschweinschädel, der an der Wand hing, blätterte es grunzend durch und steckte es wieder zurück. Er war stolz auf seinen kühnen Streich. Das machte ihm so schnell keiner nach. Ob Hölleisen Verdacht geschöpft hatte? Nein, bestimmt nicht. Er sollte wieder mal saubermachen. Er wäre vorhin fast nicht mehr vom Boden hochgekommen, so klebrig waren die Bretter gewesen.

Hölleisen hatte aktuell andere Sorgen, als Verdacht zu schöpfen. Der Wirt der Goldenen Gans und der entwischte Minaccioso standen ganz am Ende seiner To-do-Liste. Er wählte Marias Nummer. Niemand meldete sich. Er ließ es tuten. Und tuten. Das Geräusch hatte eine hypnotische Wirkung auf Hölleisen. Und tuuut. Und tuuuuuut. Seine Gedanken schweiften nun doch hin zum Wirt der Goldenen Gans, dessen Namen er gar nicht mehr richtig zusammenbrachte. Es war auf jeden Fall ein Ureinheimischer, sein Vater war schon Wirt gewesen, und er glaubte sich zu erinnern, dass er den Hausnamen Gitlmüller trug. Nein, Gitlmüller wars nicht. Die zweite Frau des Vaters des Wirtes war eine Lezölter, vielleicht auch eine Fichsl, aber Fichsl konnte nie und nimmer der Hausname des Wirts sein. Er ging in Gedanken ein paar Möglichkeiten durch: Schmienaze. Pfätscher. Moax. Weidala. Donauhansl. (Donauhansl auch ganz sicher nicht. Der letzte Donauhansl war vor Jahren gestorben.) Eher Zick. Oder Stapf. Oder Quarti. Hölleisen riss seine Gedanken von den Hausnamen los. Er kam nicht drauf. Vor ein paar Jahren hatte er wegen der Goldenen Gans schon so ein komisches Gefühl gehabt. Nämlich das Gefühl, dass dort irgendetwas Unsauberes vorging. Aber ohne konkreten Verdacht hatte er nichts unternehmen können. Er hatte sich vorgenommen, sich darum zu kümmern, wenn er Zeit dazu hatte. Aber immer wieder war ein Kapitalverbrechen im Kurort dazwischengekommen. Regelmäßig einmal im Jahr ein schrecklicher Mord. Oder eine brutale Entführung. In einem Jahr sogar zwei Morde. Und tuuuuuut. Hölleisen legte auf. Maria Schmalfuß wollte wahrscheinlich nicht gestört werden. Er betrachtete die vergrößerte Fotografie der dreizehn Clubmitglieder. Hubschmidt, Reininghaus, Feser, Cheong, Schleißheimer, Beissle ... Schneiderquirl! Jetzt fiel es ihm ein. Schneiderquirl war der Hausname des Wirtes der Goldenen Gans.

Der Minaccioso überlegte. Bevor er den Wirt der Goldenen Gans mit seiner plötzlichen Anwesenheit überraschte, brauchte er neue Klamotten und etwas Reisegeld. Mit dem erbeuteten hatte er diverse Schulden begleichen müssen. Und wieder musste er improvisieren. Aber gerade das war ja seine Stärke. Die Klamotten würde er sich in der nächsten größeren Stadt besorgen, das Geld hier im Zug. Klauen im öffentlichen Nah- und Fernverkehr war eine der leichtesten Übungen. Nirgendwo waren die Leute so unvorsichtig wie in Zügen. Er knetete seine Finger, dass die Gelenke laut knackten.

Vielleicht improvisiert er gerade da, wo Sie jetzt sitzen und in einem Buch lesen. Vielleicht pflückt er ganz in Ihrer Nähe die Brieftasche aus Ihrer Jacke, die Sie aufgehängt haben, und verschwindet an der nächsten Station. Vielleicht spielt er auch Ihre EC-Karte dem Hackerkönig BoboII/cc4 zu und räumt Ihr Konto leer. Vielleicht ist er jedoch nur an Ihrem Personalausweis interessiert, raubt Ihnen Ihre Identität, und wenn Sie zu Hause ankommen, sind Sie niemand mehr. Vielleicht hat er Ihren Gatten entführt, der bereits gefesselt und geknebelt auf dem Toilettenboden sitzt und beim nächsten Halt hinausgeschubst wird. Durchblättern Sie das Buch, vielleicht steckt zwischen den Seiten ein Zettel mit Lösegeldforderungen. Vielleicht nimmt er Sie sogar selbst als Geisel, bestückt Sie mit einem Sprengstoffgürtel, um eine Bank in der nächsten Stadt auszurauben. Hören Sie nicht ein Fingerknacken? Nicht? Da sehen Sie mal! So geschickt ist Alfredo, dass Sie nicht einmal das hören können.

35

Jennerwein studierte an diesem Vormittag zum zwanzigsten Mal die Fotografie, die die Mitglieder des Kochclubs zeigte, diesmal ohne Pfannen vorm Gesicht. Was hatte er übersehen? Sein Blick blieb bei Werner Reininghaus hängen, dem stattlichen, gutaussehenden Mann in mittleren Jahren, der vertrauenserweckend, wenn auch ein wenig verkrampft in die Kamera blickte. Die Lippen waren leicht geschürzt, als wenn er gerade etwas sagen wollte. Sonst aber sah er so aus, wie man sich einen gewissenhaften und verantwortungsbewussten Flugkapitän vorstellte, zu dem man unbegrenztes Vertrauen fassen konnte, auch wenn man mit einer klapprigen Cessna in einen richtig amtlichen Taifun geriet. Das Foto zeigte die Mitglieder in der Halbnahen, vom Kopf bis zu den Oberschenkeln. Die kräftigen Arme von Reininghaus waren lang, sie ragten fast aus dem Bild, die Hände waren gerade noch zu sehen. Jennerwein trat nah an die Fotografie und musterte die Hände genau.

»Sie meinen also, Chef, dass seine Leiche bewegt worden ist?«, fragte Nicole, die plötzlich neben Jennerwein aufgetaucht war.

»Ja, davon bin ich überzeugt«, antwortete Jennerwein leise und nachdrücklich. »Haben Sie eine Ahnung, was so wichtig sein könnte, dass man jemanden umbringen muss, um es ihm aus der Tasche zu nehmen?«

»Vielleicht hat es ja gar nicht in der

Tasche gesteckt«, erwiderte Nicole nachdenklich. »Es könnte zum Beispiel ein wertvolles Halskettchen gewesen sein, das der Mörder ihm abgerissen hat. Oder ein Medaillon, in dem ein Zettel mit einer wichtigen Information versteckt war.«

»Aber würde es in einem solchen Fall nicht genügen, ihn bewusstlos zu schlagen, um ihn zu berauben?«

»Ich habe mir Ihre Fall-Studien angesehen, Chef. Meine ehrliche Meinung dazu: Es gibt unendlich viele Möglichkeiten, zu stürzen, im Fallen irgendwo anzustoßen oder sich abzustützen, zu torkeln, umzuknicken, am Boden noch im Todeskampf zu zucken und sich mit den Beinen an der Wand abzustoßen. Da ist es doch nicht ganz ausgeschlossen, dass der Kopf unter den Herd geraten ist.«

»Vielleicht haben Sie recht, Nicole«, sagte Jennerwein mit einem Anflug von Resignation. »Es kann schon sein, dass ich mich verrannt habe.«

Hölleisen kam auf sie beide zu.

»Frau Schmalfuß habe ich nicht erreicht, aber in einer anderen Sache bin ich weitergekommen. Es geht um die These Nummer sieben, die der Bubi Rohde ins Spiel gebracht hat, nämlich dass ein Konkurrent von Hubschmidt an das Geheimnis der legendären Sauce gelangen wollte. Ich habe mich erkundigt. Es gibt eine alte Fehde zwischen dem ausgewiesenen Sternelokal von Hubschmidt und dem Pfanndl, das zwar ein Gourmetrestaurant ist, aber eben eines ohne Stern. Rohde hat uns ja speziell auf das Pfanndl hingewiesen. Aber der Chef vom Pfanndl ist über siebzig und ein kleines, dürres Manderl. Ich kann mir nicht vorstellen, dass der es rein körperlich fertigbringt, vier kräftige Menschen zu töten.«

»Ja, da haben Sie recht«, entgegnete Jennerwein. »Ich glaube es ist Zeit, Bilanz zu ziehen. In diesem Fall haben wir ja eine außergewöhnliche Überzahl von Verdachtsmomenten und

Verdächtigen. Jetzt müssen wir fokussieren. Die Befragungen der Restaurantmitarbeiter sind allesamt ins Leere gelaufen, die Analysen sämtlicher Beweismittel aus der Küche haben zu nichts geführt, was uns auf eine Spur zum Mörder bringt. Die Betriebsgeheimnisse des Restaurants, die Schwingshandl zugegeben hat, sind zwar schmutzig, ergeben aber kein Mordmotiv, das trägt. Und dann sind einfach zu viele Störfaktoren aufgetaucht wie der vegane Förster –« Er machte eine kleine Pause und sah zur Decke. »Oder der Bär.«

»Ist ja schon gut«, murmelte Hölleisen hinter zusammengepressten Zähnen.

»Das alles hat unseren Blick vom Wesentlichen abgelenkt«, fuhr Jennerwein ernsthaft fort. »Und das Wesentliche wird immer deutlicher: die Mitglieder des Kochclubs. Aus ihren Reihen stammen die Opfer, und ich glaube auch, dass der Mörder aus ihren Reihen stammt.«

Damit lag Jennerwein ganz nahe an der Wahrheit. Aber es war nicht die ganze Wahrheit.

Alle ließen sich die Worte ihres Chefs durch den Kopf gehen. Niemand schien gegenteiliger Meinung zu sein. So nahmen sie wieder am Besprechungstisch Platz. Hölleisen wandte sich an die Stellvertretende.

»Muss man einen Menschen nicht längere Zeit unter Wasser halten, bevor er ertrinkt? Damit würden ja sowieso einige der Verdächtigen ausscheiden.«

Frau Dr. Bentel sah von ihren Papieren auf.

»Nein, eigentlich nicht. Wenige Sekunden genügen.«

»Aber trotzdem muss es doch eine kräftige Person sein?«

»Nein, das kann jedes Kind. Es braucht dazu keine besondere Kraftanstrengung.«

»Das müssen Sie uns erklären.«

»Ich habe bei Lorek kein Wasser beziehungsweise keine Brühe in der Lunge gefunden. Ein Stimmritzenkrampf hat das verhindert. Es handelt sich dabei um das sogenannte trockene Ertrinken. Während sich in den meisten Fällen der Krampf durch die Ohnmacht wieder löst, kommt es hier zu einer anhaltenden Blockade der Atemwege. Der Hustenreflex wird also nicht mehr ausgelöst. Und dazu braucht es keine große Kraft. Der Mörder wartet ab, bis der Dachdeckermeister ausgeatmet hat, während des Einatem-Reflexes taucht er ihn unter – sofortiger Verschluss der Stimmritze – Atemlähmung – trockenes Ertrinken.«

»Aber er muss medizinische Grundkenntnisse haben?«

»Ja, aber auch das steht im Internet. Alles steht inzwischen im Internet. Ich frage mich, warum es überhaupt noch Ärzte gibt.«

»Und ich frage mich, warum es nicht noch mehr Mörder gibt«, murmelte Hölleisen.

Jennerwein bemerkte, dass die Stellvertretende ins Stocken geraten war. Ihre schmalen Lippen zuckten, sie hielt aber mit den Worten zurück. Ihre Blicke trafen sich, er nickte ihr aufmunternd zu. Doch sie zögerte immer noch.

»Na los, raus damit«, sagte Jennerwein. »Auch wenn es Ihnen abwegig erscheint. Niemand wird Sie auslachen.«

Dr. Bentel sah in die erwartungsvolle Runde.

»Es ist ein absurder Gedanke, aber es könnte sogar Suizid gewesen sein.«

Alle blickten sie entgeistert und kopfschüttelnd an.

»Ich habe Lorek untersucht. Er hatte alte, ausgeheilte Schnittverletzungen an den Handgelenken, außerdem Würgemale am Hals und Verletzungen des Lungengewebes, die auf eine Kohlenmonoxidvergiftung hinweisen. Nach solchen alten Verletzungen wird in der Gerichtsmedizin normalerweise nicht gesucht, darum ist es mir nicht gleich aufgefallen. Tut mir leid.«

»Nein, Sie haben gute Arbeit geleistet.«

Diese Worte kamen aus dem Mund von Hansjochen Becker, und das machte sie für die Stellvertretende noch wertvoller. Verena Vitzthum hatte recht gehabt, dachte sie. Man musste ihnen mit Ergebnissen kommen, mit harter Arbeit, mit Leistung und Ausdauer, dann brauchte man auch keine Angst vor ihnen zu haben.

»Der Dachdecker hatte also mehrere missglückte Selbstmordversuche hinter sich?«, fragte Jennerwein.

»Es sieht so aus. Ein Schnitt an den Pulsadern allein könnte andere Ursachen haben. Aber diese Häufung deutet darauf hin.«

Hölleisen schüttelte den Kopf.

»Das, was wir bisher für einen besonders heimtückischen Mord gehalten haben, könnte auch ein Suizid gewesen sein? Das ist schwer vorstellbar.«

»Theoretisch wäre es möglich. Lorek atmet vollständig aus und taucht mit dem Kopf in die heiße Brühe. Der Temperaturschock verstärkt den Effekt, den ich vorhin beschrieben habe.«

Jennerwein sprang auf.

»Hölleisen, bitte bringen Sie mich zu Erika Lorek. Während der Fahrt werde ich die Protokolle nochmals lesen, die Maria bisher angefertigt hat. Wie gesagt: Wir konzentrieren unsere Energien ab sofort auf die Mitglieder des Kochclubs.« Jennerwein hielt nochmals inne. »Gut gemacht«, sagte er zur Stellvertretenden.

Sie nickte.

»Wir alle sind vielleicht deswegen nicht auf die Idee gekommen, weil das Ins-Wasser-Gehen, genauso wie das Vergiften, aus der Mode gekommen ist. In früheren Zeiten war das eine beliebte Art, sich das Leben zu nehmen: angefangen von König Aigeus über Virginia Woolf bis hin zu König Ludwig II.«

»Und jetzt der Dachdecker«, fügte Hölleisen hinzu.

Das Bild mit den dreizehn Hobbyköchen, das zu Ermittlungszwecken im großen Speisesaal an der Wand hing, war inzwischen auch im Onlineteil der Lokalzeitung zu sehen, inklusive aller Namen und Beziehungsprofile. Auch der Wirt der Goldenen Gans mit dem altehrwürdigen Hausnamen Schneiderquirl musterte einen Topfhelden nach dem anderen. Es war unwahrscheinlich, dass er einen der Hobbyköche kannte, denn solche gespickten Herrschaften verirrten sich so gut wie nie in seine Goldene Gans. Doch dann hielt er überrascht inne. Eine von diesen geschleckten Löffelschwingergestalten war schon mal da gewesen! Zwar vor langer Zeit, aber trotzdem. Der Name, der drunter stand, sagte ihm allerdings nichts. Sollte er den Hölli anrufen? Der Schneiderquirl zögerte. Aber warum eigentlich, was nützte diese Information der Polizei? Und was ging ihn das überhaupt an? Am besten wäre es sowieso, seine Siebensachen zu packen und einfach abzuhauen. Das Zockergeschäft lief ja auch nicht mehr so wie früher. Die Zeiten hatten sich geändert, die Herren und Damen Glücksritter wollten sich nicht mehr in einem schmierigen Keller verkriechen, sondern in stylischen und klimatisierten Hinterstuben ihrem Laster frönen, oder gleich zu Hause online. Das war die Zukunft. Der Wirt packte kurz entschlossen ein Köfferchen mit Bargeld voll. Im Keller kramte er nach einem größeren Koffer, denn auch sein Schließfach in der Bank war prall gefüllt. Er würde sich die Kohle schnappen und dann einfach verschwinden. Nix mehr

Goldene Gans. Eher so was wie Toreggio, ein Ort, der in keinem Atlas zu finden war.* Ein österreichischer Zocker mit ziellos von Punkt zu Punkt springenden Augen hatte ihm einmal Toreggio empfohlen und schmackhaft gemacht. Er schloss die Augen. Zirpende Zikaden, wogende Olivenhaine, das leichte Spiel der Meereswellen ... Plötzlich fiel die Tür hart ins Schloss. Er fuhr hoch. Der beleibte Mafioso stand vor ihm, dahinter die beiden Leibwächter mit den unbeweglichen Grimmgesichtern.

»Von wegen hast du dem Minaccioso fünfzigtausende gegebene«, sagte der Dicke gefährlich leise. »Von wegen! Wir haben etwas anderes gehörte.«

Das Ende des Wirts der Goldenen Gans drohte schrecklich zu werden. Denn der Beleibte drückte ihm die Pistole fest in den Rücken und zwang ihn, mit ihm zur Bank zu gehen. Sie traten ein, kamen locker an dem gelangweilten Bankangestellten vorbei, der nur kurz aufblickte, als der Schneiderquirl seine Unterschrift hinzitterte. Im Schließfachraum sah der Beleibte mit großem Vergnügen, dass der Schneiderquirl Eigentümer eines riesigen Schließfaches war. Das lästige Entsorgungsproblem war also auch gelöst. Die beiden Hofhunde knebelten den Wirt der Goldenen Gans mit einer Socke und fesselten ihn mit Klebeband. Dann nahmen sie die Knete aus der Box und quetschten ihn hinein.

---

* Auch danach zu googeln ist nicht ratsam. Denn abgesehen davon, dass man nur seltsame Suchergebnisse bekommt, lenkt man die Aufmerksamkeit gewisser italienischer Familien auf sich, die die Spur zurückverfolgen können.

36

Hölleisen setzte Kommissar Jennerwein bei der Dachdeckerei Lorek ab, er selbst hatte vor, Marias Route abzufahren, um herauszufinden, wo sie geblieben war. Bisher hatte er weder sie noch Schleißheimer noch eines der anderen Clubmitglieder erreicht. Hodann, Cheong, Einsiedl, Büchner – niemand ging ans Telefon. Hölleisen fluchte. Maria war längst überfällig. Als er zur Villa Hodanns kam, war das schmiedeeiserne Gittertor verschlossen. Auch das noch! Hatte sie ihr Auto im Innenhof geparkt? Er sah einige silberglänzende Schlitten, aber Marias beuliges Ungetüm konnte er nirgends entdecken. Er klingelte. Nichts rührte sich.

Jennerwein betrat das Büro der Dachdeckerei. Es schien, als hätte Erika Lorek ihn erwartet.

»Herzliches Beileid, Frau Lorek«, sagte er.

Er bemerkte, dass sie zögerte, ihm einen Platz anzubieten.

»Ich habe Ihrer Kollegin schon alles erzählt, was ich weiß. Ist es wirklich nötig, dass Sie mich nochmals befragen?«

»Es tut mir leid, aber es muss sein. Es haben sich neue Entwicklungen ergeben.«

»Verstehen Sie mich nicht falsch, Herr Kommissar, aber ich habe gesehen, dass Sie den Herrn Hölleisen wieder weggeschickt haben. Ganz ehrlich gesagt habe ich gehofft, dass er mit mir spricht, wenn es noch weitere Fragen gibt. Wissen Sie, wir kennen uns schon

so lang, der Hölli und ich, und angesichts der Umstände würde ich mich wohler bei einem alten Freund fühlen. Das ist aber natürlich nicht gegen Sie gerichtet, Herr Kommissar.«

»Sie sollten es zunächst einmal mit mir versuchen, Frau Lorek«, antwortete Jennerwein freundlich. »Es geht eigentlich nur um eine einfache Frage. Ich denke, Sie können mir darauf eine einfache Antwort geben. Dann bin ich wieder weg. Ich möchte dieses schreckliche Verbrechen aufklären. Ob wir jetzt alte Freunde sind oder völlig Fremde, spielt dabei keine Rolle.«

Erika Lorek machte ein trotziges Gesicht, nur einen Moment, dann gewann sie ihre Beherrschung wieder.

»Ja, das möchte ich noch mehr als Sie, das können Sie mir glauben. Ich habe in der Zeitung gelesen, dass Antonia Beissle eine Freundin von Ihnen war. Das wusste ich nicht. Herzliches Beileid.«

Sie standen sich immer noch gegenüber. Das war Jennerwein ohnehin lieber. Es gab nichts Schlimmeres, als eine harte Befragung durchzuführen und dabei auf einem bequemen Sofa sitzen zu müssen, bei dem einem die eigenen Knie ins Gesicht stachen.

»Vielen Dank. Meine Frage lautet, ob Sie von den psychischen Problemen Ihres Mannes wussten.«

Erika Lorek machte eine lange Pause, bevor sie antwortete.

»Ja, natürlich wusste ich davon. Und ich dachte, er wäre drüber hinweg. Als wir uns kennengelernt haben, hatte er damit große Probleme. Familienerbe. Während unserer Ehe wurde es immer besser.«

»War er in Behandlung?«

»Nein. Wir hielten das nicht für nötig, weil wir viel miteinander geredet haben.«

»Und was meinen Sie mit Familienerbe?«

»Wir haben festgestellt, dass es in seiner Familie schon einige Fälle von Depression gegeben hat. Damals hat man Schwermut dazu gesagt. Oder schwarze Galle. Manche der Dachdecker sind ohne ersichtlichen Grund in die Tiefe gestürzt. Höchstwahrscheinlich absichtlich.«

Jennerwein sprach die Frage nicht laut aus, ob denn der Dachdeckerberuf überhaupt die geeignete Beschäftigung für einen Menschen war, der zu Depressionen neigte.

»Wissen Sie, Kommissar Jennerwein, darüber hätte ich eben lieber mit Franz Hölleisen gesprochen. Ich glaube nämlich auch, dass es Selbstmord war. Einmal hat das ja doch passieren müssen.«

Diesmal war es an Jennerwein, eine längere Pause zu machen, bevor er vorsichtig weitersprach:

»Wenn Sie recht haben, dann kann ich mir den Tod der anderen Clubmitglieder nicht erklären.«

Erika Lorek dachte lange nach. Jennerwein lief die Zeit davon, aber er beherrschte sich, denn er spürte, dass es besser war, Erika Lorek nicht zu drängen. Seinem Ermittlergefühl nach konnte sie etwas Entscheidendes zur Lösung des Problems beitragen. Endlich, mit einem kleinen Seufzer, sagte sie: »Thomas war eifersüchtig, extrem eifersüchtig. Er hat sich da richtig reingesteigert. Es ist immer schlimmer geworden. Er hatte zwar die Depression im Griff, aber diese zerstörerische Energie hat sich woanders einen Weg verschafft. Da gibt es sicher einen psychologischen Ausdruck dafür. Verlagerung oder so.«

»Auf wen war er eifersüchtig?«

»Wie es halt mit krankhaft Eifersüchtigen so ist. Sie sind auf jeden und alles eifersüchtig. In letzter Zeit hatte er den Verdacht, dass ich ein Verhältnis mit Hubschmidt und mit

Reininghaus habe. Das ist zur fixen Idee von ihm geworden. Ich schließe nicht aus, dass er die beiden mit in den Tod genommen hat. So eine Art erweiterter Selbstmord.«

Jennerwein schwieg erneut.

»Ich hatte natürlich keine Affäre«, fuhr Erika Lorek entrüstet fort. »Mit niemandem. Schauen Sie mich doch bloß mal an.«

Sie wies an sich herunter. War das Fishing for Compliments? Sollte er jetzt sagen: Aber nein, Sie sind doch eine attraktive Frau? Andererseits fand Jennerwein auch ein Schweigen mit steinerner Miene unpassend. Solch eine zwiespältige Verdächtige hatte er noch nie vor sich gehabt.

»Und wie soll Ihr Mann dann Ihrer Meinung nach vorgegangen sein?«, fragte er stattdessen.

»Er könnte es so arrangiert haben, dass Rico und Werner in einem gewissen zeitlichen Abstand hinaufgekommen sind. Erst Rico, dann Werner. Er lässt Rico die vergiftete Pilzspeise verkosten. Dann ersticht er Reininghaus. Er selbst nimmt ein Mittel ein, das zu einer schnellen Betäubung führt. Wir haben so was im Haus, es ist ein Schlafschwamm.«

»Woraus besteht der?«

»Ich glaube Maulbeersaft, Efeu, die Wurzel der Alraune und noch ein paar andere Sachen. Ich weiß es nicht genau.«

Hatte nicht die Stellvertretende genau von diesen Kräutern gesprochen? Von unreifen Maulbeeren und Efeu? Das musste er nochmals überprüfen.

»Der Schlafschwamm wurde früher von Badern beim Zahnziehen verwendet«, fuhr Erika Lorek fort. »Ich befürchte, Thomas hat ihn genommen und den Kopf in die Brühe fallen lassen.«

Sie standen nahe beieinander. Die Frau wurde ihm unheimlich, denn sie zeigte keine Regung. Unwillkürlich trat Jennerwein einen Schritt zurück.

»Kommen wir noch mal zu Ihrem Alibi, Frau Lorek –«

Jennerweins Telefon klingelte. Jemand aus dem Krankenhaus war am Apparat. Erschrocken lauschte er der Stimme. Maria Schmalfuß war gerade mit erheblichen Verletzungen eingeliefert worden.

37

Beim alten Mütterchjen im fernen Russland gab es Borschtsch. Für einen guten russischen Borschtsch braucht man zuallererst einen sogenannten Kwas, so wie man für einen vernünftigen Satz ein erstes Wort braucht. Sonst würde was fehlen! Einen Kwas herzustellen ist ganz einfach, es kommen nur geraspelte Rote Bete in ganz leicht gesalzenes Wasser, das wird an einem dunklen Ort einen Monat lang, in manchen Gegenden Russlands auch ein Jahr aufbewahrt. Es muss gären und brodeln wie aufgestauter Zorn, dann gibt man Fleisch und Gewürze hinein und lässt die gegorene Rote Bete langsam, furchtbar langsam köcheln. Es muss köchjeln wie unterdrückte Wut. Wie gerade noch im Zaum gehaltene Rachsucht. Unser Mütterchjen hatte einen Topf mit dem ewig dahinlächelnden Kwas sogar von ihrer Mutter geerbt, und die von ihrer Großmutter, dieser Kwas brodelte schon seit Jahrzehnten, seit Jahrhunderten, das ist die altrussische Methode des Niedergarens, choj!

»Hier riecht es doch nach Borschtsch!«, rief der Nachbar, als er beim Mütterchjen vorbeikam. »Hast du ein Löffelchjen für mijch?«

»Ja, klar, komm rein, Gevatter.«

»Wie geht es Juri?«

»Ich hoffe, gut. Schau her, ich zeige dir ein Bild von ihm.«

»Ein wirklich stattlicher Chjunge!«,

sagte der Nachbar, nachdem er einen Löffel Borschtsch gekostet hatte. »Groß wie ein Pferd, breite Brust, blaue Augen wie Morgenhimmel. Der wird sein Glück in der Welt machen!«

Und tatsächlich zeigte das Foto einen stattlichen Juri mit eindrucksvoll durchtrainiertem Oberkörper, stahlblauen, in die Ferne gerichteten Augen, Händen, die zupacken konnten – insgesamt ein einnehmendes und sympathisches Wesen.

»An mich scheint er allerdings keinen Gedanken zu verschwenden«, sagte Mütterchjen traurig. »Alle zwei Wochen hat er bisher eine Postkarte geschrieben, mein Juri. Pünktlich und immer mit schönen Blumenmotiven. Diese Woche ist nichts gekommen. Angerufen hat er auch nicht.«

Juri, das muss leider gesagt werden, war tot. Er war gestorben an seiner Gutgläubigkeit. Die genaueren Umstände waren – doch davon später.

Dasselbe Schicksal drohte dem Schneiderquirl Rochus, seines Zeichens Wirt der Goldenen Gans, der so manchem armen Zocker einen warmen Tisch gegeben hatte, gegen einen kleinen Obolus, dazu einen Satz nagelneuer Spielkarten, Service des Hauses. Jetzt war er eingesperrt im Schließfach № 708. Vor einigen Jahren hatte er ein extragroßes gemietet, in dem er seine geschnitzten Heiligenfiguren von erheblichem Ausmaß lagern konnte. Das rächte sich jetzt. Der Schneiderquirl war professionell gefesselt und geknebelt worden, nach alter italienischer Schule, es war verdammt eng, und er konnte sich keinen Zentimeter bewegen. Bankkunden betraten den Schließfachraum und verließen ihn wieder, doch niemand hörte seine unterdrückten Schreie, sein hilfloses MMM! MMMM! Er konnte es immer noch nicht glauben, dass *er* jetzt da drinnen lag und nicht sein Geld, das sicher gerade in Toreggio oder in der Dominikanischen ausgegeben wurde, wo *er* eigentlich immer hinwollte. Völlig verdrehte Welt.

»Ist da nicht was?«, hörte er jetzt eine weibliche Stimme im Schließfachraum fragen.

»Wo?«

»Ich weiß nicht. Ein komisches Geräusch. Hör mal.«

»Ich hör nichts. Beim besten Willen nicht.«

»MMM! MMMM!«

Doch es war zu leise. Und zu eintönig. Der Schneiderquirl Rochus hatte momentan keinen großen Wortschatz zu bieten.

Schrille Brille und geschmacklose Krawatte wiederum hatten zwar genug frische Luft, aber auch sie kamen langsam außer Atem. Beide hatten eigentlich damit gerechnet, dass der gedrungene Mann, nachdem er das Polizeirevier verlassen hatte, sofort nach Hause gehen und nicht derart verschlungene Wege einschlagen würde. Er schien ziellos durch die Gegend zu streifen, doch schließlich verließ er die Straße und verschwand im Wald.

»Wald ist immer gut«, sagte schrille Brille. »Da schnappen wir ihn uns.«

Siegfried Schlatt, der zugedröhnte Pilzmaler, Illustrator des Standardwerkes HUBSCHMIDT'S GROSSES BUCH DER PILZE, ahnte nichts von seinen Schatten. Er war verärgert, weil man ihn auf dem Revier hatte warten lassen. In die Verärgerung mischte sich jedoch ein positiver, hellerer Farbton. Er war erleichtert. Hatte er doch im Polizeirevier, ohne dass dort etwas geschehen wäre, sozusagen seine Schuld abgegeben. Er glaubte jetzt zu wissen, dass er mit den Morden nichts zu tun hatte, dass sein Gewissen frei und rein war. Schlatt lehnte sich an einen Baum und verschnaufte. Da hörte er Geräusche hinter sich. Erschrocken drehte er sich um. Die Büsche teilten sich. Ihm wurde übel. Das mussten die sein, denen er gestern ausgekommen war. Herrjessas, sie hatten ihn verfolgt. Er wandte sich ab und stolperte davon, so schnell er konnte. Doch die Schritte kamen immer näher.

Ursel Grasegger rührte zu Hause in ihrer Ochsenbackerlsauce herum, sie streute dieses und jenes Gewürz hinein, doch es machte keinen rechten Spaß, so ganz ohne Ignaz. Vielleicht sollte sie mit ihm auch das Essen und Kochen aufgeben, wenigstens die übertrieben nahrhaften Speisen. Ein letztes Mal noch Ochsenbackerl und dann –

»Erzähl uns doch einmal genauer von den Vierfachmorden. Es ist ja wirklich traurig, wie die Sitten in dieser idyllischen Gegend langsam, aber sicher verrohen.«

Karl Swoboda, der Österreicher mit den ziellos von Punkt zu Punkt springenden Augen, und seine Frau Giacinta, Tochter von Padrone Spalanzani, saßen am gedeckten Küchentisch. Sie waren überraschend für ein paar Tage zu Besuch gekommen. Ursel schlug das Notebook auf und zeigte auf die Seite der Lokalzeitung mit dem Foto der Treize-Plats-Mitglieder. Sie erzählte, was sie von Jennerwein erfahren hatte. Und sie gab eine Kurzzusammenfassung dessen, was sie über die einzelnen Mitglieder des Kochclubs wusste. Swoboda und seine Gattin, die erst auf den zweiten Blick nicht die junge Ornella Muti war, hörten kopfschüttelnd zu.

»Exorbitant schmecken die Ochsenbackerl«, schwärmte der Österreicher. »Ich finde bloß, dass noch ein bisserl Safran in der Sauce nicht schaden könnte.«

Giacinta stieß ihn unter dem Tisch mit dem Fuß an. Swoboda blickte irritiert auf. Was wollte sie von ihm? Giacinta stieß ihn noch einmal an. Und dann fiel der Groschen. Ein schlimmer Fauxpas! Da war er ja voll ins Fettnäpfchen getreten. Denn wer hatte jede Speise mit Safran gewürzt? – – – Ignaz Grasegger.

38

Er stieg mächtig in die Pedale. Seine Jacke flatterte hinter ihm waagrecht in der Luft, er stand mehr, als er saß, der Rahmen schaukelte gefährlich nach rechts und links. Er war schon drei Jahrhunderte nicht mehr Fahrrad gefahren, aber immer noch legte er sich gekonnt wie ein Profi in die Kurven.

»Ist das nicht Kommissar Jennerwein?«, fragte eine der gereiften Urlauberinnen, die an einem der Tischchen vor dem Straßencafé saßen.

Sie deutete auf den dahinrasenden Radler, dem verwaschenen Strich in der Landschaft, der Staubwolke, die sich jetzt fast querlegte, um in eine Seitenstraße einzubiegen. Die andere setzte die Kaffeetasse ab und schüttelte den Kopf:

»Aber der fährt doch nie und nimmer mit dem Fahrrad!«

Doch, er fuhr. Jennerwein hatte sich das Damenfahrrad von Erika Lorek ausgeliehen, er hatte es eigentlich eher konfisziert. Es dauerte nur wenige Minuten, da schepperte er auch schon die Auffahrt des Klinikums hinauf. Der Arzt erwartete ihn bereits.

»Wie ist ihr Zustand?«, fragte Jennerwein atemlos.

»Inzwischen stabil«, sagte der Arzt und zog ihn mit wehendem Kittel durch die Gänge. »Frau Schmalfuß hat eine stark blutende Platzwunde und eine mittlere Gehirnerschütterung. Ihre Schulter ist gebrochen. Dazu kommen noch ein paar Abschürfungen.«

»Kann ich sie sprechen?«

»Ich weiß, dass Sie gerade in Ermittlungen stecken, aber der Einfluss der Medikamente ist zu stark, um mit ihr zu reden. Als sie eingeliefert wurde, hat sie unzusammenhängende Wortfetzen gemurmelt. Wir haben nur so viel verstanden, dass sie Informationen hätte, die dringend an Sie weitergeleitet werden müssten. Ein Pfleger hat versucht, die Nachricht aufzuschreiben. Er hat nicht alles verstanden, aber vielleicht können Sie etwas damit anfangen.«

Sie waren am Krankenzimmer angelangt. Der Arzt war schon wieder auf dem Sprung.

»Gehen Sie rein und werfen Sie sich einen Kittel um. Ich muss weiter. Und Sie waren ja schon öfter hier.«

»Danke, Doktor!«

Es lagen insgesamt vier Personen im Zimmer. Jennerwein konnte auf den ersten Blick nicht erkennen, wer von ihnen Maria war. Alle lagen in riesengroßen, von blinkenden Instrumenten umstellten Betten. Seitdem er das letzte Mal hier gewesen war, schien sich die Gerätemedizin rasant weiterentwickelt zu haben. In einer Ecke des Raums konnte er eine Schwester erkennen, die mit dem Rücken zu ihm vor einer großen, undefinierbaren Maschine stand. Ohne sich umzudrehen, sagte sie:

»Sie wollen zu Schmalfuß?«

»Ja.«

»Bett vier.«

Jennerwein setzte vorsichtig einen Fuß vor den anderen.

»Verwandter? Arbeitskollege? Freund?«, fragte die Schwester, und sie drehte sich noch immer nicht um.

»Alles zusammen«, erwiderte Jennerwein. Leise fügte er hinzu: »Und noch ein bisschen mehr.«

Damit trat er an Marias Bett. Ihre Augen waren geschlossen. Ihr Kopf war verbunden, nur das Gesicht lag frei, so dass sie einer meditierenden und vollkommen in sich gekehrten Nonne glich. Er blickte hilfesuchend auf. Die Schwester hantierte immer noch an einem Gewirr aus Schläuchen und Kabeln herum. Jennerwein beugte sich über Maria. Sie atmete ruhig und tief. Er wandte sich an die Krankenschwester.

»Kann sie mich hören?«, fragte er in ihre Richtung.

»Das weiß man nie«, sagte sie und schlug mit der Faust an einen großen Kasten, der wie ein EKG aussah. Das Gerät schien dadurch tatsächlich anzuspringen, denn ein Bildschirm mit einem flackernden Oszillogramm leuchtete auf.

Jennerwein ergriff Marias Hand. Er umfasste ihre schlanken, verletzlich aussehenden Finger, und als er sie drückte, glaubte er einen Gegendruck zu spüren. Jetzt fiel ihm erst auf, dass er in seiner anderen Hand immer noch den Schmierzettel hielt, den ihm der Arzt überreicht hatte. Er warf einen Blick auf das Gekritzel.

Cheong … mich niedergeschlagen … abgehauen … Koffer weg … Betrüger … ist gar kein Koreaner … alles gelogen … kein Alibi … in der Sparkasse unbekannt … höchste Lebensgefahr für Kochclubmitglieder …

Erschrocken ließ er Marias Hand los. Cheong war auf der Flucht? In diesem Fall musste er sofort handeln.

»Können Sie mich hören, Maria?«

Ruhe. Schweigen. Nur das Wabern und Gluckern der Maschinen. Marias Mundwinkel zuckten.

»Darf ich sie berühren?«, fragte er die Schwester.

»Jede Art von Interaktion ist gut«, erwiderte sie. »Berührungen. Ansprache. Andere Sinneseindrücke.«

Jennerwein war sich nicht sicher, ob das, was da mit dem

Rücken zu ihm stand, nicht auch eine Maschine war. Er wandte sich von Maria ab, trat ein paar Schritte vom Bett weg und rief Nicole an.

»Neuer Stand. Maria ist von Cheong angegriffen worden. Er ist auf der Flucht. Veranlassen Sie eine Suchmeldung. Volles Programm. – Ja, ihr Zustand ist stabil. Hoffen wir das Beste.«

Jennerwein hatte die Worte hart und abgehackt ins Telefon gesprochen. Er sah zu Maria hin. Immer noch zeigte sie keine Regung. Er wollte nicht gehen, ohne sich von ihr zu verabschieden. Vorsichtig näherte er sich dem Bett, beugte sich zu ihr und drückte ihr einen Kuss auf den blassen Mund. Er glaubte zu spüren, dass ihre Lippen zuckten. Und dass ihre Augenlider flatterten.

»Werden Sie wieder gesund, Maria«, flüsterte er ihr ins Ohr.

»Telefonieren ist hier normalerweise verboten!«, schnarrte die Schwester. »Sind Sie jetzt ein Verwandter oder ein Arbeitskollege?«

»Ich bin –«

Jennerwein sprach nicht weiter. Er betrachtete Maria noch eine Weile, dann drehte er sich um und verließ das Zimmer. Jetzt erst fiel ihm auf, dass er den Zettel immer noch krampfhaft in der Hand hielt. Er drehte ihn um. Auf der Rückseite war zu lesen:

Mann auf dem Foto ... ist Schlatt ... Pilzmaler ...

Im Inneren der Polizeipsychologin Dr. Maria Schmalfuß sah es vogelwild aus. Das Sedativ, das ihr gespritzt worden war, tat seine Wirkung. Dazu kam noch die Erschütterung ihres ansonsten so unermüdlich arbeitenden Gehirns. Vielleicht brachte auch der Kuss alles in ihr durcheinander, wer konnte das schon wissen. Maria hatte den Arbeits- und Ermittlungsmodus noch nicht ganz aufgegeben, ihr Unterbewusstes befand sich in produktiver, fieberhafter Aufruhr. Erinnerungsbilder tauchten vor ihr auf. Immer und immer wieder erschien der Koreaner Cheong. Er stand vor ihr, er kam bedrohlich auf sie zu, er sprach zu ihr in einer unverständlichen Sprache. Cheong war gar kein Koreaner. Er lachte höhnisch. In der Hand hielt er ein abgerissenes Stuhlbein, das er wild schwenkte. Ich schlage noch einmal zu, schrie er. Maria wollte weglaufen. Die Beine versagten ihr. Sie wollte schreien, brachte keinen Ton heraus.

Als Jennerwein die Tür des Krankenzimmers von außen geschlossen hatte, sah er den Arzt auf sich zukommen.

»Wie schlimm sind die Verletzungen?«

»Sie muss jedenfalls einige Tage ruhen.«

»Und wer hat den Notarzt gerufen? Frau Schmalfuß selbst?«

»Nein, ein gewisser Herr Cheong hat das getan.«

Jennerwein war so perplex, dass er den Arzt mit offenem Mund anstarrte.

»Wie? Herr Cheong, der Koreaner?«

»Ja, er hat Frau Schmalfuß bei sich zu Hause entdeckt. Sie lag bewusstlos auf dem Boden. Er hat sich gut um sie gekümmert. Er war richtig bemüht um sie. Er hat ihre Hand gehalten und beruhigend auf sie eingeredet.«

Jennerwein fand immer noch keine Worte.

»Aber – aber – hat er denn gesagt, wer sie niedergeschlagen hat?«

»Sie ist nicht niedergeschlagen worden. Sie hat sich mit dem Hinterkopf an dem niedrigen Türstock gestoßen. Im Niederfallen ist sie gestrauchelt und die Treppe hinuntergestürzt.«

schmackofatz.de
Ihr Bewertungsportal – Restaurants weltweit vergleichen

HUBSCHMIDT's

Bewertung:
✦ ✦ ✦ ✧ ✧ ✧ (= durchwachsen)

Heinzi schrieb:
Alle Neune! So heißt unser Kegelclub, und wie jedes Jahr haben wir die gesamte Kasse verfressen und versoffen. Diesmal ist besonders viel zusammengekommen, drum hat der Kaari gesagt, gehen wir doch einmal zu Hubschmidt's rauf und lassens dort so richtig krachen. Ich muss dazusagen, dass der Kaari ein begnadeter Witzeerzähler ist. Der erzählt Witze, da schnallst du ab! Und wir haben uns schon gefreut darauf, dass er in diesem stocksteifen Schuppen einen nach dem anderen rauslässt. Was wir mit dem schon gelacht haben! Ganze Bierzelte hat der Kaari unterhalten, Wahnsinn. Jetzt sind wir also alle endlich gesessen, und auf der Speisekarte standen ein Haufen Schwammerlgerichte, er hat gleich angefangen mit dem einen oder anderen Kracher. Und zwar Pilzwitze! Wir haben gar nicht gewusst, dass es so viele Pilzwitze gibt. Gehen ein Preuße, ein Bayer und ein Österreicher in den Wald zum Schwammerlsuchen … Lästig war bloß, dass dauernd der Ober gekommen ist: Darf es noch dies sein und darfs noch das sein? Immer genau zur Pointe vom Kaari ist dieser Jacques am Tisch aufgetaucht und hat die Pointe mit irgendeinem Schmarrn verdorben. Erzählt was von einem gertenschlanken Riesling und dem etwas molligeren Chardonnay im offenen Ausschank. Wir drauf: Stell irgendwas her, Mensch, wir wollen jetzt den Witz mit dem Preußen, dem Bayern und dem Österreicher hören! Der Kaari hat nochmals von vorn angefangen. Einen Witz kannst du nicht einfach weitererzählen, dann wirkt er nicht mehr. Er fängt nochmals an,

da kommt wieder einer an den Tisch, der sagt, er wäre der ›Maître‹, der extra für uns das Menü zusammengestellt hat. Ja, spinnst du! Hat der uns vielleicht zugeschwallt! Wir haben nur so mit den Ohren geschlackert. Und die Pointe von dem Witz, wo der Preuße, der Bayer und der Österreicher zum Schwammerlsuchen gehen, weiß ich bis heute nicht.

39

»Wir kennen uns gut, Josef, normalerweise müsste ein Kollege hier sein, aber uns pressiert es wirklich sakrisch«, sagte Hölleisen in der Hofladenmetzgerei zu Büchner. Vorsichtig und fast schon scheu fügte er hinzu: »Du hast doch ein Alibi, oder?«

»Ja, ich bin gestern den ganzen Tag im Laden gestanden«, erwiderte Büchner, und Hölleisen stellte erleichtert fest, dass keinerlei Groll in seiner Stimme mitschwang. »Meine Angestellten können das bezeugen. Die Kunden haben mich gesehen. Meine Frau war auch die ganze Zeit da –«

»Ist schon gut, Josef. Ich glaub dir schon.«

Nachdem Hölleisen Jennerwein bei Erika Lorek abgesetzt hatte, war er beim Metzger vorbeigefahren. Der Büchner Josef war ein alter Freund von ihm, deswegen wäre es ihm schon lieber gewesen, wenn Maria die Befragung durchgeführt hätte, aber die Zeit drängte. Büchner war ein stattliches Mannsbild mit listig blitzenden Augen und einer gehörigen Portion Schalk im Nacken. Sein Hofladen lag mitten im historischen Teil des Kurorts. Der Denkmalschutz musste hier Dauergast sein. Parkplätze waren Mangelware, darüber hinaus wollte Hölleisen auch deshalb nicht mit dem Polizeiauto bis vor den Laden fahren, weil alle im Ort inzwischen wussten, dass Josef Büchner zu den Dreizehn gehörte, und in so einem Fall

sicherlich geredet wurde. So parkte er zwei Straßen entfernt und ging zu Fuß zum Hofladen. Überraschenderweise standen zwei Polizeieinsatzwägen vor der Tür, einer davon vergittert und mit geschützten Rädern, durch die Scheibe sah Hölleisen ein Gestell, prallvoll mit blitzenden Maschinengewehren. DER STAAT ZEIGT ZÄHNE, Mischtechnik, 1968, Alte Nationalgalerie Berlin. Hölleisen erschrak. Büchner hatte sich verbarrikadiert, er hatte zwanzig Leberkäsekunden als Geiseln genommen und stach auf alles ein, was sich ihm näherte? Erst als Hölleisen die Nummernschilder sah, beruhigte sich sein Puls wieder. Kollegen aus dem benachbarten Landkreis, die hier in einer anderen Sache zu tun hatten, besorgten sich Brotzeit.

»Können wir reden?«, sagte Hölleisen zu Büchner, nachdem er die hungrigen Kampftruppen kurz begrüßt hatte. »Ungestört?«

»Freilich, komm mit, Hölli.«

Sie zogen sich in die Metzgereiküche zurück, in der gerade gewurstet wurde, und suchten sich ein stilles Eckchen. Hölleisen nahm die Fingerabdrücke und die DNA.

»Wie bist du denn zu dem Kochclub gekommen?«

Büchner zuckte die Schultern.

»Der Schleißheimer kauft regelmäßig bei mir ein, und einmal hat er mich angeredet, dass sie noch so einen wie mich bräuchten. Der Deal war der: Die dreizehn Platterten haben immer die besten Fleischwaren von mir bekommen, und ich hab endlich meiner süßen Leidenschaft nachgehen können, dem Konditorhandwerk. Aber ehrlich gesagt: Die dauernden Streitereien haben mich genervt.«

»Um was gings?«

»Es war kein offener Streit, eher so Spannungen und Sticheleien. Manchmal habe ich den Eindruck gehabt, dass es einigen gar nicht ums Kochen gegangen ist. Dauernd war vom Geld die Rede, wie man das anlegt und solche Sachen. Freilich wurde da auch viel gespendet, aber ich bin den Eindruck nicht losgeworden, dass die ganze Spenderei eher ein Vorwand war. Dauernd ist jemand mit dem Klingelbeutel herumgegangen. Ich bin mir vorgekommen wie in der Kirche. Ein paarmal bin ich angehauen worden, ob ich was herleihen könnte. Eine größere Summe, möglichst in bar.«

»Von wem?«

Die Antwort Büchners ging im schrillen Geräusch der anspringenden Wurstkuttermaschine unter, die eher einer Kreissäge glich. Hölleisen lief das Wasser im Mund zusammen. Er ließ sich den Namen und die erhebliche Summe noch einmal nennen. Daraufhin stieß er einen überraschten Pfiff aus und notierte beides in seinen Notizblock.

»Und? Hast du das Geld dann hergeliehen?«

»Wo denkst du hin, Hölli! Und dann auch noch Bargeld. Sie wollten ja bloß solches. Jeder meint, in den Handwerksberufen fließt das Schwarzgeld nur so dahin. Aber das geht gar nicht mehr, weil heutzutage alles bargeldlos läuft. Der Dreisamer Rufus zum Beispiel, der Installateur, der kommt jeden Tag zwei Mal zu mir zur Brotzeit. Und wie zahlt er? Einmal im Monat per Abbuchung. So läuft das heutzutage. Das waren noch Zeiten, wie der Dachdecker gekommen ist, mir das Dach gerichtet hat, und er hat von mir im Tausch eine halbe Sau, geräuchert und gesurt, gekriegt.«

Im Hintergrund quollen die ersten Weißwürste aus der Kuttermaschine. Hölleisen bekam unbändige Lust, sich eine zu greifen und zu verzehren. Roh. Ohne Senf. Ja, das waren Hölleisens heimliche Gelüste. Stattdessen neigte er sich zu Büchner und sagte leise:

»Letzte Frage. Hat denn jetzt die Erika Lorek was mit jemandem vom Kochclub gehabt? Eine Affäre? Ein Ausrutscher? Oder vielleicht sogar was Festes?«

Büchner wiegte zweifelnd den Kopf.

»Geredet wird viel, aber ich kann mir das bei der Erika nicht so recht vorstellen. Möglich ist natürlich alles.« Er wusch sich die Hände. Bei ihm ging die Stempelfarbe erstaunlich gut ab. »Mir hats jedenfalls gereicht. Ich war kurz davor, auszutreten aus dem Verein.«

»So schlimm?«

»Das einzige Interessante waren die Ehrengäste.«

»Weißt du, wer heute gekommen wäre?«

»Keine Ahnung. Vielleicht hat der Schleißheimer irgendeinen Medizin-Nobelpreisträger aufgetrieben.«

Hölleisen packte seine Notizzettel ein.

»Ja, Josef, ich glaube, ich hab dann alles, was ich brauche. Eines noch: Du müsstest heute noch zu einer Befragung kommen. Nachher um sechs. Du hast doch Zeit? Droben beim Hubschmidt?«

»Wenns sein muss, freilich. – Magst du noch eine Leberkäsesemmel mitnehmen?«

Hölleisen konnte trotz aller Eile nicht widerstehen. Er nahm drei. Für unterwegs. Nach ein paar Schritten lief er noch einmal zurück und kaufte sieben weitere, fürs Team.

»Kommando zurück!«

Die Stimme Jennerweins schallte aus dem Lautsprecher. Sie erfüllte den großen Speisesaal, in dem der kleine Rest des Teams über die endlosen Datenfluten gebeugt saß.

»Chef, wo sind Sie?«, fragte Stengele ins Mikrophon.

»Auf dem Weg zu Ihnen. Zunächst das Wichtigste: Kommando zurück, Herr Cheong braucht nicht zur Fahndung ausgeschrieben zu werden. Er sitzt zu Hause. Fahren Sie bitte hin und lassen Sie sich beschreiben, wie er Maria aufgefunden hat und was genau los war. Von ihm fehlen auch noch erkennungsdienstliche Daten. Bestellen Sie ihn für 18.00 Uhr zu Hubschmidt's. Auch die anderen von den Treize Plats will ich oben haben.«

»Alle neun?«

»Ja, alle neun. Becker und Nicole, Sie trommeln die Herrschaften zusammen. Hölleisen ist noch unterwegs, um den Boxmanager und den Metzger zu interviewen. Er weiß schon Bescheid. Ich bin in zehn Minuten da.«

»Beim Metzger wäre ich jetzt auch gern«, warf Becker ein. »Ich könnte morden für eine Wurstsemmel.«

Jennerwein drückte weg und trat wieder kraftvoll in die Pedale. Die Steigung der Straße, die hinauf zum Restaurant führte, begann. Es war eine höllische Steigung.

Der Boxmanager Bert Einsiedl saß in seinem kleinen Büro am Schreibtisch. Sein Arbeitsplatz wirkte eher wie eine Agentur für Kindergeburtstagsclowns. Schleifchen, Bändchen und Tinnef umgaben ihn. Dass er viele namhafte Boxprofis vertrat, sah man dem Büro nicht an. Polizeiobermeister Franz Hölleisen war gerade gegangen, er hatte ihn nach allen Regeln der Kunst ausgequetscht, wie man das aus Filmen eben so kannte. Einsiedl steckte sich eine Zigarre an. Er blies den Rauch auf zwei Boxhandschuhe, die an der Wand hingen. Ein guter Mann, dieser Hölleisen, dachte Einsiedl, ein ordentlicher Beamter.

»Haben Sie schon mal geboxt?«, hatte er ihn gefragt. »Sie wären ein guter Halbschwergewichtler. Mit einer knallharten Geraden, wenn ich mir Ihre Oberarme so ansehe.«

Nein, er hätte noch nie geboxt. Das wäre ihm zu brutal. Einsiedl sah auf die Uhr. Um 18.00 Uhr sollte er sich dort oben einfinden, zu einem Treffen aller Verdächtigen, so richtig Agatha-Christie-Hercule-Poirot-mäßig. Was hatte der Kommissar vor? Er schien den Fall gelöst zu haben. So schnell? Aber das war doch gar nicht möglich. Die Boxhandschuhe an der Wand waren jetzt vollkommen in Rauch eingehüllt. Einsiedl fiel das überraschende Zusammentreffen bei McDonald's wieder ein. Irgendetwas stimmte da nicht. Dass sich seine Klienten, die Supersportler, manchmal einen Ausrutscher leisteten, war er gewohnt. Ein rumänischer Meister, den er in der Agentur hatte, futterte heimlich Fritten, obwohl das Gift für den Muskelaufbau war. Aber dass der allergrößte Feinschmecker der Treize Plats in einer Fastfood-Bude verkehrte, war schon komisch. Einsiedl hatte am Vormittag einen Blick aus dem Fenster des Schnellrestaurants geworfen. Genau gegenüber lag die Polizeistation. Hatte das etwas zu bedeuten? Es konnte natürlich auch reiner Zufall sein. Hätte er Hölleisen von der Sache erzählen sollen? Einsiedl nahm eine Flasche Wein aus dem Bürohumidor, den er unter dem Schreibtisch stehen hatte. Es war eine teure, gute Flasche Wein. Er hatte gar keine anderen. Genießerisch goss er die edle Flüssigkeit ins Glas. Lasziv und verführerisch schmiegte sich der Strahl in die Rundung. Es war ein Cabernet Sauvignon, und normalerweise stieg ihm jetzt das Bouquet in die Nase. Nichts. Er nahm ein Schlückchen. Auch nichts. Man sollte im Stress niemals so guten Wein trinken, dachte Einsiedl. Würde es sein Gewissen beruhigen, wenn er Hölleisen doch anrief? Aber er würde ihn ja sowieso heute Abend beim Sammeltermin treffen. Angeekelt spuckte er den Schluck Wein in sein kleines Waschbecken und öffnete eine andere Flasche. Der Château Pontet-Canet, normalerweise ein Phänomen, schmeckte auch nicht. Wieder hatte er das groteske Bild vor Augen: Das rein vom Feinschmeckerischen unerbittlichste Treize-Plats-Mitglied saß an einem zerkratzten Tisch mit einem Plastiktablett voller Papiermüll und Speiseresten. Einsiedl schüttelte sich. Er selbst ging ein- oder zweimal im Jahr zu McDonald's, um sich eine klitzekleine, dekadente Perversität zu gönnen. Er futterte ein paar Bissen Ekelfood und trank dazu einen Schluck eines selbst mitgebrachten Spitzenweins. Den krassen Gegensatz auszukosten war einfach herrlich. Einsiedl lächelte. Bis zum Treffen bei Hubschmidt's hatte er fast zwei Stunden Zeit. Das gab ihm Gelegenheit, Chichi Reininghaus wieder einmal auf ihre Schulden bei ihm anzusprechen. Der Zeitpunkt war zwar etwas unpassend, aber schließlich brauchte er das Geld so schnell wie möglich zurück. Wochenlang hatte sie ihn schon vertröstet. Diesmal würde er sich nicht hinhalten lassen. Als imposantes Druckmittel würde er den Meier Jockel mitnehmen, einen ehemaligen namibischen Meister im Halbschwergewicht, jetzt Discotürsteher. Wenn man den Meier Jockel dabeihatte, stand ein Hinhalten und Vertrösten ziemlich außer Frage.

Jennerwein machte sich nicht die Mühe, das Fahrrad von Erika Lorek sauber an die Wand zu lehnen. Er ließ es einfach fallen und stürmte in den großen Speisesaal. Becker und die Stellvertretende saßen am Tisch, niemand fand Zeit für einen Gruß.

»Wir haben die meisten telefonisch erreicht«, knurrte Becker. »Jeder von denen hat sein Kommen mehr oder weniger bereitwillig zugesagt. Stengele ist zu dem Koreaner gefahren, er bringt ihn nach der erkennungsdienstlichen Behandlung gleich mit hierher. Stengele hat sich natürlich die Stelle angesehen, wo es passiert ist. Er meint, dass der Koreaner nichts mit Marias Verletzungen zu tun hätte. Es sieht ganz nach einem Unfall aus.«

»Wo ist Nicole?«, fragte Jennerwein.

»Moment, ich verbinde«, sagte Becker und reichte Jennerwein den Hörer.

Nicoles Stimme klang verärgert.

»Was glauben Sie, Chef, was ich herumgeeiert bin, um Schleißheimer an die Strippe zu bekommen! Momentan bin ich im Krankenhaus. Erst hier habe ich jemanden aufgetrieben, der mit einer Notfallnummer von Schleißheimer rausgerückt ist. Ich habe mit ihm telefoniert, er ist unterwegs, auf einer Bergtour.«

»Was?«, rief Jennerwein entgeistert. »Auf einer Bergtour?«

»So habe ich auch reagiert, Chef. Er habe sich nichts dabei gedacht, sagte er. Er wollte den Kopf freibekommen. Und er schaffe es nicht bis zum vereinbarten Zeitpunkt. Schleißheimer hat angeboten, an der Zusammenkunft über Skype teilzunehmen. Oder sollen wir ihn mit dem Hubschrauber holen lassen?«

»Nein, Skype muss genügen.«

»Mit Erika Lorek und Chichi Reininghaus habe ich schon gesprochen. Die haben sich wenigstens an die Abmachungen gehalten, jederzeit erreichbar zu sein. Ich sehe noch schnell, wie es Maria geht, dann hole ich die beiden ab und bringe sie mit ins Restaurant.«

»Danke, Nicole.«

Jennerwein legte auf.

»Einsiedl, Bretten und Hodann kommen selbst rauf«, sagte Becker. »Hodann in Begleitung seines Rechtsanwalts, wir konnten es ihm nicht ausreden.«

Jennerwein betrachtete den Spurensicherer und kniff die Augenbrauen zusammen.

»Was ist daran so lustig, Becker?«

»Ich stelle mir gerade vor, dass Hercule Poirot bei ›Mord im Orientexpress‹ alle Verdächtigen zusammenruft, und jeder von denen erscheint mit einem Rechtsanwalt.«

Auch Jennerwein musste lächeln. Doch dann trat wieder ein entschlossener Zug in sein Gesicht.

»Bringen Sie die DNA-Proben selbst ins Labor, das geht schneller, als wenn wir jemand kommen lassen und dann auf die Ergebnisse warten müssen.«

»Wird gemacht, Chef. Das sehe ich auch so.«

Das hatte Becker schon in der Tür gesagt. Er stieß fast mit Hölleisen zusammen, der hereingelaufen kam.

»Der Metzger ist bereits unterwegs«, rief Hölleisen. »Er kommt zu Fuß herauf und müsste pünktlich da sein.« Aus einer Riesentüte packte er drei Leberkäsesemmeln aus. »Mehr hat er nicht mehr gehabt.« Mit einer seltsam schuldbewussten Miene fügte er hinzu: »Wir müssen halt teilen.«

Jennerwein fiel der Zettel wieder ein, den Maria dem Pfleger im Krankenhaus diktiert hatte.

»Kennen sie einen Mann namens Schlatt? Einen Pilzmaler?«

Hölleisen dachte nach.

»Schlatt? Jetzt warten Sie, Chef, irgendwo klingelt es da bei mir. Ja, freilich! Zu dem gehen die Schwammerlsucher immer, wenn sie sich bei einem Pilz unsicher sind. Der Schlatt kennt alle Schwammerl –« auf Hölleisens Gesicht erschien wieder das kleine listige Lächeln »– vom *Pappel-Schüppling* bis zum *Gemeinen Gurkenschnitzling*.«

Jennerwein zog die Augenbrauen hoch.

»Mir scheint, Sie kennen bloß diese beiden Pilzarten.«

»Jedenfalls ist er Kunstmaler, der Schlatt.«

»Hat er etwas mit dem Restaurant zu tun?«

»Das weiß ich natürlich nicht.«

»Suchen Sie bitte mal die Adresse raus.«

»Soll ich hinfahren?«

»Nein, Hölleisen, ich brauche Sie hier. Wir müssen den Speisesaal und die Küche so aufräumen, dass nichts auf unsere Ermittlungsergebnisse hindeutet. Frau Bentel, dürfte ich Sie um etwas bitten?«

Die Stellvertretende sah von ihren Listen auf.

»Klar.«

»Könnten Sie zu dem Pilzmaler Schlatt fahren und ihn fragen, was er gestern hier oben getrieben hat? Natürlich nur, wenn Sie damit einverstanden sind.«

»Na klar, mach ich, er ist ja kein Verdächtiger.«

»Bitte riskieren Sie nichts. Wenn Ihnen etwas komisch vorkommt, rufen Sie mich sofort an.«

Jennerwein blickte aus dem Fenster. Ein Windstoß stöberte das Laub auf, das auf der Terrasse lag.

»Sie sind kurz vor der Lösung des Falls, stimmts, Chef?«

»Ich hoffe schon. Ich muss allerdings noch ein paar Puzzlestücke zusammentragen, die sich nicht so recht einfügen wollen.«

»Ich verstehe. Ich will Sie dabei nicht stören. Aber die Befragung der neun Kochclubmitglieder nachher wird dann wohl endgültige Klarheit bringen?«

»Nein, noch nicht ganz. Ich bin mir sicher, dass es jemand aus dem Kochclub ist. Das Treffen habe ich einberufen, um den Mörder unter Druck zu setzen. Ich will ihn in die Enge treiben. Dann macht er vielleicht einen Fehler.«

Hölleisen schwieg. Er begann, die Tafeln mit den Listen und Fotografien abzubauen und die Küche aufzuräumen. Jennerwein stand immer noch grübelnd am Fenster. Langsam hob er die Hand und massierte die Schläfen mit Daumen und Mittelfinger.

Auch Ursel Grasegger ließ der Fall Hubschmidt keine Ruhe. Zusammen mit ihren guten Freunden Giacinta und Karl Swoboda ging sie die neun überlebenden Hobbyköche immer wieder durch. Sie versuchte sich an jeden Einzelnen zu erinnern und suchte nach einem Motiv für den Mehrfachmord.

»Du hast erzählt, dass immer wieder von größeren Mengen Bargeld die Rede war, das hin und her geflossen ist«, stellte Swoboda nachdenklich fest. »Es leiht sich jemand was und zahlt es dann wieder zurück. Und irgendwann kann er die Schulden eben nicht mehr begleichen. Das sieht mir ganz nach Spielschulden aus.«

»Ein Zocker!«, riefen alle drei gleichzeitig. »Der Täter muss ein Zocker sein.«

Sie blickten sich erschrocken an. Alle hatten schon mehr als einmal miterlebt, zu welchen drastischen Taten Spielernaturen fähig waren.

Der Wirt der Goldenen Gans spürte, dass die Luft langsam knapper wurde. Er wusste, dass das Kreditinstitut um halb sechs schloss, danach würde niemand mehr in den Schließfachraum kommen. Und dann war er geliefert. Seine erstickten Schreie hatten bisher zu nichts geführt. Die Leute bemerkten sein hilfloses MMM! MMMM! zwar, hielten es aber für die Lüftung, die Heizung oder Weißgottwas. Doch dann hatte der Schneiderquirl Rochus eine Idee, wie er sich das nächste Mal besser bemerkbar machen könnte. Und er hatte auch eine Ahnung, wer der Mörder in Hubschmidt's Küche sein könnte. Endlich kam wieder jemand zur Tür herein. Er atmete tief ein. Vielleicht war das seine letzte Chance.

Bert Einsiedl hatte den Meier Jockel im Schlepptau, der sich strikt zwei Meter hinter ihm hielt und sein unerbittlichstes Gesicht aufgesetzt hatte. Jockel Meier kam eigentlich aus Namibia und hieß in Wirklichkeit N'Djoké Meiaugo-Mboa', was für eine europäische Zunge wegen der Klicklaute unaussprechbar war. Deshalb Jockel Meier. Bert Einsiedl wollte den Boxer wegen seines bedrohlichen Aussehens dabeihaben. Das hatte bei anderen Gelegenheiten auch schon geklappt. Er sah auf die Uhr.

»Wir müssen uns beeilen, sonst schaffe ich den Termin mit Jennerwein nicht rechtzeitig.«

Beide legten einen Zahn zu.

Die stellvertretende Gerichtsmedizinerin Frau Dr. Bentel war stolz wie ein Spatz. Jennerwein hatte sie um eine richtige Ermittlungsarbeit gebeten. Sie stand jetzt vor dem kleinen Häuschen, das Schlatt mit seiner Ehefrau bewohnte. Sie sollte ihn nach seinem Alibi befragen und erkennungsdienstlich behandeln. Alles, was sie dafür brauchte, war in dem kleinen Köfferchen, so dass sie jetzt, als sie mit festem Schritt durch den Vorgarten ging, aussah wie eine Pharmavertreterin. Sie klingelte. Nichts. Das hatte sie nicht erwartet. Wenn sie schon solch einen Auftrag bekam, dann hatte der zu Überprüfende gefälligst da zu sein. Auch nach dem dritten Klingeln öffnete niemand. Die Gardinen am Fenster bewegten sich. Es musste jemand da sein. Oder war es nur ein Luftzug gewesen?

»Herr Schlatt!«

Vielleicht hörte der Pilzmaler schlecht.

»Herr Schlatt!«, rief sie nochmals, wesentlich lauter.

Hinter dem Haus lag ein großer Garten, möglicherweise hielt er sich dort auf. Sie stellte sich unter einem Pilzmaler ohnehin jemanden vor, der im Freien malte. Die stellvertretende Gerichtsmedizinerin ging um das Haus herum. Ihr Blick fiel auf den Tisch mitten in der Wiese. Zwei halb ausgetrunkene Gläser, eine geöffnete Flasche, die auf einer aufgeregt flatternden Zeitung stand. Schlatt musste da sein. Eine kleine Treppe führte in den Keller, die Tür war nicht verschlossen. Vorsichtig zog sie den Kopf ein. Sie wollte nicht das Schicksal der bedauernswerten Maria Schmalfuß teilen.

»Herr Schlatt! Hören Sie mich?!«

Ihre Stimme gellte durchs Haus. Nichts. Keine Reaktion. Der Keller war unaufgeräumt. Mit leichtem Herzklopfen entschloss sie sich dazu, hinaufzusteigen und das Atelier zu suchen. Sie hatte vorhin durch eines der Fenster eine Staffelei aufragen sehen. Jetzt kam sie durch einen Gang, es roch nach einer Melange aus Terpentin, Farblack und frisch gesägtem Holz. Die Tür stand offen.

»Hallo! Herr Schlatt!?«

Sie betrat das Atelier. Unter dem Fenster stand eine kleine Chaiselongue, auf der eine kuschelige Wolldecke ausgebreitet war. Bewegte sich darunter nicht etwas? Vielleicht hatte sich der Maler ja hingelegt. Gerade als sie die Decke wegziehen wollte, fiel die Tür hinter ihr ins Schloss. In panischer Angst drehte sie sich um. Dort stand ein Mann mit breitem Brustkorb und seriösem Äußeren. Entsetzen spiegelte sich in ihren Augen. Der Mann, der die Tür geschlossen hatte und sie jetzt lauernd anstarrte, sah aus wie der Tote mit der Stichwunde. Und jetzt begriff sie. Es war nicht Reininghaus, den sie obduziert hatte. Der Flugkapitän lebte! Und er trug eine äußerst geschmacklose Krawatte.

40

Still und kalt war es im großen Speisesaal von Hubschmidt's Lodge, Resort, Mushrooms and More, die Sprüche an der Wand schienen ausgelesen und total unpassend.

»Wollen Sie alle zusammentrommeln, Chef, um den Täter in direkter Konfrontation zu entlarven?«, fragte Hölleisen eifrig.

Jennerwein antwortete nicht sofort. Etwas schien ihm im Kopf herumzugehen. Doch schließlich blickte er den Polizeiobermeister entschlossen an.

»Wir müssen uns so verhalten, als wüssten wir genau, wer der Täter ist. Ich will ihn zu einem strafmildernden Geständnis auffordern. Sicher haben Sie den Druck bemerkt, der auf den Restaurantmitarbeitern lastete, als wir sie befragt haben. Die Nähe zum Tatort und unser polizeiliches Eindringen in ihren Arbeitsbereich hat den Stress zusätzlich erhöht.«

»Wir haben alles richtig gemacht«, sagte Hölleisen nachdenklich. »Nur eben mit der falschen Zielgruppe.«

Jennerwein wandte sich um und sah konzentriert aus dem Fenster. Es war ebenjenes, in dem er den Mann mit Strohhut und der langen, nach unten geschwungenen Nase gesehen hatte, der ihm wie ein Priester erschienen war. Er wandte sich von dem leeren Trugbildfenster ab und ging kurz entschlossen hinaus auf die Terrasse. Die Luft atmete sich dick und würzig,

eine kühle Brise kam auf, ein paar unermüdliche Herbstvögel surften darauf herum. Jennerwein ging zu dem Küchenfenster, hinter dem die schrecklichen Morde geschehen waren, und sah hinein. Die Sonne stand jetzt so, dass sie die gegenüberliegende Wand wie mit einem Spot beleuchtete. Dort prangte immer noch das Bild der dreizehn Hobbyköche, auf dem sich jeder eine Pfanne vors Gesicht hielt. Die Spiegelung im Glas blendete Jennerwein, er senkte den Blick. Auf dem Terrakotta-Terrassenboden marschierte eine Kolonne von kleinen Insekten zum Haus. Sie krabbelten an der Wand hoch in Richtung Fenstersims, die ersten verschwanden bereits in einer Ritze, die ins Innere der Küche führte. Der Kommissar wandte sich von dem Miniatur-Schauspiel ab und schritt über die Wiese in Richtung Wald. Er musste vor sich selbst zugeben, dass er noch kein brauchbares Ermittlungsergebnis vorzuweisen hatte. Es waren nur Steinchen, die sich einfach nicht zu einem Mosaik zusammenfügen wollten. Da war zunächst einmal das undefinierbare Hwww! auf dem Audiomitschnitt. Bei aller Anstrengung war nicht zu eruieren gewesen, ob dabei jemand seine Brille angehaucht oder Zigarettenrauch ausgestoßen hatte. Auch die Schritte des Täters auf der Aufnahme passten zu keiner Person aus dem Kochclub. Was bedeutete die auffällige Menge an Bargeld, mit der vor allem Hubschmidt und Lorek hantiert hatten? Und welche Rolle spielten die dubiosen Geschmacksverstärker in den Saucen? Becker hatte ihm mitgeteilt, dass die Bouillabaisse zwar fast vollständig verschüttet worden war, dass sich in den Resten jedoch ebenfalls Kokainderivate gefunden hatten. Jennerwein bückte sich. Auch hier auf der Wiese kroch eine Kolonne Insekten in Richtung Restaurantgebäude. Zwei größere Exemplare liefen gegen den Strom zurück und berührten die anderen Tiere mit den Fühlern. Es wirkte fast wie ein Tanz. Ein Freudentanz, weil es dort oben Zucker gab? Jennerwein schoss ein Handyfoto von dem seltsamen Zug. Als er das Bild betrachtete, spiegelte sich sein Gesicht ganz kurz im Display. Ein Gesicht! Plötzlich erstarrte Jennerwein. Ein verschwommenes Gesicht am Fenster. Dreizehn Gesichter auf dem Gruppenbild, mit Bratpfannen abgedeckt. Der Körper von Reininghaus, dessen Kopf unter dem Herd steckte. Natürlich, das war es! Die Leiche war nicht verschoben worden, weil man ihr etwas aus der Tasche genommen oder ihr etwas zugesteckt hatte, sondern weil der Täter ein Interesse daran hatte, dass man das Gesicht nicht sah. Bretten hatte den Spitznamen ›Schmatzer‹ auf der Kochschürze gelesen und wie selbstverständlich angenommen, dass es sich hierbei um den Flugkapitän handelte. Aber dem war nicht so.

Reininghaus war noch am Leben! Diese plötzliche Wendung ließ die stellvertretende Gerichtsmedizinerin in lähmende Schockstarre verfallen. Im Atelier von Siegfried Schlatt war es totenstill. Selbst die gemalten Pilze auf den vielen herumstehenden Bildern schienen innezuhalten. Dr. Bentel stand verkrampft da, sie war unfähig zu irgendeiner Reaktion. Das blanke Entsetzen war ihr ins Gesicht geschrieben. Auch der Mann an der Tür rührte sich nicht. Er musterte sie lauernd und dachte wohl darüber nach, wer sie war. Jetzt erst schoss Dr. Bentel der Gedanke durch den Kopf, Jennerwein zu Hilfe zu rufen. Hastig griff sie in die Jackentasche und zog ihr kleines Handy heraus, zittrig drückte sie auf das Display. Ihre Hände waren schweißnass, ihr Atem ging röchelnd. Doch schon war der Mann bei ihr und riss ihr das Telefon aus der Hand.

»Wer sind Sie?«, zischte er. »Und was tun Sie hier?«

Bisher war sie unfähig gewesen, einen Laut von sich zu geben. Nur langsam fand sie ihre Stimme wieder, doch aus ihrer Kehle kam zunächst nur heiseres Krächzen.

»Ich wollte – ich wollte – zu Siegfried Schlatt – dem Maler.« Sie trat einen Schritt auf das Sofa zu, um die Decke von der Gestalt zu ziehen, die dort lag. »Was haben Sie mit ihm gemacht?«

Unsanft stieß er sie weg.

»Lassen Sie das! Bleiben Sie, wo Sie sind.« Hektisch wischte er auf ihrem Handy herum. Er hatte sichtlich Schwierigkeiten damit, es war eine modische Miniaturausgabe eines Mobilfunkgeräts. Ironischerweise stand King Kong darauf. King Kong Mini. »Tun Sie, was ich sage, sonst droht Ihnen genau dieses Schicksal.«

Mit diesen Worten riss er die Decke herunter. Zu ihrer Überraschung lagen zwei Personen auf der Chaiselongue, zwei kleine, gedrungene Menschen, ein Mann und eine Frau, die sich seufzend aneinanderklammerten, als plagten sie schwere Albträume. Der Mann musste Siegfried Schlatt sein, sie war vermutlich seine Frau. Die Augen des Malers waren geöffnet und starrten ins Leere, die Pupillen waren bis zum Anschlag geöffnet. Schlatt war auf einem Monstertrip. Und es waren keine angenehmen Visionen, die ihn da heimsuchten. Ihr drohte vermutlich das gleiche Schicksal. Sie musste unbedingt vermeiden, in diese Lage zu geraten.

»Da sieh mal einer an!«, sagte Reininghaus höhnisch und blickte von ihrem Handy auf. »Sie wollten Jennerwein eine SMS schicken! Das trifft sich gut. Erlauben Sie, dass *ich* ihm eine Nachricht schreibe? Er sollte doch wissen, dass hier alles in bester Ordnung ist.«

Reininghaus stand einen Meter vor ihr. Sollte sie sich auf

ihn stürzen? Nein, aussichtslos, sie hatte keine Chance gegen diesen Brocken von Mann. Oder besser zur Tür laufen? Jetzt wäre die Gelegenheit günstig. Doch Reininghaus hatte vorher zugesperrt und den Schlüssel abgezogen. Ihre Gedanken rasten. Reininghaus tippte inzwischen weiter. Er brauchte ziemlich lange dafür, die Tasten waren für zierlichere Finger gedacht. Die Stellvertretende kniff die Augen zusammen. Eine Welle von Wut und Scham überrollte sie. Sie hatte die falsche Leiche untersucht. Der Mann mit dem tödlichen Messerstich im Rücken war nicht Reininghaus gewesen, so viel stand fest. Aber wie war es möglich, dass niemand das bemerkt hatte? Sie konnte hier nicht tatenlos zusehen, wie er die Initiative übernahm. Sie musste handeln. Sie musste ihn aufhalten. Sie räusperte sich. Es klang kläglich:

»Jennerwein wird misstrauisch werden, wenn er eine SMS von mir bekommt. Ich habe ihm noch nie eine geschrieben.«

Reininghaus sah auf und blickte sie grinsend an. Ich Depp, dachte die Stellvertretende. Ich Riesenhornochse. Warum habe ich das jetzt gesagt! Es war doch gut, wenn Jennerwein sah, dass etwas nicht stimmte! Sie hätte sich ohrfeigen können.

»Netter Versuch«, sagte Reininghaus. »Aber ich schreibe ihm trotzdem. Liege ich mit der Vermutung richtig, dass Sie Dr. Bentel sind, die von der Pathologie? So steht es jedenfalls hier im Adressbuch des Handys.«

Sie zeigte keine Reaktion. Er hob die Hand und drückte geziert mit dem Finger aufs Display. »Und ab die Post!«

Reininghaus steckte das Telefon von Dr. Bentel ein. Sie überlegte fieberhaft. Was hatte der Flugkapitän mit dem Pilzmaler Schlatt zu tun? Vielleicht konnte sie ja daraus Kapital schlagen. Sie brauchte einen Plan. Und zwar schnell.

»Wieso sind Sie hier?«, fragte sie, und sie wusste selbst, dass es dünn und nicht recht überzeugend klang. »Warum haben Sie Schlatt das angetan?«

»Auf diesem Sofa ist noch ein Plätzchen frei«, sagte Reininghaus, in seiner Stimme breitete sich eine trockene Bösartigkeit aus. »Es gibt jetzt zwei Möglichkeiten. Entweder ich selbst verabreiche Ihnen ein Schlafmittelchen. Aber ich bin ein blutiger Laie im Setzen von Spritzen. Ich mache das weder schmerzfrei noch in Übereinstimmung mit den gesundheitsamtlichen Hygienevorschriften. Es ist also besser, wenn Sie das persönlich in die Hand nehmen.«

Er nahm eine große Injektionsspritze mit einem altmodischen Glaskolben vom Tisch, das imposante Gerät musste noch aus Doktor Sauerbruchs Zeit stammen. Die Flüssigkeit war schon aufgezogen, er schüttelte das Ungetüm bedrohlich.

»Was ist da drin?«, fragte sie mit heiserer Stimme.

»Keine Ahnung«, gab Reininghaus gedehnt und betont grob zurück. »Bei den beiden dort auf dem Sofa hat es jedenfalls gewirkt.« Er trat einen Schritt auf sie zu. »Los, Sie sind dran. Und keine Tricks.«

Er baute sich mit herausgedrücktem Brustkorb vor ihr auf, um seine körperliche Überlegenheit zu demonstrieren. Sie hatte die ganze Zeit fieberhaft überlegt, was sie unternehmen könnte. Aber jetzt hatte *er* ihr, ohne es zu wollen, ein Stichwort gegeben. Keine Tricks. Eine kleine Chance, eine klitzekleine Chance tat sich vor ihr auf. Keine Tricks sollte sie wagen – aber einen Trick hatte sie schon drauf. Anatomievorlesung, zweites Semester, die Vena basilica in der Armbeuge, hervorragend geeignet für intravenöse Injektionen.

Zitternd griff sie nach der Spritze, drückte die Luft heraus, dabei trat Reininghaus eine Schwertlänge zurück. Dann streifte sie den Ärmel des linken Arms zurück und zielte auf die Armbeuge. Sie hatte gut sichtbare, hervortretende Adern und die Vena basilica lag frei da. Reininghaus beobachtete sie mit Argusaugen. Die Basilica beschrieb einen kleinen Knick, so dass man normalerweise die Spritze etwas heben musste, nachdem man die Venenwand durchstoßen hatte, ansonsten geriet man mit der Kanüle wieder aus der Vene heraus. Und genau das hatte sie vor, sie wollte diese kleine anatomische Unregelmäßigkeit ausnutzen. Eine paravenöse Injektion. Dicke Schweißperlen tropften ihr von der Stirn. Ihre Hand zitterte. Dann atmete sie durch und stieß schnell und beherzt in die Vene, zwei, drei Millimeter tiefer, als es im Lehrbuch stand. Für einen Laien sah es aus, als befände sich die Kanülenspitze in der Vene, in Wirklichkeit steckte sie im subkutanen Fettgewebe. Es würde höllische Schmerzen verursachen. Sie drückte die Flüssigkeit aus dem Kolben. Die Schmerzen waren noch heftiger, als sie sich das vorgestellt hatte, sie versuchte, sich nichts anmerken zu lassen. Tapfer drückte sie die Spritze leer. Dann zog sie sie heraus. Die Schmerzen wurden jetzt unerträglich, Reininghaus lächelte, sie biss die Zähne zusammen. Es war unglaublich, was ein paar Spritzer glasklarer Flüssigkeit im Körper anrichten konnten. Jetzt musste sie die langsam einsetzende Betäubung simulieren.

»Brav, mein Mädchen«, sagte Reininghaus.

Er hatte nichts bemerkt. Operation gelungen. Langsam setzte sie sich auf den Rand der Chaiselongue, dabei verdrehte sie die Augen. Einundzwanzig, zweiundzwanzig. Sie täuschte Schwierigkeiten mit der Artikulation vor.

»Das uerden Sie och büßen, eininghaus … Uommissar Uennerwein wird …«

Dann sank sie leise stöhnend zurück und kam auf dem Ehepaar Schlatt zu liegen. Vor allem Siegfried war sehr unbequem. Reininghaus kam näher. Die Spritze war ihr aus der

Hand gefallen. Sollte sie aufspringen, schnell zum Boden greifen und sie ihm ins Bein rammen? Zu spät, er hatte das historische Ungetüm schon aufgehoben und warf es auf den Tisch, auf dem sie vorhin allerlei Malgerümpel gesehen hatte. Terpentin war auch dabei gewesen. Hinlaufen, aufschrauben, ihm ins Gesicht schütten? Viel zu unsicher. Dort zum Fenster laufen, es aufreißen und hinausspringen? Nein, sie befanden sich im ersten Stock, und sie wusste nicht, was sie unter dem Fenster erwarten würde. Die starre Bewegungslosigkeit war ihre einzige Chance. Jetzt nur noch flach atmen. Die Anästhesierte spielen. Die Schlatts unter ihr stöhnten. Sie tat es ihnen nach. Da klopfte es mehrmals laut an der Tür. Schritte entfernten sich. Ein Schlüssel im Schloss wurde umgedreht. Die Tür öffnete sich. Eine Frauenstimme erklang.

»Wernerschatz, wir machen jetzt Folgendes –«

Sie glaubte ihren Ohren nicht zu trauen! Das war unverkennbar Chichi Reininghaus. Sie arbeiteten zusammen! Die falsche Schlange war ebenfalls in die Verbrechen verstrickt. Und dieses Miststück hatte sie gestern noch für ihre selbstgemachten Lachshäppchen gelobt! Die Stellvertretende stöhnte wütend auf.

41

Jennerwein rannte über die Wiese zum Restaurantgebäude zurück und stürmte in den großen Speisesaal.

»Nochmals: Kommando zurück!«, rief er dem erschrockenen Hölleisen atemlos zu. »Wir müssen nach Reininghaus suchen!«

Jetzt kam Hölleisen richtig ins Schleudern.

»Was, Rei – Reininghaus? Aber ich verstehe nicht –«

»Reininghaus ist der Mörder. Bei der Leiche mit dem Messer im Rücken handelte es sich nicht um seine. Sie wurde wegen der Beengtheit des Tatorts schnell in die gerichtsmedizinische Abteilung gefahren, wir hatten keinen Grund, die falsche Identifizierung durch die Ehefrau anzuzweifeln. Chichi Reininghaus ist also auch mit im Spiel.«

Hölleisen sprang auf.

»Ja, dann nichts wie los, Chef! Sie können mir alles unterwegs erklären.«

»Nein, Hölleisen, Sie halten hier die Stellung«, unterbrach ihn Jennerwein. »Ich werde alleine zu Chichi Reininghaus fahren. Das ist unauffälliger. Sie soll keinen Verdacht schöpfen.« Jennerwein kniff wütend die Augen zusammen. »Die haben uns ganz schön ausgetrickst. Alle sind darauf reingefallen. Wir, die Mitarbeiter des Restaurants, der Kochclub Treize Plats, alle. Unser einziger Vorteil ist der, dass sie noch keine Ahnung haben, dass wir es wissen!«

»Was genau soll ich hier inzwischen unternehmen, Chef?«

»Zuerst informieren Sie das Team über die neue Sachlage, dann rufen Sie die Kochclubmitglieder an und sagen das Treffen wieder ab. Ich melde mich.«

»Warten Sie, hier ist der Autoschlüssel –«

Jennerwein drehte sich noch einmal um.

»Sie wissen doch, dass ich seit zwanzig Jahren nicht mehr am Steuer gesessen bin. Und Sie kennen auch den Grund. Da werde ich doch jetzt nicht damit anfangen.«

Mit diesen Worten rannte Jennerwein hinaus. Er sprang aufs Rad und fuhr los. Hölleisen sah ihm nach. An die Krankheit vom Chef, die ihm verbot, Auto zu fahren, hatte er schon lange nicht mehr gedacht. Wie hieß die noch mal? Ako – Aki – Akinetopsie. Einfacher gesagt Bewegungsblindheit. Hölleisen sah, wie Jennerwein neben dem Dienstwagen nochmals scharf abbremste. Er riss die Tür auf und griff sich aus der Gerätekiste die mobile batteriebetriebene Blaulichtanlage mit dem schönen amtlichen Namen ›Rundumkennleuchte‹. Er warf sie in das Fahrradkörbchen, das an der Lenkstange befestigt war, dann stieg er wieder in die Eisen. Erika Loreks uraltes Damenrad nahm Fahrt auf.

Zehn Minuten zuvor hatte Chichi Reininghaus ihre Wohnung bereits verlassen. Sie sah ausgehfertig aus, bereit für eine Reise. Dem Boxmanager Bert Einsiedl fiel die Kinnlade herunter. Die wollte doch nicht etwa mit seinem Geld in Urlaub fahren! Noch dazu nach den gestrigen Ereignissen. Einsiedl wartete auf der anderen Straßenseite, und als Chichi aus der Einfahrt trat, zog er seinen Schatten, den Meier Jockel, schnell an der Schulter zurück, beide verbargen sich hinter einem Mauervorsprung. Doch Einsiedl hatte ohnehin den Eindruck, dass Chichi nicht mit einem Verfolger rechnete. Ihre Aufmachung konnte man auch nicht eben dezent nennen. Ein ausladender Hut bedeckte ihren Kopf, als ob sie auf dem Weg zum Galopprennen nach Ascot wäre, der Mantel war schreiend mondän, die obligatorische schrille Sonnenbrille verstärkte den Eindruck, dass sie auf Camouflage keinen größeren Wert legte. Jedoch hatte sie schon mehrmals auf die Armbanduhr gesehen, sie schien in Eile zu sein. Hatte sie wie er vor der Besprechung mit Jennerwein noch etwas Wichtiges zu erledigen?

»Soll ich rübergehen und zuschlagen?«, fragte Jockel Meier, der eigentlich N'Djoké Meiaugo-Mboa' hieß.

Mit diesen Worten war er schon mit erhobenen Fäusten einen Schritt vorgetreten, Einsiedl riss ihn erneut hinter den Mauervorsprung.

»Nein, du Idiot, bleib da. Ich will wissen, wo sie hingeht.« Einsiedl flüsterte jetzt mit heißem jägerischen Atem. »Halte dich zwei Meter hinter mir, hör auf mein Kommando und bleib unauffällig.«

Der Meier Jockel und unauffällig, das waren zwei Dinge, die gar nicht zusammenpassten. Er war eigentlich gar kein so guter Boxer, aber sein imposanter Auftritt hatte schon manchen Gegner im Ring, manchen Desperado auf der Straße und manchen Geschäftspartner von Einsiedl in die Schranken verwiesen. So trabten sie los, immer von Deckung zu Deckung springend. Einsiedl kniff die Augen zusammen. Chichi ging zielstrebig weiter, ohne sich auch nur einmal umzublicken. Sie kamen langsam aus dem dichtbesiedelten Kurort heraus. Wollte sie in den nahe gelegenen Wald? Nein, sie blieb jetzt vor einem kleinen Häuschen stehen, das Einsiedl unbekannt war. Ohne zu zögern, verschwand Chichi im Inneren.

»Soll ich ihr nachgehen und zuschlagen?«, stieß sein Schatten hinter ihm hervor.

»Nein, warte noch«, erwiderte Einsiedl.

Er sah auf die Uhr. Zwanzig nach fünf. Die Besprechung begann in einer guten halben Stunde. Sollte er ihr alleine folgen und den Boxer hier warten lassen?

»Wernerschatz, wir machen jetzt Folgendes«, sagte Chichi, als sich die Tür zu Schlatts Atelier geöffnet hatte.

Sie sah sich interessiert in dem kleinen Raum um und betrachtete amüsiert die vielen am Boden stehenden Bilder.

»Hat der eigentlich noch was anderes als Pilze gemalt?«

Doch Reininghaus blickte sie ernst an.

»Der Vogel startet in zwei Stunden«, sagte er eindringlich. »Wir müssen uns beeilen.«

»Ich glaube, ich bin verfolgt worden«, sagte Chichi Reininghaus. »Und zwar von Einsiedl mit einer seiner Kampfmaschinen.«

»Einsiedl? Der alte Schluckspecht! Was will der denn jetzt von dir?«

»Keine Ahnung. Vielleicht will er sein Geld zurück.«

»Da wird ihm der Schnabel aber sauber bleiben«, entgegnete geschmacklose Krawatte grimmig. »Ich schlage vor, wir verschwinden durch die Hintertür und laufen durch den Wald zum Auto.«

Die herumstehenden Ölbilder mit den ungebärdig und frech aus dem Waldboden quellenden *Schmutzigen Filz-Saftlingen* (Vorsicht, ungenießbar! Verwechslungsgefahr mit den *Glänzenden Orangesaftlingen*) standen in krassem Gegensatz zu der mondänen Chichi, die auch hier im Raum ihre Sonnenbrille nicht abgenommen hatte. Sie machte eine ausladende Geste hin zur Chaiselongue.

»Und die da? Wirkt die Dosis? Bist du sicher, dass die beiden ganz hinüber sind?«

»Ganz sicher. Aber es sind inzwischen drei geworden.«

Neugierig zog Chichi die Decke herunter und stieß einen kleinen überraschten Schrei aus.

»Das ist ja die Medizinerin, die mich freundlicherweise mit der Leiche von Juri alleine gelassen hat.« Sie sah sich suchend im Raum um. »Moment, einen Augenblick, ich will nur ganz sichergehen.«

»Was hast du vor? Beeil dich.«

Chichi suchte auf dem Tisch mit Gerümpel nach einem Klebeband. Sorgfältig riss sie Streifen um Streifen vom Tape herunter und schlang sie mehrmals um Knöchel und Handgelenke der drei. Die Stellvertretende stöhnte auf. Also war alles umsonst gewesen. Sie hatte auf ganzer Linie versagt. Wirklich auf der ganzen Linie. Lachend verließ das Ehepaar Reininghaus das Atelier.

»Unseren ersten großen Gewinn werden wir Juris Mütterchjen schicken«, hörte sie Werner Reininghaus noch sagen. »Das sind wir ihr einfach schuldig.«

Dann drehte sich ein rostiger Schlüssel im Schloss. Schritte entfernten sich. Es wurde ruhig im Zimmer. Die Stellvertretende versuchte sich aufzusetzen. Doch es gelang ihr nicht. Die Tapes schnitten ihr schmerzhaft in Fußknöchel und Handgelenke. Und die intramuskuläre Ladung des zusammengemixten Pilzgiftes tat jetzt ihre volle, schmerzhafte Wirkung. Ich Depp, dachte sie. Die Person, deren Schritte man auf Antonia Beissles Audioaufnahme gehört hatte, litt unter Thrombose, der rollende Gang verriet es. Warum habe ich den Gedanken mit der Thrombose nicht weitergedacht? Warum habe ich Jennerweins Team nicht darüber informiert, dass Thrombose eine häufige Krankheit bei vielfliegenden Reisenden ist? Vor allem bei Flugkapitänen.

Auf der gegenüberliegenden Seite der Straße hatten Einsiedl und sein Schatten den Vorderausgang des Schlatt'schen Häuschens nach wie vor im Blick. Sie warteten geduldig. N'Djoké Meiaugo-Mboa' knetete seine Fäuste und trat von einem Bein aufs andere. Einsiedl fixierte die Fenster und versuchte Bewegungen im Inneren auszumachen. Nichts. Rein gar nichts. Das Haus war wie ausgestorben. Doch schließlich wurde es Einsiedl zu bunt. Vorsichtig verließ er die Deckung und ging zur Straße. Er blickte nach links und nach rechts. Fünfzig Meter weiter unten stand ein parkendes Auto. Er kannte es. Es war das von Werner Reininghaus. Sonderbar. Warum war Chichi dann zu Fuß hergekommen? Plötzlich startete das Auto und fuhr los. Zwei Personen saßen drin. Einsiedl begriff immer noch nicht.

Dem Schneiderquirl fiel das Atmen inzwischen sakrisch schwer. Der Wirt der Goldenen Gans wusste, dass das nicht mehr lange gutging. Krämpfe schüttelten ihn, die Gelenke knackten, er kämpfte gegen den Brechreiz an. Das Bedürfnis, sich auszustrecken und zu lockern, ließ sich nicht so einfach ausknipsen. Flehentlich wünschte er sich den nächsten Besucher des Schließfachraums herbei. Er fluchte und betete in seine Fesselung hinein. Warum kamen denn da so wenige Kunden?! Einen bräuchte er noch für seinen Plan. Der Schneiderquirl hatte sich etwas ausgedacht, aber das ließ sich nur durchführen, wenn noch jemand vor Geschäftsschluss kam. Er hatte nämlich begriffen, dass sein hilfloses MMM! MMMM! nicht als Hilferuf eines Menschen verstanden wurde.

»Hast du das gehört?«

»Was?«

»Das Brummen?«

»Wird schon die Lüftung sein.«

Oder das Abwasser. Oder die Heizung. Oder die Schließanlage. Niemand dachte an so etwas Abwegiges wie den Schneiderquirl als Schließfachinhalt. Dann war noch ein Paar gekommen. Es waren vielleicht Angestellte der KurBank, die er immer für seriös gehalten hatte. Sie verzogen sich ohne weiteres in den abgetrennten kleinen Raum mit dem bequemen, einladenden Büffelledersofa. Sie sperrten die Türe hinter sich zu und legten los.

* * * * * * * * * * *

Die beiden hatten natürlich gleich zweimal nicht auf sein Gestöhne gehört. Er musste es anders machen. Er musste die Sätze, die er draußen hörte, im selben Rhythmus wiederholen, vielleicht kamen sie dann drauf, dass es etwas anderes sein musste als das Brummen der Lüftung. Wieder betraten zwei Personen den Schließfachraum.

»Da ist es also«, sagte eine Männerstimme.

»HM HMHM HMHM«, versuchte der Schneiderquirl den Takt zu wiederholen.

»Sperr auf«, sagte eine Frauenstimme.

»HM HM.«

»Hörst du das auch?«

»HM HM HM HM.«

»Da äfft uns doch jemand nach.«

»HM HM HM HM HMHM HM.«

»Ja!«

»HM!«

Und so wurde der Schneiderquirl schließlich aus seinem Gefängnis befreit. Er fiel mehr tot als lebendig aus dem Fach, doch er kam rasch zu Atem. Eigensinnig lehnte er einen

Krankenwagen ab. Er wollte unbedingt eine Aussage bei der Polizei machen.

»Aber das hat doch noch Zeit«, sagte der besorgte Bankdirektor.

»Nein, ich will nur ein Telefon. Ich habe der Polizei eine wichtige Meldung zu machen.«

42

Die Tapeten des Zimmers waren in weichen Pastelltönen gehalten, Maria Schmalfuß lag hingestreckt auf einer ausgesprochen bequemen Couch, ein Kalender an der Wand verriet ihr, dass man heute Mittwoch, den 26. Oktober des Jahres 1921 schrieb. Durch das große Fenster konnte sie draußen das Riesenrad des Praters erkennen, dazu den Stephansdom, das Schloss Schönbrunn und das Burgtheater. Sie befand sich im Wien der Goldenen Zwanziger Jahre. Das phantasierte Maria Schmalfuß zumindest. Tatsächlich aber lag sie immer noch im Krankenhauszimmer mit den leise summenden Apparaten, sie steckte momentan in einem trüben Bereich zwischen Traum und Wachzustand, in der REM-Schlafphase II. Trotzdem hatte sie den Ermittlungsmodus noch nicht aufgegeben. Wien, 1921. Wortlos und mit ängstlichen Gesichtern traten die Hauptverdächtigen ins Zimmer: Hodann, Büchner, Cheong, Einsiedl, Bretten ..., alle in Schwarzweiß, alle mit verdächtig glitzernden Augen. Sie hatte sie hierherbestellt, gleich würde sie den Mörder nach allen Regeln der psychologischen Kunst entlarven. An allerletzter Stelle ihrer Verdächtigenliste stand der Name Chichi Reininghaus. Ein empathisch-extrovertierter Typ, verträglich und hilfsbereit, sanguinisch und ohne Anfälligkeit für Psychosen. Eine in sich ruhende Persönlichkeitsstruktur. Dieser Frau traute sie die Tat einfach nicht zu. Nie und nimmer. Da war sie ganz sicher. Jetzt sackte Maria lang-

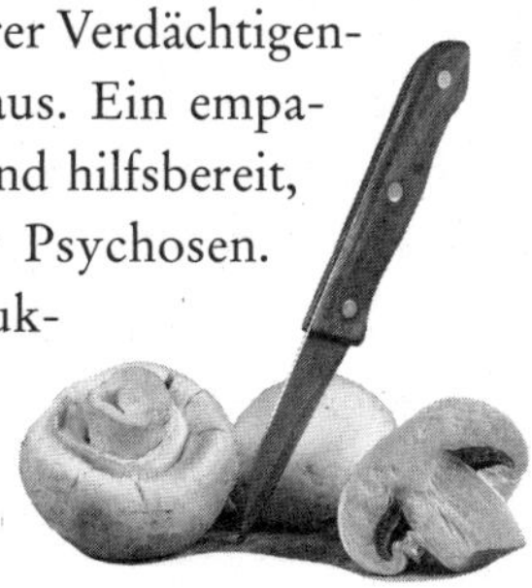

sam in die tiefere REM-III-Phase. Sigmund Freud kam durch die Tür, er schüttelte jedem der Verdächtigen herzlich die Hand. Als er bei ihr selbst angelangt war, sprach sie ihn an.

»Herr Doktor Freud, wem von diesen Verdächtigen trauen Sie den Mord zu?«

Sie bewegte die Lippen, aber kein einziges Wort entströmte ihrem Mund. Doch Sigmund Freud verstand sie auch so.

»Alle Triebe sind im Grunde konservativ, weil sie Früheres wiederherstellen wollen«, sagte er. »Der Mörder strebt nach Zurückführung des Lebens in den anorganischen Zustand des Unbelebten, der Starre und des Todes –«

»Herr Doktor! Ich unterbreche Sie ungern, aber sagen Sie mir endlich, wer der Mörder ist!«

Freud hielt seine Hände hoch. Jetzt erst erkannte sie, dass diese über und über mit Blut beschmiert waren. Erschrocken richtete sich Maria von der Analysecouch auf.

»Was? Sie selbst waren es, Sigmund?«, schrie sie tonlos.

»Ja, gell, da schaust du, du kleines Dotscherl.«

Freud tätschelte ihr mir seiner blutigen Hand den Kopf.

»Das hätte ich jetzt nicht gedacht«, stöhnte sie auf.

»Sie hat einen Albtraum«, sagte der Arzt in Marias Krankenzimmer. »Geben Sie ihr ein Beruhigungsmittel.«

Kommissar Jennerwein raste mit dem Damenfahrrad von Erika Lorek die Bergstraße hinunter. Sein Ziel war das Anwesen des Ehepaars Reininghaus. Er hoffte, dass er Chichi noch antraf. Er traute dieser verschlagenen und mit allen Wassern gewaschenen Frau allerdings auch zu, dass sie vorhatte, in aller Seelenruhe zur Besprechung zu erscheinen. Die Bäume schossen an Jennerwein vorbei. Die Straße war menschenleer. Ihm fiel noch etwas anderes ein. Pascal Bretten hatte bei seiner Befragung durch Maria angegeben, dass in der Restaurantküche vor ein paar Tagen ein neues Bild der Treize Plats aufgehängt worden war, eines, bei dem die Gesichter von Pfannen verdeckt waren. Demzufolge hing vorher wohl ein ganz normales Gruppenfoto an der Wand, nämlich das, das in der Zeitung erschienen war. Werner und Chichi Reininghaus wollten wohl ganz auf Nummer sicher gehen. Um auszuschließen, dass jemand das Gesicht des Toten mit dem des Kapitäns verglich, hatten sie die Bilder vertauscht. Fast wäre Jennerwein mit einem entgegenkommenden Auto zusammengestoßen. Er war jetzt am Ende der steilen Bergstraße angelangt, ließ das Fahrrad ausrollen und stieg wieder mächtig in die Pedale.

Bert Einsiedl wusste nicht so recht, was er davon halten sollte. Das Auto von Reininghaus war weggefahren. Er sah auf die Armbanduhr, es war noch genug Zeit bis zum Treffen. Zögerlich ging er über die menschenleere Straße, dabei winkte er dem Boxer, der auf der anderen Straßenseite immer noch unruhig von einem Fuß auf den anderen trat und ab und zu Ausfallschritte machte.

»Komm, lass uns sehen, was da los ist«, rief ihm Einsiedl zu.

Kurz darauf eilten sie durch den Vorgarten des Schlatt'schen Häuschens. Einsiedl klingelte, der Boxer rieb sich weiter seine Fäuste. Sich immer wieder umblickend gingen sie ums Haus herum, die Hintertür stand sperrangelweit offen. Sie traten ein. Einsiedl rüttelte an jeder Zimmertürklinke, nur eine Tür war verschlossen. Jetzt kam der große Augenblick des Boxers. Auf Einsiedls Geheiß nahm er Anlauf und wuchtete die Tür aus den Angeln. Auf der Chaiselongue bewegte sich etwas unter einer Decke. Einsiedl zog sie weg. Beide erstarrten.

»Wir hätten gleich reingehen sollen«, sagte der Boxer. »Der richtige Zeitpunkt zum Zuschlagen ist jetzt vorbei.«

Die beiden gereiften Urlauberinnen saßen immer noch auf der Terrasse des Cafés und schlürften Death in the Afternoon, ein riskantes Gemisch aus Absinth und Champagner.

»Den Drink hat Hemingway erfunden«, sagte die eine.

»Das gibts doch nicht«, sagte die andere und deutete auf die Straße. »Schon wieder Kommissar Jennerwein!«

»Und schon wieder mit dem Fahrrad!«

»Täusche ich mich, oder hat der ein Fahrrad mit Blaulicht und Sirene?«

Die beiden angeschickerten Damen beschlossen, mit dem Trinken vor Sonnenuntergang aufzuhören.

Jennerwein legte sich in die Kurve. War da nicht ein Telefonklingeln zu hören gewesen? Er bremste abrupt ab und griff in die Brusttasche.

»Moment, Hölleisen, ich stelle nur die Sirene ab. – Was? Was ist geschehen?«

Jennerwein wurde bleich. Er schaltete die Sirene wieder ein, wendete das Fahrrad und sauste in die andere Richtung davon. Er verdoppelte seine Anstrengung. Wenn er so weiterheizte, dann würde er sich bald der Lichtgeschwindigkeit nähern.

Hölleisen unterbrach die Verbindung und schaute wütend drein. Gerade hatte er Günter Hodann angerufen und ihm mitgeteilt, dass der Termin um sechs Uhr ausfallen würde.

»Was?«, hatte Hodann gebrüllt. »Für den Termin habe ich ein lukratives Geschäft sausen lassen. Was meinen Sie, was mich das kostet! Sie hören noch von mir.«

Das Telefon klingelte. Schneiderquirl war dran.

»Was ist los?«, fragte Hölleisen kopfschüttelnd. Der hatte ihm gerade noch gefehlt. »Du, das ist jetzt ganz schlecht. –

Nein, ich kann jetzt nicht weg. Ich habe überhaupt keine Zeit. – Was? – Dann komm eben rauf.«

Lauter Verrückte, dachte Hölleisen, der die Reininghaus-Wendung noch gar nicht verdaut hatte. Ein paar Minuten später war er da, der Schneiderquirl. Schon draußen auf der Terrasse schrie er:

»Ich hab ihn! Ich weiß jetzt, wer der Mörder ist!«

»Und wer ist es dann?«, fragte Hölleisen verwirrt.

»Der Reininghaus. Ich habe sein Bild in der Zeitung gesehen. Und ich weiß, dass er ein Zocker ist, der über Leichen geht. Er war schon öfter bei mir.«

»Wann?«

»Das liegt Jahre zurück. Und jetzt her mit der Kohle.«

»Was für eine Kohle?«

»Na, die Belohnung!«

»Ach so, die Belohnung, die wir ausgesetzt haben. Jetzt versteh ich.« Hölleisen musterte den Wirt ärgerlich. »Die Kohle willst du schon kassieren. Aber sonst magst du nichts mit der Polizei zu tun haben.«

Der Schneiderquirl schwieg trotzig.

schmackofatz.de
Ihr Bewertungsportal – Restaurants weltweit vergleichen

HUBSCHMIDT's

Bewertung:
✧ ✧ ✧ ✧ ✧ ✧ [...]

[...]
Entfernt. Bitte formulieren Sie Kritik sachlich und differenziert.
Danke, die Redaktion / ts

43

Beinahe wäre N'Djoké Meiaugo-Mboa' im Atelier von Siegfried Schlatt doch noch zum Zuschlagen gekommen, denn um ein Haar hätte er den hereinstürmenden und angriffslustig im Zimmer umherblickenden Mann mit einer knallharten linken Geraden zu Boden geschickt. Um ein Haar. Doch Einsiedl hatte ihn zurückgehalten.

»Darf ich vorstellen: Das ist Kommissar Jennerwein«, sagte Einsiedl freundlich. »Kennst du den etwa nicht?«

Der Boxer schüttelte den Kopf und tänzelte vorsichtshalber kampfbereit weiter.

Einsiedl hatte gleich nach der Entdeckung der drei geknebelten Gestalten einen Krankenwagen gerufen, die beiden Schlatts wurden soeben abtransportiert. Frau Dr. Bentel wiederum hatte eigensinnig darauf bestanden, hierzubleiben, ihr würde nichts weiter fehlen, sie fühle sich bestens, das bisschen Klebeband hätte sie nicht umgebracht. Den Trick mit der Spritze und die teuflischen Schmerzen, unter denen sie immer noch litt, erwähnte sie nicht.

»Entschuldigen Sie, Kommissar«, sagte sie kleinlaut. »Ich habe schon wieder Mist gebaut.«

Jennerwein machte eine energisch abwehrende Handbewegung.

»Mist gebaut? Nein, Frau Doktor, da muss ich Ihnen widersprechen! Die Schuld liegt, wenn schon, auf meiner

Seite. Ich bin es, der Sie in diese gefährliche Lage gebracht hat. Aber ich habe natürlich nicht damit gerechnet, dass von einem unscheinbaren Pilzmaler solche Gefahr ausgeht.« Jennerwein griff zum Telefon. »Sie erlauben, Frau Bentel, die Zeit drängt. Ich will Ihre Peiniger schnell fassen.« Er wählte Hölleisens Nummer.

»Wir geben eine –«

»– Fahndung nach den beiden raus. Ist schon erledigt, Chef«, fuhr ihm der Polizeiobermeister ins Wort. »Die Verbrecher kommen uns nicht aus, das können Sie mir glauben.«

»Gut gemacht. Informieren Sie alle Teammitglieder über die neuen Entwicklungen. Becker soll mit seinem Spurensicherungstrupp hierherkommen.«

»Stengele hat sich bereits mit der Spielbankaufsicht in Verbindung gesetzt.«

»Sehr gut. Sie selbst bleiben an Ort und Stelle und halten uns über eventuelle Fahndungserfolge auf dem Laufenden. Und geben Sie Nicole und Stengele Bescheid. Ich will sie hier sehen.«

»Geht in Ordnung, Chef.«

Jennerwein wandte sich an Einsiedl.

»Bitte folgen Sie mir ins Zimmer nebenan, dies ist ein Tatort, wir sollten keine weiteren Spuren vernichten. Haben Sie die zwei Personen in dem wegfahrenden Auto erkannt?«

»Nein, leider nicht. Ich habe es schon Ihrem Kollegen Hölleisen am Telefon gesagt: Ich bin mir inzwischen nicht einmal mehr sicher, ob es wirklich zwei waren. Sicher ist nur, dass es der Wagen von Werner Reininghaus war.«

N'Djoké Meiaugo-Mboa' hob schüchtern den Finger, was bei einem Mann seiner Statur possierlich aussah.

»Ich habe mir die Autonummer des Wagens aufgeschrieben. Wollen Sie die wissen?«

Jennerwein und Einsiedl schüttelten milde lächelnd den Kopf.

»Aus welchem Grund sind Sie beide eigentlich hier bei Schlatt?«, fragte Jennerwein. »Verstehen Sie mich bitte nicht falsch, wir sind Ihnen außerordentlich dankbar für Ihre Hilfe, aber –«

»Ja, das kann ich Ihnen schon sagen«, unterbrach Einsiedl. »Ich habe Chichi Reininghaus heute Vormittag bei McDonald's getroffen, und zwar in der Filiale gegenüber vom Polizeirevier.«

Jennerwein kannte die Filiale. Etwa hundert Prozent der Kollegen gingen dort hin, er selbst war allerdings noch nie da gewesen.

»Chichi Reininghaus? In einem Fastfoodrestaurant?«, fragte er verwundert.

Jennerwein schoss ein Gedanke durch den Kopf. Wenn sie von dieser großen Polizeipräsenz im Lokal gewusst hätte (im ersten Stock feierte fast jeden Tag ein Beamter den Kindergeburtstag seines Sprösslings), dann wäre Chichi sicher nicht dorthin gegangen. Oder vielleicht gerade. Die verschärfte Gefahr hätte ihr noch einen zusätzlichen Flash gegeben, wer weiß.

»Eine Feinschmeckerin wie sie war also in einem Schnellrestaurant?«

»Ich habe sie ja ebenfalls nicht erwartet!«

Der Boxer zeigte vorwurfsvoll mit dem Finger auf Einsiedl.

»Und von Ihnen hätte ich das am allerwenigsten gedacht, Boss.« Onkelhaft fügte er hinzu: »Das ist gar nicht gesund, wissen Sie.«

»Ah, das ist doch jetzt –«

Einsiedl machte eine wegwerfende Handbewegung und wandte sich wieder Jennerwein zu.

»Ich hatte den Eindruck, dass Chichi nur dort war, um den Eingang des Polizeireviers zu beobachten. Wahrscheinlich hat sie den Mann, der in diesem Haus hier wohnt, abgepasst und ist ihm nachgestiegen.«

Jennerwein zog die Augenbrauen hoch.

»Das beantwortet allerdings nicht meine Frage, warum Sie beide Chichi gefolgt sind.«

»Ich habe damit nichts zu tun!«, rief der Namibier. »Ich bin ein friedliebender Mensch. Und bekannt für meine defensive Kampfweise.«

Einsiedl winkte ungeduldig ab.

»Ich bin ihr deswegen nachgegangen, weil ich den Eindruck hatte, dass Chichi verreisen wollte.« Zögerlich fügte er hinzu: »Sie schuldet mir nämlich noch Geld.«

»Wie viel Geld?«

»Na ja, es sind schon ein paar Tausender. Ich habe Werner Reininghaus vor längerer Zeit schon mal was geliehen, sogar eine noch größere Summe, die er mir nebenbei nie zurückgezahlt hat. Und vor ein paar Wochen kommt Chichi auch noch daher und will Geld. Bargeld natürlich. Selbstverständlich ohne Quittung, nur mit Handschlag. Ihr Mann sollte davon nichts wissen, es ginge um eine Geburtstagsüberraschung, hat sie gesagt. Ich in meiner Gutmütigkeit habe es ihr gegeben. Die Kohle kann ich wohl abschreiben.«

»Vielleicht besteht doch noch Hoffnung«, sagte Jennerwein vorsichtig. Nach einer Pause fügte er hinzu: »Werner Reininghaus ist noch am Leben.«

»Was??«

»Er ist flüchtig, die Fahndung läuft auf Hochtouren.«

Einsiedl blieb der Mund offen stehen, er schüttelte mehrmals ungläubig den Kopf.

»Meine Herren, wir müssen hier weitermachen«, fuhr Jennerwein fort. »Ich danke Ihnen für Ihre Bemühungen. Halten Sie sich bitte zur Verfügung. Wir informieren Sie über unsere Fahndungsergebnisse.«

Einsiedl und sein Schatten verließen das Grundstück, wobei der Boxer aufgeregt auf seinen Manager einredete. Jennerwein sah ihnen noch kurz nach. Er hatte Einsiedl verschwiegen, dass der sich höchstwahrscheinlich unter den Opfern befinden würde, wenn er Reininghaus massiver dazu gedrängt hätte, die Schulden zurückzuzahlen. Seine Gutmütigkeit hatte Einsiedl das Leben gerettet.

Hansjochen Becker, Nicole Schwattke und Ludwig Stengele kamen fast gleichzeitig mit ihren Autos an. Der Mehrklang aus quietschenden Reifen und eilig aufgerissenen Fahrzeugtüren bildete einen lärmenden Akkord in dieser sonst so verschlafenen kleinen Straße am Rande des Kurorts. *Un poco pericoloso con furore.* Becker sprang aus dem Jeep, zog den Reißverschluss seines weißen Overalls hoch und stülpte seinen Datenhelm über. Dann schleppte er, schon wieder einmal, Kisten und Geräte ins Haus. Ludwig Stengele und Nicole Schwattke kamen ungläubig kopfschüttelnd auf Jennerwein zu.

»Wer hätte das gedacht«, sagte Nicole. »Wir haben es also mit einem Zockerdrama mit tödlichem Ausgang zu tun.«

»Eigentlich hat uns Ursel Grasegger heute morgen schon auf diese Spur gebracht«, entgegnete Jennerwein. »Ich bin ihr bloß nicht konsequent genug nachgegangen. Sie hat ja erzählt, dass Werner Reininghaus äußerst empfindlich reagiert hat, als jemand vorschlug, das nächste Essen in einer Spielbank zu veranstalten. Wenn jemand das Zocken so vehement verdammt, dann steckt oft eine unbewältigte Sucht dahinter.

Maria würde das sicher auch so sehen. Mit ihr wären wir jetzt vielleicht weiter.« Jennerwein machte eine nachdenkliche Pause. »Jedenfalls hat es ihm sein Beruf als Pilot ermöglicht, von Kasino zu Kasino zu ziehen, ohne dass die Treize Plats davon wussten.«

»Ich habe schon die Spielbankaufsicht angerufen«, schaltete sich Stengele ein. »Sowohl Chichi als auch Werner Reininghaus haben in sämtlichen deutschen Kasinos einen Sperrvermerk, in Österreich und in der Schweiz ebenfalls. Am Ende kommen die in überhaupt keine europäischen Spielbanken mehr rein.«

»Das gilt natürlich nur für die legalen staatlichen Spielstätten«, sagte Nicole.

»Das Tatmotiv ist nun evident«, stellte Jennerwein fest. »Sie brauchten Geld. Verena Vitzthum hat Rico Hubschmidt als großzügigen Menschen geschildert, der erhebliche Summen gespendet hat. Erika Lorek wiederum hat mir erzählt, dass ihr Mann äußerst freigiebig und spendabel war. Beide stellen die idealen Opfer für Schnorrer dar. Chichi und Werner haben sich von Hubschmidt und Lorek viel Geld geliehen, immer mehr und mehr, schließlich konnten sie es nicht mehr zurückzahlen. Vermutlich muss man die Summe, die sie Einsiedl schulden, bei den beiden vervielfachen.«

Jennerwein blickte in die Runde.

»Die härteste Sucht ist die Zockersucht«, bestätigte Nicole. »Deshalb die Morde. Jacques, der Kellner, hat mir bei der Befragung berichtet, dass Hubschmidt eine größere Renovierung vorhatte, und in Marias Protokoll mit Erika Lorek habe ich gelesen, dass ihr Mann plante, den Betrieb zu erweitern. Das könnte der Grund dafür sein, dass sie das Geld kurzfristig wieder zurückhaben wollten. Und so mussten sie dran glauben.«

»Wir können also einen veränderten Tathergang annehmen«, sagte Jennerwein. »Werner Reininghaus engagiert einen bedauernswerten Menschen, der ihm ähnelt, beispielsweise einen Schauspieler oder einen arbeitslosen Künstler. Er geht mit ihm zu Hubschmidt's und bittet ihn, sich umzukleiden, seine eigene Kochschürze umzubinden und sich für ein Foto an den Küchenherd zu stellen. Dann ersticht er den Ahnungslosen und schiebt den Körper so unter den Herd, dass sein Gesicht nicht sichtbar ist. Hubschmidt hat er vermutlich schon vorher vergiftet. Und Antonia war zum falschen Zeitpunkt am falschen Ort. Wie der Mord an Lorek zeitlich einzuordnen ist, werden wir von Reininghaus selbst erfahren. Denn wir werden ihn fassen. Und das so schnell wie möglich.« Ein harter Ausdruck erschien auf Jennerweins Gesicht. »Stengele, Sie kennen das Profil der beiden. Wohin könnten sie verschwunden sein?«

Für diese Frage war Stengele der richtige Ansprechpartner. Er hatte schon in einigen Fällen Fluchtpläne von Gangstern durchkreuzt, indem er sich in deren Exit-Strategien hineingedacht hatte.

»Ich schätze, dass sie ins Ausland wollen. Ich kann mir nämlich nicht vorstellen, dass sich Werner und Chichi gemütlich auf eine Berghütte in der Nähe zurückziehen. Sie werden irgendwohin flüchten, wo sie weiterzocken können. Jedenfalls so lange, bis das Geld auch dort alle ist.« Stengele erhob sich und trat zum Fenster. Er hielt seine künstliche Hand hinter dem Rücken, so dass er ausssah wie der Kapitän einer schwarzen Galeere. »Ferner bin ich mir sicher, dass Reininghaus seinen Beruf als Flugkapitän ausnützt. Die Kollegen von der Fahndung kontrollieren zwar die Flughäfen, aber sie können nicht jedes Mauseloch im Auge behalten. Genau diese Mauselöcher kennt aber Reininghaus. Er wirft sich in seine respekteinflößende Uniform und kann so schon einmal ungestört den Passagierbereich verlassen. Ich bin mir sicher, dass er in eine größere Maschine steigen kann, ohne auf der Passagierliste zu stehen.«

»Sie meinen, dass er mit einer Linienmaschine entkommen will?«, fragte Nicole skeptisch.

»Das ist durchaus möglich«, antwortete Jennerwein. »Er kennt viele Leute, die ihm vielleicht noch einen Gefallen schulden und ihn und seine Frau an Sicherheitschecks vorbeischleusen, ohne dass ihnen bewusst ist, dass sie einem Mörder helfen. Ich habe das Gefühl, dass die konventionelle Fahndung deshalb nicht viele Ergebnisse bringen wird. Wir müssen Maßnahmen außerhalb des Dienstweges ergreifen.«

»Wie so oft«, murmelte Stengele.

Vom Atelier her hörte man es fluchen.

»Schon wieder tausend Tiegel und Töpfe!«, polterte Becker. »Farbmischungen, Verdünnungsmittel, Lappenfetzen – hört denn das nie auf!«

»Ich nehme mal die Giftspritzen an mich«, hörte man die Stellvertretende. »Den Inhalt werde ich höchstpersönlich untersuchen. Auf das Gebräu bin ich gespannt.«

»Die Zeit drängt«, stellte Jennerwein ungeduldig fest. »Wir müssen uns auf die Frage konzentrieren, wohin genau die beiden gefahren sind. Die Fahndung nach dem Wagen hat ja bisher nichts ergeben.«

Stengele nickte grimmig.

»Ich gehe davon aus, dass sie das Fahrzeug schon längst gewechselt haben.«

»Der größte Flughafen im Umkreis von einer Stunde Fahrzeit ist jedenfalls München«, sagte Nicole. »Aber es gibt noch eine Menge kleinerer Flughäfen in der Nähe, wie Meran, Innsbruck, Augsburg –«

»Meine Hoffnung schwindet, dass wir sie vor Abflug erwischen«, unterbrach Jennerwein. »Und selbst wenn wir den Flughafen kennen, wissen wir das Flugziel nicht.«

»Ich denke, sie steuern einen Zufluchtsort an, der es ihnen nicht nur ermöglicht unterzutauchen, sondern außerdem ihrer Spielsucht nachzugehen«, sagte Nicole. »Es ist ja keine spontane Flucht, sie haben das sicher vorbereitet.«

»Das bringt uns wenig«, sagte Jennerwein mit einem Anflug von Resignation. »Jede größere Stadt mit Flughafen wird auch eine Spielbank haben.«

»Ich denke, dass sie auf jeden Fall ins Ausland gehen, dort aber natürlich keine bekannte Spielbank wie meinetwegen Las Vegas ansteuern. Die suchen sich bestimmt ein verschwiegeneres Plätzchen.«

Stengele wischte über sein Handy.

»Ich gehe gerade die Liste mit den Sachen durch, die wir beim falschen Reininghaus gefunden haben. Personalausweis … Kreditkarten … ein bisschen Kleingeld … eine halbvolle Zigarettenschachtel … Nein, es ist nichts dabei, was uns weiterhelfen könnte. Keine halb abgestempelte Karte eines Spielkasinos in Weißgottwo, kein Glücksjeton, nichts.«

»Warten Sie, ich habe noch eine andere Idee«, sagte Jennerwein und drückte eine Nummer auf seinem Handy.

Das Telefon klingelte in die zweite Nachmittagsbrotzeit hinein. Der Tisch bog sich unter saftig belegtem Zwiebelkuchen, Birnen-Gorgonzola-Tartelettes, Fenchelsalat mit Erdbeeren, einem winzigen Stückchen toskanischem Schweinebraten, drei Schälchen Zimt-Dattel-Couscous und einem Berg goldgelb panierter Wammerl. DIE GEFRÄSSIGEN, Holzschnitt,

2020, Guggenheim-Museum Bilbao. Ursel erkannte die Nummer, wischte sich die Finger und griff zum Hörer.

»Kommissar!«, rief sie erfreut. »Wie kann ich Ihnen helfen?«

»Nur kurz eine Frage. Wo geht ein Glücksspieler hin, wenn er ein Feuerwerk haben will, einen finalen Flash, bevor ihn die Häscher, die ihm auf den Fersen sind, schnappen?«

Ursel blies seufzend Luft aus. Sie machte das so laut, dass Jennerwein das Handy unwillkürlich vom Ohr weghielt.

»Sie meinen jetzt sicherlich keine legalen Glücksspielorte, wo man den Ausweis zeigen muss. Ich frage Sie jetzt gar nicht, auf welcher Spur Sie sind, Kommissar. Ich ahne es. Egal. Also, da gibt es viele Möglichkeiten. Las Vegas und ähnliche Touristenkasinos können Sie jedenfalls vergessen. Lassen Sie mich nachdenken ... Ehrlich gesagt ist Spielen und Wetten nicht unbedingt mein Spezialgebiet. Ich weiß aber jemanden, der uns weiterhelfen kann. Es ist ein ehemaliger Zocker, der hier im Ort eine Wirtschaft betreibt. Er kennt ziemlich viele aus der Glücksspielszene, und er hat sicher eine Idee, wo so einer wie Reininghaus hingeht.«

»Woher wissen Sie, dass Reininghaus –?«

»Ich habe mir schon auch meine Gedanken gemacht, Kommissar. Ich bin nicht auf der Brennsuppe dahergeschwommen.«

»Gut«, unterbrach Jennerwein. »Aber wie heißt die Person, die uns weiterhelfen kann?«

»Ich überlege gerade. Ich kenne ihn nur bei seinem Hausnamen, aber der fällt mir momentan nicht ein. Gitlmüller. – Nein, Gitlmüller nicht. Lezölter! Oder verwechsle ich den jetzt mit dem Pfätscher? ... Ich komme einfach nicht drauf. Aber es ist der Wirt von der Goldenen Gans.«

»Wie bitte?«, stieß Jennerwein überrascht hervor. »Der Wirt der Goldenen Gans?«

Auch Nicole blickte elektrisiert hoch.

»Ja, wenden Sie sich an den. Aber machen Sie ihm wegen seiner Vergangenheit bitte keine Schwierigkeiten«, fuhr Ursel fort. »Er ist inzwischen ein trockener Zocker und hat schon lange mit dem Schmarrn aufgehört. Aber er weiß sicherlich, wo das beste Zockerparadies zu finden ist.«

Nicole war aufgesprungen.

»Ich fahre, Chef. Und keine Angst, ich werde mich diplomatisch verhalten.«

44

Der Minaccioso mit den dunklen, lockigen Haaren, dem cremigen Teint und den stechenden Augen fuhr mit dem Ortsbus in den Kurort, sein Leihauto hatte er schon wieder entsorgt. Er hatte inzwischen einen Blick für Böschungen. Als er aus dem Bus stieg, hätte man ihn fast nicht wiedererkannt: die Haare glatt und in der Farbe von warmem Abendrot, die stechenden Augen hinter einer getönten General-Jaruzelski-Brille verborgen. Bei solchen Chamäleons wie ihm lohnte sich eine genaue Täterbeschreibung eigentlich sowieso nicht. Der gewandelte Alfredo umschlich sein Ziel, die Goldene Gans, die er noch ein wenig zu rupfen gedachte. Nebenbei fiel ihm ein Trickdieb auf, der mit der alten Anrempel-Masche arbeitete. Diese Routine wurde schon in der Antike bei Plautus erwähnt, so abgefrühstückt war sie. Seis drum, dachte Alfredo. Jede Destination hatte die Gauner, die sie verdiente. Schließlich betrat er die Goldene Gans. Die ranzig riechende Wirtsstube war leer, es herrschte Grabesstille. Vorsichtig streifte er vom Gastraum ins Nebenzimmer, von da aus in die Küche und in die anderen Räume, immer auf dem Sprung, immer ein Auge auf den Ausgang gerichtet, immer auf seine läuferischen Qualitäten vertrauend. Aber es passierte nichts, was so richtig weglaufenswert gewesen wäre. Auch im gut ausstaffierten Zockerkeller nicht. Nachdenklich ließ er sich an einem der schmuddeligen Tische in der Wirtsstube nieder. Er nahm dort

Platz, wo gestern die beiden tölpelhaften Polizisten gesessen hatten.

Wie aus dem Boden gewachsen, stand plötzlich eine Bedienung im Dirndl vor ihm. Was heißt Dirndl – sie trug ein geblümtes Mieder mit selbstgenähten Froschgoscherlrüschen, die Schürze bestand aus knallhart gestärktem Leinen, alles wirkte panzerartig, ritterartig mittelalterlich. Sie holte tief Luft und legte los.

»So, der Herr: Züngerl, Saure Knödel, Kalbshaxen, Aufg'schmalzene Semmelschöberl, Grießnockerlsuppe, saure Hirgstmillisuppn, Bröselschmarrn, Moosbeernudeln, abgebräunte Jaganockerl, Schuxen, Schweinsnierl, Steckerlfisch –«

»Hm, das klingt gut«, sagte der Minaccioso.

»– gibts nimmer«, schloss die Bedienung.

Der Minaccioso blickte sie überrascht an. Das Wasser war ihm schon im Mund zusammengelaufen.

»Was gibt es denn dann?«

»Rinftln gäbs noch.«

»Rinftln?«

»Ja, Rinftln. Also?«

»Was sind denn Rinftln? Noch nie gehört. Außerdem wollte ich eigentlich bloß den Chef sprechen.«

Die Bedienung schien enttäuscht.

»Der ist weggegangen.«

»Ich warte hier auf ihn.«

»Also jetzt Rinftln oder keine?«

»Meinetwegen.«

»Was meinetwegen? Meinetwegen keine oder meinetwegen welche?«

Statt einer Antwort von Glatthaar-Alfredo sprang die Tür auf und der Wirt der Goldenen Gans hielt sich ächzend im

Türrahmen fest. Er war nur noch ein Schatten seiner selbst. Mühsam schlich er in die Stube, rieb sich das Kreuz, stöhnte in regelmäßigen Abständen laut auf und ließ sich schließlich schnaufend und prustend auf der Eckbank nieder.

»Schneiderquirl!«, rief Ursel Grasegger am Zirbelholz-Esstisch in der Küche ihres Hauses mitten in die gefräßige Stille hinein.

Karl Swoboda und Giacinta Spalanzani sahen verwundert auf.

»Schneiderquirl ist der Hausname vom Wirt der Goldenen Gans. Jetzt ists mir wieder eingefallen.«

»Die Tartelettes sind bombastisch. Hast du noch mehr davon?«, schwärmte der Österreicher.

Erst jetzt nahm der Wirt der Goldenen Gans den Mittelstreckenminaccioso wahr. Und erkannte ihn auch als solchen.

»Du schon wieder«, sagte er zu ihm. »Ich habe kein Geld mehr, das hat mir der Dicke abgenommen.«

»Welcher Dicke?«, fragte Alfredo, und er vergaß dabei ganz seinen italienischen Akzent.

Die Tür öffnete sich erneut, und Nicole Schwattke betrat die Stube. Sie schien keine Eile zu haben, denn sie schloss die Tür langsam und sorgfältig hinter sich. Durchs Fenster hatte sie schon gesehen, dass der Wirt am Stammtisch saß und sich so platziert hatte, dass keine Fluchtgefahr bestand. Wen sie nicht gesehen hatte, war der Minaccioso, der so verwandelt war, dass ihn Nicole im ersten Moment gar nicht erkannte. Sie hielt ihn für einen Gast. Er jedoch, einem alten Minacciosoinstinkt folgend, drehte sich um, riss die Tür auf und stürzte hinaus.

»Laufen Sie ihm nach, Sie erwischen ihn sicher«, rief der Schneiderquirl Nicole zu. »Das ist der Erpresser!«

Zu seiner Überraschung tat Nicole alles andere als das.

Sie setzte sich stattdessen zu ihm an den Tisch. Die Bedienung erschien.

»Züngerl, Saure Knödel, Kalbshaxen –«

»Nein danke«, unterbrach Nicole. »Hören Sie, Herr – äh – Schneiderquirl, wir stecken mitten in Mordermittlungen, wie Sie sicher schon aus der Zeitung erfahren haben. Es interessiert uns nicht, was Sie in Ihrem Keller so treiben. Wir möchten nur wissen, wo ein flüchtiger Zocker hinfährt, wenn er es noch einmal richtig krachen lassen will, illegal natürlich und auch sonst mit Musik und Tanz.«

Der Schneiderquirl richtete sich auf. Solch ein Zocker, den die da beschreibt, dachte er, der fährt natürlich hierher zu mir in die weltbekannte Goldene Gans. Dann aber erschien ein verschmitzter Zug auf seinem Gesicht.

»Ich habe natürlich schon lange keinen Kontakt mehr zur Szene, aber –«

»Wir wissen, dass Sie hier eine illegale Spielhölle betreiben.«

Der verschmitzte Zug verblasste ein klein wenig. Aber nur kurz.

»Und die versprochene Belohnung?«

»Die Belohnung ist, dass wir Ihre Delikte in der Vergangenheit milde beurteilen oder vergessen.«

»Der Reininghaus ist der Mörder, das habe ich dem Hölli doch schon gesagt.«

»Das wissen wir bereits. Und wussten es schon vorher. Das ist nicht das Thema, diese Information ist keinen *Starkriechenden Trompetenpfifferling* wert. Die Frage ist vielmehr, wo zurzeit der heißeste und angesagteste Zockerladen zu finden ist. Ich meine nicht solche Kaliber wie Las Vegas oder Monaco, sondern verschwiegenere Plätze.«

»Das ist mir schon klar.«

»Wenn Ihr Tipp zum Aufenthaltsort von Reininghaus führt, dann verspreche ich Ihnen, dass die Belohnung auf Ihr Konto geht.«

Der Schneiderquirl dachte lange nach. Unendlich lange dafür, dass jede Sekunde kostbar war.

»Vielleicht Rinftln?«, fuhr die Bedienung in die Pause hinein.

Nicole schüttelte den Kopf. Die Bedienung blieb am Tisch stehen.

»Ich habe gehört –«, begann der Wirt zögerlich und leise. »Ich habe gehört, dass Russland zurzeit bei Glücksspielern ganz hoch im Kurs steht.«

Er sprach nicht weiter.

»Geht es ein bisschen deutlicher? Russland ist groß. Wo genau?«

Lange Pause. Unendlich lange Pause. Und Stille. Nicole wusste gar nicht, dass es mitten im Zentrum des Kurorts so still sein konnte. Es war so still, dass man das Aneinanderreiben der Atome in der Wirtsstube hören konnte. Nicole wartete geduldig. Sie wusste, dass es keinen Sinn hatte, den Wirt zu drängen.

»Moskau«, platzte die Bedienung mit den Froschgoscherlrüschen heraus.

»Was?«

»Ich würde nach Moskau fliegen«, fuhr sie fort. »Dann weiter mit der Bahn nordöstlich über Kolomyschkinsk nach Swijaschskgorod.«

Nicole blickte die Bedienung prüfend an. Dann zog sie ihr

Handy heraus und sprach die Ortsnamen auf. Sie erhob sich und wandte sich an den Wirt.

»Wenn uns das zum Ziel führt, dann verspreche ich Ihnen, mich für eine Belohnung starkzumachen.«

»Choj!«, rief die Bedienung, nachdem Nicole draußen war.

Der wunderbar verwandelte Minaccioso hielt inne und sah sich um. Er war durch den halben Kurort gespurtet. Niemand verfolgte ihn mehr. Diese tölpelhafte Polizistin hatte es einfach nicht drauf. Er steckte sich eine Zigarette an und beobachtete den Pickpocker weiter, der hier im Kurort seine Kreise zog. So ein ungeschickter Grobmotoriker. Den würden sie sicher bald erwischen. Obwohl: Wenn alle Polizisten hier so drauf waren wie die Polizistin mit dem wippenden Pferdeschwanz, dann war anzunehmen, dass sich das wieder ausglich. Karl Hermann Müller hatte vor, den Kurort wieder zu verlassen. Die Gans war wahrscheinlich nicht mehr zu rupfen. Er griff in die Innentasche seines Jacketts. Sein Portemonnaie fehlte.

45

In Schlatts Atelier herrschte Hochbetrieb, denn weitere vier Spurensicherer waren eingetroffen, um Becker und der Stellvertretenden beim Pinseln, Eintüteln und Klassifizieren zu helfen. Alle hofften insgeheim, dass sie etwas finden würden, das verriet, wohin Werner und Chichi Reininghaus geflohen sein könnten. Ein aus der Tasche gefallener Stadtplan von Baden-Baden, möglichst noch mit einem dicken, roten Kringel ums Casino? Nichts von alledem. Dr. Bentels Blick fiel immer wieder auf einen Pilz, der aufrecht in einer Schale mit Moos stand. Es war ein *Getropfter Schleimschirmling* (so war wenigstens auf dem Schild darunter zu lesen), der aus dem Moos herauszuwachsen schien. Auf der Staffelei daneben stand ein Ölgemälde des Schleimschirmlings. Er war täuschend realistisch gemalt. Schlatt war ein Meister seines Fachs. Da der echte Pilz schon einige Zeit stand, sah das Bild frischer und lebendiger aus als der leibhaftige Pilz. Das Bildnis des Dorian Gray, nur umgekehrt.

Im Zimmer nebenan blickten die Ermittler konzentriert in ihre Computer. Nicole, die von ihrer Exkursion zurückgekehrt war, saß ebenfalls am Tisch.

»Ich habe gerade mit Hölleisen gesprochen«, sagte Stengele. »Wie zu erwarten war, hat die Fahndung nach dem Auto überhaupt keine Ergebnisse gebracht. Reininghaus hat es also sicher gewechselt.«

»Ich wiederum habe das Dezernat für Glücksspiel kontaktiert«, sagte Nicole. »Swijaschskgorod in der Nähe von Kolomyschkinsk ist tatsächlich ein Geheimtipp für Zocker aller Art. Es gibt angeblich einen eskortierten Shuttleservice von Moskau aus. Wenn die beiden bis nach Moskau kommen, sind sie also so gut wie untergetaucht. Wir müssen sie vorher schnappen. Aber es gibt leider zu viele Flughäfen in Eineinhalb-Stunden-Nähe, die Flüge nach Moskau anbieten. Die Militärflughäfen und die Frachtflughäfen kommen ja auch noch dazu. Wir müssten zu zwanzigst sein und nicht zu viert, um das zu schaffen.«

»Die Zeit drängt«, sagte Jennerwein. »Wenn wir noch länger warten, sind sie weg. Es bleibt uns jetzt nichts anderes übrig, als es von hier aus zu versuchen. – Können Sie mithören, Hölleisen?«

»Ja, Chef«, erschallte die Stimme des Polizeiobermeisters blechern aus dem Lautsprecher.

»Jeder von uns übernimmt fünf Flughäfen und informiert die dortigen Sicherheitskräfte«, fuhr Jennerwein fort. »Sie sollen die Passagiere einsteigen lassen und die Türen schließen. Sie sollen dann reingehen und alles durchkämmen, aber auch wirklich alles, auch den Frachtraum, die Toiletten, den Panic Room, den Maschinenraum, das Sarglager, die Arrestzelle, das Navigationszentrum und was es noch alles in einem großen Flugzeug gibt. Informieren Sie die Kräfte darüber, dass Reininghaus Flugkapitän ist und sich bestens mit Schlupflöchern aller Art auskennt. Und dass er hochgefährlich und vermutlich bewaffnet ist. Es ist eine verschwindend kleine Chance, aber wir haben nichts anderes.«

»Wenn wir die Flüge nur besser eingrenzen könnten!«, murmelte Nicole, als sie sich wieder ihrem Rechner zuwandte.

Ein bisschen beleidigt war er schon, N'Djoké Meiaugo-Mboa', der namibische Boxer mit dem verballhornten Namen Jockel Meier. Weder sein Manager Einsiedl noch dieser Kommissar M'gjennea-Wai'n, den er um ein Haar niedergeschlagen hätte, hatten auf die Tatsache reagiert, dass er die Autonummer des Wagens von Werner Reininghaus fein säuberlich aufgeschrieben hatte.

»Den Zettel mit der Autonummer kann ich dann wohl wegwerfen«, sagte er jetzt zu Einsiedl. »Ich meine, wenn man den nicht mehr braucht, oder?«

»Logisch kannst du das. Dass es sein eigener Wagen war, wissen wir ja.«

»Ja, das wissen wir schon. Aber wieso hat dieser Reininghaus, den ihr sucht, ein Nummernschild mit Berliner Kennzeichen, wenn er doch hier lebt?«

Einsiedl riss dem Boxer den Zettel aus der Hand.

»Warum hast du das nicht gleich gesagt?«

N'Djoké Meiaugo-Mboa' tänzelte nervös auf der Stelle und hielt die mächtigen Fäuste in Brusthöhe. Das machte er automatisch, wenn er unsicher war.

Wenige Minuten später berichteten die Mitglieder des Kernteams Jennerwein von ihren Gesprächen mit den jeweiligen Flughafenverwaltungen. Die Ergebnisse waren entmutigend. Meist hatten die Sicherheitskräfte zu wenig Personal, um alle Flugzeuge in der beschriebenen Weise zu durchkämmen, einige gaben an, die Routinekontrollen bereits durchgeführt zu haben, das müsse genügen. Alle hatten strikt abgelehnt, den Start zu verzögern. Wie – wegen eines kaum haltbaren Verdachts? Lächerlich!

»Wir müssen selber hin!«, rief Nicole. »Wenn wir zu mehreren auftauchen und einen auf ›Gefahr im Verzug‹ machen, dann lassen sie uns durch und wir können das Flugzeug stoppen.«

»Das ist richtig«, stimmte Stengele zu. »Ans Telefon bekommen wir nur die Verwaltungsfuzzis und andere Weicheier, Herrgott nochmal. Wir müssen das Risiko eingehen und uns auf einen Flughafen konzentrieren. Ich schlage München vor. Das ist der größte, da kann man am besten in der Menge untertauchen. Mit Blaulicht sind wir in einer halben Stunde dort.«

»Aber dann müssen wir durch die ganze Stadt und auch noch raus zum Flughafen«, wandte Nicole ein.

»Mit einem dieser neuen Sanitätshubschrauber schaffen wirs in zwanzig Minuten«, sagte Jennerwein entschieden. »Los, fahren wir zur Klinik. Frau Dr. Bentel, rufen Sie inzwischen die Leitstelle an.«

»Ich komme mit«, erwiderte die Stellvertretende.

»Diesmal bleiben Sie da«, sagte Jennerwein.

Stengele, Jennerwein und Nicole sprangen ins Auto, Nicole fuhr. Sie raste auf dem kürzesten Weg zum Krankenhaus, nicht mit Lichtgeschwindigkeit wie vorher Jennerwein mit dem Fahrrad, aber doch in höllischem Tempo. Dr. Bentel gab ihnen durch, dass der Hubschrauber startklar sein würde, wenn sie ankämen.

Die beiden Cocktail-Liebhaberinnen waren inzwischen in ein anderes Café am Ortsausgang umgezogen. Wieder saßen sie auf der Terrasse. Und abermals knüppelte ein Fahrzeug mit Blaulicht vorbei.

»Habe ich da nicht gerade schon wieder den Kommissar Jennerwein gesehen?«, fragte die eine.

»Mir war auch so«, antwortete die andere. »Aber diesmal hat er wenigstens ein Auto.«

»Ja, Frau Dr. Bentel?«, fragte Becker im Atelier. »Was gibts?«

»Mir ist noch was eingefallen. Als Reininghaus vor mir gestanden ist, wollte ich den Hauptkommissar anrufen, mit meinem kleinen Privathandy, einem King Kong Mini. Das war eine blöde Idee, er hat es mir natürlich abgenommen und in die Tasche gesteckt. Es ist superklein, vielleicht hat er vergessen, es auszuschalten. Nützt uns das was?«

Becker ließ das Besteck fallen, das er gerade in der Hand hielt, und rannte zu seinem Notebook.

»Geben Sie mir Ihre Mobilfunknummer! Schnell!«

Nicole, Stengele und Jennerwein kletterten in den Hubschrauber, der normalerweise für Krankentransporte vorgesehen war. Kaum hatten sie die Tür geschlossen, zog der Pilot auch schon hoch und drehte eine Kurve Richtung Norden, nach München. Da klingelte Jennerweins Handy. Becker war dran.

»Reininghaus hat Bentels Handy aus dem Wagen geworfen. Ich habe es geortet. Es liegt auf der Bundesstraße 2, die nach Süden führt.«

»Kommando zurück!«, schrie Jennerwein erneut. »Drehen Sie um. Wir fliegen in die andere Richtung. Nach Innsbruck.«

»Da schau mal hoch«, sagte eine der Damen auf der Terrasse. »Ein Gag wärs, wenn da schon wieder Kommissar Jennerwein drinsitzen würde.«

»Du solltest weniger trinken«, sagte die andere.

Hölleisen hielt die Stellung im großen Speisesaal des Restaurants. Er war nach wie vor über die Listen der Flugplätze gebeugt, die es in der Nähe gab. Und je mehr er nachforschte, desto mehr entdeckte er. Militärflugplätze. Militärausweichplätze. Ersatzlandeplätze für militärische Kleintransportflugzeuge. Übungslandebahnen für Notlandeübungen des Technischen Hilfswerks. Landegeeignete und bedingt landegeeignete Grünflächen für das Sanitätskorps der Bundeswehr im Katastrophenfall. Sein Blick fiel auf eine unasphaltierte Startbahn, eigentlich eine langgestreckte Wiese, die gar nicht so weit weg lag, zehn Minuten vom Kurort entfernt, hinter den Waidangerfeldern. Aus dem Amtsblatt des Verkehrs- und Luftfahrtamts erfuhr er, dass die Strecke normalerweise als Segelflugplatz genutzt wurde, es konnten jedoch auch motorisierte Maschinen starten und landen. Der amerikanische Präsident hatte beim G7-Gipfel eine seiner Reservemaschinen dort in Stellung gebracht. Der Chef war mit Stengele und Nicole nach Innsbruck unterwegs, er vermutete, dass sich Reininghaus in einer Linienmaschine versteckte. Vielleicht war es aber auch ganz anders, dachte Hölleisen. Während die Kollegen große Passagierflugzeuge durchkämmten, startete Reininghaus hier in aller Ruhe mit einer Propellermaschine. Das wäre doch möglich. Hölleisen steckte sein Handy ein und fuhr kurz entschlossen los. Schon von weitem sah er die Wachen am Zaun. Es handelte sich um einen privaten Sicherheitsdienst, also doch nichts Militärisches. Hölleisen verspürte keine Lust, sich auf Diskussionen mit Zivilisten einzulassen. Er stieg an einer Stelle über den Zaun, die von hochragenden Bäumen verdeckt war. Dann stellte er sein Handy auf lautlos und marschierte Richtung Startbahn. Als er oben auf dem Hügel stand, erblickte er im Tal eine einmotorige Fieseler Storch, die von mehreren Männern im Blaumann gewartet wurde. Die Männer entfernten sich, zwei Personen in langen Mänteln stiegen in die Maschine. Hölleisen fluchte, dass er kein Fernglas mitgenommen hatte. Lange rührte sich nichts. Kurz entschlossen nahm er seine Dienstmarke heraus und hielt sie in Kopfhöhe hoch. So ging er die hundertfünfzig Meter bis zum Flugzeug. Niemand hielt ihn auf.

Als er bei der kleinen Fieseler Storch ankam, stieg gerade ein älterer Mann aus, der ihm bekannt vorkam. Er wusste bloß nicht, woher. Der Mann lächelte und blickte ihn fragend an.

»Polizeiobermeister Hölleisen«, sagte er. »Ich bin auf der Suche nach Kapitän Reininghaus und seiner Frau. Wer befindet sich noch in diesem Flugzeug?«

Er zeigte zur Tür. Der Mann lächelte immer noch. Im Inneren auf der Höhe des Cockpits bewegte sich etwas. Dann trat ein zweiter Mann über die Steigleiter nach unten. Als er sich umdrehte, ließ Hölleisen vor Überraschung seine Dienstmarke sinken, ein Ausruf des Unverständnisses entfuhr seinem Mund. Die beiden Männer glichen sich bis aufs Haar! Sie waren von hagerer Gestalt, ihre zerzausten, grauen Haare flatterten auf dieselbe Weise im Wind. Und das Allerverrückteste: Sie hatten beide die gleiche schmale, nach unten gebogene Nase. Hölleisen starrte sie wortlos an. Der eine Mann sagte zu dem anderen etwas auf Englisch, Hölleisens Dienstausweis fiel zu Boden.

»Aber was hat das zu –«, konnte Hölleisen noch sagen, da war er auch schon von zwei oder drei Securitys umringt. Einer legte ihm die Hand so grob auf die Schulter, dass er zu Boden sackte und hart aufschlug. Die Wiese war nicht so weich, wie er sich das vorgestellt hatte.

46

»Last night I was lookin' through the window of Hubschmidt's restaurant«, said the old man –* mit der nach unten gebogenen Nase. »Ich habe mir jeden Einzelnen genau angesehen, aber ich sage es dir ganz offen, mein Freund: Ich konnte mir bei keinem vorstellen, dass er diese schrecklichen Taten begangen hat.«

Schleißheimer öffnete den Rucksack und fingerte mit seinen Riesenpranken nach der Thermoskanne.

»Auch nicht der Chefkoch, der sich Maître Lüders nennt? Ehrlich gesagt habe ich als Erstes auf ihn getippt. Er mag ein ganz passabler Koch sein, aber er ist ein furchtbarer Mensch, ein großer Schwätzer vor dem Herrn, und –« Schleißheimer machte eine bedeutungsvolle Pause – »er ist der Einzige, der große Vorteile aus den Ereignissen zieht.«

»Ach ja?«

»Er wird vermutlich die Leitung des Restaurants übernehmen, und dann kann er endlich so kochen, wie er sich das vorstellt. Er hätte in diesem Fall auch keine Verpflichtungen mehr gegenüber den Treize Plats, er könnte sie rauswerfen. Denn nur weil unser Laienkochclub in seiner Kü-

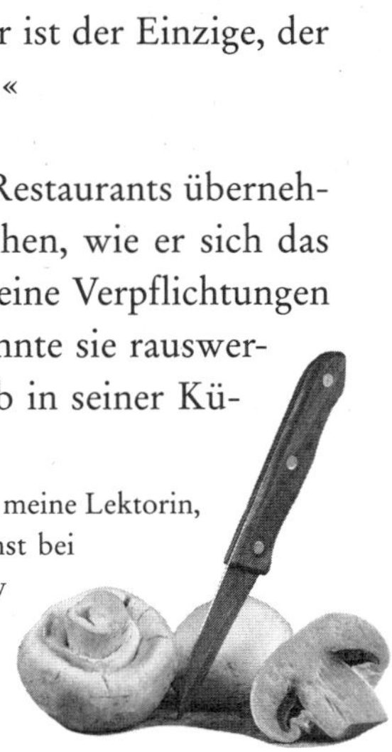

* Die folgende Übersetzung ins Deutsche besorgte meine Lektorin, Frau Dr. Cordelia Borchardt, die mich auch sonst bei diesem dreizehnten Fall wieder korrektiv, kreativ und produktiv begleitet hat. Ihr sei aus dieser ungewohnten, aber doch profunden Perspektive ein herzliches Dankeschön zugerufen!

che rumgepfuscht hat, ist er nie in die engere Auswahl für den zweiten Gourmetstern gekommen.«

»Woher weißt du das, mein Freund?«

»Ich kenne jemanden aus der Sterne-Jury, den ich einmal wegen einer gefährlichen Herzrhythmusstörung auf dem Operationstisch liegen hatte. Vor der Narkose sind wir ins Gespräch gekommen.«

Dr. Emanuel Schleißheimer griff abermals in seinen Rucksack und holte die Brotzeitdose heraus. Kaum hatte er den Deckel gelüpft, mischte sich auch schon ein herrlicher, durchdringender Geruch von feiner Räucherware mit der kühlen, steinigen Nachmittagsluft. Noch nie in der millionenalten Geschichte dieses Berggipfels, eines stolzen Zweieinhalbtausenders, hatte es so appetitlich geduftet. Schleißheimer wickelte die Brotzeit vollständig aus dem Papier. Doch bevor er in das saftige Stück biss, hielt er inne. Sein Gesichtsausdruck verwandelte sich ins Kennerhaft-Schwärmerische, und er zeigte mit dem Finger auf eine bestimmte Stelle.

»Hier unten sieht man ganz deutlich den ventriculus dexter cordis, der sich bis zum percardium hochzieht –«

Der andere lächelte. Er betrachtete Schleißheimer und sein Demonstrationsobjekt interessiert.

»Aber das ist doch bloß ein Stück Käse«, sagte er schließlich spöttisch.

Schleißheimer biss in den geräucherten Cheddar.

»Aber wenn es ein Herz wäre, hätte ich es gut erklärt«, sagte er kauend.

»Gib mir auch ein Stück«, bat Bob Dylan.

Sie blickten hinunter ins Tal. Man konnte kaum Häuser erkennen, so dicksuppig lag der Herbstnebel da. An manchen

Stellen glich er schneeweißem blubbernden Badeschaum, an anderen knisternder Zuckerwatte. Und gleich würde der altgermanische Berggott Ynńgvi aus der geräumigen Badewanne auftauchen und davon naschen. Dylan deutete auf die gegenüberliegenden Steilwände, die sich scharf von dem azurblau gekachelten Badezimmerhimmel abhoben.

»Und wie heißt der Berg dort drüben? Der so aussieht wie eine Pyramide?«

»Keine Ahnung«, antwortete Schleißheimer trocken. »Ich bin in einem sozialen Milieu aufgewachsen, in dem Bergnamen-Kennen als äußerst spießig empfunden wurde. Nur Franz-Josef-Strauß-Wähler kannten Bergnamen.«

»Erfinde einen«, sagte Dylan.

»Das ist dann eben die Große Schröttlkarkopfspitze«, sagte Schleißheimer. »Aber lass mich kurz mein Telefon laut stellen, ich habe einen Skype-Termin.«

»Beim Anblick der Großen Schröttlkarkopfspitze und dem Duft von absoluter Freiheit fällt dir nichts anderes ein, als zu skypen, mein Freund?«

»Ich habe es Kommissar Jennerwein versprochen. Für Punkt sechs hat er alle Mitglieder der Treize Plats zu einem Treffen im Restaurant bestellt. Bei mir hat er eine Ausnahme gemacht und eine Skype-Schaltung akzeptiert.«

Lang gebogene Nase musterte Schleißheimer nachdenklich.

»Kommissar Jennerwein, das ist ein Typ, der dir gefallen würde, Bob«, fuhr Schleißheimer fort. »Ich würde ihn dir gerne einmal vorstellen.«

»Ich habe ihn doch schon durchs Fenster gesehen. Ein recht unscheinbarer, unauffälliger Mensch – aber die Augen! Hellwach und hochinteressiert. Er erinnert mich ein wenig an Hugh Grant. Erst dachte ich, er selbst stünde da. Meinst du, Jennerwein weiß, wer der Mörder ist?«

»Ich denke schon. Aber warum er uns zusammengerufen hat, ist mir ein Rätsel. Aus dem Kreis der Treize Plats kann der Mörder ja eigentlich nicht stammen.«

»Bist du sicher?«

Auf Schleißheimers Gesicht erschien wieder der wissende Medizinerblick.

»Ich habe die Unterlagen in der gerichtsmedizinischen Abteilung durchgeblättert, mein Freund. Der Winkel der Einstichstelle zum Beispiel passt zu keiner Körpergröße der neun Überlebenden. Außerdem muss man für alle vier Morde erhebliche medizinische Vorkenntnisse mitbringen. Der Stich durch den Rücken in die Bauchschlagader – das ist durch die Kleidung hindurch kaum zielsicher zu schaffen. Auch wenn man wie ich schon Hunderte solcher Punktionen durchgeführt hat. Die zwei Schläge mit der Bratpfanne auf den Kopf – viel zu unsicher. Wenn jemand danach reglos am Boden liegen bleibt, heißt das nicht, dass er tot ist. Und der Mörder musste sich ja sicher sein, dass die Zeugin endgültig schweigt. Vom Ertränken und Vergiften will ich gar nicht reden, da macht ein Laie zu viele Fehler.«

»Ja, Emanuel, mein lieber Freund, dann deutet also doch alles auf dich als Täter hin?«

»So sieht es fast aus«, antwortete Schleißheimer diabolisch grinsend. »Aber was hätte ich für ein Motiv?«

Wieder schwiegen beide. Langsam stieg der kalte Herbstwind auch auf diese Höhe. Ein frostiger, fast eisiger Lufthauch pfiff ihnen um die Ohren, Schleißheimer packte seinen Cheddarkäse ein, beide erhoben sich und suchten Schutz im Windschatten des hölzernen Kastens, der direkt unter dem Gipfelkreuz verankert war. Darauf stand in großer Schrift: ALPENVEREIN. SEKTION OBERLAND.

»Was ist da drin?«, fragte gebogene Nase.

»Das obligatorische Gipfelbuch, etwas Schreibzeug, ein Verbandskasten, eine Regenplane für vier Personen. Und eine Gitarre. Als ich das letzte Mal hier oben war, hatte sie nur noch zwei Saiten.«

»Wenn man Musik wirklich liebt, kommt es nicht auf die Anzahl der Saiten an. Und auch nicht auf die Anzahl der Akkorde. Für Blowin' in the Wind muss man nur drei Gitarrengriffe können.«

Beide starrten auf den Gipfelkasten. In ihrer langen Freundschaft war es das erste Gespräch über Musik. Aber nur so hatten sie Freunde bleiben können. Freunde reden nicht über das, was wirklich wichtig ist. Sie sparen das Bedeutende aus und schweigen darüber.

»Trotzdem brennt mir eine Frage auf den Lippen«, sagte Schleißheimer.

Bob sah ihn enttäuscht an.

»Dann willst du sicher wissen, ob ich 1963 bei der Aufnahme von The Freewheelin' – ?«

»Nein, nein, nichts von der Art«, unterbrach ihn Schleißheimer. »Was ganz anderes, Bob. Ich habe erst heute Morgen erfahren, dass du mit einem Double arbeitest.«

»Sogar mit mehreren. Manchmal weiß ich selbst nicht mehr, ob ich der echte Bob Dylan bin oder eines der Doubles.«

»Und bist du der echte?«

Der Mann mit dem schmalen Gesicht, der aussah wie ein Priester oder ein Prophet, machte eine unbestimmte Bewegung ins Tal, in Richtung von Hubschmidt's Restaurant Lodge, Resort, Mushrooms and More.

»Was hätte es denn gestern zum Essen gegeben?«, fragte er, ohne Schleißheimers Frage zu beantworten.

»Hubschmidt, Reininghaus und Lorek waren für das Menü zuständig. Die drei hätten sicher ein Niedertemperaturgar-

Gericht auf den Tisch gebracht. Drei Tage bei achtunddreißig Grad gekochte Eier, so etwas in der Art.«

»Ist nicht das ganze Universum ein großes Niedertemperaturgar-Gericht?«, sagte Bob Dylan, ob es jetzt der echte war oder nicht. »Am Anfang hat alles mächtig gekocht. Aber jetzt befindet es sich schon seit Milliarden von Jahren im schonenden Simmer-Zustand. Das ist auch der Grund, warum das Universum lächelt.«

47

Ludwig Stengele, Nicole Schwattke und Hubertus Jennerwein stürmten durch den Eingang des Innsbrucker Flughafens. Allen war klar, dass der Dienstweg ab jetzt kein gangbarer Weg mehr war. Nicole eilte sofort zum Büro der internationalen Flugsicherheit, sie wollte den Zuständigen dort davon überzeugen, dass es absolut notwendig war, den Flug mit der Nummer SBI 1727 so lange wie möglich hinauszuzögern. Stengele steuerte eine unscheinbare, unverschlossene Tür an, über einige Fluchtwege und Außentreppen gelangten sie in eine Halle, die der technischen Wartung diente. Undefinierbare Maschinen lungerten herum, wie im Krankenhaus, dachte Jennerwein, bloß noch unergründlicher und bedrohlicher. Nur selten mussten sie ihre Dienstmarken vorweisen, mehr als kurz zeigen war nicht nötig, um weiterzukommen. Als Stengele den Mann gefunden hatte, den er suchte, wechselte er mit ihm ein paar Worte auf Französisch. Am Ende des Gesprächs grüßte der Mann in der ölverschmierten Monteurkluft zackig.

»Fremdenlegion«, sagte Stengele zu Jennerwein. »Wir haben Glück, dass er noch hier arbeitet. Er wird uns durchschleusen.«

Wortlos reichte ihnen der namenlose Helfer zwei graublaue Overalls und ebenso viele schmutzstarrende Mützen. Er winkte ihnen, mitzukommen. Im Laufen zogen sie sich die Tarnkleidung über

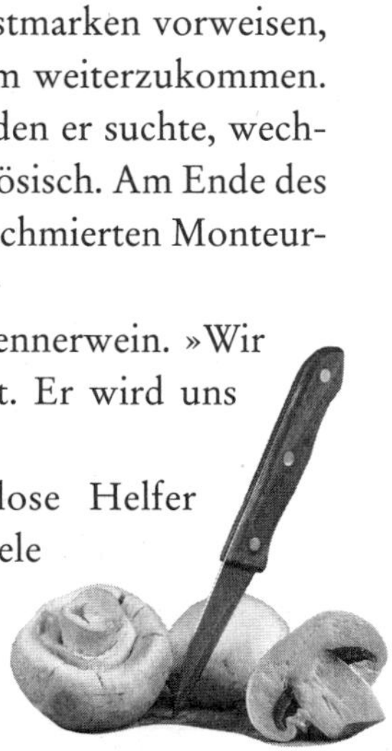

und verwandelten sich in Maschinisten der Flugzeugwartungsfirma YAS, mit diesen Buchstaben waren die Overalls bedruckt. Schon nach kurzer Zeit betraten sie freies Flughafengelände. Jennerweins Vertrauen in die Sicherheit eines Flughafens schwand Schritt für Schritt. Wenn da jeder so leicht durchkam, war es ein Wunder, dass nicht mehr passierte. Sie schoben einen Wartungswagen und gelangten direkt zu dem Flieger nach Moskau, der sich unverschämt mächtig und dominant über ihnen auftürmte. So klein hatte sich Jennerwein noch nie gefühlt.

»Nur einer«, sagte der Mann schroff und wies auf eine kleine offene Luke. »Ich kann nur einen reinlassen. Ich hoffe, ihr wisst, was ihr tut.«

»Das wissen wir«, sagte Stengele. »Gehen Sie, Chef. Ich behalte die Umgebung im Auge.«

Im Gepäckraum roch es ranzig. Hier musste viel Öl ausgelaufen sein. Jennerwein wusste, dass er sich im unteren Frachtraum befand. Das Lager war mit mehreren Reihen übersichtlich aufgestellter Aluminiumregale bestückt, es war unwahrscheinlich, dass sich Reininghaus inmitten all der kleinteiligen Koffer, Sportgeräte und sauber geschlichteten Reiseutensilien verbarg. Bald entdeckte Jennerwein eine kleine Luke in der Decke, die in die Etage darüber führte. Er kletterte über eine klapprige Leiter in einen Multifunktionsraum, der schon ein wesentlich unübersichtlicheres und versteckgeeigneteres Bild abgab. Die Notleuchten waren eingeschaltet und verbreiteten diffuses, unscharfes Licht. Jennerwein kniff die Augen zusammen und versuchte Schlupflöcher auszumachen. Container, kleinere Schränke, aufgetürmte Kabel, Berge von in Plastik verpackten Skiern und Snowboards, auf Paletten gestapelte Weinkisten, Rollen mit armdicken Schläuchen –

ein Paradies für einen blinden Passagier. Vorsichtig bewegte sich Jennerwein zwischen der Fracht hindurch. In einer Ecke war ein Panic Room in die Wand eingelassen, er war unverschlossen und leer. Jennerwein öffnete auch die Tür zu einem Kühlraum: ebenfalls nichts. Fast wäre er über die heraussstehenden Schragen eines Sarglagers gestolpert. Etwa ein Dutzend Holzböcke wuchsen aus dem Boden, die meisten davon ohne Särge, was merkwürdigerweise einen noch deutlicheren Hinweis auf die Vergänglichkeit abgab als die vier Holzsärge selbst. Jennerwein hob jeden der wertvoll gearbeiteten Stücke an. Drei waren offenbar leer, in einem musste sich dem Gewicht nach eine Person mittlerer Größe befinden. Vorsichtig öffnete Jennerwein die acht Kupferschrauben, dann hob er den Deckel schnell hoch, jederzeit gewärtig, dass ein Mensch heraussprang und sich auf ihn stürzte. Doch nichts dergleichen geschah. Kurz entschlossen stieß er den Deckel herunter, der krachend und splitternd auf den Boden fiel. Der Sarg war vollständig gefüllt mit kleinen, durchsichtig schimmernden Päckchen. Schmuggelware, Rauschgift, Patronen oder weiß Gott was, vielleicht auch etwas ganz Harmloses, jedenfalls keine Spur von Reininghaus. In einer anderen Ecke des Unterflurraums bemerkte er einen großen, vergitterten Tierkäfig. Bei näherer Betrachtung war es eher eine Arrestzelle. Jennerwein schätzte, dass sie zehn Personen fasste. Vielleicht war ja auch ein Sky Marshal, ein Flugsicherheitsbegleiter, mit an Bord. Vorsichtig und sich immer wieder vergewissernd, dass sich niemand hinter ihm befand, trat er näher. Die Vergitterung war äußerst robust gearbeitet, mit dicken Eisenstäben und genieteten Verschlägen, hier brach keiner so schnell aus. Die Zelle selbst war von allen Seiten einsehbar, der Schlüssel in der Tür steckte, der Anhänger baumelte leicht hin und her. Jennerwein fuhr der Schreck in alle Glieder. War jemand vor kurzem hier gewesen? Er lauschte. Nein, nichts. Ein paar Meter entfernt von der Zelle stand ein großer Schrank, ein Überseekoffer, der geeignet war, bodenlange Abendkleider von 2,20 Meter großen Basketballerinnen knitterfrei aufzuhängen. Jennerwein betrachtete den Schrank von allen Seiten. Als der Boden unter ihm mehrmals verräterisch knarzte, streifte Jennerwein die Schuhe ab, um sich noch geräuschloser fortbewegen zu können. Wenn sich Reininghaus dort drinnen verbarg, hatte er ihn vielleicht noch nicht gehört. Langsam ging Jennerwein in die Hocke und griff an den unteren Rand der Tür. Die Bleche und Plastikteile jammerten, die Flugzeugkarosserie des Riesenvogels über ihm ächzte. Er zog die Hand wieder zurück. War das eine Falle? Vorsichtig blickte er sich um und ließ seinen Blick erneut über die Mengen der Gepäckstücke, Ladungen und Maschinen wandern. Riesige Holzkisten. Paletten mit kleineren Schachteln und anderen Gefäßen. Eine große Anzahl von undefinierbaren technischen Geräten. War das dort eine Stanzmaschine? Aber er entdeckte nichts, was auf menschliche Bewegung hinwies. Rein gar nichts. Vorsichtig legte Jennerwein ein Ohr an den Überseekoffer. Unzweifelhaft waren im Inneren Geräusche zu hören. Leises Atmen. Geflüster? Erstickte Schreie? Er hatte die Dienstwaffe ganz bewusst im Auto gelassen. Er wollte es nicht auf eine Schießerei im Flugzeug ankommen lassen. Er hörte genauer hin, doch die ungeduldig knackenden Karosserieteile des Fliegers überdeckten die Geräusche im Inneren des Koffers. Schließlich riss er ihn auf. Nichts. Hinter den Seidenkleidern verbargen sich keine blinden Passagiere. Die Stimmen mussten aus der Fluggastkabine über ihm gekommen sein. Vielleicht waren es auch Geräusche des Funkverkehrs gewesen. Jennerwein tastete sich weiter. Am anderen Ende des Lagers entdeckte er eine kleine Parzelle mit einer Spüle und einem Herd mit zwei

Kochfeldern. Durch die Sichtfenster der Schränke konnte er Töpfe und Geschirr erkennen. Alle Türen und Schubladen waren mit Knebeln gesichert. Schon wieder eine Küche!

Gerade als Jennerwein die Parzelle wieder verlassen wollte, hatte er das sichere Gefühl, dass sich jemand in seiner Nähe befand. Dass ihn jemand beobachtete. Angst kroch in ihm hoch. Er legte eine Hand langsam an den Hosenbund, um die Dienstwaffe wenigstens vorzutäuschen. Er drehte sich einmal langsam um die eigene Achse. Kein Geräusch war zu hören, es war plötzlich unnatürlich still. Werner Reininghaus! Wenn er es war, war er bewaffnet? Doch Jennerwein glaubte, dass Reininghaus nicht so dumm war, mit einer Schusswaffe in ein Flugzeug zu steigen. Er konzentrierte sich. Ja, jetzt hörte er jemanden ganz deutlich atmen. Es waren unregelmäßige Atemzüge, es schien so, als würde der Unbekannte den Atem anhalten und dann wieder verstärkt Luft holen. Dieses Atmen – hatte er das auf der Audioaufnahme, die Antonia gemacht hatte, auch gehört? Manchmal knarzten die Stahlwände und überdeckten die Atemgeräusche, doch dann hörte er sie wieder ganz deutlich. Jetzt raschelte Kleidungsstoff, zwei, drei Schritte. Datapp, datapp. Dann wieder absolute Ruhe. Jennerwein kniff die Augen zusammen, um sich ganz auf das Hören zu konzentrieren. Doch vergeblich. Die Richtung, aus der die Geräusche kamen, war nicht genau auszumachen. Kam das doch aus der Etage über ihm? Jennerwein schüttelte seine verkrampften Beine vorsichtig aus und lauschte erneut. Das Atmen war jetzt nicht mehr zu hören. Er wartete. Und wartete. Doch er konnte nicht ewig hier stehen und einfach reglos ausharren, bis etwas geschah. Er musste die Initiative ergreifen. Der andere wusste vielleicht auch nicht genau, wo er sich aufhielt. Wenn er ihn ansprach, dann würde er ihm seinen Standort verraten. Und der andere konnte angreifen.

»Kommissar Jennerwein? Sind Sie es?«, hörte er plötzlich eine Stimme hinter seinem Rücken. Er fuhr herum. Die Stimme war etwa fünf Meter entfernt, und sie kam ihm bekannt vor, ohne dass er sie sofort einordnen konnte. Dann aber wurde ihm schlagartig klar, wer da zu ihm sprach.

»Gut, dass Sie noch rechtzeitig gekommen sind, um mir zu helfen, Kommissar. Ich habe mich hier unten versteckt. Ich habe große Angst, dass mich Werner findet. Er hat mich gezwungen, mit ihm zu gehen, aber ich konnte mich losreißen und fliehen.«

Jennerwein schwieg. Er wollte seine Position nicht verraten. Und auch seine Identität nicht. Es herrschte trübes Halbdunkel. Chichi Reininghaus musste schräg hinter dem unförmigen, übermannshohen Blechkasten stehen, den er für ein Notstromaggregat hielt.

»Werner sucht nach mir«, fuhr sie ängstlich fort. »Und wenn er mich findet, bin ich erledigt. Sagen Sie was, Kommissar. Sie sind es doch?! Sprechen Sie! Bitte! Egal was.« Die Stimme Chichis wurde immer ängstlicher. »Ich habe genug unter ihm gelitten, das können Sie mir glauben. Er hat herausgefunden, dass ich vor langer Zeit Affären mit Lorek und Hubschmidt hatte, und seine Rache war fürchterlich. Aber das wissen Sie ja.« Pause. Leises Schluchzen. »Es tut mir leid, dass Ihre Freundin, die Staatsanwältin, ebenfalls unter den Toten ist. Das tut mir so schrecklich leid. Er kam nach Hause, die Kleidung blutverschmiert, mit irrem Blick, er wollte auf mich losgehen.« Große Pause, beängstigende Stille. »Sagen Sie doch was, Kommissar, er muss jeden Augenblick hier auftauchen.«

Jennerwein rührte sich immer noch nicht. Chichi schien

sich nicht ganz sicher zu sein, wo er sich befand. Das war sein Vorteil. Den wollte er nicht aufgeben. Und er glaubte Chichi kein Wort. Kein einziges. Sie hatte vor, ihn in eine Falle zu locken. Doch mit der Erwähnung von Antonia hatte sie einen Fehler begangen. Der Gedanke an die Staatsanwältin bündelte all seine Kraft auf einen heißen, kochenden Punkt. Er drehte sich langsam und vorsichtig um und schlich Schritt für Schritt und ohne ein Geräusch zu machen, um den Blechkasten herum. Das rhythmische Wummern und Schleifen des Flugzeugchecks, den die Piloten jetzt begannen, half ihm dabei. Er wagte ein paar raschere und raumgreifendere Schritte. Seine Augen hatten sich inzwischen an die Dunkelheit gewöhnt. Er näherte sich dem Versteck von Chichi. Sie hatte ihm den Rücken zugewandt und redete eindringlich weiter in die Richtung, in der sie ihn vermutete.

»Um Gottes willen, sagen Sie doch was, Kommissar! Er kann jeden Augenblick hier auftauchen. Und dann –«

Hastig sprach sie weiter, offensichtlich darum bemüht, ihn zu einer Äußerung zu bewegen. Und was, wenn es doch so war, wie sie behauptete? Wenn sie ebenfalls ein Opfer von Reininghaus war? Nein, das konnte nicht sein. Alles sprach dagegen. Er durfte jetzt nichts riskieren. Schritt für Schritt kam er näher. Dann aber stieß er an eine Blechkiste. Das hohle Scheppern übertönte die Motorengeräusche. Blitzartig drehte sich Chichi Reininghaus um. Sie standen nur zwei Meter voneinander entfernt. Und sie hielt eine schwere Pfanne in der Hand.

Ohne ein weiteres Wort zu verlieren, holte sie damit aus und machte einen Ausfallschritt in seine Richtung. Jennerwein sah das blitzende Metall der großen Eisenpfanne auf sich zukommen, er wich aus. Gewohnt, sich in festen Schuhen zu bewegen, kam er auf dem glatten Boden ins Straucheln und verlor eine wertvolle Zehntelsekunde. Die Pfanne sauste auf ihn nieder, er verlor das Gleichgewicht, sie traf ihn im Niederfallen. Nicht am Kopf, wie von Chichi geplant, sondern an der Brust, und auch nicht mit voller Wucht. Jennerwein rutschte vollends aus und fiel zu Boden. Aus den Augenwinkeln bemerkte er, dass sie erneut ausholte. Jetzt rollte er sich ab, hechtete in ihre Richtung und bekam sie an den Beinen zu fassen. Mit allergrößter Kraft riss er an ihren Knöcheln, brachte sie ins Wanken, verspürte einen erneuten Schlag in den Rücken, bemerkte aber auch, wie Chichi nach hinten fiel. Schnell konnte Jennerwein aufstehen. Blitzschnell griff er zu und entwand ihr die Pfanne. Dann stand er über ihr. Und plötzlich wusste er, dass allein sie es gewesen war, die Antonia mit zwei brutalen Schlägen getötet hatte. Unbezähmbare Wut stieg in Jennerwein auf, das erste Mal in seinem Leben spürte er das bohrende Verlangen nach Rache und Auslöschung. Chichi lag vor ihm auf dem Rücken, sie wimmerte und hielt sich die Hand. Jennerwein fasste den Griff der Pfanne fester. Und noch fester. Er schloss die Augen und hob die Pfanne über seinen Kopf.

»Ach, Sie sind es, Kommissar Jennerwein! Gott sei Dank!«, rief Chichi schließlich und richtete sich halb auf. Sie sah ihn ängstlich an. »Warum sind Sie denn so unvorsichtig! Ich dachte, Werner hat sich herangeschlichen. Helfen Sie mir bitte auf. Ich habe mir die Hand verstaucht.«

Sie streckte ihm die Hand entgegen, er ergriff sie nicht. Er glaubte ihr abermals kein Wort. Er musste sie ruhigstellen. Aber wie sollte er sie fixieren? Kurz entschlossen nahm er ihre ausgestreckte Hand und zog sie hoch. Jetzt waren ihre Gesichter ganz nahe beieinander. Ein falsches Lächeln führte dreimal um ihren Kopf herum. Erbarmungslos drehte er ihr den Arm auf den Rücken. Sie schrie vor Schmerzen auf und protestierte lautstark kreischend. Jennerwein schob und schleifte sie zu der Arrestzelle am anderen Ende des Frachtraums. Ohne auf ihre Unschuldsbeteuerungen zu achten, zerrte er sie hinein und stieß sie dort zu Boden. Dann schlug er die Tür von außen zu. Doch der Schlüssel war verschwunden! Jennerwein erschrak. Wer hatte ihn abgezogen? Er sah sich um. War doch noch jemand in diesem Raum? Sein Blick fiel auf den Überseekoffer mit den Seidenkleidern, der ganz in der Nähe stand. Keuchend riss er ihn auf, griff sich eine Robe und zerfetzte sie. Dann stürzte er sich erneut auf Chichi und fixierte sie.

»Was soll das! Warum tun Sie das! Was haben Sie –«

Abrupt verstummte sie. Er hatte ihr einen Knebel verpasst. Lange würde die Fesselung nicht halten, aber es gab keine andere Möglichkeit. Das war nicht die übliche polizeiliche Vorgehensweise, aber hier lief sowieso nichts mehr nach Schema F. Hastig streifte Kommissar Jennerwein seine Schuhe wieder über und machte sich auf den Weg nach oben zum Passagierdeck.

Dann hörte er das unverkennbare Geräusch von anspringenden Flugzeugmotoren. Die Maschine startete. Sie schwankte. Er wurde seitwärts geschleudert und konnte sich gerade noch an einem Regal festhalten. Das Flugzeug rollte zur Startbahn. Er musste unbedingt verhindern, dass es abhob. Jennerwein hetzte die Treppe hinauf, die zur Fluggastkabine führte.

48

Aussage des Passagiers R. Haverkamp:
Ich war heilfroh, noch einen Sitzplatz ergattert zu haben! Man hatte mir gesagt, dass es der Platz sei, der normalerweise für den Sky Marshal reserviert ist, er befand sich ganz vorn, man konnte fast ins Cockpit sehen. Himmelherrgott, gerade noch geschafft! Mit diesem Gefühl habe ich mich in den Sitz plumpsen lassen. Nachdem ich mich angeschnallt hatte, vertiefte ich mich in meine Zeitung. Während des Starts sah ich kurz auf, weil ein leicht derangiert wirkender, aber sonst eigentlich unauffälliger Mann die seitliche Treppe hochgehetzt kam. Auf dem Treppenabsatz blieb er völlig außer Puste stehen und blickte kurz in Richtung Passagierraum. Auf seinem Overall stand irgendwas mit Ypsilon, YAS oder so, vielleicht war er von der Bundeswehr. Mir kam der Gedanke, dass das vielleicht der Sky Marshal war, der jetzt doch auf seinen Platz wollte. Aber wo sollte ich dann hin? Die konnten mich doch schlecht rausschmeißen, oder? Und den ganzen Flug nach Moskau stehen? Nein, danke. Der Typ sah allerdings gar nicht nach einem Sky Marshal aus. Ich habe ja nicht gerade einen Vin Diesel oder einen Arnold Schwarzenegger erwartet, aber der Mann glich eher einem mittleren Sparkassenangestellten. Doch plötzlich kam er auf mich zugeschossen, beugte sich über mich und fragte, ob ich der Sky Marshal wäre. Ich? Wieso ich? Ich schüttelte verdattert den Kopf, daraufhin drehte

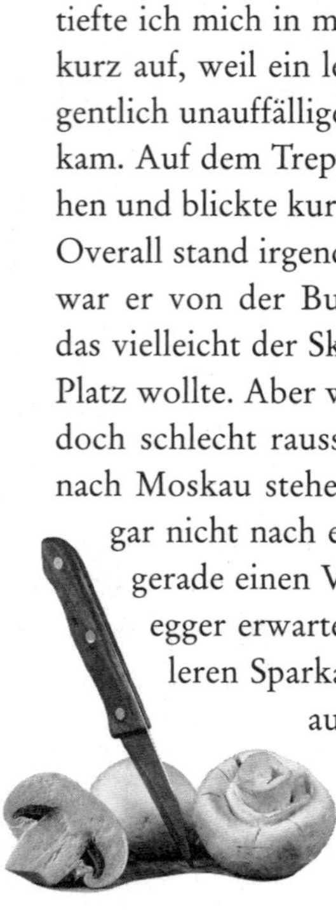

er sich ohne ein weiteres Wort um und verschwand eilig nach vorn ins Cockpit. Ich überlegte noch kurz, ob das vielleicht jemand aus der Holzklasse war, der sich verirrt hatte, dann aber habe ich über die Sache nicht weiter nachgedacht und mich wieder in meine Zeitung vertieft. So lange, bis ich einen Blick aus dem Seitenfenster geworfen habe. Ich dachte, ich sehe nicht richtig. Zwei Kampfjets waren bis zum Greifen nah herangeflogen. Sie wackelten mit den Tragflächen. Ich konnte das Gesicht des einen Piloten erkennen. Er trug einen Schnäuzer. Und dann fiel mir erst auf, dass wir uns immer noch im Steigflug befanden. Wir flogen höher und höher. Das ist das Letzte, an was ich mich erinnern kann.

Aussage der Passagierin R. Müllemann:
Ich habe von dem Vorfall wenig mitbekommen. Eigentlich gar nichts. Ich stecke mir vor dem Start immer Ohropax rein, die ich erst am Ziel wieder rausnehme. Klar habe ich mich gewundert, dass jemand während des Starts unangeschnallt auf den Gängen herumläuft, aber im Flugzeug gibt es immer wieder mal Verrückte, die sich wichtig machen wollen. Der Mann trug einen Utility-Arbeiter-Look mit dem aufgedruckten Modelabel Y. A. S. Das habe ich mir deshalb gemerkt, weil ich mir noch gedacht habe: Seit wann macht Y. A. S. denn Herrenmode? Verrückte Welt. Irgendwann muss ich eingeschlafen sein. Und aufgewacht bin ich erst wieder, als alle wie am Spieß geschrien haben.

Aussage des Passagiers Dr. E. Kabusch:
Gleich nachdem ich den Sicherheitsgurt angelegt hatte, vertiefte ich mich in die Rede, die ich bei dem Kongress in Moskau halten sollte. Der Start verlief ohne Zwischenfälle. Ich ging noch ein paar Formulierungen durch, verbesserte dies

und das, da tippte mir jemand auf die Schulter. Und zwar mehrmals und ziemlich aufgeregt. Ist ein Arzt anwesend? Ist ein Arzt anwesend? Die Frau lief durch die Gänge, tippte jedem Passagier auf die Schulter und fragte, ob er Arzt sei. Erst dachte ich natürlich, dass es sich um die Stewardess handelt, aber sie war zivil gekleidet und trug eine große Sonnenbrille. Ist ein Arzt anwesend, ist ein Arzt anwesend? Und jetzt das Unglaubliche: Unter den fast vierhundert Passagieren befand sich nur ein einziger Arzt. Und dieser Arzt war ich! So bin ich schließlich mit ihr gegangen, obwohl mir die Frau seltsam vorgekommen ist. Im Cockpit sah es schlimm aus. Zwei Männer in Uniform lagen am Boden. Offensichtlich hatte der eine einen gebrochenen Arm, er stöhnte laut vor sich hin. Der zweite lag bewusstlos auf dem Rücken, er schien eine Kopfverletzung davongetragen zu haben. Beide trugen die Uniformen der Cockpit-Crew. Der Mann, der an den Instrumenten saß, war wohl der Pilot. Er herrschte mich an, dass ich mich um die beiden kümmern solle, dann wandte er sich wieder seinen Armaturen und Drehknöpfen zu. Ich fragte absichtlich nicht, was passiert war. Ich hatte mit den beiden Männern am Fußboden genug zu tun. Die versorgte ich so gut wie möglich. Ich bin zwar Veterinär (mein Vortrag in Moskau hätte das Thema ›Die Kleintierpraxis im internationalen Vergleich‹ behandelt, das nur der Vollständigkeit halber), aber Schädelbruch ist Schädelbruch. Der Pilot zog die Maschine langsam hoch, ich konnte es daran erkennen, dass die Verletzten immer weiter nach hinten rutschten. So gut gekleidet der Kapitän auch war, so gottserbärmlich fluchte er. Dann kam der Bordmechaniker ins Cockpit, auf seinem Overall stand YAS, genauso wie der Friseurladen in Hamburg. Er trat hinter den Piloten und redete eindringlich auf ihn ein. Schließlich stritten sie sich, es gab sogar eine hektische Rangelei. Im

Cockpit! Zwischen dem Bordmechaniker und dem Piloten! Das müssen Sie sich mal vorstellen. Über was waren die sich nicht einig? Um Gottes willen!, dachte ich. Was zum Teufel ist da los!? Die Motorengeräusche waren furchtbar laut, und ich war so mit der Erstversorgung beschäftigt, dass ich den Inhalt des Streits nicht mitbekam. … gezielter Absturz … war das Einzige, was ich verstanden habe. Was ist denn hier eigentlich los, schrie ich schließlich, ich brauche Verbandszeug und Medikamente! Gibt es hier eine Bordapotheke? Keiner achtete auf mich. Dann bekam ich einen Schlag, durch den ich zu Boden stürzte. Mein letzter Gedanke war der, dass jetzt natürlich gar kein Arzt mehr im Flugzeug war.

<u>Aussage des Kopiloten F. Weber:</u>
Die Schmerzen in der gebrochenen Hand waren heftig. Auch die andere Hand konnte ich nicht mehr bewegen. Als mich der Arzt auf die Seite drehte, um nach weiteren Verletzungen zu suchen, hörte ich aus der Richtung des Pilotensitzes mir unbekannte Stimmen. Es waren zwei Männer, die sich einen heftigen Wortwechsel lieferten. Als die Maschinengeräusche etwas leiser wurden, hörte ich den einen so etwas rufen wie »Geben Sie auf, Reininghaus! Sie haben keine Chance mehr.« Der andere schrie zurück, dass er der Einzige sei, der dieses Flugzeug in der Luft halten könne. Was sich Jennerwein denn einbilde. Er solle lieber nach seiner Frau Chichi suchen, die wäre schließlich die Täterin. Blutüberströmt sei sie gestern nach Hause gekommen. Und sie hätte ihm die vier Morde unter Tränen gestanden. Aber es sei schließlich seine Frau, und darum habe er versucht, die Taten zu vertuschen. Sie habe die beiden Piloten niedergeschlagen, und er müsse jetzt die Maschine fliegen. Dann stieg die Maschine weiter an, sie stieg und stieg – und ich rutschte auf dem Boden dahin. Ich konnte

mich mit den kaputten Händen nirgends abstützen oder festhalten, und so rutschte ich durch die offene Tür des Cockpits Richtung Passagierraum. Ich rutschte durch den Gang der Business Class, immer weiter, immer weiter, die Leute schrien auf, als sie mich sahen, ich rutschte und rutschte, dann kann ich mich an nichts mehr erinnern.

Aussage des Passagiers Ö. Özdamar:
Ich kann mich deshalb an den Mann mit dem Overall erinnern, weil auf seinem Rücken das Wort »yaş« zu lesen war, das heißt im Türkischen »nass«. Ich habe mich noch gefragt, ob es im Flugzeug einen Wasserschaden gibt, dann bin ich eingeschlafen.

Aussage des Passagiers Z. Meining:
Ja, die Frau habe ich schon gesehen, die durch die Gänge gelaufen ist und nach einem Arzt gefragt hat. Ist ein Arzt anwesend? Ist ein Arzt anwesend? Sie sah irgendwie mondän aus. Aber russische Stewardessen sind oft so gekleidet. Ich nahm an, dass sie gerade die orientalische Lammspießchen-Pfanne abserviert hatte (übrigens sehr lecker, habe ich auch gehabt!), weil sie doch eine große Eisenpfanne hinter dem Rücken in der Hand hielt. Schließlich ist sie damit im Cockpit verschwunden.

Aussage von Inspektor C. Puntigam, Beamter der österreichischen Verkehrspolizei:
Mir ist das Auto mit dem Berliner Kennzeichen am Innsbrucker Flughafen gleich aufgefallen. Es stand irgendwie verdächtig auf dem Parkplatz. Ich habe mich vorsichtig genähert. Und mein G'spür hat mich nicht getäuscht: Das Nummernschild war gefälscht. Leider konnten wir nicht verhindern,

dass die beiden Herrschaften den Flug nach Moskau doch noch erwischt haben. Die polizeiliche Öffnung des Wagens hat nichts ergeben außer einem am Boden liegenden Jeton des Casinos Baden-Baden.

Aussage der Passagierin Y. Zaffarelli:
Chicken Curry, immer wieder Chicken Curry! Wenn das der Preis der Globalisierung ist, dass dir alle Fluggesellschaften dieser Welt Chicken Curry aufs Auge drücken, dann danke schön. Ich hingegen nehme mir ins Flugzeug immer selbst was mit, in der guten alten Plastikdose. Ich öffne also gerade den Deckel von meiner 1-Liter-Box, da sehe ich einen aufgeregten Mann durch den Gang laufen. Das Gesicht könnte ich jetzt nicht mehr beschreiben, so unauffällig war er, aber er trug eine lächerliche Latzhose, auf der auch noch YES! draufstand. Das hat überhaupt nicht zu dem Mann gepasst. Und zum Essen bin ich dann auch nicht mehr gekommen. Schade um meinen schönen Linsensalat!

Aussage des Sky Marshals W. O. Fitzgerald:
Nein, ich habe nicht betrunken im Lagerraum gelegen! Das muss ich ganz entschieden von mir weisen. Captain Reininghaus, den ich von früheren Flügen her kannte, kam in der Personalküche auf mich zu, ich fragte ihn, was er hier unten treibt. Und dann habe ich auch schon den Stich im Oberschenkel gespürt. Jemand hat mir eine Nadel ins Bein gejagt. Sie können ja nachsehen. Da muss irgendwo eine Einstichstelle sein.

Aussage der russischen Stewardess N. Lebeschtschow:
Ich kenne Kapitän Reininghaus von früher. Er ist ein wirklich großzügiger Mensch, hat immer reichlich Trinkgelder

verteilt, aber ich habe gar nicht mitbekommen, dass der bei diesem Flug als Pilot eingeteilt war. Als der Steigflug nicht aufhörte, als es eiskalt im Passagierraum wurde und wir wahrscheinlich schon durchs Vakuum flogen, habe ich versucht, die Cockpittür zu öffnen. Sie klemmte, sie ließ sich schwer öffnen, weil ein lebloser Körper hinter der Tür lag. Dann sah ich ihn, den Mann im Overall mit der Aufschrift YAS, er hatte Kapitän Reininghaus an den Schultern gepackt, er riss daran und versuchte ihn aus dem Sitz zu ziehen. Das gelang ihm auch, und der arme Kapitän knallte auf den Boden. Ich habe bloß noch gesehen, wie er mit dem Kopf unter die Bodenabdeckung des Kartenschranks gerutscht ist und dort stecken geblieben ist. Man hat sein Gesicht gar nicht mehr gesehen. Und der Pilotensitz war leer! Wahnsinn! Horror! Ich bin so erschrocken, dass mir fast das Herz stehengeblieben ist. Ich wollte mich auf den Terroristen im Overall stürzen, aber er hat mir die Tür vor der Nase zugeschlagen.

<u>Aussage des Kapitäns J. Grushenko des Linienflugs SBI 1727 nach Moskau:</u>
Als ich wieder zu Bewusstsein kam, sah ich das Gesicht eines unscheinbaren Mannes vor mir. Er trug einen Overall der Flugzeugwartungsfirma Y. A. S. »Mein Name ist Kommissar Jennerwein«, sagte er. »Es ist niemand mehr da, der die Maschine steuert. Ich will es versuchen. Und Sie müssen mir dabei helfen.«

Ich erschrak wahnsinnig und wollte mich aufrichten, aber das war nicht möglich. Mein Blick fiel auf eine reglose Frau in einer Blutlache, neben ihr lag eine Bratpfanne. Und eine Sonnenbrille.

»Können Sie mir sagen, wie ich den Steigflug stoppen kann?«, sagte der Kommissar. »Die Steuerung reagiert nicht.«

Ich nahm meine letzten Kräfte zusammen. Jedes einzelne Wort bereitete mir größte Schmerzen. Ich öffnete den Mund und wusste nicht, ob überhaupt eine Silbe herauskam.

»Auf der mittleren Konsole der zweite Schalter von rechts. Darüber muss ein Schild ›Autopilot‹ stehen. Das Steuerhorn ganz nach unten drücken, dann den Autopilot selbst in die Position 2 drehen.«

Ich erklärte ihm weiter, wie man wieder zu einer normalen Flughöhe zurückfindet. Er ließ sich den Vorgang nochmals wiederholen. Wenn er nicht solch eine riesengroße Ruhe ausgestrahlt hätte, hätte ich nicht die Kraft gehabt weiterzusprechen. Aber dann versagte mir doch endgültig die Stimme.

Aussage des Passagiers E. McCourt:
Dann gab es ein Geräusch, wie ich es noch nie im Leben gehört habe. Ein Jaulen. Ein gigantisches Kratzen, vermischt mit den Schreien der Passagiere. Die Apokalypse. Ich schrie mit. Das Flugzeug stieg nicht nur, sondern legte sich auch noch quer. Dann sah ich, wie Blut aus dem Cockpit durch den Korridor rann. Es wurde furchtbar kalt. Ein eisiger Wind pfiff. Wir mussten abgestürzt sein. Über Sibirien. Wolfsgeheul ertönte. Ich verlor das Bewusstsein …

Jennerwein war am ganzen Körper schweißnass. Er hatte das Steuerhorn mit beiden Händen gepackt. Langsam, furchtbar langsam senkte sich die Nase der Maschine und tauchte in die Wolken ein, die sich sofort teilten und rechts und links vorbeirasten. Er warf einen Blick auf die Armaturenanzeige: Noch zwei Stunden bis Moskau. Als er wieder aufschaute, sah er den russischen Abfangjäger. Der Pilot machte ihm Handzeichen. Er trug einen Schnäuzer.

»Schau mal rauf«, sagte das Mütterchjen zu ihrem Nachbarn und deutete auf das winzig kleine Flugzeug, das einen breiten Kondensstreifen hinterließ. »Vielleicht ist da Juri drin!«

Nein, Mütterchjen, da ist Kommissar Chjennerwein drin, der drauf und dran ist, den Mörder deines Enkels der Gerechtigkeit zuzuführen.

Jennerwein starrte auf die Treibstoffanzeige: Reserve.

schmackofatz.de
Ihr Bewertungsportal – Restaurants weltweit vergleichen

HUBSCHMIDT's

Bewertung:
✦ ✦ ✦ ✦ ✦ ✧ (= bis auf die eine Sache ganz gut)

Carlo schrieb:
Essen und Trinken Spitze, Inneneinrichtung und Ausblick sehr schön. Aber die Musik, die der Barpianist gespielt hat! Ein übles Hintergrundgedudel, eine Qual für uns alle am Tisch. Ich muss vielleicht dazusagen, dass wir Berufsmusiker sind, wir haben eine CD-Einspielung von unserem Streichquartett feiern wollen – und dann solch eine Tortur. Ich gehe hin zu dem Pianisten und frage ihn, warum er denn den billigen Schrott spielt. Ob er nichts anderes draufhat? Er schaut mich an, ich schaue ihn an – ich denke, mich tritt ein Pferd! Es war der Heubichler Xaver, der mit mir an der Hochschule Musik studiert hat! Der Heubichler war damals ein begnadeter Pianist mit Aussicht auf eine glänzende Karriere. Die Konzerthallen der Welt standen ihm offen ... und dann so was. Ja, sagt er, er muss ja auch Kohle verdienen, und er wäre hier mit dem Auftrag engagiert worden, ausschließlich Lieder zu spielen, in denen Pilze vorkommen, passend zur derzeitigen Schwammerlwoche. Er wäre extra in die Musikbibliothek gegangen, weil er keine Pilzlieder kannte. Aber richtig gute Komponisten und Songwriter haben nichts über Pilze geschrieben. Nur dritt- und viertklassige, und das alles müsse er jetzt spielen. ›The Dance Of The Iron Mushrooms‹ von Heinzdieter Boesewickel und so Zeug. Kaum habe ich mich wieder zu meinen Kollegen gesetzt, erschien ein Mann an unserem Tisch, der sich als Maître Lüders, Chefkoch, vorstellte. Und dann ergoss sich ein Redeschwall über uns alle, meine Herren! Der hat uns so zugelabert, dass man die Musik

gar nicht mehr gehört hat. Hallo zusammen, hat alles geschmeckt, war alles recht, hat alles gepasst? KannichIhnenvielleichtnoch eineNachspeiseempfehlen?Wirhättenda ... Ja, ja, ja, habe ich dazwischengegeigt. Es passt alles, nur die Musik ist daneben. Können Sie dem Mann am Klavier nicht erlauben, was anderes zu spielen? Etwas Jazz vielleicht? Oder Klassik? Klarlogorichtigokokgut, Jazz, Klassik, ja, alles, auch JazzauchKlassikPopSchlagerFilmmusikCountryandWestern, durchaus, aberwissenSie, dieMusikmussbeiunszum Gesamtkonzept passen, wirhabenunsere CorporateIdentity extravoneinemPsychologen zusammenstellenlassen-GesamtkonzeptEssenMusikInterieurallesmusszusammenpassenGe5hs/jjd7fgeusg8 %§ dhhsb37&/&%jksdfnLLsjd ...

Als wir alle draußen waren und noch einmal zurückgeschaut haben, hat er immer noch gequasselt.

49

♫ TUMM, tum du tumm – tum du tumm du tum du tumm …

Niemand spielte den Trauermarsch des alten Frédéric Chopin so raumgreifend massig wie der Heubichler Xaver, keiner interpretierte die Akkorde so eindringlich und endgültig – und doch mit einer gewissen frechen und hoffnungsvollen, quasi todesverachtenden Leichtigkeit. Dieses Stück, das schon millionenfach das Knirschen des Friedhofskieses begleitet hatte, erklang nun als hintergründige Muzak zum Leichenschmaus, den Ursel Grasegger organisiert hatte. Der Heubichler saß am Flügel, der in den großen Speisesaal geschoben worden war, und er spielte so gut wie noch nie. Aber die Musik musste ja diesmal auch nicht zu den Pilzen passen, es gab bei der Trauerfeier, mit Rücksicht auf die letzte Mahlzeit des verblichenen Chefs Rico Hubschmidt, keine einzige Speise mit dieser Zutat. Einige Mitarbeiter des Restaurants hatten sich bereit erklärt, zu kochen und zu kellnern, es gab hauptsächlich Häppchen und allerlei liebevoll zu Hause vorbereitete kleine Gerichte. Ohne sich abgesprochen zu haben, hatte niemand etwas in der Hubschmidt'schen Restaurantküche gekocht, die Erinnerungen an die furchtbaren Geschehnisse waren noch zu präsent. Und so hatte sich der große Speisesaal in einen gastronomischen Fleckerlteppich verwandelt. Eben trat Bubi Rohde, der Saucengott, zur Tür herein, er klopfte

seinen schwarzen nassen Schirm aus, denn es regnete draußen in Strömen, wie es sich für eine richtige Beerdigungsfeier auch gehörte. Er hatte sechs Einweckgläser mitgebracht, in denen wohl die eine oder andere dickflüssige Schlabberköstlichkeit schwappte. Die lustigen Sprüche an der Wand waren abgedeckt mit mattschwarzem Flor. Aber die meisten kannten die Zitate sowieso auswendig, zum Beispiel den hinten über der Sitzecke:

»Kraut und Rüben
haben mich vertrieben,
hätt dein Mutter Fleisch gekocht,
wäre ich geblieben.«
Volksmund / Johann Sebastian Bach

Immer mehr Trauergäste trafen ein. Die Belegschaft des Restaurants mischte sich mit den Mitgliedern der Treize Plats und den Beamten des Teams Jennerwein. Fast alle, die mit dem Fall zu tun gehabt hatten, waren anwesend. Einige lagen freilich auf dem Viersternefriedhof des Kurorts in ihren Särgen, nasse Erde bedeckte sie, hier drinnen wurde schon das eine oder andere Glas auf sie erhoben. Jetzt klopfte Schwingshandl, der übergewichtige Direktor, seinen Regenschirm aus und grüßte traurig lächelnd in die Runde. Dann erblickte er jemanden, den er hier überhaupt nicht erwartet hätte.

»Oh, Herr Schlatt!«, begrüßte er den Pilzmaler. »Es freut mich, dass Sie ebenfalls gekommen sind. Wie geht es Ihnen?«

Siegfried Schlatt nickte wortlos. Es ging ihm gut. Er war inzwischen wieder einigermaßen genesen. Die Überdosis an Pilzgiften hatte er wesentlich besser vertragen als seine Frau, die ebenfalls mitgekommen war. Sie wirkte noch recht blass und schien angeschlagen, hatte sie doch das erste Mal in ihrem

Leben einen solchen Psilocybin-Flash durchlebt, der tief aus dem Inneren der prallgefüllten Lamellen des *Spitzkegeligen Kahlkopfs* kam. Ohne die radikale und gezielte Entgiftung in der Klinik wäre sie kaum wieder so schnell auf die Beine gekommen. Ansonsten ähnelte Frau Schlatt ihrem Mann in Bezug auf Stämmigkeit und windschiefes Erscheinungsbild sehr. Einige deuteten zu den beiden, flüsterten und lachten verstohlen.

»Sie waren schon lange nicht mehr bei uns im Haus, Herr Schlatt«, sagte Schwingshandl. »Ich kann mich erinnern, dass Sie früher jede Woche gekommen sind, um uns zu beliefern und vor allem zu beraten.«

»Ich habe mir Ihr todschickes Restaurant mehr von außen angeschaut«, sagte Schlatt, und ein erinnerungsvoller Schatten erschien auf seinem Gesicht. Seine Frau blickte ihn skeptisch an.

»Soll ich dir etwas zum Essen holen?«, fragte sie. »Hier gibt es sicher leckere Häppchen.«

»Nein, danke, iss du nur. Mir sind die Häppchen hier zu dekadent«, erwiderte Schlatt.

Er sah auf. Gerade kam Jakob Richter herein, Oberkellner bei Hubschmidt's, bekannter unter dem Namen Jacques, hässlich wie der letzte Wagen der Geisterbahn. Schauderjacques trug eine riesige, hölzerne Pfeffermühle unter dem Arm. Er kam geradewegs auf Schwingshandl und Schlatt zu und begrüßte beide herzlich.

»Die habe ich selbst gemacht«, sagte er stolz. »Ich habe extra drechseln gelernt dafür.«

»Geben Sie immer noch Ihre – wie soll ich sagen – Muntermacher rein?«, fragte Schlatt.

Jacques schüttelte milde lächelnd den Kopf. Auch wenn er sich ganz privat und locker gab, blieb doch eine kleine Anmutung von serviler Beflissenheit, man hatte bei ihm immer das Gefühl, dass er gleich fragen würde, ob es den Herrschaften gemundet habe …

»Das mit den Muntermachern war mal«, sagte Jacques. »Das haben wir bei Hubschmidt's schon lange nicht mehr nötig.«

Er wollte sich abwenden, aber Schlatt hielt ihn auf.

»Haben Sie einen Moment für mich Zeit?«

»Was gibts?«

»Ich will Sie zeichnen. Sie mit Ihrer Mühle. Es dauert auch nicht lange. Tun Sie mal so, als wollen Sie einem Gast die Nudeln nachpfeffern.«

Jacques nahm die Wolle-Pepe?-Pose ein und streute dabei imaginäres Gewürz auf einen imaginären Teller.

»Etwas in den Pfeffer reinzumischen ist auch gar nicht mehr nötig«, fuhr er, jetzt als Standbild, fort. »Der Laden läuft, und das Gerücht allein macht schon high. Stellen Sie sich vor: Ich hatte inzwischen sogar mehrere Polizeikontrollen deswegen, Gäste haben mich angeschwärzt. Doch auch diese – übrigens ergebnislosen – Kontrollen haben das Gerücht nur noch mehr befeuert.«

Nach fünf Minuten war Schlatt fertig. Das Bild, das er gemalt hatte, war eine Mischung aus Jacques und dem *Klebrigen Schleimfußsaftling*.

»So etwas will ich auch«, sagte Pascal Bretten, der Augenoptiker, der mit seiner Gattin gerade am Tisch vorbeiflanierte. »Malen Sie uns zusammen?«

Schlatt war wieder im Geschäft.

Langsam füllte sich der Saal. Die Hobbyköche der Treize Plats, die gerade drei ihrer Mitglieder zu Grabe getragen hatten und zwei andere auf längere Zeit hinter Gittern wussten, setzten sich an einen etwas abgelegenen Tisch. Hölleisen sah sie das erste Mal zusammen. Er ging zu ihnen und begrüßte jeden Einzelnen. Selbst Günter Hodann sah kurz von seinem Smartphone auf.

»Servus Hölli«, sagte Josef Büchner. »Setz dich her zu uns. Du bist ja jetzt wahrscheinlich außer Dienst.«

»Unsereins ist nie außer Dienst«, erwiderte Hölleisen listig.

Pascal Bretten musterte den Polizeiobermeister.

»Ich sehe, dass Sie ein Hörgerät tragen und es dezent als einseitigen Bluetooth-Kopfhörer tarnen. Wenn Sie mal eine Brille brauchen, dann empfehle ich Ihnen ein Gestell mit integriertem Hörsystem. Schauen Sie mal bei mir im Laden vorbei. Jetzt, wo ich aus dem Kreis der Hauptverdächtigen endgültig ausgeschieden bin.«

Hansjochen Becker saß inmitten seines Spurensichererteams. Ohne ihre madenweißen Schutzanzüge wirkten sie nackt und verletzlich. Man konnte es kaum glauben, dass Becker ohne seinen Datenhelm überhaupt etwas sehen, hören und vor allem schmecken konnte.

»Ich kann nur den Kopf über mich selbst schütteln«, sagte Becker. »Ich habe mich einfach auf die Aussagen von Pascal Bretten und Chichi Reininghaus verlassen, dass der erstochene Tote Werner Reininghaus war. Ich habe das nicht weiter hinterfragt. Wenn ich diese offensichtliche Schwachstelle nicht übersehen hätte, wäre der Chef nicht in eine solch verzweifelte Lage geraten, aus der ihn niemand mehr retten konnte.«

Nicole legte ihm beruhigend die Hand auf die Schulter.

»Ich glaube, das war ein Fall, bei dem sich so ziemlich jeder von uns einen Fehler geleistet hat.«

Die stellvertretende Gerichtsmedizinerin seufzte auf und

machte ein schuldbewusstes Gesicht. Nicole biss in eine der Leberkäsesemmeln, die Jacques so serviert hatte, als wären es die exquisitesten Grüße aus der Küche.

»Haben Sie die wieder von der Metzgerei mitgebracht, Hölleisen?«, stichelte Stengele, über zwei Tische hinwegrufend.

»Diesmal nicht«, rief der zurück und verdrehte komisch-schuldbewusst die Augen.

»Und dann dieser Italiener!«, fuhr Nicole fort. »Sie wissen schon: klein und drahtig, lockige Haare, cremiger Teint, stechende Augen.« Sie blies wütend Luft aus. »Zweimal ist mir der ausgekommen! Das ist mir auch noch nie passiert. Und alle Fahndungsaufrufe sind ins Leere gelaufen. Den Italiener können wir wahrscheinlich vergessen.«

Hier traf Nicole Schwattke den Punkt. Der Minaccioso trasformato war spurlos verschwunden, nachdem er die Goldene Gans und den Kurort verlassen hatte. Er hatte sich quasi in Luft aufgelöst. Und er würde die Zockerwirtschaft vermutlich nie wieder besuchen. Doch auch Rochus Schneiderquirl, der Wirt der Goldenen Gans, hatte beschlossen, dem Kurort den Rücken zu kehren. Er hatte vor einer Woche den berühmten ›entscheidenden Hinweis zur Ergreifung des Täters‹ geben können. Schneiderquirl hatte inzwischen die erhebliche Belohnung in Empfang genommen und danach der Bedienung mit den Froschgoscherlrüschen die Wirtschaft überschrieben. Das historische, vierhundert Jahre alte Gemäuer kam nun in ihre Hand.

»Ich setz mich zur Ruhe«, hatte der Wirt gesagt. »Weißt du, das Glücksspiel ist nicht mehr das, was es mal war. Alles läuft auf Onlinepoker und so Schmarrn hinaus, das Bargeld wollen sie auch abschaffen. Du musst ja heutzutage nach Moskau oder weiß Gott wohin fliegen, wenn du noch mit richtigen Karten um echte abgewetzte Scheine spielen willst.«

Eine Woche später suchte die Bedienung den Schneiderquirl zu Hause auf, um sich von ihm zu verabschieden.

»Wirt, ich möchte die Goldene Gans auch nicht weiterführen.«

»Was?«, rief der Wirt überrascht. »Warum hast du sie dann unbedingt haben wollen?«

»Ich mache ein Tattoostudio draus«, sagte die Bedienung. »Beste Lage, viele Touristen und einmal im Jahr ein Bikertreffen mit fünfunddreißigtausend Harleys, Enduros und Moto Guzzis.«

»Ja, so was!« Der Wirt kratzte seinen kahlen Schädel. »Hast du denn überhaupt eine Ahnung davon?«

Wortlos krempelte sie einen ihrer bestickten Ärmel ein paar Zentimeter hoch. Es erschienen Nixen, Seemänner, Schlangen und Zwerge und nach ein paar weiteren Zentimetern auch Riesen, Hobbits, Raumschiffe, Sprüche, Sterne, Sonnen, Monde, Figuren, Türen, Gesichter, Gebäude, Runen, Zahlen, Maschinen …

»Hör auf!«, rief der Wirt. »Ich glaub dirs ja! Aber was willst du mit dem Dicken von der Mafia machen? Der mit seinen zwei unbeweglichen Grimmgesichtern? Wenn die wieder zurückkommen, dann hat sichs austätowiert.«

»Wenn ich ein paar von meinen Bikern vorfahren lasse, dann sieht das schon anders aus.«

»Wenn du meinst. Ich jedenfalls bin dann schon längst in Toreggio.«

»Willst du dir noch was von mir stechen lassen, Wirt? Bevor du dich zur Ruhe setzt? Für dich wäre es auch gratis.«

Und so kam es, dass die Bedienung dem Schneiderquirl Rochus sein altes Tattoo, das er sich 1963 auf der Münchner

Wiesn hatte stechen lassen (ein zittriger Schriftzug ›Gitti‹ mit einem Herzerl, beides längst perdu), sorgfältig überdeckte durch einen *Rötenden Saftwirrling* aus dem Pilzbuch des Pilzmalers Siegfried Schlatt, der auch die letzte Erinnerung an Gitti überdeckte.

»Komm, gehen wir rauf zu Hubschmidt's«, sagte der Wirt, nachdem sie mit dem Tattoo fertig war. »Wir sind vom Hölli zum Leichenschmaus eingeladen.«

»Ich glaube, dass dieser Job nichts für mich ist«, sagte die Stellvertretende gerade zu Verena Vitzthum, der ersten Gerichtsmedizinerin. »Ich will mit der Ermittlungsarbeit aufhören und in die Forschung gehen.«

»Jetzt, wo Sie sich so gut eingearbeitet haben!«, sagte Verena überrascht und auch ein wenig enttäuscht. »Haben Sie doch noch ein wenig Geduld mit dem Team. Nach ein oder zwei Fällen können Sie sich gar nichts anderes mehr vorstellen.«

Ludwig Stengele wandte sich an Verena.

»Wie ist denn Ihre Operation gelaufen?«

»Wie es halt bei einer Muttermalentfernung so läuft«, antwortete sie trocken. Mit einem verdächtig heroischen Unterton fügte sie hinzu: »Eine Lappalie. Nicht der Rede wert.«

Und plötzlich brach der Heubichler Xaver seinen Trauermarsch ab und begann mit dem Triumphmarsch aus Verdis ›Aida‹. Alle unterbrachen ihre erinnerungsvollen Gespräche und drehten sich zum Eingang, worauf spontaner Beifall erschallte. Als sich einige Gäste klatschend erhoben, taten es ihnen auch die anderen nach, schließlich gab es stehenden Applaus für den Helden.

♫ TAAA!!! – ta ta ta TAAA, ta ta ra …

Verdi ließ alle strammstehen. Der Mann, der hereinkam, wirkte ein bisschen verbeult, er versuchte sein Hinken zu verbergen. Als er durch die Tischreihen zu seinen Kollegen schritt, wurde er von allen Seiten beglückwünscht und bejubelt. So viel Aufmerksamkeit war ihm sichtlich peinlich. Der Applaus wollte nicht abschwellen, erst als Jennerwein mit einer Handbewegung um Mäßigung bat, verebbte er.

»Wie geht es Ihnen, Chef?«, fragte Nicole, als der Kommissar sich gesetzt hatte.

»Den Umständen entsprechend gut«, sagte Jennerwein. »Das Schlimmste waren die Befragungen durch die russische Geheimpolizei.«

Jennerwein wollte weitererzählen, dann aber geschah das Unvermeidliche, denn Maître Lüders stand auf, erhob sein Glas, klopfte mit einem Messer dagegen, um auf sich aufmerksam zu machen, und begann mit einer Lobesrede auf Kommissar Jennerwein, die sich gewaschen hatte. Sie schien schier kein Ende zu nehmen, unglaublicheLeistungphantasg67ghzsuper%ZaZy87hINunserenReihenwe§jkbhaundvorallem675 %9cb!, die meisten Trauergäste schweiften mit den Gedanken ab und gedachten der Verstorbenen. Schließlich stand Jennerwein mitten im Redeschwall auf und bedankte sich für die netten Worte. Das wirkte. Lüders schien auch kein bisschen beleidigt.

»Nein, so will ich wirklich nicht auf den Sockel gehoben werden«, sagte Jennerwein, und er musste stimmlich Gas geben, denn es waren schon fast hundert Menschen im Saal. »Das hätte jeder aus meinem Team genauso gemacht.«

»Und einen Rauschgiftschmugglerring haben Sie nebenbei auch noch ausgehoben«, rief Bubi Rohde. »Ein Sarg, vollständig gefüllt mit kleinen, durchsichtig schimmernden Päckchen. Heute stand es in der Zeitung.«

Wieder viele Bravorufe, auf- und abschwellender Applaus, Giuseppe Verdi, Gläserklirren.

»Ich habe ja selbst einen Flugschein«, sagte Verena Vitzthum, die erste Gerichtsmedizinerin, zu Jennerwein. »Aber ich weiß nicht, ob ich mich ans Steuer einer solchen Maschine getraut hätte.«

Jennerwein winkte ab.

»Ich bin ja nur einige wenige Kilometer geflogen. Meine größte Angst war nicht das Fliegen selbst, sondern dass es zur Landung kommt. Oder dass uns vorher der Treibstoff ausgeht. Da hätte mir der verletzte Kapitän auch nicht mehr helfen können. Obwohl ihn der Tierarzt so weit gut versorgt hat.«

»Ich ziehe wirklich den Hut vor Ihnen, Chef«, sagte Nicole. »Aber abgesehen davon muss es toll sein, ein Flugzeug zu lenken. Unter anderen Umständen natürlich.«

»Na ja, für Maria Schmalfuß mit ihrer Höhenangst wäre das auch unter normalen Umständen nichts. Ich habe sie übrigens gerade besucht. Darum war ich etwas zu spät.«

»Wie geht es ihr inzwischen?«

»Sie wird noch eine Weile im Bett bleiben müssen.«

Eine halbe Stunde vorher war Jennerwein noch bei Maria im Krankenhaus gewesen. Ihr Gesundheitszustand war stabil, sie war ansprechbar, doch die wachen Augenblicke wurden immer wieder durchbrochen von kurzen Einschlafphasen.

»Schön, Hubertus, dass Sie mich besuchen«, sagte sie schwach lächelnd. »Setzen Sie sich. Wie geht es Ihnen und den anderen?«

Bevor er antworten konnte, fielen ihr die Augen zu. Nach

ein paar Sekunden schreckte sie wieder auf. Sie streckte ihre Hand in Richtung Jennerwein aus und fuchtelte aufgeregt damit herum.

»Der Koreaner Cheong ist es! Ich habe es von Anfang an schon geahnt. Er ist der Mörder. Ich kann Ihnen die vollständige Indizienkette vorlegen, die seine Schuld beweist!«

Dann waren Maria wieder die Augen zugefallen. Es sah so aus, als ob sie noch längere Zeit im Krankenhaus bleiben musste, um zur alten Form zurückzukehren. Seufzend verabschiedete er sich von ihr.

Maria Schmalfuß tauchte wieder in das Wien der 1920er Jahre ein. Erwartungsvoll betrat sie das Zimmer Sigmund Freuds, das in Sepia und Schwarzweiß getaucht war. Draußen drehte sich das Riesenrad des Praters, irgendwoher ertönte Schrammelmusik.

»Entschuldigen Sie, ich habe nur noch einen Freund über den aktuellen Ermittlungsstand informiert«, sagte sie.

Sigmund Freud nickte väterlich.

»Ich darf Ihnen meine Kollegen vorstellen.« Er wies auf zwei Männer im Gehrock. »Doktor Jung und Doktor Adler.«

»Sie kennen sich?«, fragte Maria überrascht. Sie trug einen blauen Matrosenanzug mit Quastenmützchen.

»Ja, wir kennen uns schon lange. Aber behalten Sie das für sich. Das ist besser, da wir gerade drei rivalisierende Therapieschulen aufbauen. Nichtsdestotrotz kommen die Herren wie ich zu der Diagnose, dass der Mörder die typische Physiognomie des Verbrechers aufweist.«

Er wies auf den Koreaner Cheong, der auf der Couch saß und ziemlich mörderisch dreinsah.

In Hubschmidt's Restaurant öffnete sich die Tür des großen Speisesaals, Herr Cheong trat ein. Er war klatschnass geworden, da er keine Hand für einen Schirm freihatte. Er trug ein Einweckglas, das so groß war, dass man es von der ISS aus mit bloßem Auge erkennen konnte.

»Kimchi«, sagte Büchner zu Hodann. »Da ist sicher Kimchi drin.«

»Man riecht es auch«, antwortete Hodann und wandte sich wieder seinem Smartphone zu.

Inzwischen stand Bubi Rohde, der Saucengott, Modell für Siegfried Schlatt. Er hatte einen leeren Topf aus der Küche geholt, über den beugte sich Bubi mit einem Silberlöffel, so, als ob er kosten würde. Auf der Skizze von Schlatt hatte Bubi große Ähnlichkeit mit dem *Wachsgelben Haarbecherchen*.

Am Polizistentisch las Hölleisen aus der Zeitung vor:

> »Zwei tollkühne Teufelskerle der russischen Luftwaffe seilten sich auf die Passagiermaschine des Linienflugs SBI 1727 ab, kletterten durch die Notklappe ins Innere und brachten das mit fast vierhundert Passagieren besetzte Flugzeug sicher zur Landung auf dem Moskauer Flughafen. Gute Vorarbeit hatte der deutsche Kriminalhauptkommissar Hubertus Jennerwein geleistet, der die Entführer überwältigt hatte –«

Hölleisen ließ die Zeitung sinken.

»War das wirklich so, Chef? Richtig Air-Force-One-mäßig? Das ist ja unglaublich!«

Jennerwein machte eine dezente Bewegung, das Gespräch darüber zu beenden. Niemand am Tisch wusste, ob dem Chef nur das viele Lob langsam zu viel wurde oder ob es die polizeiliche Geheimhaltungspflicht gebot zu schweigen. Jennerwein bemerkte die Verunsicherung.

»Ich erzähle später weiter.« Er deutete mit einer Kopfbewegung nach draußen. »Bei der Rauchpause. In Wahrheit ist es eine abenteuerliche Geschichte, die mir sonst niemand glauben würde.«

Becker schüttelte den Kopf.

»Wie? Es gibt eine noch abenteuerlichere Version als die, dass sich ein Pilot von einem anderen Flugzeug aus abgeseilt hat?«

»Ja«, sagte Jennerwein maliziös lächelnd.

Auch Mütterchjen, die damals mit ihrem Nachbarn hinaufschaute zum Himmel, hatte sofort gewusst, dass die dramatische Abseilgeschichte der russischen Lufthelden, die später in der Zeitung gestanden hatte, nicht der Wahrheit entsprechen konnte. Die Abfangjäger waren nach ein paar Sekunden Begleitschutz abgedreht und nicht wieder aufgetaucht.

»Ach, vergiss doch, Mütterchjen, was in der Zeitung steht«, sagte der Nachbar. »Das meiste davon ist erfunden.«

Ursel Grasegger, die die vier Beerdigungen organisiert hatte, stand im Restaurant bei Erika Lorek, die sich gerade herzlich bei ihr bedankte. Dann mischte sich Ursel unter die Menge.

»Von Ihnen möchte ich auch beerdigt werden«, sagte die Stellvertretende.

»Und was wird jetzt aus dem Restaurant?«, fragte Ursel, als sie sich mit Direktor Schwingshandl unterhielt. »Wer führt es weiter? Vielleicht Lüders? Oder sogar Sie selbst?«

Über Schwingshandls Miene huschte ein kummervoller Schatten.

»Genau darüber habe ich mich mit Lüders in der vergangenen Woche schon mehrmals unterhalten. Vermutlich kann es keiner von uns beiden stemmen. Es wären größere Investitionen in das Gebäude nötig, und die übersteigen unsere Möglichkeiten. Hubschmidt selbst hätte die Mittel gehabt, aber die sind ja leider voll und ganz vom Ehepaar Reininghaus verspielt worden.« Ursel hörte Schwingshandl nachdenklich zu. »Günter Hodann hat auch schon Interesse bekundet. Aber der würde natürlich ein nichtöffentliches Spitzensportlerrefugium daraus machen. Er hat mich deswegen schon angerufen.« Ursels Nachdenklichkeit steigerte sich sichtlich. »Wie wäre es mit Ihnen, Ursel? Ich schreibe Ihnen mal die Summe, um die es geht, auf einen Zettel.«

Die Summe auf dem Zettel war enorm, doch Ursel entlockte sie nur ein müdes Lächeln. Sie dachte an ihre üppigen Goldreserven, die sie in den Bergen versteckt hatte. Kokett blies sie ein widerspenstiges Schläfenlöckchen aus dem Gesicht.

»Also, an der Summe liegts nicht –«, begann sie zaghaft.

»Sie wären genau die Richtige!«, unterbrach Schwingshandl voller Begeisterung. »Sie sind den leiblichen Genüssen zugeneigt. Sie sind eine hervorragende Köchin, wie man allerorten hört. Sie sind Geschäftsfrau. Ihr Name zieht. Stellen Sie sich einmal Folgendes vor –«

Schwingshandl malte mit dem Zeigefinger Buchstaben in die Luft:

GRASEGGER's

Ochsenbackerl, Hoba, panierte Wammerl und mehr

10 Gehminuten

Täglich geöffnet

»Was halten Sie davon?«, fuhr Schwingshandl fort.

»Safran müsste auch noch genannt werden«, warf Ursel unvermittelt ein.

»Ja, meinetwegen auch Safran«, sagte Schwingshandl.

Ursel dachte nach. Eine eigene Wirtschaft aufzumachen, das war schon lange ihr Traum. Sie konnte sich vorstellen, die alte Irrenanstalt, wie es früher hieß, zu übernehmen. Aber nicht alleine. Sie bräuchte dazu einen Partner, der dafür bekannt war, in jede Speise ein Quantum Safran zu geben. Eventuell sollte sie doch mal deswegen anrufen. Aber nicht mehr heute. Morgen vielleicht.

50

Die Stimmung im Saal lockerte sich langsam und wandte sich zum Versöhnlichen. Diskussionen flammten auf, man tauschte Erinnerungen über die Verstorbenen aus. Nur Günter Hodann konnte seinen Blick nicht von seinem Smartphone lösen.

»Warum sind Sie eigentlich zu einem Kochclub gegangen?«, fragte ihn der namibische Boxer N'Djoké Meiaugo-Mboa', der inzwischen neben ihm saß.

»Weil ich das in einem Lifestyle-Magazin gelesen habe«, antwortete Hodann zerstreut. »Dort stand, dass Kochen derzeit angesagt ist. Ich habe meinen Yogakurs gekündigt und mich stattdessen bei den Treize Plats vorgestellt. So ein Kochclub ist jetzt natürlich auch nicht mehr hip. Schlimme Sache, das.« Sein Gesichtsausdruck verwandelte sich. Er schaute plötzlich recht betreten drein. »Ich meine, das mit den Morden.«

»Gibt es noch eine Nachspeise?«, fragte der Hofladenmetzger Josef Büchner.

»Aber selbstverständlich!«, entgegnete Jacques. »Haben Sie schon unsere Mango-Tarte probiert? Ein wahrer Traum! Die wird Ihnen schmecken, ich bringe Ihnen gerne ein Stück.«

Jacques eilte geschäftig zur Vitrine. Als er jedoch die Glasschiebetür geöffnet hatte, musste er zu seinem großen

Erstaunen feststellen, dass mit Ausnahme der nach vorne zeigenden Randstücke alles abgefressen war.

»Schon wieder die Mäuse«, seufzte Jacques.

Am Polizistentisch war es einfach nicht möglich, den Ermittlungsmodus vollständig zu verlassen.

»Wie geht es jetzt weiter mit dem Ehepaar Reininghaus?«, fragte Becker. »Wissen wir da schon was?«

Stengele saß vor dem Kimchi, das Herr Cheong mitgebracht hatte.

»Sehr gut!«, schwärmte er. »Ich würde es allerdings mit Allgäuer Käspätzle servieren. Ein traumhafter Kulturclash! Aber zu Ihrer Frage. Ich habe mir gerade die Vernehmungsprotokolle durchgelesen. Meine Herren! Sie beschuldigen sich gegenseitig, weil sie denken, dass sie dann davonkommen und keiner zum Mörder verurteilt werden kann.«

Nicole schüttelte den Kopf.

»Das ist ein alter Trick, der aber selten zum Erfolg führt.«

»Gut, dass wir so unendlich viele Spuren gesammelt haben«, raunzte Becker. »Wir werden das Duo mit unseren Beweisen umzingeln. Die werden uns nicht auskommen.«

Die Stellvertretende saß schweigend dabei. Sie war ganz froh, dass es unendlich viel Beweise für die Schuld der beiden gab. Ihre Thrombose-Vermutung allein hätte nicht ausgereicht. Sie wäre in sich zusammengefallen wie die Bären-Theorie von Hölleisen.

Gerade als Xaver Heubichler eine besonders gefühlvolle Version der Mondscheinsonate von Beethoven erklingen ließ (♫ daa dudu, daa dudu, daa dudu …), kam Erich Feser zu ihm an den Flügel.

»Können Sie auch As Time goes by spielen?«, fragte er kalt

und mit jazzigem Unterton mitten in den wohligen Beethoven hinein.

»Nein.«

»Haben Sie das nicht drauf?«

»Wie gesagt: Damit kann ich nicht dienen.«

»Aber Sie sind doch Barpianist!«

»Ja, und? Jeder meint, ein Barpianist spielt immer As Time goes by.«

»Wahrscheinlich wegen dem Film.«

»Ja, wegen dem. Ein Barpianist spielt es aber eigentlich nie, es nervt ihn total, und wenn sich ein Gast das wünscht, dann schleicht er ihm nach, wenn er nach Hause geht, und bringt ihn um.«

Feser legte ihm trotzdem einen Fünfer auf den Flügel.

Draußen hatte es aufgehört zu regnen. Das Team Jennerwein hatte sich auf der Terrasse zur rauchlosen Rauchpause versammelt. Niemand von ihnen rauchte, aber der Begriff hatte sich eingebürgert. Nach einigen Augenblicken des nachdenklichen Schweigens (LEERES BLATT, ungerahmt, undatiert, Museum für zeitgenössische Kunst) sagte Becker:

»Ich habe mirs die ganze Zeit schon gedacht, Chef. Das ist technisch eigentlich unmöglich, sich von einem Kampfjet auf ein Passierflugzeug herunterzulassen. Man kann ein Flugzeug höchstens in der Luft betanken, das ja, aber was da in der Zeitung steht: ›Großer Vaterländischer Orden für die waghalsige Aktion der Teufelskerle‹, das ist der reinste Quatsch. Also, wie hat es sich wirklich abgespielt? Verraten Sie uns das, Chef?«

Jennerwein sah sich auf der Terrasse um, ob auch niemand sonst zuhörte.

»Was ich jetzt sage, ist absolut vertraulich. Dringt etwas

davon nach außen, kann uns das alle unseren Beamtenstatus kosten.«

Jennerwein sah jeden Einzelnen an, auch die Stellvertretende, die eingeladen worden war, an der rauchlosen Rauchpause teilzunehmen. Eine ausgesprochene Ehre. Die Aufnahme in die Tafelrunde. Aus dem großen Speisesaal hörte man aufgeregten Gesprächslärm, vereinzelt sogar Gelächter. Und Xaver Heubichler mit der Mondscheinsonate.

»Kann der nicht mal As Time goes by spielen?«, fragte Stengele.

Niemand antwortete. Alle schauten gebannt auf Jennerwein.

»Nachdem ich Reininghaus aus dem Pilotensitz gerissen und zu Boden gebracht hatte, bin ich auf den Sitz geklettert und habe versucht, das Steuerhorn zu bedienen. Es hat nicht funktioniert. Ich habe geschrien und geflucht, aber es hat einfach nicht reagiert. Daraufhin hat mir der verletzte Flugkapitän, Herr Grushenko, einige Anweisungen zugerufen, mit denen ich die Maschine wieder auf normale Flughöhe bringen konnte. Völlig außer Atem habe ich ihn gefragt, wie es jetzt weitergehen soll. Kümmern Sie sich um die Angreifer, sagte der Kapitän mit versiegender Stimme. Das Flugzeug ist ab jetzt im Autopilot-Modus. Und die Landung?, fragte ich. Lassen Sie alles so, wie es ist, sagte Herr Grushenko mit letzter Kraft. Und so kam es dann auch.«

Alle Mitglieder des Teams Jennerwein schüttelten verwundert den Kopf.

»Eine vollautomatische Landung?«, fragte Hölleisen.

»Ja«, antwortete Jennerwein. »Ich habe es mir später am Boden erklären lassen. Nicht nur dieses Flugzeug, sondern die meisten russischen Maschinen haben ein kompliziertes und aufwendiges Fly-by-Wire-System eingebaut. Auch die chinesischen und amerikanischen Flugzeuge starten, fliegen und landen selbständig. Etwa ein Drittel des weltweiten Flugverkehrs läuft inzwischen so ab. Das ist hundert Mal sicherer als eine Steuerung per Hand. Das Ganze wird aber noch vor der Öffentlichkeit geheim gehalten. Die Zeit wäre noch nicht reif dafür. Zur Beruhigung der Fluggäste säßen Piloten mit Kapitänsuniformen im Cockpit, bei der Hälfte aller internationalen Flüge sei das alles reines Theater.«

»Aber das wusste doch auch Reininghaus!«, warf Nicole ein.

»Reininghaus hatte, nachdem er die Mitglieder der Crew niedergeschlagen hatte, auf manuelle Steuerung umgeschaltet. Chichi hatte ihn darüber informiert, dass ich mit im Flugzeug war. Dadurch erschien ihm die Lage aussichtslos. Er hatte vor, die Maschine hochzuziehen und absichtlich abstürzen zu lassen.« Auf Jennerweins Gesicht erschien ein bitteres Lächeln. »Das konnte ich verhindern. Ich habe dem Piloten mit dem Schnäuzer ein Zeichen gegeben, dass alles in Ordnung ist. Daraufhin ist er weggeflogen. Damit war meine Arbeit erledigt. Den Rest hat der Computer besorgt. Aber das bleibt unter uns, klar? Ein paar Stunden Verhör mit dem russischen Geheimdienst genügen mir.«

Alle sahen ihren Chef erschrocken an.

»Selbstverständlich«, sagte Nicole mit trockenem Mund. »Das versteht sich, Chef.«

»Gehen Sie ohne mich rein«, sagte Jennerwein. »Ich will noch ein wenig die Sterne betrachten. Es waren hektische Tage.«

Die Gralsrunde der Mordkommission IV setzte sich wieder an den Tisch. Schlatt ergriff die Gelegenheit und malte das Team als Pilzensemble in einer dunklen, mittnächtlichen

Waldlichtung. Stengele als knorrigen *Steinpilz*, Nicole als bewegliches *Hallimaschschwämmchen*, Hölleisen als platzgreifenden *Bovist*, die Stellvertretende als einen frisch aus dem Boden geschlüpften *Champignon*.

In der Restaurantküche war es ruhig und dunkel. Das Volk der Totholzspringschwänze hatte sich vollständig hinter einer Abdeckplatte versammelt. Ein Pionier nach dem anderen kam zurück und meldete, keine Spuren der erregenden Substanz mehr gefunden zu haben. Viele hatten sich in ihren Träumen ausgemalt, dass das Koks für Generationen reichen würde.

»Die dämliche Spurensicherung hat alles sauber gemacht«, pheromonierte eines der Krabbeltiere wütend. »Der ganze lange Weg war umsonst.«

»Gehen ein Preuße, ein Bayer und ein Österreicher in den Wald zum Schwammerlsuchen«, begann Pascal Bretten in der Runde der Treize Plats. »Der Preuße hat eine Pilzbestimmungs-App dabei, der Bayer ein Pilzbuch, der Österreicher gar nichts. Sie kommen an eine Stelle, wo es nur so wimmelt von Pilzen. Der Preuße hält sein Handy hin, tippt dann ein bisschen drauf rum und sagt –«

»Mundet es denn den Herrschaften?«, rief Jacques, der Oberkellner, der an den Tisch gekommen war. »Oder wolle Pepe?«

»Wie oft soll ich denn noch mit dem Witz anfangen?«, schmollte Bretten.

»Bei uns in Korea gibt es einen ähnlichen Witz«, sagte Herr Cheong einlenkend. »Drei Köchinnen, eine aus Chungcheongbuk-do, eine aus Gangnam-gu und die dritte von der Insel Jeju-do, bereiten Kimchi zu.«

Herr Cheong machte eine Pause. Jacques, der Kellner, war

am Tisch stehen geblieben, ohne sich zu rühren, er schwieg, schnitt ein schuldbewusstes Gesicht und hatte seinen Blick erwartungsvoll auf Herrn Cheong gerichtet. Auch alle anderen starrten den Koreaner lauernd an. Als nach einer Minute immer noch nichts gekommen war, sagte Josef Büchner:

»Und? Was ist dann mit den drei Köchinnen?«

Herr Cheong verneigte sich leicht.

»Danke für Ihre geschätzte Aufmerksamkeit. Das ist der einzige Witz, den ich kenne. Es ist vermutlich auch der einzige koreanische Witz.«

»Ach, das wars schon?«

»Ja, leider. Aber vermutlich müsste man mehr über Chungcheongbuk-do, Gangnam-gu und die Insel Jeju-do wissen, dann käme die Pointe besser zur Geltung.«

»Ich glaube, ich rufe Ignaz morgen gleich in der Früh an«, sagte Ursel zu Hölleisen. »Ich entschuldige mich bei ihm, so schwer es mir auch fällt. Was meinst du, Hölli? Du kennst ihn doch auch. Dass wir gemeinsam ein Restaurant übernehmen, damit werde ich ihn doch locken können?«

»Und weswegen habt ihr euch gestritten? Da muss es ja furchtbar hergegangen sein, dass es gleich eine Paartherapie braucht! Also, raus mit der Sprache, um was ist es gegangen?«

»Du bist doch der Kriminaler, Hölli. Zähle eins und eins zusammen, dann weißt dus.«

Sie hatte dabei eine unbestimmte Kopfbewegung durch die Reihen der Gäste gemacht. Hölleisen sah sich ebenfalls im Saal um. Er hatte eine Ahnung. Um was oder wen es gegangen war. Er hatte einen Verdacht. Aber er wollte heute nicht mehr ermitteln. Er wollte den Fahndungserfolg mit den anderen feiern. Ursel bewegte sich mit der Eleganz einer italienischen Dogaressa durch die Menge. Huldvoll nahm sie Dankesbekundungen für die schöne Leich' entgegen. Er bewunderte diese Frau. Doch dann schlug ihm N'Djoké Meiaugo-Mboa' auf die Schultern:

»Hat es dem Herrn gemundet? Oder wolle Knockout?«

»Wie meinen Sie?«

»Das ist mein neuer Kampfruf. Wie finden Sie ihn? Ist doch mal was anderes als das ewige Ichmachdichfertig! kurz vor der Glocke.«

Draußen auf der Terrasse saß Kommissar Jennerwein allein an einem der Teakholztische und betrachtete den sich aufklarenden Sternenhimmel. Er schloss die Lider, doch trotzdem stand die glitzernde Pracht immer noch vor seinen Augen. Er hatte Chichi und Werner Reininghaus gefasst, sie würden hoffentlich bald der gerechten Strafe zugeführt werden. Aber machte das Antonia Beissle wieder lebendig? Warum hatte er sie in den ganzen Jahren nie auf ihre gemeinsame Jugendzeit und die glücklichen Stunden angesprochen? Warum hatte er ihr nicht gesagt, dass es ihm leidtat, dass es so gekommen war? Plötzlich spürte Jennerwein eine leichte Berührung auf der Schulter.

»Kommissar?«

Er kannte die Stimme. Und er wusste, dass sich Ursel Grasegger gerade ein widerspenstiges Schläfenlöckchen aus der Stirn strich. Von drinnen wehten spätromantische Klangfetzen auf die Terrasse. Der Heubichler Xaver war auf verschlungenen Wegen zu den Herbstidyllen von Richard Wagner gelangt. Jennerwein drehte sich um und blickte in die pflaumenblauen Augen von Ursel Grasegger.

»Ja?«

»Die Geschichte mit dem Fly-by-Wire-System ist erfunden, oder? Sie haben die Maschine selbst auf den Boden gebracht, nicht wahr, Kommissar?«

Jennerwein nickte unmerklich leicht. Es war ein so kleines Nicken, dass es nur jemand, der ihn sehr gut kannte, als Zustimmung deuten konnte. Ursel gehörte ganz sicherlich zu diesem Kreis.

»Ich gehe wieder rein«, fuhr sie fort. »Es wird kühl hier draußen. Und ich bin ja so gespannt auf Ihre kulinarische Überraschung.«

Jennerwein sah auf die Uhr. Bald war Mitternacht. Da wollte er endlich sein schon so lange versprochenes Mitternachtssüppchen präsentieren. Für diesen Anlass hatte er sich ein besonders raffiniertes Rezept ausgedacht. Es war das erste Mal in seinem Leben, dass er so aufwendig gekocht hatte, und er hatte sehr viel Zeit und Liebe darauf verwendet. Ganze zwei Tage hatte er dafür gebraucht. Als absoluter Laie musste er bei Adam und Eva anfangen. Kochbücher kaufen, Rezepte lesen, Tipps von dem und jenem einholen, Zutaten besorgen, vorbereiten, kochen, abschmecken, würzen, garnieren – in der Zeit löste er normalerweise einen oder zwei Mordfälle. Lächelnd betrat Jennerwein den großen Speisesaal.

Nachwort

Eine notwendige Anmerkung in eigener Sache

Der eine oder andere wird sich gewundert haben, dass ausgerechnet in diesem 13. Jennerwein-Abenteuer, in dem doch viel von feinem und feinstem Essen die Rede ist, ein ganzes Kapitel, nämlich Kapitel 33, in einem bekannten Fastfoodrestaurant spielt. Wieder andere haben sich sicherlich gefragt, woher ich denn um Gottes willen wissen kann, wie es in derartigen Hamburger- und Pommes-Buden zugeht. Ganz einfach: Ich habe einen solchen Laden besucht, zugegebenermaßen das erste Mal in meinem Leben. Kurzerhand habe ich mich zur nächstgelegenen McDonald's-Filiale aufgemacht und mich dort in die bunte Schlange der Teenies eingereiht. Ich war drauf und dran, eines der vielen (wenigstens begrifflich) einfallsreichen Super-Monster-X-Large-Menüs zu erwerben, und ich muss sagen: Ich war richtig nervös. Staunend habe ich mich umgeschaut, die Kunden genau beobachtet, Dialogfetzen notiert und die krassen Gerüche eingesogen. Was tut man nicht alles für die Literatur. Hemingway hat am Spanischen Bürgerkrieg teilgenommen, Edgar Allan Poe hat sich probehalber Laudanum reingepfiffen, da werde ich doch zu McDonald's gehen können. Ich bin also schon der Zweite in der Schlange, da tritt ein Mann an mich heran, der sich als Manager des Lokals vorstellt. Er bittet mich höflich, aber bestimmt, mit ihm zu kommen.

»Aber ich wäre gleich dran gewesen!«, rufe ich empört und

zeige Richtung Ausgabetheke. »Und ich habe mich schon so auf den leckeren So-und-so-Burger gefreut!«

»Herr Maurer, seien Sie ehrlich! Sie wollen doch nur etwas Negatives über unser Haus schreiben. Sie wollen sich über unsere Produkte lustig machen. Satire gut und recht, aber nicht mit uns. Fastfood ist eine ernste Sache, die Geschäftsleitung will nicht, dass man den Genuss daran ins Lächerliche zieht. Bitte verlassen Sie das Restaurant.«

Die Diskussion spitzte sich zu, er jedoch war für keines meiner Argumente zugänglich. Das Ergebnis des erregten Wortwechsels war jedenfalls ein Hausverbot. Ich versuchte es am drauffolgenden Tag bei der nächsten Filiale im Ort, ich wusste allerdings nicht, dass sich so ein Hausverbot auf alle Niederlassungen erstreckt und auch in Windeseile an diese weitergegeben wird. Wussten Sie das? Eine verborgene Kamera fotografiert alle Kunden und markiert die unerwünschten. Beim nächsten Besuch macht die Gesichtserkennungssoftware Meldung, im Büro des Filialleiters leuchtet sofort ein rotes Licht auf, Sie werden mit sanftem Druck und unter Hinweisen auf die AGB aus dem Lokal geführt. So wurde ich auch in München rausgeworfen, in Frankfurt, in Hamburg. Gut, ich hätte Freunde schicken können, Verwandte oder sogar meine Ehefrau*. Ich wollte aber unbedingt persönlich recherchieren. Und das ging eben nicht. Auch nicht in Kassel, Recklinghausen und Murmannskreuth. Ich wollte das anrüchige Kapitel 33 schon fast wieder streichen, da führte mich

---

* Marion Schreiber aber wollte ich gerade diesen schweren Gang nicht auch noch aufhalsen. Sie hilft mir genug bei den vielen tausend organisatorischen Arbeiten, die beim Romanschreiben anfallen. Hier aus der Fußnote heraus (die Fußnote ist die Quarantänestation der Literatur) bedanke ich mich dafür!

eine Reise in anderer Sache nach New York. Ich ergriff die Gelegenheit. Gleich am Flughafen ging ich den nächstgelegenen Burgertempel, ich stellte mich in die Warteschlange und begann zu recherchieren. Auch als ich Block und Stift herauszog und mir Notizen zu machen begann, hinderte mich niemand daran. Endlich war ich an der Reihe. Meine Liste war lang, ich wollte ja von allen Produkten etwas probieren. Die Verkäuferin türmte die Schachteln auf einem großen Tablett auf. Ich will mir schon eine hervorstehende Fritte aus der dampfenden Tüte zupfen, wie das alle machen, da tippt mir jemand von hinten auf die Schulter:

»Herr Maurer, sind Sies?«

Ich verneine zunächst vehement. Nein, da müsse ganz bestimmt eine Verwechslung vorliegen.

»Aber Sie müssen es sein, Herr Maurer! Ich lese Ihre Romane mit viel Vergnügen – Jörg-Maurer-Romane sind für mich –«

Der Mann war nicht zu bremsen. Und da sehe ich auch schon, dass hinter der Theke ein rotes Licht zu blinken beginnt. Zwei Männer erscheinen, sie sind ganz augenscheinlich vom Sicherheitsdienst. Sie zeigen auf mich, fassen mich sanft und führen mich Richtung Ausgang. Ich wehre mich, sie packen etwas fester zu und heben mich hoch. Der eine hat ein bisschen Ähnlichkeit mit Bruce Willis. Aber das ist bei vielen Amerikanern so. Sie tragen mich über ihren Köpfen der Länge nach hinaus und setzen mich auf der Straße ab. Trotzdem konnte ich am Schluss noch einen kleinen Blick auf diese und jene Speise erhaschen. Deshalb kann es gut sein, dass das Kapitel 33, in dem es um McDonald's geht, ein bisschen gehetzt und von oben herab wirkt.

Wenn Sie über weitere Neuerscheinungen von mir informiert werden wollen, dann senden Sie eine E-Mail mit Ihrem Namen an

newsletter@joergmaurer.de

Ich freue mich auf Ihre Zuschrift!

Mit vielen Grüßen

Jörg Maurer

Jörg Maurer tischt auf!

192 Seiten · ca. 140 Abb.
978-3-95961-412-2
€[D] 19,99

Tatort Küche! Im neuen Alpenkrimi von Jörg Maurer passiert ein grausamer Mord unter Feinschmeckern. Darum muss Kommissar Jennerwein in der Welt der Küche ermitteln – und wird dabei mit jeder Menge kulinarischen Entdeckungen konfrontiert: Von Tom Kha Gai über kartoffelgeschuppten Steinbutt und Stengeles Kimchi-Spätzle bis zur Mango-Tarte finden sich in diesem Kochbuch alle Rezepte aus »Den letzten Gang serviert der Tod« und anderen Romanen aus Jörg Maurers Feder.

JETZT IN IHRER **BUCHHANDLUNG** ODER DIREKT UNTER **WWW.CHRISTIAN-VERLAG.DE** *

* Mit einer Direktbestellung im Verlag oder dem Kauf im Buchhandel unterstützen Sie sowohl Verlage und Autoren als auch Ihren Buchhändler vor Ort.

CHRISTIAN